D1719566

ammann

Miguel Barnet

Das Handwerk
des Engels

Aus dem kubanischen Spanisch
von Peter Schwaar

Ammann Verlag

Die Originalausgabe erschien 1989 unter
dem Titel *Oficio de Ángel*

Ein Panamahut und in den Armen eines Friseurs ein Kind. Der Hut bleibt genau auf Augenhöhe des Kindes. Der Strohgeruch sticht ihm in die Nase. Mit drei Jahren entwickelt es ein besonderes Gespür für häusliche Gerüche. Der Friseur ist ein Freund der Familie und trägt das Kind zum Meer. Es kann den Salpeter- und den Strohgeruch nicht mehr unterscheiden. Wieder zu Hause, sieht es, wie die Tanten in einer Eismaschine mit Kurbel Mameyeis machen. Der Abend senkt sich auf seine zarten, fast durchscheinenden Lider. Der Friseur, das Gefühl der Höhe in den Armen eines Unbekannten, die dicken Tanten beim Vorbereiten des Mameymarks für das Eis und der ferne Salpetergeruch der Küstenpromenade Malecón sind seine frühesten Kindheitserinnerungen.

Wenn er das Meer sieht und sich vom Ufer entfernt und die Küste mit all den heiteren, bunten Menschen anschaut, kommen ihm diese Erinnerungen und ihre Begleitgerüche in den Sinn. Und er verspürt einen seltsamen Anflug von Einsamkeit. Denn das Meer ist wie die Couch im Zimmer eines Psychiaters und bringt alles ans Licht. Vielleicht hatte der Dichter recht, als er schrieb: »Das Meer und sonst nichts, unersättlich, unersättlich.«

Ich mache die Lampe wieder an. Es ist schon früher Morgen, aber ich kann nicht schlafen. Unruhe befällt mich. Ich spüre ihr Knacken in meinem Kopf. Scharf dringt die Nacht durch die Jalousien in mein Zimmer. Manchmal begleitet sie das lange Miauen einer verwahrlosten Katze. Die Nacht, das Morgengrauen, die Katze und ich, schlaflos. Das Knacken hat sich in meiner Haut eingenistet. Es stammt von jungem, frischpoliertem Holz. Doch zugleich ist es alt. Schließlich taucht ein riesiges Schalentier vor meinen Augen auf. Ich muß das Licht auf dem Nachttisch ausmachen. So kann ich den Film genauer sehen. Nichts läßt sich mit ihm vergleichen, weder ein Film von Visconti noch ein Gedicht von Elizabeth Bishop. Und zuletzt ist da der große Schrank. Ich sehe, wie er auf einen blauen Dampfer mit großen Schloten gehievt wird. Stämmige Männer ziehen ihn an einem glänzenden Flaschenzug hinauf. In der Luft sieht er aus wie eine spanische Festung, aber er ist aus Magnolienholz, aus New Orleans, und mein Großvater hat ihn eben erst für seine Hochzeit in Tampa anfertigen lassen. Als er auf dem Schiff, das ihn über den Mississippi an einen Ort bringen wird, von wo er in die Stadt Tampa transportiert werden kann, auf Deck aufsetzt, klatschen die Neugierigen Beifall, denn noch nie haben sie ein größeres, dickeres Tier in der Luft baumeln sehen.

Vor meinem *Box-spring*-Bett steht, als Untersatz für einen in New York gekauften Farb-Hitachi, noch der Rest dieses von drei Generationen in Einzelteile zerlegten Schranks. Im Dunkeln ziehe ich eine Schublade des gespenstischen Möbels auf, dieses Holzadagios, das noch immer nach Magnolienblüten riecht. Ich glaube, draußen fällt etwas Regen. Ich schließe die Jalousien und setze den Traum aller Nächte fort, endlich befreit von dem Knacken, das mich so beunruhigt hat.

Ein schwarzer Flügel ohne Pedale, mit gelben Tasten, auf dem unzählige silbergerahmte Fotos der ganzen Familie stehen. Ein Flügel allein in einer Ecke des Wohnzimmers, ein alter Flügel, der im Weg steht. Ein Flügel, auf dem niemand zu spielen wagt, der aber auch nicht verkauft wird. Ein Flügel, auf dessen Schemel eine weißbraune Katze sich im Kreis dreht. Ein Flügel, der unbrauchbar geworden ist, ohne je von jungen, flinken Händen eingeweiht worden zu sein. Ein armer Flügel, der nach einem Mädchen mit langen Haaren ruft, damit es auf ihm Debussys *Claire de Lune* und Ernesto Lecuonas *Glaspuppe* spiele. Ein Hochzeitsgeschenk für eine Diplomaten- und Kontoristenfamilie. Ein Flügel neben einem Gitterfenster, hinter einer riesigen Scheibe, damit alle ihn sehen und sagen konnten: Was für einen wunderschönen Flügel die Familie hat, die neben den Vinageras wohnt! Ein mit einem Manila-Seidentuch bedeckter Flügel. Ein Flügel für eine Erzählung von Felixberto Hernández. Ein Flügel, den niemand liebte, ein verlassener, ein unverheirateter, ein unter einem ungünstigen Stern geborener Flügel, ein Flügel ohne Horoskop, ohne Ephemeriden, ohne Tarot. Ein Flügel, der durch eine Konsole, ein Grammophon, einen Klubsessel hätte ersetzt werden können. Ein Flügel voller Holzwürmer. Ein Flügel, der an sich selbst Schiffbruch erlitten hat. Ein Flügel allein.

Ich vermische die Zeit der Kindheit mit der Liebe meiner Tante Conchita zu Leoncio dem Juwelier. Wenn man den Park mit der grünen Pergola durchquerte, stand man vor Leoncios Haus. Es war groß und aus Terrakottaziegeln gebaut. Leoncios Junggesellenzimmer lag neben der Garage. Meine Tante, immer lachend und dreist, hielt mich in ihrem cremefarbenen Leinenkleid und mit ihrer Krokodilledertasche an der Hand.

Beinahe im Laufschritt stürmte sie ins Zimmer und warf sich auf ihren jungen, mit Goldketten behängten Liebhaber. Ich setzte mich an einer Seite des Betts auf einen Hocker, gab ihr Rückendeckung und war ihr Wärter und sah mit bestürztem Blick diese Szene, die ich heute vielleicht als zärtlich und einladend bezeichnen würde, die mir damals aber merkwürdig grausam erschien: ein blutiger Kampf zwischen zwei streunenden Tieren.

Eines darf ich nicht vergessen. Die Obszönität dieser Liebenden weckte für den Rest meiner Tage eine enorme sexuelle

Neugier in mir. Die Brüste meiner Tante, die schweißnaß über Leoncios behaartem Oberkörper tanzten, während er ihr unter geilen Konvulsionen Zoten zurief, haben sich nicht aus meinem Kopf löschen lassen.

Ich sehe sie vor dem geschliffenen Spiegel, wie sie sich pudert und mich verstohlen ansieht. Ich sehe ihn, der mich vergessen hat, einen Gecken aus dem Havanna der vierziger Jahre, wie er sich mit einem langen weißen Tuch die Arme trocknet. Ich sage mir: Ich bin Zeuge gewesen; die Liebe kann auch eine Turnübung ohne Geistesbeigaben sein. Sie kann auf dem animalischen Gefallen der Körper aneinander beruhen und durch zwei des Marquis de Sade würdige Zoten besiegelt werden.

Wenn wir das Haus verließen, war der Park schon ein grauer Fleck. Wie ein Senkblei war die Dunkelheit herniedergekommen. Conchita füllte mir die Taschen mit Bonbons, um mir den Mund zu stopfen. In der Straßenbahn hörte ich sie noch immer keuchen. Es war ein sanftes Keuchen, einem Wimmern ähnlich: die Spur eines Gefechts mit dem Tod, die Klage über die Einsamkeit und, wenn man so will, auch ein wenig das Röcheln einer Schlacht gegen die Welt.

»Deine Tante hat für alle andern gelebt«, sagte mir später ein Freund der Familie.

Stolz stimmte ich zu, aber immer blieb mir dabei ein schlechter Nachgeschmack zurück.

Zügig schwebte der 1893 hergestellte Schrank an einem Flaschenzug in die Obergeschoßwohnung an der Calle Línea hinauf. Er schwebte gekränkt hinauf, denn er ahnte sein Schicksal voraus. Von unten wirkte er wie ein Gehängter oder ein König, dem man gleich seine Krone wegnehmen würde. Unversehrt wurde er im Zimmer von Ágata, der Ältesten, aufgestellt. Da der Großvater gestorben war und die Großmutter sich damit begnügte, sich den Knoten aufzustecken und in weit um den Körper schlingernden Hausmänteln herumzuwandeln, war er nicht mehr das unentbehrliche Möbel, der Partner aus andern Zeiten. Aber noch immer zeigte er die stattliche Haltung und die Würde eines adligen Möbelstücks. Sein Los freilich war vorgezeichnet: Eines Tages erschien in der riesigen Bodenschublade eine Unmenge wilder Ameisen. Die Scharniere begannen wunderliche Pfeiftöne von sich zu geben, und der Spiegel der Mitteltür zersprang unter einem von gemeiner Hand geführten Hieb.

Schon kurz nach seinem Eintreffen im friedlichen Vedado-Viertel war sein rotes Holz heiß begehrt.

Dort, auf dem Cerro, war er sehr glücklich – gefüllt mit Arzneitränkchen und Tinkturen, mit Stickereien und Leinentüchern, Lyoner Tischdecken und aus Valencia importierten Plüschhandtüchern. Plötzlich begannen sich in seinen Spiegeln einige überaus seltsame Frauen zu betrachten. Alle hatten schwarze ondulierte Haare und schminkten sich die Brauen mit einem schmalen, bis zu den Schläfen laufenden Strich. Sie berührten ihn, wie man einen lüstern begehrten Gegenstand liebkost. Strichen mit der Hand sanft über seine geschweiften, phallischen Füße, und eine küßte ihn sogar auf einen seiner Äste im Holz und drückte sich an ihn.

»Luz Elena, in der Diele steht ein hellerer Spiegel, mein Kind.«

Doch sie kümmerte sich nicht darum. Nur vor dem Schrank zog sie sich die Lippen nach und bürstete sich die Haare.

»Inzwischen sind alle Frauen Stenotypistinnen«, rief eines Tages meine Großmutter mit bei ihr sehr seltenem Spott.

Der weibliche Neid ließ sie einen unwiederbringlichen Verlust spüren. Dieses alte Möbelstück, fast so wichtig wie ein Ehering, gehörte ihr nicht mehr.

Die Bräute meiner Onkel zerlegten es nach und nach in

Stücke. Die jüngste riß den Spiegel heraus, eine andere entführte die Bronzegriffe und die Schubladen des kleinen Sekretärs, und die letzte ließ ein Fach für ihre Aussteuer herausschneiden.

Wenn die Toten sprechen könnten. Aber sie sprechen nicht, sondern schweigen mit ihren Totenaugen vor sich hin. Und ein einziger Span, ein Knochen hallt stärker wider in der Zeit als die Trompeten von Jericho.

Die Angst vor dem Meer. Bei jedem hat sie einen andern Ursprung. Für José Martí ist es eine abstrakte, althergebrachte Angst mit Reminiszenzen an eine Reise zur Levante auf stürmischem Meer.

Das Meer ist das Unergründliche und eine greifbare Bedrohung, eine Warnung und eine Vorahnung. Als das Flugzeug noch nicht erfunden war, war die Angst vor dem Meer weiter verbreitet. Monate unruhiger Seereisen in schwarzer Nacht: steife Winde, Taifune, Seeschlangen, tropische Wirbelstürme ...

Ein ganzes Schreckensrepertoire für handeltreibende Seeleute, Hochseefischer und kreuzfahrtbegeisterte Millionäre. Heute hat es der Mensch von Angesicht zu Angesicht mit der Höhe zu tun. Auf dem Schiff reisen nur noch Exzentriker, Gelangweilte oder Schiffseigentümer. Furchtlose Leute, denn sie glauben, aus dem Schlund eines Hais könne das Geld sie erretten.

Meine Angst vor dem Meer geht auf eine Zeit zurück, da ich noch kein Wort sprach. Wie oft habe ich nicht den grauenerregenden Ruf des Meers gehört und mich an jene Zeit erinnert!

Neben der Mauer im Innenhof setzte sich mein Großvater in ein Beet mit Christusdorn und erzählte. Unmöglich, mich an eine seiner Erzählungen zu erinnern. Fast unmöglich, mich an meinen Großvater zu erinnern. Hier vermischen sich Traum und Wirklichkeit. Aber ich spüre eine Hand auf meinem Kopf, eine lange, knochige Hand. Und ich höre eine tiefe Stimme wie durch ein Metallhorn sprechen. Es ist eine eintönige, kalte Stimme. Eine angsteinflößende Grabesstimme. Eine Art Dröhnen wie aus einem Schacht. Jetzt, während ich das schreibe, wird mir klar, warum mein Großvater mit dieser Kommandostimme unsere Familie einem geordneten Leben zuführen konnte.

Eigentlich erinnere ich mich nur an seine Stimme. Vielleicht war sie es, die alles in unserem Leben organisiert hat. Eines Abends zwang mich mein Großvater neben dem Beet mit den roten Blümchen, das Meer zu hören. Jahre später preßte mir mein Vater seine Riesenpranken an die Ohren und erfüllte so ein ähnliches Ritual.

»Jetzt wirst du Gott sehen.«

Und er hob mich empor und ließ mich traurig und frustriert wieder herunter, da sich Gott nie zeigte. Doch das Meer und seine Furiengeräusche bohrten sich mir sehr wohl in die Ohren. Eine große rosige Schneckenmuschel war Gegenstand des teuflischen Spiels. Aus ihren Windungen drang ein schreckliches Brausen: das Brausen des Meers und seiner Geister.

Die rosige Riesenmuschel begleitete die Familie wie ein Talisman. Bis zu ihrem letzten Tag schlief meine Großmutter mit ihr. Es war, als liege Eugenio neben ihr und beschütze sie vor den Unbilden des Wetters und der Einsamkeit. Sie hielt sie sich manchmal dicht ans Ohr und rief mich mit komplizenhaftem Blinzeln zu sich. Dann floh ich schaudernd treppauf. Hinter der Nachttischlampe, unter dem Kopfkissen, im Kleiderkorb, neben einem Blumentopf im Hof trieb die Muschel ihr Unwesen.

Ich bewahre in mir die Farbe ihrer Schale, ihre poröse Struktur und ihr verführerisches Brausen.

Manche Menschen bringen die Kindheit mit Unreife in Verbindung. Ich glaube, ich bin derselbe wie gestern, unberechenbar und zerbrechlich. Man kann also nicht sagen, die

Kinder imitierten die Spiele der Erwachsenen. »Die Großen sind es, die in planetarischem Maßstab die Spiele der Kinder plagiieren, wiederholen und erweitern.« (Julio Ramón Ribeyro)

Aber ich wollte von der Angst vor dem Meer sprechen.

Der Wind der Erinnerung fegt das Überflüssige hinweg. Aber ist jemand nur eine mit Banalitäten angefüllte Grube, so bleibt einem nichts anderes übrig, als sich in sie hineinzuversenken. Meine Tante Sunsita verkörperte das hybride Bild, das einen Paradiesvogel mit Anita dem Waisenmädchen kombiniert. Sie war ein überstürzt im Familienschoß gelandeter Planetoid.

Niemand erfuhr je, woher sie ihre Nährsäfte bezog. Vielleicht hatte sie ihren *art-nouveau*-Stil, ihren Pomp und das botanische Füllhorn ihrer Gewänder von irgendeinem entfernten katalanischen Verwandten geerbt. Mit nicht geringem Heimweh habe ich in Barcelona Frauen gesehen, die meiner Tante Sunsita sehr ähnlich waren. Derselbe Gesichtstyp, oval, mit zierlichem Kinn, die Brüste hervorstehend, aber gut abgestützt, die Haare lackrot und diese Nase, die sepharditisches Blut verrät. Ihre unverrückbare Gewohnheit, tagtäglich zur selben Stunde mit der Straßenbahn ins Zentrum von Havanna zu fahren, gab ihrem Leben einen Rhythmus, der von dem ihrer Schwestern grundverschieden war. Wenn sie sich etwas verspätete, weil die Braue nicht gut geschminkt war oder weil sie die zwei, drei Topfen Chalimar noch nicht auf ihr Leinentaschentuch hatte fallen lassen, erwartete sie der Fahrer auf dem Trittbrett oder rief mahnend nach ihr, was bei den Familienangehörigen den größten Spott hervorrief.

»Geh schon, du Ferkel«, brummte eines Nachmittags mein Onkel Luisín, der Malakologe.

Geistesabwesend und hastig stürzte sie die Treppen hinunter, getragen von der Hoffnung, mit irgendeinem Unbekannten zusammenzutreffen, oder vielleicht in der schlichten

Freude, von Bijouteriegeschäft zu Bijouteriegeschäft zu ziehen.

Niemand besaß ein reicheres Arsenal an Bronzekästchen und Silberschatullen. Niemand hängte sich mehr Kinkerlitzchen um den Hals oder schminkte sich stärker; ihr blauer, manchmal grüner Lidschatten zog die Aufmerksamkeit so sehr auf sich, daß der Rest ihres Gesichts zu einer verschwommenen Landschaft wurde.

Niemand klammerte sich rabiater ans Leben. Ihre hohen Absätze mit den Silberspitzen dröhnten wie Maschinengewehrgeknatter. Aber es war etwas Flügellahmes an ihr, etwas latent Verwaistes.

Das Garn dieses Knäuels war allzu dünn. Sie hatte einfach keinen Platz, sei es wegen ihres Wesens oder weil sie in Wirklichkeit zuwenig schlau war, um sich am geheimen Einvernehmen der andern zu beteiligen. Einem Einvernehmen des Schweigens, einem schrecklichen Einvernehmen. Sie redete und redete und redete... Kennzeichen ihres Umgangs mit den andern war das Gespräch. Sie erzählte alles. Sie war eine ehrliche Haut, aber niemand glaubte ihr. Wenn sie vom Spaziergang zurückkam, lasen alle unter ihren Augen, hinter ihrer Zunge, jenseits ihrer Worte.

Als Kind war sie genauso: eine Frau *en miniature*.

Wie gut ist sie auf diesem Foto getroffen, das sie mit ihrem chinesischen Fächer und den Schuhen ihrer Mutter eingefangen hat! Neben ihr der zukünftige Observatoriumsangestellte, ihr jüngerer Bruder, und César, der Sportler, der sie hinter ihrem Rücken am meisten niedermachte. Alle drei lächeln in die Kamera. Césars Lächeln ist kalt; man brauchte ihm nur einen Dreizack und einen Umhang zu geben – und er wäre Luzifer: Schon mit drei Jahren hat das Brüderchen den Blick aufs Böse gerichtet.

Im Alter wird dieses Kind dieselben boshaften Augen haben, auch wenn seine Haut Falten bekommt und ihm die Zähne ausfallen.

Das Foto steht in der Diele, aber niemand schaut es an. Es wurde 1916 von einem französischen Fotografen aufgenommen, der sein Atelier an der Calle Dragones hatte.

Eines Tages ging Sunsita kurzentschlossen zu einer Autovertretung, entweder weil sie einen amerikanischen Filmstar imitieren wollte oder weil sie die Straßenbahn satt hatte, und kaufte einen Mercury Coronet mit gewölbtem Dach, der aussah wie eine Empire-Badewanne.

Ihr kleiner rothaariger Kopf verlor sich in dieser motorisierten Kutsche. Mit der Zeit identifizierte sie sich so sehr damit, daß sie ihre Persönlichkeit einbüßte, wenn sie nicht am Steuer saß. Sie erinnerte an eine Schauspielerin ohne Bühne – plumper Gang, nervös und zerbrechlich, nicht mehr ganz bei Verstand.

Das schokoladefarbene Vehikel, mit ihr davonbrausend, teilte ihren Lebenshunger. Einen unersättlichen, aber undifferenzierten Hunger.

Ein weiterer der Charakterzüge, die ihre Waisenhaltung betonten. Da sie alles begehrte, wollte sie eigentlich gar nichts.

Die Wege öffneten sich vor ihren Augen und boten ihr ihren Segen an: Manche dachten, eines Tages würde man sie gottergeben im Kloster sehen. Aber davon brachte sie ihr Verlangen nach Welt ab. Während alle Kinder sorgsam behütet wurden, ließ man sie frei gewähren: ein Vogel, der in seiner Einsamkeit herumflog.

»Sie ist unverbesserlich.«

»Sie ist verrückt oder tut so.«

Aber sonst nichts. Nicht einmal die Großmutter erhob Einwände, als sie beschloß, mit einer Gruppe ehemaliger Schülerinnen aus der Dominikanischen Republik zu den Niagarafällen zu fahren.

Am Abend vor ihrer Abreise gab ihr die Großmutter einen Scheck, doch sie ließ ihn auf einem Tisch im Wohnzimmer liegen.

Ihre Ersparnisse reichten, um die Fahrkosten zu bestreiten und für Familie und Freunde einige Geschenke zu kaufen.

Niagara Falls, 1947 lautet der Aufdruck auf einem roten, dreieckigen Samtfähnchen, das jahrelang im ganzen Haus von einer Schublade in die andere wanderte.

Sunsita kehrte von ihrer Reise mit einer Handvoll Fotos und einer feuchten Kälte zurück, die ihr in den Knochen saß. Sie war fröhlich und redselig und hatte ein paar Pfund abgenommen. Ihre Erzählungen schlugen an der weißen Wand des Hauses auf und prallten matt wieder ab. Das Durcheinander von Kleidern und Essen, von beruflichen Angelegenheiten und Politik war zu groß, als daß sich jemand mit einer Touristin im Haushalt hätte abgeben können. Meine sanftmütige Tante hielt es nicht mehr länger aus. Eines Sommertags, unter glühender Sonne, verlor sie sich, mußte sie sich verlieren. Der Bauch jenes riesigen Wagens diente ihr als Zufluchtsstätte, verschluckte sie. Die Straßen des Vedado waren ihr vertraut. Sie kannte nichts Geschmeidigeres und Tröstlicheres. Mit ihren Ersparnissen quartierte sie sich in einem kleinen Hotel nahe dem Meer ein, vergaß alles und beschloß, ihr Leben voll auszuleben.

Sie desertierte, und das war ein Anlaß mehr, sie zu bewundern. Deshalb sammle und sichte ich hier und dort die Briefe, Fotos und Papiere und beschwöre meine Tante herauf, bevor sie endgültig in der Vergessenheit versinkt.

Sunsita beschloß ihre Tage in der *Mansión Elisa* an der Seite eines alten Offiziers der Kriegsmarine und inmitten von Wäscherinnen und Polizisten des Viertels.

Sie, die wie alle Mädchen ihrer Zeit vom Märchenprinzen geträumt hatte.

Ein betagtes Ehepaar bereitet sich darauf vor, seinen fünfzigsten Hochzeitstag zu feiern. Er trägt eine beige Guayabera und Zigarren in der Tasche. Er ist ein kranker Mann, wird bald sterben und weiß es, aber vor dem Kuchen mit den fünfzig Taubenkerzchen lächelt er. Es bleibt ihm kaum genug Luft, sie auszublasen. Kinder und Enkelkinder geben sich fröhlich. Jeder einzelne hat sich außergewöhnlich angestrengt, um in die Obergeschoßwohnung an der Calle Línea zu kommen. Mit seinem Blick erforscht der Großvater den Grund der Dinge. Es ist der Blick eines zum Tode Verurteilten. Die Töchter bilden eine seltsame Komposition aus grellen Farben. Die Männer dagegen tragen weiße Guayaberas und dunkle Brillen und versuchen den Augen des Großvaters auszuweichen. Alles verläuft normal; eine Familienversammlung und dazu das Radio mit Berichten von der Invasion der Normandie. Der Kuchen ist groß und hausgemacht. Um ihn anzuschneiden, nimmt Tante Ágata das gewaltige Messer in beide Hände, als wollte sie ein Rind schlachten. Schweigend und fassungslos fleht der Großvater mit den Augen, man möge ihn nicht zwingen, die Kerzen auszublasen. Doch angesichts der Gewißheit seiner Niederlage kann seine Frau nicht nachgeben. In Malvenfarben gehüllt und mit ihrem grauen, von einem schwarzen Atlasband zusammengehaltenen Knoten verkörpert sie das Unbesiegbare. Mit Püffen treibt sie ihn an, eine wundersame Heldentat zu vollbringen, etwas, was seine Kräfte übersteigt. Ihr Mann ist eine erlöschende Flamme, ein Segelschiff, das mit dem Gewicht seiner gelichteten Anker untergeht, aber sie kann es nicht zulassen.

Der Abend wird bleiern. Einigen Onkeln, schon am Arm ihrer Stenotypistinnen, fällt keine Ausrede ein, um den Rückzug anzutreten. Die Decke fällt ihnen auf den Kopf. Könnten sie doch unsichtbar werden oder sich im Schwefel der Nacht auflösen. Sie sind an ihre Bankkonten, ihre Büros gebunden. Fühlen sich jung und mächtig und leiden noch an keinem einzigen Alterssymptom.

Ein altes Ehepaar, das feierlich des Untergangs seines Reiches gedenkt.

Das Ritual mit seinem ganzen Tand: Viuda-Champagner, Küsse, Klapse und ein weinendes Kind, das auf den Boden stampft, weil die Erwachsenen vergessen haben, den Kuchen zu verteilen, und es möchte doch bloß ein wenig Meringe. Das ganze Drum und Dran des Festes ist schäbig.

Einzig die Großmutter merkt nichts; eine Mutter, blind für die Gleichgültigkeit ihrer Kinder.

Sowie der Champagner ausgetrunken ist, beginnt alles dahinzuwelken. Schläfrigkeit fällt über die Tischtücher. Im Radio ist nun ein Lied von Agustín Lara zu hören, gesungen von ihm selbst, mit tiefer, klebriger Stimme, die sich auf die Teppiche in der Diele ergießt. Mit ihrem Sinn für Unbedeutendes bittet Julia Eugenio, sich die Asche von der Hose zu klopfen. Die Kinder haben Geschenke von der Casa Quintana und von Guerlain liegenlassen und sich in ihre Balkonwohnungen mit Blick aufs Meer und Einbaubädern zurückgezogen. Die unverheirateten Töchter haben sich schlafen gelegt. Julia löst den Knoten, und das schwarze Band fällt zu Boden. Eugenio zieht sich aus. Die Standuhr im Wohnzimmer schlägt mit vollem Klang die Stunde.

»Fünfzig Jahre«, sagt er leise, auf dem Bettrand sitzend.

»Wir sind heil angekommen«, antwortet sie, während sie das schwarze Band aufliest.

Sie sind wieder allein, in einer hohlen Einsamkeit; zwei Leute, die eine verzehrende Bewegtheit durchschritten haben, eine Wolkengrube.

Keiner von beiden fragt sich, wozu dieser Spaziergang zu zweit gut war.

Nach Champagner riechend und heftig hustend, berührt der Großvater, bevor er in Schlaf sinkt, die Großmutter mit der Ferse und fragt:»Frau, hat der Kleine vom Kuchen bekommen?«

Julia schläft schon fast, als sie die kleine Porzellanlampe ausknipst. Ein Geschenk von Freunden zu ihrer goldenen Hochzeit.

Zum erstenmal in fünfzig Jahren bekommt der Großvater keine Antwort.

Manchmal muß man aus dem Haus, muß den Salpeter der Felsen einatmen, sich Arme und Kopf damit einsalben.

Denen, die kiloweise Centavos ins Meer werfen, geht es besser als uns, die wir feine Kordanzüge und weiße, bestickte Hemden tragen.

Aber die Kinderfrau, eine Bäuerin, will lieber im Park mit dem schwarzen Marmorobelisken ihr makelloses künstliches Gebiß zeigen – im Chinesischen Park, wie man ihn nennt. Dort fühlt man sich wie zu Hause unter der Tür; ein weiteres Gefängnis, nur etwas belebter. Dort trifft sich Milagros mit dem Taxifahrer, ein Bauer wie sie. Dort präsentiert er seine blaue Uniform und die weißen, im Encanto gekauften Leder-gamaschen. Der Park ist klein und eng. Man hat das beklommene Gefühl, in einer Schuhschachtel zu spielen.

Der Malecón und die pastellfarbenen Viertel, der Malecón und die Erdnußverkäufer, der Malecón und die auf der Mauer aufgereihten blauen und rosafarbenen Fische. Aber sie will plaudern, den Taxifahrer bezirzen, ihre Zähne zur Schau stellen. Unter den Füßen spüre ich die Erde mit ihren Fröschen und Kröten brennen. Die Kinder spielen Himmel und Hölle und verlieren das Gleichgewicht, fallen wie Bleisoldaten um; sie sind nicht so stark wie die armen Kinder aus der Mietskaserne La Cueva del Humo, die Steine schmeißen und aus den Reifen an den Autos der Reichen die Luft herauslassen.

Ich möchte im Meer schwimmen, mich von der Mauer den Klippen entgegenwerfen, mit verrosteten Konservendosenteilchen Sardinen angeln. Mein Gesicht mit Salzwasser aus den Pfützen bespritzen und mich verstrubbeln. Aber Milagros läßt mich nicht über die Straße. Und beginne ich zu schreien, muß ich zur Strafe auf einer smaragdgrünen Bank sitzen bleiben.

Nicht einmal meinen Boxerhund darf ich in den Park mitnehmen, denn ich bin noch sehr klein, und er ist ein sehr großer Hund und würde mich hinter sich herzerren. Wenn ich zehn bin, werde ich ihn mitnehmen. Neidvoll sehe ich die Scharen anderer Kinder, denen ihre Promenadenmischungen zur Malecón-Mauer folgen. Nur eines führt seinen Hund an der Leine; die andern sind getreue Schatten, kleine Kläffer, die einer Komparserie hinterherlaufen. Ich kann keinen einzigen Baum im Park beim Namen nennen. Aber ich kenne die Bezeichnung jedes einzelnen Zierstücks zu Hause auswendig. Meine Tanten reden nur davon. Sie nähren sich von ausländischen Katalogen und den Anzeigenseiten in den Zeitungen. Sie werden doch nicht die frische Luft der Natur suchen. Wenn ich könnte, würde ich all diese Porzellanpüppchen kaputtschlagen und auf einem Geheimfriedhof, einem Trümmerfriedhof vergraben. Ich würde versuchen, in meinem Zimmer einen Eukalyptus-, in der Küche einen Woll- und mitten im Wohnzimmer einen Feigenbaum zu setzen. Ich habe den Naphthalin- und Medizinalwässerchengeruch satt. Zwar weiß ich nicht, wie man einen Ball ankickt, aber stark genug dazu bin ich, stark genug, um zu schreien, mir einen Zahn herauszureißen, wenn ich im Chinesischen Park auf der Bank sitze und die andern Kinder scharenweise vor mir hin und her rennen, um die belagerte Festung, die uneinnehmbare Bastion zu erobern. Ich möchte mit ihnen spielen, aber ich darf nicht. Und diese Ohnmacht macht mich zu einem Comic-Bösewicht.

Wenn ich nach Hause komme, steht meine Mutter mit einer parfümierten Seife bereit. Aber ich will nicht baden. Ich hasse die bunte parfümierte Seife, ihren Duft nach Gefangenschaft. Polternd wie ein Tank in einer Sakristei betrete ich das

Bad und beginne die Riechfläschchen auf dem Toilettentisch zu zerschlagen, trample auf den Tüchern herum und bleibe in der polierten Badewanne allein. Die Tür habe ich zugeriegelt.

Meine Festung wird nie eingenommen werden. Auf der andern Seite stößt der Feind unhörbare Schreie aus, während ich mir Wasser ins Gesicht spritze, Meerwasser aus Pfützen und Tümpeln.

Der Salpeter bedeckt meinen ganzen Körper, ich tauche mit den braunen Centavos, die uns die Touristen herausfordernd zuwerfen, in die tiefste Tiefe.

Von einem begeisterten Publikum in Hemden mit knospenden Blumen und Kokospalmen schlägt mir Beifall entgegen. Wieder springe ich in die Tiefe.

In diesem Moment ist mein Schreiben ins Stocken geraten. Die Erinnerung durchwühlt die Hölle: ein Zimmer, dessen Tür um fünf Uhr nachmittags aufgeht, wenn sie kommt, um sich die Haare zu lösen und sich im Spiegel zu betrachten. Häßlich ist sie nicht, im Gegenteil, aber sie umgibt sich mit dem Schlimmsten. Bevor sie in Unterwäsche ihren Mann empfängt, stellt sie der Reihe nach die sprechende Plastikpuppe, den weißen Gipselefanten, die dicke kleine Stoffchinesin und die Fläschchen mit blau-, rot- und orangegefärbtem Wasser auf die weiß lackierte Fensterbank.

Müde vom Tippen im Büro, setzt sie sich hin, um in die Betrachtung des Heiligtums mit ihren geliebten Habseligkeiten zu versinken. Eine Stunde später kommt mein Onkel, der Malakologe. Er nimmt sie in die Arme, rangelt mit ihr, und die schillernde Puderdose fällt hinunter und zerschellt auf dem Boden. Sie stößt einen Schrei aus. Da ich hinter der Tür stehe, gellt er mir ins Ohr. Mein Onkel küßt sie leidenschaftlich, weil er ihr Herz zerrissen hat. Ich bleibe nicht wieder hinter der Tür stehen. Ich habe Angst, daß sich mein Leben mit solchen Alpträumen bevölkert.

Petrona war eine Sklaventochter. Als meine Eltern vom Cerro in den Vedado umzogen, wollte sie sich die im großen kolonialen Hof mit den katalanischen Kacheln gestapelten Kohlensäcke aufbürden.

»Lassen Sie das, Petra; da, wo wir hinziehen, wird nicht mehr mit Kohle gekocht.«

Petra war nicht darauf versessen umzuziehen, war aber bereit, der ganzen Familie zu folgen, stieg ins schwarze Chandler-Kabriolett und ließ sich wie ein Gepäckstück auf den Rücksitz fallen. Das Leben war ihr egal. Die Kohlen, die sie mit ihren Fingern von einem Herd zum andern trug, blieben auf einem Friedhof zurück, den sie nie wiedersehen würde. Der Benzoeharz- und Naphthalingeruch in den Schränken würde durch Essenzen aus geschliffenen Kristallfläschchen und aus dem Norden stammende Desinfektionsmittel ersetzt werden.

Der Cerro war aus der Mode gekommen. Ein wilder Fels im Meer, mit Seetrauben bedeckt, würde nun das Refugium für eine Bourgeoisie werden, die *Bull*-Cocktail und Schaumzuckerstangen vergaß. Ihre neue Wohnung in der Calle Línea bezog die Familie mit dem Pomp von Silberlöffeln und Telefonleitungen. Nur der heimatlose Foxterrier, der sich zwischen unzähligen Wendeltreppen und Marmorsäulen verlor, wahrte das familiäre Gleichgewicht.

Der Vedado war etwas anderes. Eine andere Luft, ein anderes Atmen. Das winterliche Ungestüm des Meers bereitete der Familie ein gewisses Unbehagen und ein Gefühl unbekannter Instabilität.

Nie öffnete Petrona den neuen *Frigidaire*. Und noch viel weniger mochte sie Eis nennen, was Schnee war, Schnee in Jutesäcken, auf Schultern herbeigeschleppter Schnee für die Erfrischungsgetränke und Annonencocktails.

An einem Tag wie jeder andere starb mein Großvater. Und das war für die alte Magd endgültig zuviel. Petrona marschierte los, durch fahle, noch unberührte Straßen, und

kehrte nie wieder ins Haus oben an der Calle Línea zurück.
So, wie ich sie eben erzählt habe, erzählt meine Mutter die
Anekdote, und noch immer glauben sie nur wenige. Über-
treibe ich etwa?

Nein, eigentlich kann ich die Authentizität der Geschichte
bezeugen. Petrona verschwand mit ihrem weißen Tuch um
den Kopf und dem von Metallhäkchen zusammengehaltenen
Rock in den sieben Regenbogenfarben der Yoruba-Göttin
Oyá.

Das Eßzimmer ist der größte Raum des Hauses. In meiner Erinnerung wird er von geradezu unverschämtem Sonnenlicht durchflutet. Einem weiten Licht, das die Stunden verwischt und die Tage zu einem einzigen langen, weißen Tag verlängert. An die Nächte kann man sich je einzeln erinnern. Sie sind wie diese in Alben geklebten Fotos, die durch eine schwarze Einfassung oder Kleber an den Ecken voneinander getrennt sind. Der Tag nicht, er ist ein durchgehender Tag mit einer nicht enden wollenden Sonne.

An den Sonntagen versammeln sich alle im Eßzimmer. Es sind immer mehr. Ich habe den Eindruck, jedes Jahr wird das Geschrei größer, jeder Tischgenosse läßt den Gesprächston anschwellen; die schrillen Register erschallen *crescendo*.

Mit dem Echo der Stimmen werden die Gestalten im Licht länger. Paolo di Uccello hätte die Szene für eines seiner Bilder gewählt. Da sitzen sie alle um den großen Tisch, mit ihrem ständigen Rheuma, den Präsidentenwechseln und den Bankkonten beschäftigt. Meine Großmutter scheint sich als einzige nicht am Gespräch zu beteiligen. Sie hantiert mit den Löffeln, trägt die mit Kreuzkümmel gewürzten schwarzen Bohnen auf und verteilt eine nach der andern die Servietten. Die andern diskutieren hitzig und bereiten sich auf die große Siesta vor. Mit ins Bild gehört ein weißgekleideter chinesischer Koch. Er kommt herein und geht, mit dem Licht verschmolzen, wieder hinaus. Seine Bewegungen nimmt man kaum wahr. Vor dreißig Jahren kam er aus Kanton, um in der Umgebung von Havanna Gemüse anzubauen.

Als sein Rücken gebeugt war und zu schmerzen begann,

zog er mit einem Handwagen auf die Plaza del Vapor, wo er sich neben einem Lotterielosstand und einer Metzgerei einrichtete. Perverse Versionen erzählen eine andere Geschichte. Nämlich daß Alfredo Jo während eines Streits einem Landsmann mitten in einem Mangoldfeld die Augen ausgestochen habe. Alfredo war immer ein menschenscheuer Mann gewesen, ein Schatten, der den Wänden entlanghuschte. Wenn er im Eßzimmer allein war, erstarb alles. In seinem weißen, fahlen Licht schien der enorme Raum krank zu werden. Zu alledem trug Alfredo auch noch immer Weiß – lange, zugeknöpfte Jacken und Lederpantoffeln. Wie alle Chinesen sprach er in Einsilbern, diese freilich von einem Zug um den Mund begleitet, der Zustimmung oder Ablehnung anzeigte. Auf diesen äußersten lakonischen Punkt beschränkte er die Kommunikation. Wir wußten von einem einzigen Freund von ihm, ebenfalls ein Chinese, dick und wortkarg, der im Haus den Reispuder und Tüchlein aus ganz feinem, seidenartigem Stoff für Erkältungen und Niesanfälle einführte. Der Freund betrat das Haus nie, sondern blieb mit zwei schwarzen Koffern voller Ware unten stehen, die Augen starr auf die Treppe gerichtet. Meine Mutter erinnert sich, wie er mit seinen langen, spitzen Nägeln in den Leinen- und Seidenstoffen wühlte. Wie die Familienlegende wußte, marschierte der dicke Chinese, auch er aus Kanton stammend und vom Opium in Bewegung versetzt, von einem Vorort Havannas in den Vedado.

Nie gab Alfredo ein einziges Detail aus dem Leben seines Landsmanns preis. Wie sein eigenes bildete es bis zur Stunde seines Todes ein Rätsel. Ich weiß nicht, ob es die Einsamkeit der Ehelosigkeit war oder das Merkmal eines tragischen Schicksals, jedenfalls setzte eine dunkle Macht Alfredos Tagen auf diesem Planeten ein Ende.

Einer meiner Onkel – welcher, fällt mir jetzt nicht ein – ertappte Alfredo dabei, wie er durchs Fenster den jungen Körper seiner Frau bespitzelte. Die Familienlegende, diese böswillige Hexe, kannte verschiedene Versionen der Szene, eine grausiger als die andere. Die einen sagten, Alfredo habe sich im Opiumrausch vor den unschuldigen Augen meiner Tante entblößt; eine andere Beschreibung machte ihn zu einem Irren, dessen Zunge und Glied in der Luft hängt und der keucht wie ein festgebundenes Fohlen. Die dritte war die verbreitetste, die normale, von fast allen gebilligte. Während er zuschaute, wie das Objekt seiner Geilheit aus den Straßenkleidern schlüpfte, soll Alfredo zu masturbieren versucht haben.

Die Familie setzte sich zum Kriegsrat zusammen. Alfredo wollte, konnte nicht fliehen. Dem dicken Chinesen wurde die Haustür nie mehr aufgemacht. Bleich wie der Reispuder schloß sich Alfredo in seinem kleinen Hinterzimmer ein, wohin ihm niemand zu essen zu bringen wagte. Nur ein rauhes Schnarchen war zu hören, wenn die Nacht durch die Ritzen seines Fensters drang. Ohne Essen, fast ohne Lüftung, wachte Alfredo eines Wintermorgens tot auf. Die Familienlegende, diese böswillige Hexe, will gesehen haben, wie er sich kreuzweise ein Küchenmesser zwischen die Rippen stieß. Es brauchte keine Klatschseite, um seinen Tod bekanntzugeben – die Nachricht züngelte im ganzen Viertel von Mund zu Mund.

In einem großen Weidenkorb brachte man ihn von dem schon stinkenden Zimmer auf den chinesischen Friedhof, überwacht von einem mit der Familie befreundeten Gerichtsarzt. Neben Alfredos Eisenbett fanden sich drei sonderbare Dinge: ein Aufziehfischchen mit rotierenden Flossen, ein sechseckiger Spiegel und eine nicht mehr gebrauchte Elfenbeinpfeife.

Alfredo Jos schlanke unbewegliche Gestalt blieb in diesem Eßzimmer haften wie ein vergilbtes Abziehbild.

Und sein rauhes Schnarchen hing in der Luft und durchbohrte auf immer die Erinnerung meiner Mutter. »Nimm dich in acht, ich ruf' den Chinesen, damit er kommt und dich ins dunkle Zimmer steckt!« war ihre immer wiederholte Leier, wenn ich als Kind partout nicht in ihren Armen einschlafen wollte.

Die dreieckigen Parks, die windschiefen Bänke, die Pärkchen, alles smaragdgrün. Der Geruch nach trockenem Rasen und Süßgräsern und Kautschukbaum; der starke, durchdringende Geruch nach dem Frangi-Pani-Baum, das Salz auf der Seetraube, die roten Eibischblüten, die Lorbeerkügelchen, die ich auf dem Gehsteig zertrete, um zu sehen, wie sie sich öffnen, gelb und zertrümmert.

Mit den Fingerspitzen fahre ich sanft über den festen Kaktus, über seine weißen Netzchen, seine schmerzenden Stacheln. Ich nehme einen runden Stein in die Hände und lasse ihn fliegen, während mein Begleiter einen Entsetzensschrei ausstößt. Aber mein Hund läuft, fliegt fast mit ihm bis ins Endlose. Ein Blumenstein, ein Vogelstein, ein Stein, dem Flügel wachsen.

Ich bedecke meine Brust mit einem großen, feuchten Blatt. Und rufe; es ist ein Urwaldruf, ein Tarzanruf. Von ihren Fenstern aus schauen mich die Fahrgäste der Elektrischen erschrocken an. Milagros ruft mich. Ein anderer Ruf, knapp, autoritär, streng und mechanisch. Dieser Kommandoruf macht mir keine Angst. Ich befinde mich in meinen Saturnalien, in meinem grünen Park, mit dem ich Hochzeit feiere. Ich ziehe mir das Baumwollhemd aus und bette meine Brust zum Trocknen auf den Rasen. Zuerst spüre ich ein Zucken, dann ein sanftes Pulsieren in meinem Geschlecht, das mich am ganzen Körper kitzelt. Ich stehe auf und rufe meinen Hund, drücke ihn an mich, streichle ihm Hals und Ohren, bedecke ihn mit Rautenblättern. Mein Hund ist ein gekrönter Page, und ich bin sein König.

Die Gelehrigkeit meines Hundes ist perfekt. Ich gebe ihm einen Befehl, und er führt ihn aus. Aber er schüttelt die Blätter ab, besitzt eine seltsame persönliche Stärke, eine eigene Begabung, die mich erschreckt. Trotz allem verstehen mein Hund und ich uns gut. Wir sind die absoluten Herren des dreieckigen Parks und setzen uns auf die Bank wie auf einen Thron. Neidisch beobachten uns die andern. Milagros raucht mit ihrem Freund gelbe Zigaretten, die Ekel erregen, wenn sich ihr Geruch mit dem Frangi-Pani-Duft vermischt. Mein Begleiter bellt, damit ich mit ihm springe und Steine in die Luft werfe. Aber da ist etwas, was es unmöglich macht und uns trennt. Während er knurrt und die Pfoten einzieht, um loszurennen, spüre ich eine lauwarme Flüssigkeit auf der Haut, ein für mich neues Gefühl von Unbeweglichkeit und Wollust. Ich möchte auf dem Gras sitzen bleiben und den rotgeflammten Baum betrachten. Möchte mich mit seinen Blättern zudecken, in ihm aufwachen, als die andern mit ihren Trompeten und goldenen Papiermützen wie verwüstende Horden herbeistürzen, um alles mit Gewalt zu zerstören. Nun wird der Park zum Schlachtfeld und mein Hund zu meinem Schutzhelm. Ich rufe ihn, und begierig kommt er zu mir. Er springt auf die Holzbank und bellt das Unendliche, bellt alle an. Mein Page und ich, stolz, werden mit unseren unsichtbaren Kronen von den Horden respektiert. Mit dem Ruf »Wir müssen gehen« zwingt mich Milagros, von meinem Thron zu steigen. Ich sammle die getrockneten Eidechsen ein, das Kennzeichen des *boy scout,* und ziehe mit meiner Leibwache ab, wobei ich mich bemühe, Milagros nicht zu berühren, aber beim Überqueren der Straße nimmt sie meine Hand und packt meinen Pagen geschickt am Halsband. Ich bemerke, daß wir einen haßerfüllten, resignierten Blick wechseln. Sie wischt mir die kleinen Flamboyantblüten vom Kopf. Wir steuern auf das große Haus zu und versuchen uns gegenseitig keine Beachtung zu schenken.

Der dreieckige Park wird kleiner und hinterläßt in mir eine laue Wärme, eine Mattigkeit, zu der ich täglich wiederkehren möchte. Mein Hund läuft zu seinem Napf mit sonnengewärmtem Wasser. Sein Durst steckt mich an. Ich trinke Eiswasser und niese. Nachdem der Durst gestillt ist, trete ich auf den Balkon hinaus, wo die Käfige mit den dressierten Papageien hängen. Noch immer trage ich meine weißen Strümpfe, an denen Klettengras haftet.

In der Ferne kann ich einen grünen, schildförmigen Fleck erkennen. Ich richte meinen Bug darauf und setze mir Helm und Krone auf, in der Hoffnung, anderntags auf mein Schlachtfeld zurückkehren zu können.

Alte Leute weinen nicht. Sie sind so ausgetrocknet, so emotionslos, daß sie gar nicht weinen können. Einige habe ich in dramatischen Umständen mit geröteten Augen und verkrampften Händen gesehen, ohne daß sie eine Träne vergießen konnten. Sie müssen eine unerträgliche Ohnmacht spüren, lassen sich aber nichts anmerken. Vor dem Schmerz wirken die Gesichter der Alten wächsern: es sind keine Gesichter, sondern Totenmasken. Der Zug, der sich um ihre Lippen bildet, wenn sie irgendein Leid erfahren, ist hart und läßt den Mund zum Schlitz werden. Der ist zudem vom übrigen Gesicht wie abgeschnitten. Sieht man ihnen in die Augen, so entdeckt man kein einziges verräterisches Anzeichen. Es sind kalte, müde, ausdruckslose Augen: Gänseaugen. Wenn man einem Alten die Augen herausnimmt und sie einer Gummipuppe einsetzt, geschieht nichts. Niemand wird auf die Idee kommen, es seien nicht die richtigen, eisigen Puppenaugen.

Ein Kind weint, und in diesem Weinen ist ein Hintergrund von Leben, Gesundheit und Weinen spürbar, sogar ein wenig Freude. Wenn dagegen auf einer Parkbank, in einem Kino oder in der Einsamkeit seines Zimmers ein Alter weint, bricht das Universum in einer dumpfen Steinlawine zusammen, und man will und kann dieser Szene nicht beiwohnen.

Sie machte ihm Kampferkompressen und gab ihm Kampferspritzen, tupfte ihm den Schweiß von Stirn und Hals, wusch ihn mit porösen Plüschtüchlein. Und wenn er über den schlimmstmöglichen Schmerz klagte, nahm sie seine Hand und schaute ihm in die Augen, ohne Klage, ohne Heuchelei, ohne Angst.

Etwas Seltsames flößte sie ihm ein, denn er verstummte und schaute sie resigniert an. Diese hagere, adernübersäte Hand war seine einzige Stütze. Eine Mutter, die ihren geliebtesten Sohn sterben sieht, den erstgeborenen, den, der das Haus mit seinem schallenden Gelächter und seinem Heer von Büroschönen gefüllt hatte.

Mein Onkel César arbeitete in einer Abteilung des Finanzministeriums und war Ruderer im Spanischen Kasino gewesen. Er hatte ein römisches Profil und das Kraushaar des Patroklos. Er war so begehrt, daß er Junggeselle geblieben war, um all seine Geliebten befriedigen zu können. Wenn er spät nach Hause kam und sich schlafen legte, hörte man seine Schritte; die lauten Schritte eines Ziegenbocks, so laut wie sein schnaubender Atem. Immer warf er etwas auf den Boden, ein Taschentuch oder eine Schachtel Zigaretten. Früh am Morgen machte er sich bemerkbar, wenn alle einen endlosen, mißvergnügten Schlaf schliefen. Manchmal warf er sich unausgezogen aufs Bett und schlummerte bis weit in den Vormittag hinein, ohne sich um seine gesellschaftlichen Pflichten zu kümmern, aber ungestraft. Das Geheimnis dieser Ungestraftheit hat nie jemand gelüftet. Ich weiß nicht, wer mir jetzt, nach so vielen Jahren, von Césars Alpträumen erzählt, von seiner Schlaflosigkeit nach vergiftetem, im Mercado Único verzehrtem Fisch, von seinen Besäufnissen mit Felipe II. in der Bar Rodríguez, von seinen Ausschreitungen im Stil eines Fin-de-siècle-Dandys.

Oft hatte er Milagros gesehen. Er hatte gesehen, wie sie seinen Neffen in der Luft vor sich hin hielt und ihm den Rotz aus dem Gesicht wischte. Er hatte sie im grünen Pärkchen beobachtet, wie sie mit ihrem Bauernfreund Küsse tauschte. Täglich bekiebitzte er sie, wenn sie unter dem dicken Strahl der Blechdusche badete, die aussah wie ein Keks voller kleiner Löcher. Milagros badete mit unendlichem Vergnügen. Sie machte den Mund auf, damit ihr der Wasserstrahl Lippen und Kehle liebkoste, betrachtete im rosigen Glanz der Kacheln ihre Brüste und sang mit leiser Stimme nicht identifizierbare Lieder. Wenn sie herauskam, das Tuch spiralförmig um den Kopf gewickelt, beobachtete er sie von seinem Ausguck aus und erprobte immer wieder neue Strategien, um ihr nachzustellen und sie zu erobern.

Von hinten wirkte Milagros wie ein Mannequin aus dem *Look*. Erst wenn man ihr grobschlächtiges Gesicht sah, verriet sich ihre bäuerliche Herkunft. Doch selbst in dieser Grobschlächtigkeit lag etwas Einladendes, Herausforderndes.

Er dachte, zu Hause würde er wohl besser keinen Skandal heraufbeschwören, und beschloß, im Pärkchen mit ihr zu sprechen. Dazu suchte er sich einen bewölkten Tag aus. Entweder ahnte sie es, oder er besaß einen Charme, dem man einfach erliegen mußte, matt und kraftlos. Unter dem Nieselregen gestand er ihr seine Liebe. Ungläubig und mit zusammengepreßten Lippen lachte sie. Ihre Beine bewegten sich nervös. Sie begehrte ihn schrecklich. Mit schönen Worten, die er von den Radioromanen hatte, heizte er ihr ein, bis er sie zu seinem Bett führen konnte.

»Von heute an sollst du nur noch mir gehören.«

Zuerst sträubte sie sich. Ihr Bauernfreund, das bedeutete Sicherheit, Zukunft und Kinder. Und César, das war ein schönes Pferd vor der Haustür, schnaubend, das Männchen macht.

Das Idyll zog sich über einige Jahre hin. Milagros und ihr Bauernfreund heirateten in der Kirche Santa Bárbara und zogen nach Párraga in ein Häuschen aus Stein. Beinahe graute schon der Morgen, und die Familie lag noch in ihrem tödlichen Schlaf, da öffnete Milagros mit ihrem nach Lauge riechenden Kleiderbündel in den Armen den Hintereingang und klopfte ein paarmal leise an Césars Glastür. Mit alkoholgeschwollenen Augen, aber aufgeplustert wie ein Kampfhahn, schob er sie auf sein etwas wackliges Magnolienholzbett, und während sie sich ihm hemmungslos und ohne Angst hingab, bedeckte er ihren ganzen Körper wie ein Verrückter mit Küssen.

Die Geschichte dauerte so lange, bis seine Gesundheit angegriffen war. Der Rum hatte ihm die Leber durchlöchert, und nun waren es nicht mehr nur die Augen, sondern das ganze Gesicht, die Hände und sogar die Beine, die bei Tagesanbruch geschwollen und rot waren.

Aber auch Milagros hatte sich verändert. Ihre Brüste waren ein wenig schlaff geworden. In ihrem Bauch pochte neues Leben. Allmählich schwand bei beiden das frühmorgendliche Ungestüm.

César verbot ihr die langen Spaziergänge im dreieckigen Park nicht mehr. Sprach fast gar nicht mehr. Die Lider hingen ihm über die Augen und ließen ihn zynisch und hochmütig aussehen, sehr verschieden von dem weltgewandten Mann von einst.

Während Milagros und ihr Bauerngatte mit einem athletischen blonden Jungen glücklich waren, starb César an der Seite seiner Mutter in einem Bett mit weißen, nach Lauge riechenden Kissen. Die Kompressen linderten das Fieber; die porösen Tüchlein trockneten den bösartigen Schweiß, aber der eigentliche Trost für seinen Tod war die geäderte Hand. Alles andere in seinem Leben, woran er sich erinnerte, war flüchtig, hastig und verschwommen. Nur die Mutterhand war wirklich.

»Kümmere dich um die Papageien, Mama«, war die letzte Bitte des Erstgeborenen an seine Mutter.

Am Tag seines Todes, da ein glühendes Sonnenlicht auf den weißen Laken lag, stellte die Szene das lebende Abbild der Jungfrau mit dem Kind dar.

Er hatte den Kopf an ihre Brust gelehnt, seine Augen waren geschwollen und ihre Hände geädert, und ein leises Lächeln umspielte beider Lippen. Als sich das unmittelbar nach dem letzten Seufzer des Sterbenden im Zimmer herrschende Schweigen verdächtig in die Länge zog, klopfte die Familie an die gemusterte Milchglastür.

»Ich komm' ja schon«, antwortete Großmutter Julia.

Eine Mutter, die sich den letzten Hauch ihres Lieblings um kein Jota schmälern lassen mochte.

»Ich komm' ja schon«, sagte sie noch einmal, während sie seinen Kopf auf die Kissen bettete und ihn mit ihren zarten Fingern kämmte.

Eine hysterische Meute beugte sich über die Leiche des ältesten Bruders.

Luz Elena, aufgeschreckt vom Tod, machte sich vor dem geschliffenen Spiegel zurecht. Mein Onkel, der Malakologe, schaute auf seine immer exakt eingestellte Taschenuhr. Milagros ging in die Küche und bat Panchita, für alle Kaffee aufzugießen. Eine von den Vinageras konnte ihre Tränen nicht zurückhalten und warf sich aufs Wohnzimmersofa. Nun richtete das ganze Viertel seinen Beileidsblick auf das wächserne Gesicht der Großmutter, auf ihre trockenen Augen, die nicht weinen würden. Feierlich wie eine Bauernsphinx schenkte Milagros den Kaffee ein. Am Abend, nachdem der Sohneskörper zugedeckt und die Zeremonie der Letzten Ölung und des päpstlichen Segens vorbei war, trat die Großmutter ganz allein auf die Terrasse hinaus, zog den Salpetergeruch des Meers ein und hängte den Käfig mit den dressierten Papageien in die Diele, wo ihnen die Nachtkühle nichts anhaben konnte.

In ihrem Zimmer strich sie sich etwas Reispuder ins Gesicht und band sich mit dem schwarzen Atlasband den Knoten hoch.

Sie wurde in ein Auto gesetzt, das sie nicht sah. Die Nacht verbrachte sie, indem sie Kaffee trank, Tabletten nahm und sich von Unbekannten harmlose Küsse geben ließ: von öffentlichen Angestellten, Frauen auf hohen Absätzen, heruntergekommenen Athleten...

Es gab einen Moment, am Morgen, da spürte sie, wie eine dumpfe Steinlawine über sie hereinbrach. Aber mit einem Ruck richtete sie sich auf, als ein Fremder sie auf die Wange küßte.

Die Küche ist immer voller Leute. Eine Küche ist ein Ameisenhaufen: Hier läuft alles zusammen. Sogar um die *Novela del Aire* zu hören, setzt sich die Familie an den Granittisch, wo Knoblauch gepreßt und Fleisch gebeizt wird.

Das Motorola-Zedernholzradio steht auf dem Regal mit den Werktagsgläsern. Die *Novela del Aire* und die Stimme von Ernesto Galindo und María Valero oder *Das Recht, geboren zu werden,* mit dem ganzen Brimborium von Seufzern und kleinen hysterischen Schreien. Oder Clavelito mit seinen Zehnzeilern zur Behandlung der Nieren und mit seinen Liebesratschlägen. In der Küche sammeln sich die Rückstände von allem Erlebten. Hier gären die Erinnerungen, hier wird gelebt, hier kann man sich in Pantoffeln und im Hausmantel, in Shorts und im Unterhemd aufhalten, hier kann man brüllen und sogar ein böses Wort sagen.

Wenn Albertico Limontas strafende Stimme aus den dikken Stoffmaschen des Schalltrichters dringt, sind alle still. Aus diesen kleinen Löchern kommt das Leben in einem Erschauern gegensätzlicher Gefühle. Panchita hört nicht auf, in den Brühen zu rühren und auf dem Granittisch die grüne Banane in Stückchen zu hacken. Auch sie gibt acht. Sie trocknet sich die Hände an der Schürze und ruft: »Was für eine schöne Stimme, der Ärmste, und er kennt nicht einmal die Wahrheit!«

Herrin ihrer Geheimnisse, hat auch sie ein Recht zu weinen.

Trotz der Kochherde und der Hitze des Backofens ist die Küche der kühlste Ort in der Wohnung. Das große französische

Fenster rechts geht auf den Hof der Nachbarn von unten mit seinen Feigensträuchen und hohen Bäumen. Ein rechteckiger Hof mit Beeten und Hühnerkäfigen und einem dekorativen Brunnen – eher eine Postkarte als sonst etwas.

Die Familie im Erdgeschoß ist klein. Niemand ist älter als sechzig, obwohl das milde tropische Klima, die Hitze und die fehlenden Wünsche sie frühzeitig altern läßt. Von der Küche aus sieht man sie manchmal in den Hof hinauskommen, wo sie die Fensterscheiben besprengen, eimerweise Wasser in die Beete schütten oder Brotkrumen für die Spatzen auf den Brunnenrand werfen.

Dann spähen sie hinter blauen Damastvorhängen hervor und verfolgen alles, was im Obergeschoß vor sich geht. Die Küche ist die Zinne des Hauses. Nichts von dem, was draußen geschieht, interessiert jemanden. Aber von dieser unzugänglichen Brustwehr aus schnüffelt Panchita das Kommen und Gehen im Erdgeschoß aus. Es ist ein lautloser Krieg, ein wortloses Einverständnis. Die Außenwelt ist zu umfassend; ihr Geflecht aus seltsamen Geräuschen und informativen Ereignissen reicht nicht aus, um die Familie im Obergeschoß zu fesseln. Nur das Hin und Her unten ist von Bedeutung: eine unvergleichliche Choreographie von Vorhängen und Janusmasken. Alles ein geriebenes Schweigen, nur vom Geklapper unvorsichtiger Sandalen durchbrochen.

Die Küche sammelt alle Geräusche und verherrlicht sie: Radio Reloj – der Sender, der unaufhörlich die Zeit angibt –, das Reiben der Zahnbürsten, das Aufziehen der Uhr, einen im Spülbecken zerschlagenen Teller, das vom Kissen gedämpfte Klingeln des Telefons.

Alles andere gehört ins Reich der Fantasie.

Nie konnte ich in Erfahrung bringen, was die Familie unten über uns dachte. Vielleicht, wir seien ein Häufchen von in der Küche zusammengepferchten Fanatikern, die den Radioromanen und der Lotterie lauschten.

Oder einfach eine neugierige Familie, die in einem fremden

Hof herumschnüffelte. Letzteres kam der Wahrheit sicher näher. Vor allem in der Mangosaison, wenn wir mit der Erlaubnis unserer Nachbarn hinuntergingen, um die Früchte in Papiertüten oder Einkaufstaschen einzusammeln.

Die Neugier ist wie ein Darm. Beginnt er sich zu entrollen, so nimmt er kein Ende. Je mehr Rätsel uns die Betriebsamkeit unserer vier Nachbarn unten aufgab, desto länger wurde der Darm. Unter dem Vorwand, etwas natürliche Kühlung zu suchen, versammelten sich alle in der Küche. Die hohen Bäume, die Feigensträucher und Mangos kühlten im Sommer eine Küche voller Leute. Und das erlaubte es ihnen, die Vorhangbewegungen der Nachbarn auszuspionieren.

Diese schien nichts aus der Ruhe zu bringen, weder das Plärren des Radios noch das Geplapper der Frischvermählten, noch die gefräßigen Augen der Familie hinter einem Fenster, das der Klatschsucht als Ausguck diente.

In einem Stück Erinnerung, das sich mit dem Traum vermischt, bewahre ich einen Geruch, den ich nie wieder wahrgenommen habe. Es war ein süßsaures Düftchen, wie auf einer fauligen Ananasplantage, und kam von unten.

Panchita untersuchte alles: Sie nahm die Stöpsel von den Abflußröhren, überprüfte die Ablaufrinnen, leerte die Mülleimer, kehrte in allen Ecken und Winkeln und reinigte die Abzüge mit Entrußungsmitteln. Doch der Geruch war nicht wegzukriegen. Am vierten oder fünften Tag ging einer meiner Vettern hinunter, um sich seinen Mangoanteil zu holen. Verstört kam er wieder herauf, mit weißem Gesicht und schweißnassen Händen. Der Gestank unten war bereits unerträglich. Aber den drei Nachbarn, die ihm geholfen hatten, war nichts anzumerken gewesen. Entweder hatten sie den Geruchssinn eingebüßt, oder ihr Kopf hatte sich in einen Wirbel kaleidoskopischer Figuren verwandelt.

Sie lächelten ihm zu, gingen ihm mit langen Stangen zur

Hand, um die Mangos herunterzuholen, gaben ihm Süßquark ... Aber für ihn war es ein Alptraum, der ihm beinahe den Magen umgedreht hätte.

Schon damals schrieb mein Neffe Schauergeschichten. Deshalb, und weil er außerdem ein großer Schauspieler war, nahm ihm seine Geschichte niemand ab.

»Sie haben sie hingelegt, mit geschlossenen Augen, das Gesicht dick gepudert, und zwischen den Bettüchern sieht man die Füße; sie sind dunkelviolett und dick, wie Stachelgurken. Es ist entsetzlich, und ich schwöre euch, ich übertreibe nicht.«

Er lief ins Bad und erbrach eine gelblich-schleimige Flüssigkeit.

Mit seiner pragmatischen Bestimmtheit erteilte mein Vater einen Befehl: Polizei und Gerichtsarzt.

An diesem Abend lief *Das Recht, geboren zu werden* ganz leise, als wäre es eine Geheimsendung mit Stimmen aus dem Jenseits. Panchita schloß das französische Fenster, um eine Ansteckung zu vermeiden, und goß im ganzen Haus Kampferspiritus aus.

Als es dämmerte, traf ganz unauffällig die Polizei ein. Mit seinen Eisaugen überprüfte der Gerichtsarzt den Körper und gab seine schonungslose Diagnose ab: Leiche.

Die drei Alten wurden festgenommen und auf eine Wache in der Nähe gebracht. Wie ein griechischer Chor antworteten sie auf die Frage der Polizei: »Wir dachten, sie schläft.«

Nichts weiter. Das französische Fenster wurde wieder aufgemacht. Nach einiger Zeit war ich es, der unten die Mangos pflücken ging. Die drei Alten bemühten sich, das Zimmer der verstorbenen Schwester hermetisch verschlossen zu halten. Aber mir fiel es schwer, meine Neugier zu zügeln. Die Mangos wurden zu einer Rechtfertigung, das Geheimnis des Erdgeschosses zu erforschen.

Jahre später verließen sie das Haus, und die Familie verteilte sich auf kleine weißgestrichene Wohnungen. Wie eine fixe Idee sah meine Mutter in ihrer Erinnerung ein kleines, lianenbedecktes Yoruba-Negerchen – eine ihrer spiritistischen Beschützerfiguren – über die Wendeltreppe vom Erdgeschoß in die Küche heraufkommen, wo Panchita Knoblauch preßte und Fleisch beizte und die ganze Familie die *Novela del Aire, Das Recht, geboren zu werden* oder Clavelito hörte, der Zehnzeiler zur Behandlung der Nieren sang.

Eine bemooste, blaue Mauer mit tausend Augen. Eine feuchte Mauer, wo Asseln hausen. Eine hohe Wand, die den Hof umschließt und über die ich, wenn ich unten bin, auf die andere Seite der Welt hinüberspringe. Eine Mauer, die gleichzeitig mein Gefängnis und meine Freiheit ist. Eine Mauer, die mich von den andern trennt. Eine glänzende, sanfte Wand mit Lurchhaut und Schmetterlingsflügeln. Eine gepolsterte Fläche in der Form eines Fisches. Ein Spiegel, in dem Rennpferde und Papierdrachen mit Fähnchen erscheinen. Eine schnelle Mauer mit einem nackten Reiter, der eine Kette nachschleift. Eine Mauer mit Mangrovenfüßen und Gestrüppfadenkopf. Eine riesige Wand, die ich im Traum übersteigen kann. Eine Mauer, an die ich das Ohr presse, um Zimbelmusik zu hören, eine erotische Mauer, wo ich mich unter dem Wasser der Kletterpflanzen ausziehe. Eine riesige Mauer mit Blätterdach. Eine Wand, die sich bewegt, wenn ich mich ihr nähern will. Ein Pavillon voller Geister mit seinen Schattentunnels und Kavernen. Ein enormer Stein, an dessen wucherndem Efeu ich emporzuklettern versuche. Eine Wasserwand, in der sich der Papstfink spiegelt. Ein unterirdisches Labyrinth mit dem Echo begrabener Stimmen. Ein Fledermausfriedhof, der mich von den andern trennt. Eine Wand, die nicht aus dem Gedächtnis verschwindet, mit der ich unentwegt sprechen muß. Eine bemooste, blaue Mauer, wo die Welt der Kindheit wohnt. Ein altes Gesicht mit tausend Augen.

Auf dem Zeichenblatt einer Schularbeit bemerke ich das Haus. Es ist quadratisch, flach und geräumig. Auf der Terrasse stehen große Töpfe mit Vichypalmen und grüner Hundszunge, um den Klatschmäulern die Zunge zurückzubinden. Von oben wirkt es modern und nicht so lang, wie es in Wirklichkeit ist. Die Terrasse reduziert die Innenperspektive; im Grunde ist es *gun-shot*-Architektur. In seiner Tiefräumigkeit ähnelt es diesen Häusern im Süden der Vereinigten Staaten. Aber es ist sehr kubanisch. Wäre ich künstlerisch begabt, ich würde es malen. Dank seiner Einfachheit ist es schön, obwohl die Kranzgesimse nicht zu ihren Verzierungen passen.

Kurzum, es gehört zu dem, was man als kubanischen Eklektizismus kennt. Mit andern Worten, ein Haus, das ohne die Hilfe von Architekten ganz nach der Laune seiner Erbauer entstanden ist.

Das Eisengeländer rostet oft, so daß es mindestens einmal im Jahr schwarz gestrichen werden muß.

Ich sehe die rote Schaukel für vier Kinder und Käfige mit bunten Papageien. Wer nur gerade einen Eindruck von der Terrasse hat, wird denken, das Haus sei ein Hort des Friedens, ein Paradies mit dem Meer nebenan.

Der Weg zum Eingang hin ist mit weißem und rosa Immergrün bepflanzt, führt zu einem an der Tür befestigten Briefkasten und dient dazu, beidseits einen je mit einem großen B gekennzeichneten Mülleimer aufzustellen.

Die Tür ist dunkel, häßlich, mit einem in den Sturz gehauenen Rokokofiligranwerk. Um die Treppe hinaufzusteigen, muß man tief Luft holen. Zwar hat sie nur wenige Stufen, aber sie ist zu steil. Das Geländer ist nicht zur Zier da, sondern damit man sich in Schwung versetzen kann; es ist schlicht und mündet in eine Bronzekugel. Niemand kann der Versuchung widerstehen, sie zu berühren und mit der Hand über sie zu streichen. Daher der Glanz ihrer Wölbung.

Der Raum für die Besucher ist lang und rechteckig; er enthält ein Marmortischchen mit gedrechselten Beinen und einen alten, leicht getönten Spiegel. Das ist vielleicht der tristeste Winkel des Hauses. Dominiert wird er von einem hohen, ebenfalls alten Stuhl mit neuem, leichtem, bambusfarbenem Strohgeflecht. Mit diesem Geflecht sieht er noch trauriger aus – wie eine alte Frau mit einer von Haarspray verklebten blonden Perücke. Oft wollte ich ihn aus dem Besuchszimmer wegschaffen, aber vergeblich. Was in diesem Raum jedoch als erstes ins Auge springt, ist eine hohe, schmale Standuhr. Punkt zehn ist sie stehengeblieben. Sie ist schön, aber von nekrologischer Eleganz. Niemand, der nicht sagt, da lehnt ein Toter an der Wand.

Seit dem Tag, an dem mein Großvater Eugenio starb, traut sich keiner, sie reparieren zu lassen. Sie gehörte ihm, war seine Standuhr. Er war es, der ihre Schläge überwachte.

Die Diele ist langgezogen und dunkel, und ein Teilstück ist beleuchtet. In meiner Erinnerung fällt nur dort Licht ein, wo sich das Eßzimmer befand. Ein Licht, in dem ätherischer Staub schwebt.

Eindrücklich die Galerie von Familienfotos: Onkel Domingo mit seiner runden Brille und der glitzernden Uhrkette, einem Geschenk von Rosalía Abreu; Tante María und ihre silberne Stola; Opa, also der Großvater meines Vaters, glatzköpfig und rüstig, auf einen Stock mit Elfenbeinknauf gestützt; der Arzt in der Familie, Onkel Miguel mit seinem schütteren Haar, starb im fünfundneunziger Krieg; er wurde wegen seines Mutes getötet, weil er der von Máximo Gómez befehligten Truppe zuvorgekommen war. Von ihm habe ich das Kinn und den verlorenen Wolkensucherblick. Dann die Vettern und ein mit der Zeit vergilbtes Familienfoto ohne Licht, wo ein Teil der etwas in Vergessenheit geratenen Verwandtschaft abgebildet ist. Es stammt aus dem Jahr 1900, und nicht einmal meine Großmutter weiß, wer die Leute sind, die sich da haben ablichten lassen.

Die Zimmer sind geräumig, manche gehen auf den Hof der Familie im Erdgeschoß. Das meiner Großeltern ist das größte, unverhältnismäßig groß im Vergleich zu den andern, liegt neben dem Wohnzimmer und ist außerdem das einzige mit zwei eisernen Fenstertüren zur Terrasse. Hinter einer spanischen Kommode, die neben einem der Fenster steht, rauchte ich heimlich meine erste Zigarette; eine verschwörerische Geste meiner Tante Ágata, um meine Zuneigung zu gewinnen.

Ach, meine Tante Ágata und ihr mit Heiligen vollgestopftes Zimmer! Nun, ich weiß nicht, ob man das ein Zimmer nennen konnte – eher einen Devotionalienladen. Beginnen wir bei der zweiflügeligen Tür. Die ganze Rückseite war bedeckt mit Bildchen des Jesuskinds und des heiligen Martin von Porres; und oben, mit vier Reißnägeln angeheftet, die Lithographie aus dem Bon Marché der Jungfrau von Loreto mit ihrem dunkelvioletten Umhang und der Goldkrone. In einem Winkel, von der Eingangstür aus sichtbar, ein Erbstück von Tante Cuca, die heilige Bárbara, lebensgroß und mit hüftlangem schwarzem Haar. Dann die weißen Kerzen und die Wassergläser für ihr spiritistisches Gewölbe, die unter anderem dazu dienten, die Gebete des Jesus Christus von der Guten Reise und der Einsamen Seele zu lesen. Eine Sammlung von Rosenkränzen und in Kommoden- und Nachttischschubladen verstreuten Reliquienmedaillons sowie ein großes Foto von Papst Pius XII. neben dem Tenor und Priester José Mújica in einem Saal des Vatikans.

Die übrigen Zimmer waren belanglos. Ein ziemlich modischer und daher etwas ordinärer Geschmack gab hier den Ton an.

Luz Elena hat die unschöne Angewohnheit, ihre Tür halb offen zu lassen. Gern macht sie in ihrem Zimmer Kaffee und bietet ihn ihren Schwägern an. Das hat sie von dem Viertel, aus dem sie stammt. Mit ihrem offenen Haar bewegt sie sich im Zimmer wie auf einer Bühne. Sie liebt die Paso doble von Juan Legido, nicht die *Novela del Aire* wie alle andern.

Das Zimmer meiner Eltern ist nicht das größte, liegt aber neben dem Hauptbad. Auf der andern Seite, ganz hinten, direkt über den Bäumen, mein kleines Zimmer mit dem weißen Schreibtisch und dem Hocker aus der Casa del Perro. Wenn es regnet, wird der Boden ein wenig naß, da er von der Eingangstür her abfällt. Es macht mir Spaß, das Wasser auf den Gang mit dem Geländer zu kehren und hinunterzugießen.

Sekunden später fangen die Nachbarn mit ihren Beschwerden an. Dann schließe ich mich im Zimmer ein und überlasse es meinen Eltern, die Gemüter zu beruhigen. Ich reibe mir die Hände und lache vor mich hin. In meinem Erinnerungsheft figuriert diese Bosheit im Repertoire kleiner Rachen.

Da das Haus jedes Jahr gestrichen wird, nimmt der Kleinkrieg nie ein Ende, und es gibt keine Einigung über die Farben in den Gemeinschaftsräumen. Schließlich kommt mit eiserner Fuchtel die Großmutter daher und gibt einen königlichen Erlaß bekannt: hellgelb die Diele, graugrün das Eßzimmer und ein blasses Creme fürs Wohnzimmer.

»Sein eigenes Zimmer soll jeder streichen, wie er will.«

Am meisten begehrt Sunsita auf. Sie möchte das Haus in einem grellen Farbton haben.

»Hier herrscht keine Freude, gebt doch diesem düsteren Haus etwas Farbe.«

Und barfuß stürmt sie mit ihren schmutzigen Füßen und der unvermeidlichen Fliegenklatsche hinaus.

Ein Chaos wabert im Haus und stiftet in der Familie gewaltiges Unheil. Eine Sezierung, ein Erdbeben kündigt sich an. Auf stürmischem Meer kommt das Schiff nicht weiter. Weder die Bestimmtheit der Großmutter noch die krankhafte Präzision des Malakologen, wenn er Prognosen abgibt, kann das Gleichgewicht sicherstellen.

Ich sehe das Haus vor meinen Augen schwanken und tröste mich mit den bunten Papageien, den streunenden Katzen, für die nie ein Teller mit Reis und Fisch fehlt, mit meinem Boxer, der an nichts schuld ist und nirgends mehr umhertollen und sich ausstrecken kann wie auf dieser großen Terrasse neben dem Meer.

Von verfrühter Sehnsucht gepackt, denke ich an meinen dreieckigen Park und an die Bewohner des Viertels. Aber es ist unnütz, ein unwiederbringlicher Wandel kündigt sich an. Ich weiß noch nicht, wie er sich abspielen wird, aber ich sehe die gesprungenen Spiegel, die Telefonkabel und Glastüren über den Lauben und Gartenbeeten des Erdgeschosses zu Staub werden. Vielleicht nur eine Vorahnung, aber sie verfolgt mich. In solcher Lage helfe ich mir mit dem einzig Möglichen: der Fantasie. Ich lasse ihr freien Lauf, und so befreie ich mich und vertreibe die bösen Geister.

Aber ich war dabei, das Haus zu beschreiben, und habe noch nicht von den Marmorsäulen gesprochen. Ich hasse sie, denn sie sind kalt und nehmen uns Platz weg. Außerdem erzeugen sie einen seltsamen Widerhall, wenn sich das Echo der Stimmen teilt, um ihnen auszuweichen. Diese protzigen, traditionslosen Havannaer Säulen gefallen mir überhaupt nicht. Ich komme mir vor wie in einem Mausoleum. Betrete ich ein Haus mit Säulen, so meine ich ersticken zu müssen. Und gibt es in diesem Haus zufälligerweise eine Kanonenkugel, eine von denen auf einem Ständer, wie sie einmal so in Mode waren, dann kann die Bedrückung tatsächlich so weit führen, daß ich ersticke.

Den Hutständer im Empfangsraum habe ich noch vergessen. Er war schön, aus lackiertem Mahagoni, doch mir kam er traurig vor. Kaum daß ein vereinzelter Strohhut an einem Haken hing. Hüte waren aus der Mode gekommen, und der Ständer stand dort herum wie eine stumme Reliquie.

Eines Nachts träumte ich von ihm; ein schwerer, unauslöschlicher Traum. Manche Leute sagen, man erinnere sich an den letzten Traum jeweils am deutlichsten. Wenn das stimmt, war das der letzte Traum jener Nacht. Ich trat in einen Abwasserkanal und versuchte mir zwischen Steingräbern einen Weg zu bahnen. Am Ende des Stollens wollten mich einige Holzhaken mit runden Klauen erdrosseln. Wütend heulte ich auf.

»Was ist denn los?« rief meine Mutter.

Noch im Traum, sagt sie, habe ich geantwortet: »Der Hutständer! Der Hutständer!«

Das Haus hatte keine Garage. Aber die Onkel hatten sich ein paar schwarze Zweisitzer mit auf den bauchigen Kofferraum montierten Reifen gekauft, und man mußte sie vor dem Regen und dem Salpeter schützen.

Einer von ihnen ergriff die Initiative. Auf der einen Seite des Hauses lag ein langgezogenes Terrain, auf dem allerhand Pflanzenarten wuchsen. Innerhalb von zwei Tagen verschwand dieser Garten und verwandelte sich in eine Zementpiste für die Autos. Die Onkel hatten Spaß daran, die Reifen quietschen zu lassen, und stritten sich um einen Platz bei der Ausfahrt zur Straße. Nachdem sie diese Piste mit einem langen Zinkwellblech überdacht hatten, machten sie sogleich eine Autowerkstatt daraus. Die Neugierigen aus dem Medina-Viertel drängten sich, um die ausgefallenen Modelle und ihre technologischen Neuerungen zu sehen.

Das weiße Licht drang nicht mehr ins Eßzimmer, da die Großmutter den Halbschatten dem Lärm aus der Karosseriewerkstatt vorzog. Mit dem schwindenden Licht nahmen Gesichter und Gegenstände einen andern Ausdruck an. Alles wurde wirklicher, intimer; eine neue Seele bemächtigte sich der Augen und verwandelte die Gesichter. Das Eßzimmer bekam schärfere Konturen und war sogar angenehmer – man aß gemütlicher. Die gelben Ränder der Servietten verschwammen, die weißen Flecken der Gläser verschwanden. In seinem behaglichen Licht war alles echter, reiner. Überall im Eßzimmer hingen die Küchengerüche. Eine besondere Unschuld durchflutete es. Die Ruhe kündigte den Sturm an.

Der Hund trieb sich in sämtlichen Winkeln des Hauses herum, die Katzen erschienen scharenweise, die Papageien hackten aufeinander ein. Die Veränderung geschah überraschend. Ein Wirbelsturm. Irgendein gemeiner Vogel zerpickte alles: das Zeichenblatt der Schularbeit, das Bild des großen Hauses mit seiner scheinbar unzerstörbaren Struktur...

Wie Papierschnipsel im Wind flog die Familie von einem Ort zum andern. Und mein Leben begann aus dem Takt zu geraten. Ein paar Tage vor der Katastrophe war der Spiegel im Empfangsraum fleckig geworden. Beim Umzug blieb er vergessen in einer Treppennische liegen, wo die Katzen um ihr Futter bettelten. Beladen mit Küchengeräten und Koffern voller Kleider, wirbelten die Autos der Onkel Staubwolken auf wie im Film. Das leere Haus blieb zurück. Aber die Zeit hat mir bewiesen, daß das Zurücklassen des Spiegels ein Zeichen des Niedergangs war: der Untergang einer Welt, die nie wieder auferstehen würde.

Heute kündigt sich Besuch an. Schon seit dem frühen Morgen sehe ich eine Schmeißfliege im Wohnzimmer umhersurren. Sie setzt sich auf den Fensterrahmen, dann auf die Schaukelstuhllehne und zuletzt auf die mit Sand gefüllte Muranoglas-Vase. Wer mag der Besucher sein?

Im neuen Licht der Wohnung läßt die Schmeißfliege ihre ockerfarbenen Flügelchen sehen. Ob sie merkt, daß ich sie beobachte, daß es mich amüsiert, sie hin und her fliegen zu sehen? Niemand nimmt sie wahr.

Meine Mutter gießt Kaffee auf. Eben hat sie einen Teller mit armen Rittern aus dem Ofen gezogen und auf den Kühlschrank gestellt. Sie deckt sie mit einem Nylontuch zu, damit sich die Fliegen nicht draufsetzen. Der Schmeißfliege sind sie jedoch egal.

Diszipliniert erfüllt sie ihre ornamentale Aufgabe: vom Fensterrahmen zum Schaukelstuhl und von dort zur grünen Blumenvase.

Ich weiß nicht, ob es daran liegt, daß es eine Erdgeschoßwohnung ist, oder daran, daß sie sich hinten am Parque Martí befindet, jedenfalls wird sie ununterbrochen von Tierplagen heimgesucht. Die Feuchtigkeit zieht Ratten und Mäuse,

49

Kakerlaken und Springfrösche an. Alles ist heiterer, heller; die Wohnung riecht nach frischer Farbe. Und obendrein hat der Zenith-Fernseher mit seinem runden Bildschirm Einzug gehalten, gefolgt von einer ganzen Rotte aus dem Viertel. Aber die Schmeißfliege läßt sich nicht stören. Um nichts auf der Welt wird sie das Haus verlassen. Weder die Betriebsamkeit vor dem neuen Apparat noch das Hordengebrüll erschreckt sie.

Nicht einmal die fliegenden Fliegen, die sie umsummen.

Die Schmeißfliege kam, um einen Besuch anzukündigen, und bleibt.

Die allererste Sendung des Fernsehens ist die Übertragung des Fußballspiels. Vor dem runden Bildschirm drängen sich die Burschen aus dem Viertel. Zuerst die Nationalhymne und dann der Ball, der aus der magischen Kiste springen will.

Als das Spiel zu Ende ist, verzieht sich die junge Schar. Nur die engsten Freunde bleiben. Meine Mutter schenkt Kaffee ein und verteilt die armen Ritter. Hinter ihr her die Fliegen, angezogen vom Sirup. Man muß den neuen Apparat mit einem Stück Nylon zudecken, damit ihn der Salpeter des Malecón nicht angreift. Die ganze Aufmerksamkeit konzentriert sich auf ihn: die Neuheit des Jahrhunderts.

Aber weder der neue Gast noch die Schar aus dem Viertel hat meine Aufmerksamkeit vom ornamentalen Insekt abgelenkt, das jetzt unbeweglich auf der Sessellehne sitzt. Jeden Moment wird jemand an die Tür klopfen. Diese Vorahnung wird allmählich körperlich, beinahe unerträglich – und schließlich klingelt die Hausglocke.

Venancio, der Straßenbahnfahrer, ist gekommen. Er ist müde, hat ein Pudelgesicht und einen ganz weißen Kopf und riecht nach Straßenbahnuniform und Alter. Seine Hände könnten aus Gummi sein, hätte er innen nicht Schwielen an den Fingern. Rauh, wie sie sind, können sie zu wundervollen Schlaginstrumenten werden. Wenn er die

Handflächen aneinander reibt, erzeugt er ein großartiges Geräusch von Guiro-Rasseln. Er setzt sich in den Sessel, wo die Schmeißfliege auf ihn gewartet hat, um endlich das Weite suchen zu können, und beginnt mit der Vorstellung. Begleitet von seinen Händen, folgt ein Guarachalied dem andern.

Seit Jahren geht er von einem Freund zum andern und erzählt seine Geister- und Hexengeschichten, manchmal dieselbe, nämlich die von der Wassermutter der Zuckerfabrik Herz Jesu, wo seine Großmutter als Haussklavin gedient hatte.

»Sie war eine sehr große Wassermutter und kam immer aus dem Brunnen. Niemand konnte sich erklären, wie sie bei ihrer Größe in diesem Wasserloch Platz fand. Sie wuchs blitzschnell. Manchmal vergingen Monate, ohne daß sie sich zeigte, denn sie ging im Meer Fische holen. Voll und stark kam sie zurück, die Haut auf der Brust spiegelblank. Mir nichts, dir nichts tauchte sie auf und verschwand wieder. Einmal trug sie ein Horn auf dem Scheitel, und ein andermal strahlte sie ein so grelles Licht aus, daß es jeden blenden konnte. Eines Tages wollte der Herr meine Großmutter, eine sehr hübsche kleine Schwarze, dorthin bringen, wo die Kühe gemolken werden, um sie zu vergewaltigen, da sie ja Sklavin war, aber sie führte ihn an der Nase herum.

›Ja, natürlich‹, sagte sie. ›Aber gehen wir zum Brunnen statt in die Viehkoppel.‹

Und als er's schon zufrieden war, rief sie die Wassermutter, denn es war bereits Abend. Sie erschien größer denn je, wie eine Königspalme. Als der Herr sie erblickte, begannen ihm die Beine zu schlottern, und er konnte nicht einmal schreien.

›Danke, Wassermutter‹, sagte sie bei sich. Und mit hohem Fieber ließ sie ihn dort zurück, denn... Oh, wenn Sie eine Wassermutter sehen und sich nicht schnell mit einem Basilikumzweig bekreuzigen, dann hüten Sie sich vor dem Fieber, das Sie befällt.«

Noch heute, wenn eine Schmeißfliege umhersurrt oder sich in meiner Wohnung auf irgendein Möbelstück setzt, sehe ich Venancio mit seinem Pudelgesicht und seinem weißen Kopf. Und eine Wassermutter groß wie eine Königspalme, die ihm über die Schulter guckt.

Ein weißer Wagen, neuestes Modell. Weiße Felgen, weißes Steuer. Ein Wagen, hinter getönten Schaufensterscheiben unter anderen ausgesucht, in einer Vertretung, wo die weißen Modeautos dominieren und sogar der Weihnachtsbaum verschneit ist. Ein weißer Baum mit weißen Weißwedelhirschen und weißen Häuschen unter gewelltem Dach. Ein riesiges weißes Auto mit weißbezogenen Sitzen und einem weißen Glöckchen am Rückspiegel. Eine junge Frau in weißem Leinen, mit weißen Schuhen und weißer Handtasche mit goldenem Druckknopf. Eine Reihe Antina-Fläschchen im Bad fürs Leder sämtlicher Schuhe. Ein junger Mann, dessen mit Glestoro-Brillantine beschmiertes Haar am Schädel klebt, in weißem Popelineanzug und zweifarbigen Schuhen. Einwandfreie, perfekte Eltern, die neben einem Bingotisch im luxuriösen Montmartre Bier trinken.

Ein weißes, mit glänzender weißer Ölfarbe bemaltes Haus mit weißgestrichenen Zedernholzsesseln, einem weißen Telefon und einem weißen Klavier mit Fotos von der Hochzeit in der Kirche Montserrate. Ein Foto mit Silberrahmen und einer makellosen Braut mit Orangenblütenstrauß in der Hand.

Ein weißer Oldsmobile, neuestes Modell, zwischen Keulenbäumen und Jupiterefeu auf der alten Straße nach Guanabo rasend, wo ein junges, weißgekleidetes Paar Domino spielen und Bier trinken will.

Und auf dem Hintersitz ein verdrießlicher Junge mit roten Haaren. Ein Junge in weißem Baumwollhemd und langen, gestärkten Höschen, der zu entwischen versucht, weil ihm die Klimaanlage die Bronchien verkühlt; dann kann er nicht am

Strand baden und über den heißen Sand laufen, wo sich eine Gruppe weißgekleideter Frauen und Männer umarmt und küßt, übereinander herfallend und mit Bierflaschen in der Hand.

Eine weiße Wohnung und ein Junge, der wieder mit Klettengras an den Strümpfen nach Hause kommt.

Ein wortkarger Junge mit einer Kreide in der rechten Hand.

Ein weißer Junge auf einem Familienporträt.

Die Möbel schenkte ihm die Schwester. Sie sammelte alles, was zum Wegwerfen bestimmt war, und gab es ihm. Er war ihr Lieblingsbruder, denn er hatte grüne Augen und war als Halbwüchsiger ein Kamerad ihres ersten Freundes gewesen. Immer hatten sie zusammengehalten. Ich kenne diese Familie seit langer Zeit. Ágata spielte Klavier, und Rubén warf ihr Zettelchen mit Liebesgedichten hinüber. Eine mit fahlgelbem Efeu überwachsene Mauer trennte sie voneinander. Der Bruder war es, der die Gedichte auflas und der Schwester brachte. Ihre Familien hielten sehr zusammen, und die Freundschaft mußte geheimgehalten werden. Sie hielt nicht lange, denn die Martínez zogen nach Alt-Havanna, und sie blieb untröstlich zurück und spielte nicht mehr Klavier. Da er ihr hübscher Junge war, nähte sie der Braut die Aussteuer, als er heiratete. Wegen der Aussteuer und später wegen des Säuglingskörbchens hätte sie beinahe das Augenlicht verloren. Mit fünfzig waren ihre Augen schwach geworden, und auf beiden Seiten hatte sie den Star. Sie dachte immer nur an die andern. Immer sagte sie: »Jetzt werde ich mich ändern, werde eine andere werden.« Aber sie blieb dieselbe.

Bevor sie in den Vedado zogen, kündigte sich bei Ágata schon der Schmerz in den Augen an. Sie verehrte die Priester und den Dichter Gustavo Sánchez Galarraga, der im Cerro unser Nachbar gewesen war.

Nach Machados Sturz verschanzte sich die Menge vor dem Galarraga-Haus, um es zu plündern, da ihn Machado oft besucht hatte. Das erfahren und hinlaufen war für sie eins. Sie stellte sich vor eine Wand und rief: »Das ist das Haus eines großen Dichters – man muß die Bibliothek retten.« Das ganze Viertel wußte noch, wer sie war, obwohl sie nun schon einige Jahre im Vedado lebte, aber von einer Frau ohne Schulbildung hatte niemand dieses Verhalten erwartet.

Galarraga seinerseits kletterte auf das Mäuerchen beim Eingang und sagte zur Menge: »Kommt rein und plündert das Haus, aber vergreift euch bitte nicht an Martís Büchern.«

Als die Leute das hörten, erstarrten sie. Und die beiden gingen ins Haus, um zu weinen. Sie war schon immer eine sehr seltsame Frau gewesen. An den anderen Geschwistern lag ihr nichts, aber diesem Bruder war sie eine Verbündete. Nur sie wußte, daß er sich eine Junggesellenwohnung eingerichtet hatte. Ja sie ging sogar andauernd hin, um aufzuräumen, ihm Krimskrams zu bringen und ein wenig sauberzumachen.

Deshalb waren die Möbel schon vorhanden, als er heiratete. Er räumte seine Wohnung und übersiedelte mit allem ins Haus an der Calle Línea, restaurierte einige Schaukelstühle und strich einen Nachttisch, damit die Familie sie nicht wiedererkennen konnte. Es war Tradition, zu heiraten und dann ins große Haus zu ziehen.

Ágata kümmerte sich mit den befreundeten Priestern um die kirchlichen Angelegenheiten; sie wurde eine Vertraute der Braut und begleitete sie auf allen Gängen für die Hochzeitsvorbereitungen. Im Hof der Kirche San Juan de Letrán organisierte sie den Polterabend für die Braut und bat die Angestellten des Encanto, keine Zoten zu reißen und schon gar nicht schlüpfrige Witze zu erzählen, denn die Priester saugten alles auf und hatten sehr scharfe Ohren. Im Blumenladen La Dalia kaufte sie ein hübsches Sträußchen, und den Carmelo de Calzada, wo der Großonkel seine Bestellungen für den Regierungspalast machte, beauftragte sie mit einem Imbiß.

Er hatte sie an einem verregneten Nachmittag kennengelernt. Wenn es so goß wie an diesem Tag, stellten sich die jungen Burschen in Kinofoyers oder Kleidergeschäften unter.

Beim Wirbelsturm von 1926 hatte sie ihren Vater verloren, ihr war nichts anderes übriggeblieben, als im Encanto eine Stelle anzunehmen. Als er sie kennenlernte, arbeitete sie an der Kasse; später wechselte sie in die Parfümerie. Sie sah sehr schön aus, vor allem auf ihrem Drehstuhl, denn darauf schien sie außerordentlich groß zu sein.

Im Encanto gab es sehr hübsche Frauen. Er hatte mehrere Geliebte, aber diese zog er allen andern vor, vielleicht weil er wußte, daß einer der Geschäftsführer ihr Freund war. Die Schwester berichtete mir alles haarklein. Noch am selben Tag, als er sie kennenlernte, erzählte er es ihr. »Die werde ich wirklich heiraten, Schwesterchen.« Ágata glaubte ihm. Noch nie hatte er ihr ein solches Geständnis gemacht. Sogar an den Händen schwitzte er.

Im selben Jahr wurde Elvira Finalistin im Wettbewerb um das schönste Mädchen des Geschäfts. Als Ehrendame stellte sie alle andern in den Schatten, was ihr einige Probleme und viel Verdruß mit der Schönheitskönigin eintrug. Mitten in diesem ganzen Wirbel lernte sie Richard kennen. Die Königin machte sie schlecht und schrie sogar los: »Zieht ihr nichts Weißes an!«

Als sie das hörte, wurde ihr vor lauter Ärger darüber schrecklich übel, so daß sie nicht mehr weiteressen konnte. Als man die Mädchen für die Fotos aufs Podium setzte, sah man ihr die Freude nicht an – nicht einmal lächeln konnte sie. Auf den Werbefotos des Geschäfts ist es das einzige unfreundliche Gesicht. Doch selbst so, mit verbissenem Gesicht und verkrampften Händen, war sie die auffälligste, eleganteste Schönheit. In der Familie des Bräutigams gab es Meinungsverschiedenheiten. Die Mutter war gegen diese Ehe, weil Elvira nicht aus gutem Haus kam. Die Schwestern waren geteilter Meinung, und den Brüdern war es völlig egal. Ágata gab ihre Zustimmung, und das machte den Bräutigam glücklich.

Sie heirateten am Tag der Caridad del Cobre – am 8. September 1938 – in der Kirche Montserrate, die aus allen Nähten platzte. Um sechs Uhr abends war der ganze Straßenzug überfüllt mit Autos. Seine Mutter hatte schon zum voraus angekündigt, sie würde nicht zur Hochzeit kommen. Einige Töchter folgten dem Beispiel der Alten. Und ihre Mutter weigerte sich ebenfalls zu gehen, als sie es erfuhr, denn sie war eine verbitterte, sehr fromme Witwe.

Elvira betrat die Kirche am Arm des höchst stattlichen und aufgeblasenen Kommandanten Vera, eines Freundes der Familie. Ich sah, wie sie weinte, während ihre Freundinnen aus dem Encanto sie beglückwünschten und ihr Hochzeitskleid lobten.

Sie führten sie in einen Winkel neben das Taufbecken, um ihr die Tränen abzuwischen und sie zu beruhigen. Hortensia Coalla hatte schon mit dem Ave Maria angefangen und sang es zu Ende, aber die Braut ging nicht nach vorn zum Altar, da sie ganz verzweifelt war. Weder die Mutter noch die Schwiegermutter, noch der Bräutigam befanden sich in der Kirche. Ágata ging zum Beten in die Immaculata-Kapelle, und ein Bruder von Elvira stieg ins Auto, um Richard in sämtlichen Bars von Havanna zu suchen.

Niemand rührte sich vom Fleck. Die Seitenschiffe waren überfüllt, und die Bemerkungen wurden immer lauter. Der eigens angestellte Fahrer war sprachlos – er hatte alle möglichen Orte abgeklappert. Elvira nahm sich die Silberkrone vom Kopf und warf die Orangenblüten ins Taufbecken. Ágata war als einzige gelassen und zuversichtlich.

»Er betet dich an, Dummchen, er kommt, du wirst schon sehen.«

Elvira hatte verquollene Augen. Sie machte den schlimmsten Augenblick ihres Lebens durch. Als Frau konnte ich mich in sie hineinversetzen und schämte mich; ich wollte schon gehen, da sehe ich, wie Richard stockbesoffen aus einer Kutsche steigt. Es war die Kutsche Malangas, des Troubadours. Drin saß Richard mit einer Gruppe von Freunden, seiner schwarzen Trauerkrawatte, die er noch für seinen Vater aufsparte, und dem alten Malanga mitsamt seiner Gitarre, der ein damals sehr populäres Tanzlied sang: *Der Trigeminus.*

Der Priester ging zur Tür, um den Bräutigam zur Rechenschaft zu ziehen.

»Los, los, alles in Ordnung«, sagte Richard zum Pater.

Gleichzeitig nahm er Elvira am Arm, drängte den Brautführer beiseite und geleitete sie zum Altar.

Wieder stimmte Hortensia das Ave Maria von Schubert an. Und mit kurzen Schrittchen trippelte Ágata hinter dem Brautpaar her, um Elviras Schleppe zu richten und ihren Bruder zu stützen.

Obwohl er fast schlief, tat Richard so, als hörte er dem Priester zu. Noch mit Tränen in den Augen nahm Elvira, inzwischen weniger nervös, ihren Ehering entgegen. Ágata war als einzige vollkommen glücklich.

Auf der Straße, als alle sich um Malangas Droschke drängten, um zu sehen, wie das Brautpaar Richtung Galiano davonfuhr, zog Ágata eine Handvoll Reis aus ihrer Tasche und streute ihn Richard und Elvira über den Kopf.

»Schlechtes Zeichen, dieser Anfang«, bemerkten viele Gäste.

Aber Ágata warf weiter ihre Reishäufchen, bis die Droschke verschwand, mit den scheppernden Blechdosen an den Trittbrettern und diesem Brautpaar, das schon alles vergessen hatte und voller Lebenslust war.

Der Hof war klein und quadratisch, fast ohne Sonne. Das einzige, was darin leuchtete, war die bemooste Mauer. Alles andere ließ nur zu deutlich die Hand eines Baumeisters erkennen. Die Feuchtigkeit veredelte die Wände aus Stein. Wenn man auf dem Boden oder in einem der Beete saß, wirkte die Mauer hoch, wie eine echte Schutzmauer; stand man jedoch auf, so rückte der Rand in Reichweite. Um hinaufzuklettern und das Meer zu sehen, brauchte man sich bloß auf einen Getränkeharaß zu stellen oder auf den Waschtrog zu steigen. Ach, der Waschtrog!

Sie kletterte hinauf und zeigte mir ihre warmen, rosigen Schenkel und das helle Höschen. Sie war dreizehn, und ich dachte, ich wäre sehr verliebt. Ab und zu kam sie vorbei, immer verschwitzt und nervös. Sogleich schauten wir uns das Meer an.

Der Hof war nicht der richtige Ort für meinen Hund. Und noch viel weniger diese Vertiefung unter dem Waschtrog, in die er sich immer hineinlegen mußte. Dort fühlte er sich wie erstickt, als trüge er einen Metallring um den Hals. Innerhalb weniger Monate verstummte er und nahm um viele Pfund ab. Ein Hund, der nicht bellt, gibt ein sehr trauriges Bild ab: ein saitenloses Instrument, achtlos in einen Koffer geworfen.

Noch nie hatten wir ihn so gesehen. Wenn er sich in der Wohnung hin und her bewegte, bewegte sich alles mit, da er so groß war. Wir begannen unter der Anwesenheit eines Tiers zu leiden. Obwohl er nicht alt war, wurde er wie ein Alter behandelt; obwohl nicht krank, wie ein Kranker. Außer mir wünschten sich alle, er verschwände, aber keiner hatte den Mut, es zuzugeben. Er magerte ab, sah bald aus wie ein Klappergestell und fraß beinahe nichts mehr. Wenn ich mit ihm in den Park ging, freute er sich ein wenig, aber wenn er sich auf dem Heimweg der Straße näherte und schon das Haus riechen konnte, überkam ihn große Traurigkeit, und er begann zu lahmen. Er wurde starrsinniger, seine Bewegungen langsamer. Entschloß er sich, durchs Haus zu trotten, so tat er es mit trägem Blick und beschnüffelte alles, als wollte er im Kopf ein vollständiges Bild von den Dingen mitnehmen. Ich spürte, daß er von uns Abschied nahm.

Nicht einmal richtig wimmernd, streckte er eines Tages alle viere von sich, bis sie zu langen, steifen Stöcken wurden. Dann legte er den Kopf auf eine frische Bettdecke und hörte zu atmen auf.

Wir hüllten ihn in ein Laken und trugen ihn auf einen unbenutzten Hinterhof, der meinem Vater gehörte, in einem Viertel mit Holzhäuschen, Pantoffelstrauchhecken und Stacheldrähten, und beerdigten ihn. Er war mit größter Würde gestorben, ohne zu röcheln oder einen Wirbel zu veranstalten, er starb ganz einfach, so wie Tiere zu sterben wissen.

Als ich wieder nach Hause kam, schlug mir eine große Kälte entgegen. Daß der Hund nicht mehr da war, war körperlich spürbar. Milagros hatte jede denkbare Spur von ihm beseitigt: den Blechnapf, die feuchte Bettdecke, den Gummiknochen. Aber unter dem Waschtrog blieb ein Schatten zurück, etwas von seinem Geruch und ein mit Händen zu greifender Pulsschlag.

Um dem Kummer auszuweichen, den dieser dem Tier ähnliche, unsichtbare, aber dichte Stoff in mir hervorrief, ging ich möglichst nicht in den Hof. Hingegen erkannte ich vom Eßzimmer aus die grün bemooste Mauer, die Mauer mit den tausend Augen, und blieb, das Glas mit schwarzem Zukkerwasser in der Hand, lange Minuten dort stehen, in ein durchscheinendes Bild versunken.

Die Gewißheit des Todes zu spüren und mich an meinen

Hund zu erinnern, ist für mich im Laufe meines Lebens ein und dasselbe gewesen. Nicht alle werden den Schmerz begreifen können, den ich in jenen Tagen verspürte.

Jemand ahnte, daß die Fröhlichkeit fehlen, daß man sich nach einem fremdartigen Geräusch, einem Kreischen oder Flügelschlag sehnen würde. Und eines Tages verließen wir das Haus unter brennender Sonne, fest entschlossen, mit einem neuen Bewohner zurückzukommen. Als mein Vater und ich an jenem Sonntag so guter Dinge waren, erblickten wir Ecke Malecón und K ein einzigartiges Schauspiel. Im Garten eines Häuschens mit grünen Ziegeln spielte ein Bursche mit einem jungen Löwen. Von fern dachten wir, es könnte ein Hund einer ganz seltenen Rasse sein, aber als der Wagen anhielt, sahen wir, wie der Bursche – um uns einen Schrecken zu ersparen – den Löwen an einer versilberten Kette zu sich heranzog. Das kleine Tier war zärtlich und verspielt, aber es machte angst, zu sehen, wie es sich auf dem Rücken hin und her wälzte und an der Kette riß. Dabei erinnerte es mich manchmal an meinen Hund, aber in seinen Augen leuchtete etwas Grausames, Schreckliches auf. An diesem Tier war nichts Fügsames. Wir waren überzeugt, sein Besitzer würde den Löwen in seinen Käfig im Zoo zurückbringen, von wo er entführt worden war und wo er schließlich neben rohen Fleischstücken und toten Kaninchen brüllen würde. Keinen Moment lang dachten wir daran, ein solches Tier nach Hause zu bringen. Aber mit leeren Händen wollten wir auch nicht zurückkommen. Die Käfige mit den schönsten Vögeln der ganzen Insel warteten auf uns.

Die Straße nach San Francisco de Paula, auf dem Weg zum Gut Vigía, führte uns zum Taubenschlag von Nilo Ortega, dem berühmten Züchter von Trauertauben, afrikanischen Papageien und australischen Sittichen. Nilo hatte die Geduld eines chinesischen Philosophen. Tag und Nacht verbrachte er damit, seinen krummschnäbligen Vögeln das Sprechen beizubringen. Und er war genau wie sie: kurzangebunden, einsilbig, mit ovalem Gesicht und hohem Brustbein, der schmale Kopf mit der vorstehenden Nase ebenso aus dem Gleichgewicht geraten wie bei einem alten Tukan.

Bevor Hemingway in sein Gut einfuhr, hielt er jeweils vor Nilos Haus an.

»Tag, Nilo!«

Vornübergebeugt forderte Nilo, an der Autotür stehend, seinen Lieblingsvogel auf, den Schriftsteller und Nachbarn zu grüßen.

»Fressen, fressen«, kreischte der Vogel nur.

Mit dieser Geschichte schläferte Nilo fast alle seine Kunden ein. Er war schrullig und führte uns zu seinen bevorzugten Käfigen.

»Hier entlang, hier entlang.«

Oder zu denen, die sich, wie er sagte, sehen lassen konnten. Der Ort war wie ein Kirchenfenster mit bunten Scheiben. Es gab grüne und rote Papageien, blaue und solche mit schwarzem Kamm, weiße mit kleinen gelben Federbüschen auf dem Kopf, grelle Kakadus, häßliche Vögel mit Kometenschweif, weiße Sittiche . . .

In der Hand trug Nilo einen langen Stock, um auf die Vögel zu deuten, die zu haben waren. Ein auf seine Bilder eifersüchtiger Museumskurator war noch am ehesten mit diesem verrückten Krämer zu vergleichen.

Ich denke an das Herz dieser eingeschlossenen Vögel, jetzt, da ich sie in der Erinnerung einsam in ihren Käfigen sehe, habe Erbarmen mit ihnen, wo auf der Welt sie sich auch befinden mögen, einem Wucherer wie diesem ausgeliefert; Vögel, die im Frühling im kräftigen Wind fliegen möchten, Vögel, die sich nach Paarung oder Freundschaft sehnen, einfache Singvögel in düsterer Gefangenschaft, die Flügel an Brust und Rippen gepreßt.

Mein Vater beugte sich zu einem Sittichpärchen hinunter. Ich wollte etwas anderes, etwas, was auch mich fliegen lassen würde; einen häßlichen exotischen Papagei von einer Insel, wo die Männer einen Lendenschurz trugen und die Frauen nackt waren. Von einem weißen Felseneiland mit einem Mestizen, der mit einer Muscheltrompete die bunten Vogelscharen auf seinen Stein rief.

Mit der rechten Hand packte Nilo einen blauen Papagei.

»Das ist Moctezumas Papagei, er kostet fünfzig Pesos.«

Ohne den Zahnstocher aus dem Mund zu nehmen, versuchte er uns von der Qualität und Schönheit dieses Vogels zu überzeugen.

In seiner Hand verlor der Papagei seine ganze Arroganz und wurde aggressiv und klein. Er tat mir sehr leid. Wäre er ein Drache gewesen, er hätte in diesem Moment Feuer gespien.

Aber er war ein aztekischer Papagei in den Händen eines Verkäufers.

Zusammen mit Moctezuma kauften wir den Käfig und Futter für drei oder vier Monate.

Verzweifelt flatterte der kleine Papagei in seinem Gefängnis umher und prallte gegen die dünnen Käfigstäbe. Wenn er allein war, war er sehr schön. Und mich machte er glücklich.

Wir hängten den Käfig an einen Haken im Hof. Dort bekam er etwas Tageslicht und kühle Nachtluft. Ein eingesperrter Papagei war nicht dasselbe wie ein frei im Haus herumlaufender Hund.

Ein altkluger Vetter hängte Moctezuma ein Spiegelchen in den Käfig, damit er sich nicht so allein fühlte. Es blieb nicht lange heil, denn er hackte so darauf herum, daß es ganz zerkratzt wurde. Ich holte es wieder heraus und warf es in den Mülleimer. Es war besser so für das arme Tier.

Wir sind die Attraktion des Viertels. Niemand hat einen eingesperrten Papagei, und erst recht nicht einen mit kaiserlichem Namen. Die Nachbarn der Mietskaserne Miami kommen ihn anschauen und bringen ihm faules Obst.

»Señora, darf ich hereinkommen, um den Papagei anzuschauen?«

»Herein mit ihnen!« gebe ich meiner Mutter zu verstehen.
Seine Federn sind begehrt, vor allem die roten und die an
Kopf und Hals. Später erfahre ich, daß eine Papageienfeder
geheime Kräfte hat und man sie Changó, dem Gott der
Musik und des Krieges, als Opfergabe schenken kann. Sie
dient auch dazu, eine Osaín-Zeremonie durchzuführen, und
noch für viele andere Dinge mehr.

Moctezuma wird zur Publikumsattraktion und zu einem Talisman. Wenn ich mit ihm allein bin, schließe ich die Fenster
und mache den Käfig auf. Er spaziert gern durchs Haus. Dieser Papagei hat einen sehr komischen Gang. Er fliegt fast
nicht. Entweder will er nicht, oder er hat sich so an die Gefangenschaft gewöhnt, daß er nicht mehr fliegen kann. Wenn ich
ihn in die Hand nehme, um ihn wieder in sein Gefängnis zu
stecken, spüre ich, wie zart er ist. Er macht mir Schuldge-
fühle, und am liebsten würde ich ihn freilassen. Aber die Ker-
kermeistermentalität von uns Menschen zwingt mich, ihn
zurückzuhalten. Wenn ich ihn in seinem viereckigen Haus
mit den dünnen Stäben loslasse, empfinde ich ein perverses
Lustgefühl.

Mein aztekischer Papagei, Bruder des Feigenkaktus und
des Quetzalvogels, wird hier drin immer linkischer.

Mich erschreckt der Gedanke, er könnte über hundert werden, der Käfig könnte noch vor seinem Tod defekt werden.
Forscht er mich etwa mit seinen schwarzen, unruhigen runden Augen aus? Wird er mir nicht vorwerfen, daß ich ihn
hierhergebracht habe, wo er weder dem Gekreisch der andern Vögel zuhören noch sich über das bunte Gefieder seiner
Artgenossen freuen kann? Wurden diese Federn und Farben
etwa nicht auch für ihn geschaffen?

Zuerst wollte ich ihn in den Zoo bringen, wie es dieser
Bursche mit seinem Löwenjungen tat, aber dann dachte ich

nach. Dort würde er erneut eingesperrt und vielleicht von einer Klapperschlange gefressen. Und wenn ich ihn freiließe, was würde dann aus ihm?

Diese Luft war nicht seine Luft, sein Gebirgsland mit Feigenkakteen und Quetzalvögeln. Hier würde er unbeholfen zwischen Spatzen und Truthahngeiern umherflattern, als ein exotisches Bündel bunter Federn und Zielscheibe für den Pfeil eines Lausebengels im Park.

An diesem Abend schob ich selbst den Balken vor die Hoftür und legte mich mit der Vorfreude, beim Frühstück Moctezuma wieder anzutreffen, zu Bett. Mitten im Schlaf dachte ich, es wäre besser, wie im Märchen von Rip van Winkle erst nach hundert Jahren wieder aufzuwachen und nachzusehen, ob mein Papagei noch da sei.

Ich möchte nicht den Eindruck eines Mannes erwecken, der den Wirklichkeitssinn verloren hat, aber ich bin sicher, das war es, was geschah.

Mein Segelboot richtet sich steil auf, um den Wellenkamm zu erreichen. Dann taucht es unter und streift die Steine auf dem Grund. Mein Segelboot hat Teleskopaugen und Haifischkiemen. Mein Segelboot ist stärker als meine Arme und Beine; es ist unsinkbar, und ich lasse mich forttragen; unnütz ist jede körperliche Anstrengung, unnütz jede geistige Anstrengung. Ich drifte ab. Mit großen Fischsprüngen erreiche ich den Rand des Traums, dieses Ufer, wo Steine und Wolken ineinander übergehen, wo das Greifbare ungreifbar und das Endliche unendlich wird. Von dort aus, von diesem Gipfel, wo die Stimmen der Vorfahren wieder vertraut werden und nahe sind, sehe ich die Welt. Manchmal möchte ich hinunter, aber ich kann nicht. Die Stimmen haben Stricke, die mich an sie binden. Und wie glücklich ich bin in diesem Gebundensein!

Das Inkommensurable, obwohl schwer und echolos, holt mich ein. Ich bin süchtig nach seiner Unermeßlichkeit.

Wenn ich Anas Augen sehe, stelle ich mir die Donau vor. So muß ihr Wasser sein, blau und ruhig, wenn auch mit Traurigkeit vermischt. Ana ist Jüdin, ich weiß nicht, ob aus Polen oder Ungarn. Das habe ich nie erfahren. Hier ist sie die Polakkin, wie ihr Mann Michel der Polack ist. Eines Tages kamen sie hier an, mit einigen Papiertüten Schwarzbrot, und richteten sich in der oberen Wohnung ein.

Ana ist schwanger, jung und schön, und Michel liebt sie sehr, denn immer wenn er von der Arbeit kommt, bringt er ihr Blumen und kandierte Früchte mit.

Der Krieg zwang sie, auf Schiffen mit amerikanischer Flagge den Ozean zu überqueren. Wie Michel erzählt, wollten sie nach Argentinien, blieben aber in Kuba.

Michel ist Flugzeugmechaniker und hat schwarze Fingernägel, aber nach saurer Milch riecht er nicht. Ana spricht kaum Spanisch. Wenn ich hungrig und durstig von der Schule komme und mit meinem Hund spazierengehen möchte, empfängt sie mich mit breitem Lächeln und ihrem Goldzahn.

Anas Arme sind dick wie die Brote aus der Bäckerei. Unter den feinen blonden Haaren sieht man auf dem einen Arm die Nummer des Konzentrationslagers: 23006.

Davon wird nicht gesprochen. Nun sitzt sie in unserer Wohnung und näht Kinderkleider, weil sie sich langweilt, wenn sie oben allein ist. Jeden Moment wird Michel mit der Werkzeugkiste und seinen Mitbringseln kommen.

Manchmal möchte Ana etwas sagen. Und meine Mutter fragt: »Ana, hast du etwas zu mir gesagt?«

»Nein, ich nicht.«

Sie ist sehr schüchtern, vielleicht mag sie deshalb nicht sprechen.

Mit ihren blauen Augen folgt sie meiner Mutter bei den Hausarbeiten. Sie reicht mir eine kandierte Frucht, lächelt und setzt sich wieder. Wenn sie sitzt, steht ihr Bauch vor. Manchmal ertappe ich sie dabei, wie sie ihn streichelt.

»Ana, möchtest du Kaffee?«

»Nein, ich nicht.«

Von meinem Zimmer aus kann ich in ihr Wohnzimmer sehen.

Schweigend näht Ana an einem blauen Kleidchen. Ab und zu starrt sie lange an die Wand, und ihre Augen füllen sich mit Tränen.

Das Bett wächst, und tief in den Traum versunken unterhalte ich mich mit Fantasiegestalten. Ich bin ein Mann in Lederkleidung in einem Lastwagen und schaue immer wieder zurück, um meinen Laster voll Orangen zu sehen. Es macht mir Spaß, zu wissen, daß ich über einen ganz persönlichen Kompaß verfüge. Dieses Gefühl von Freiheit habe ich nur in meinem Bett. Selbst auf schlechten Straßen ist mein Lastwagen schnell, denn seine Reifen sind wie Flügel.

Manchmal macht er einen kleinen Hopser, und es ist schön, die Orangen mithüpfen zu sehen. Ich genieße den Anblick dieser runden schwarzgepunkteten Früchte, der piniengesäumten Häuser und des endlosen Meers in der Ferne. Ich nehme den Kompaß, um wenigstens einer festen Richtung zu folgen, und habe das Gefühl, mein Bett werde aufgepumpt und gleite auf einer weißen, undefinierbaren Fläche dahin. Ich sitze in einem Boot ohne Ruder und steuere aufs Ufer zu. Sanft gleitet mein Boot auf einem schwarzen, ganz ruhigen Meer dahin. Diesmal habe ich keine Angst vor ihm, vielleicht weil ich mich wie in der Luft fühle, gehalten von einer unbekannten Schwerelosigkeit. Ganz unabsichtlich habe ich meinen Orangenlaster gegen ein Boot voller Algen eingetauscht.

Es macht Spaß, zu sehen, wie sich die Algen zu meinen Armen emporranken und sich in meine Haare schlingen. Überraschend stößt mich eine Welle auf den Grund. Algenbedeckt navigiere ich zwischen den Steinen hindurch und versuche erfolglos, den schwarzen Polypen und glotzäugigen Medusen auszuweichen. Ich gleite zu einem versunkenen, mit Münzen und Silber beladenen Schiff. Ich bin der Freibeuter

Daniel mit dem Holzbein. In eine hölzerne Truhe lege ich einige Münzen, die Juwelen der Baronin Astrid Dissen sowie Uhrkette und Skalpell des Kapitäns.

Alles wird von einem hell flimmernden orangefarbenen Licht beschienen wie in den Archivfilmen.

Auf einem Schiff wie diesem kreuzte Robinson Crusoe, bevor er Freitag traf. Oder vielleicht war es genau das hier.

Bevor ich der Wasseroberfläche entgegenstrebe, stochere ich zwischen verrosteten, moosüberzogenen Gegenständen herum. Ich entdecke ein gebundenes Buch mit der Geschichte eines Kapitäns und eines Schiffbrüchigen. Unter Wasser, stelle ich überrascht fest, kann man deutlicher lesen. Wie durch eine starke Lupe vergrößert, wachsen die Buchstaben. Während ich mich in die Lektüre vertiefe, spüre ich eine Erektion, gegen die ich nicht ankomme. Mein Geschlecht bemächtigt sich meiner, und schon ohne Arme und Beine versuche ich mich an die Algen zu kleben. Mein Körper bewegt sich wellenförmig und sanft. Mir kommt es vor, als bestünde ich nur aus einem riesigen Kopf. In Schwärmen nähern sich die Polypen, und ich mag nicht mehr vor ihnen fliehen. Ich sehe, daß ich eine schwarze Flüssigkeit hinter mir zurücklasse. Köstlich berauscht gleite ich voran und muß mich immer weniger anstrengen, um mich in der Schwebe zu halten. Auf der Suche nach meinem Holzbein taste ich die eine und dann die andere Seite ab, sehe aber nur dunkle, von kleinen Kratern übersäte Tentakel. Ich will meine Macht ausprobieren, denn ich fühle mich den andern überlegen, und versuche den Schwarm zu einer riesigen Holzkiste zu führen. Einige folgen mir. Umgeben von meinen neuen Bewunderern, ziehe ich die Nägel aus den Kanten und hebe den Deckel. Die Kiste ist voller Skelette. Die hellen Lichtblitze beleuchten Frauen- und Kinderknochen. Mit meinen Tentakeln will ich sie fassen, aber unter dem Druck des Wassers zerfallen sie. Ich bin über und über mit einer schleimigen Flüssigkeit bedeckt, die mich nichts sehen läßt und sich dem ganzen

Schiff entlang ausbreitet. Es ist Nacht und das Licht verschwunden.

Neben meinem Bett, das jetzt wieder seine normale Größe hat, versinken meine linke Hand, der Arm und der Ellbogen in einem lauwarmen Brunnen mit gelbem, salzigem Wasser. Bestürzt stehe ich auf und gehe zum Kühlschrank, wo ich mir Eiswasser ins Gesicht gieße. Die rosa Schneckenmuschel meiner Großmutter kommt mir in den Sinn und erscheint mir in sämtlichen Winkeln des Hauses. Ich versuche, in einem Sessel im Wohnzimmer zu schlafen, lasse den Kopf sinken und kann sogleich das Bild des Orangenlasters ausmachen. Da ich mich wahrscheinlich wieder dem aus dem Lastwagen entstandenen Schiff voller Algen gegenübersehen könnte, verscheuche ich den Schlaf und gehe ins Bad, bevor die andern erwachen. Noch mit dem Gefühl, daß mir ein schwerer Klumpen im Magen liegt, wasche ich mir das Gesicht.

Ich muß schreckliche Augenringe haben, aber ich meide den Spiegel.

Alles war an seinem Ort: der Fernseher auf dem Tisch, die grüne Murano-Vase auf einer Wandkonsole, die Silberrahmen auf dem Charbonier-Schrank, die Töpfe mit den Dieffenbachien den Beeten im Hof entlang aufgereiht, das Geld in Nylonbeutelchen, zwischen Kissen und in verriegelten Schublädchen verstreut, und der bei Cuervo und Neffen gekaufte Ehering in einem Schächtelchen mit Watte in der Spitze eines alten Schuhs. Alles an sicherem Ort. Die Wohnung reichlich mit Fenstergittern ausgestattet. Niemand konnte ahnen, daß sich mit Hilfe eines Kindes jemand unter der hinteren Gittertür des Hofes hindurch einschleichen würde. Meine Eltern waren nicht zu Hause. Milagros war schon früh weggegangen, um ihrem Mann, der wegen eines Messerstichs in der rechten Leiste im Krankenhaus lag, frische Unterwäsche und ein Batterieradio zu bringen, und ich saß blöde vor einer schwarzen Wandtafel, an die Mrs. Williams, die Finger gelb vom Nikotin ihrer dreißigsten Camel an diesem Tag, den Satz schrieb: *In God we trust.*

Mit einem so breiten Spalt unter der Gittertür war die leere Wohnung ein gefundenes Fressen für die Diebe. Ein Süßquark hätte für Ameisen nicht verlockender sein können als diese einsame Wohnung für zwei Gauner.

Sie kamen beide mit einem Jutesack über der Schulter, natürlich ohne Gesichtsmaske, aber entschlossen, das Vademecum des alten Gewerbes genauestens zu befolgen. Zunächst malten sie mit schwarzer Zeichenkohle seltsame Hieroglyphen an die Wände. Einer, vielleicht auch beide, ging von Zimmer zu Zimmer und pinkelte in sämtliche Ecken. Bevor sie das letzte Stück einpackten, wollte der eine, sicherlich der unerfahrenere, noch den Initiationsritus vollziehen, indem er mitten ins Wohnzimmer schiß, wie es sich in solchen Fällen gehört.

Das Zimmer meiner Eltern und die mit Silberminiaturen ausgefüllte Wohnstube wurden vollständig ausgeplündert. Den einzigen Teppich, ein Erbstück von meinen Großeltern, das in einer kleinen Diele zwischen den beiden Hauptzimmern ausgelegt war, bedeckten weiße Sternchen.

Als der Schreck sich legte, sahen wir, daß es sich um Beutelchen mit Valda-Hustenpillen in der Größe von kleinen Kristallen handelte, die die Eindringlinge auf dem Boden verstreut hatten, um mitzuteilen: »Wie Attilas Pferd sind wir hier durchgezogen, so daß kein Gras mehr wachsen wird.«

Nichts verschonten sie. Der Zenith mit dem runden Bildschirm ließ eine enorme Leere in der Wohnung zurück, wie das Auge Gottes, allwissend und indiskret. Ich denke, er muß sich sehr traurig gefühlt haben, als er in den Jutesack plumpste und dann, entthront, wie er war, auf den Schultern zweier Schurken davongetragen wurde. Jede Tür, jede Schublade, jeder Schrank, die aufgemacht wurden, hinterließen einen schrecklichen Nachgeschmack von Einsamkeit und Leere. In ihrem weißen Leuchten schrie die Wohnung um Hilfe. Sie war wie ein Leidtragender, der bei einem schweren Unfall seine Familie verloren hatte. Unerklärlicherweise hatten die Besucher die kleine Goldkrone der wundertätigen Muttergottes meiner Mutter nicht berührt. Aber sie hatten ihr in die gipsernen Achselhöhlen ein paar Bock-Zigaretten geklemmt, was ihr das Aussehen eines hermaphroditischen Kriegers gab. Das fiel mir als erstes auf, als ich mit meinem Vinylranzen diesen trostlosen Schauplatz betrat. Die Dichte des Wohnzimmers war schwerelos geworden. Der von Kristallgläsern freigeräumte Serviertisch wirkte nun so nüchtern wie ein entwaffneter Krieger, und selbst sein Spiegel, in dem wir uns bei jedem Schritt im Eßzimmer anschauten, bot nicht mehr das Bild einer mit der Welt im Einklang lebenden Familie.

Es war ein Spiegel ohne Licht, erblindet und nackt. Rasch wandte ich den Blick von ihm ab und untersuchte mein Zimmer.

Überzeugt, daß die Übeltäter gar nicht hereingekommen waren, bemerkte ich beim Herausgehen, daß meine Goldkette fehlte. Ich wurde so wütend, daß ich den Dieb mit bloßen Händen hätte erwürgen können, aber gleichzeitig spürte ich die Resignation eines Todkranken und tröstete mich mit dem Gedanken: »Was soll's, ich hab' sie ja nicht mal getragen.«

Die Nachbarn traten einander im Wohnzimmer auf die Füße, um den Umfang unseres Verlustes herauszukriegen. Wie Hammel schauten sie uns an und fragten meine Mutter mit verdächtiger Beharrlichkeit nach ihrem Solitär und der Leuchtkäferbrosche aus Edelsteinen, einem Geschenk der Urgroßmutter Leonor. Die Polizisten durchsuchten das Haus von oben bis unten, nahmen sogar auf den in den Regalen verwahrten Tellern Fingerabdrücke und stellten so ruhig, als schälten sie eine Zuckermango, zwei oder drei Routinefragen. Aus dieser Untersuchung ergab sich bestimmt keine positive Schlußfolgerung. Mein Vater wurde von der Nachbarschaft so lange belagert, bis Milagros im Laufschritt daherkam und mit ihrer notorischen Dreistigkeit alle zum Teufel jagte.

Zum erstenmal spürte ich die Härte eines Verhörs. Wie zu erwarten, war Milagros in diesem vollkommen unnützen Abenteuer mit seinen bodenlos blöden Fragen der Sündenbock. Ich habe schon zum Ausdruck gebracht, daß ich sie nicht mochte. Doch diesmal und angesichts dieser Schergen mit ihren schwarzen Sporen und Perlmutterpistolengriffen tat sie mir leid.

»Wo waren Sie, als der Einbruch geschah?«

In abgehackten Worten versuchte sie die Krankheit ihres Mannes und ihre Abwesenheit zu gewissen Tageszeiten zu erklären. Die Polizei zog ab, und die Wohnung blieb noch einsamer zurück.

Das fernseh- und radiolose Leben war unerträglich, die Straßengeräusche waren desto deutlicher zu hören. Die weißen Wände und unberührten Tische gaben ein gespenstisches Echo von sich. Vor dem Kalk dieser Wände waren wir wie Wachsfiguren. Onkel und Tanten defilierten durch unser Unglück, als besuchten sie die Matinee eines Schmierentheaters.

»Zum Glück haben sie Moctezuma nicht seine Ration Petersilie gegeben«, sagte meine Mutter ironisch, um den Mitleidsblick der andern loszuwerden.

Die Großmutter versprach, uns den neusten Zenith-Orion-Fernseher zu schenken, was mein Vater mit einem mehr oder minder beliebigen Satz und einer Grimasse beantwortete. »Im Krieg ist mehr verlorengegangen, wir werden es schon wieder hinkriegen.«

Man sprach von der Unsicherheit, vom Hunger bei den einfachen Leuten, von den Übergriffen des Diktators. Nach wenigen Tagen erschien die Polizei mit einem vollkommen harmlosen Bericht. Die Fingerabdrücke auf Türklinken und Jalousien mußten vom Bewohner eines andern Planeten stammen. Man gab den Beamten ein Limonadenfrappé und Zigarren und bedankte sich, weil sie zu einer ausgeraubten Familie gekommen waren.

»Wo ich doch meine tragbare Underwood so geliebt habe.«

»Und ich meinen Rubin- und Brillantleuchtkäfer. Diese Schufte!«

Eine ausgeräumte Wohnung bekommt nie wieder ihr ursprüngliches Gesicht. Nach wenigen Tagen traf der neue 24-Zoll-Fernseher ein. Auf dem Mahagonitisch, wo die alte tragbare Underwood gestanden hatte, wurde eine graue Olivetti Nr. 45 plaziert.

Meine Mutter bekam zur Entschädigung eine Schachtel Schokolade aus dem Hause Potín und eine modische, für den Zeitgeschmack typische Haarspange. Scheinbar nahm alles langsam wieder sein ursprüngliches Aussehen an, aber ein Gefühl von Ausgeplündertsein, begleitet von leichtem Frösteln, überkam uns. Die neuen Gitter vor den Fenstern, die Doppelverriegelungen und die größer gewordenen Schlüsselbunde waren Anzeichen dafür, daß wir nicht wieder ruhig leben würden.

Vor dem Schlafengehen kontrollierten meine Eltern, eifrig wie mittelalterliche Wächter, Türen und Fenster, Tür- und Torriegel. Und noch im Bett, wenn sie sich schon aneinanderschmiegten, um sich in die Weichen zu beißen, fragten sie erschrocken: »Hörst du kein Geräusch im Hof, Elvira?«

»Nein, Liebster, das muß dieser verflixte Papagei sein, mach dir keine Sorgen.«

Barfuß und mit heimtückischer Wonne lief ich zum Serviertisch im Eßzimmer und ließ ein Kristallglas aus dem nagelneuen Service zu Boden fallen.

Jetzt sitze ich in einem Schiff, das seine Farbe wechselt. Ich trage eine blaue Mütze mit goldener Plakette und blauen See-mannsstreifen. Wenn ich den Mützenschirm hebe, sehe ich das Meer. Einen Moment lang wechselt auch das Wasser sei-nen Farbton. Ich tauche ein und sehe einen Fischschwarm mit silbernen Flecken und roten Schnäbeln. Ich versuche den Kopf aus dem Wasser zu heben. Entweder ist es eine Halluzi-nation, oder das Meer gebiert einen zarten, weichen Meer-grasrasen.

Ich werfe mich auf ihn, um den Flügelschlag der Vögel zu hören. Ich schlafe und kann nicht erwachen. Neben mir ist nur ein Albatros. Es gelingt mir zwar, mit den Fingerspitzen seine Flügel zu berühren, aber nicht, mich an ihm festzuklam-mern, wie ich möchte.

Alles entrinnt mir. Sogar meine eigene Stimme versagt sich mir.

Nach wenigen Sekunden erwache ich auf dem Granitbo-den meines Zimmers. Ein Schmerz im rechten Arm und eine Stirnprellung. Wer wollte mir sagen, ich hätte nicht die an-dere Seite des Todes kennengelernt? Mein Schiff wechselt die Farbe, und ich tauche aus einem traumähnlichen Wachen auf.

Die morgendliche Geschäftigkeit meiner Eltern ist ohrenbe-täubend. Diese Wohnung ist ein Resonanzkasten, in dem sich das Echo fortpflanzt, bis es sämtliche Räume durchlaufen hat. Es ist nicht wie im Obergeschoß in der Calle Línea, wo die Wände die Stimmen auffingen und alles stiller und dumpfer war. Hier dringt jede Bewegung ins Obergeschoß. Sogar das Knistern der Laken oder das reibende Geräusch der Zahnbürste ist oben zu hören. Wir leben in einer fast übersteigerten Verletzlichkeit.

Ein Wecker ist ein unnützer Gegenstand, ein Attentat aufs Privatleben der Nachbarn. Alle wissen, daß wir um sechs Uhr früh aufstehen. Zuerst hört man das Rauschen der Badewanne, dann das Knarren des Balkens im Hof, um das Morgenlicht ins Eßzimmer zu lassen. Die Schritte meiner Mutter sind lautlos, aber mein Vater macht mit seinen Lederpantoffeln und dem ewigen Husten beim Erwachen einen Mordslärm. Ich stehe erst richtig auf, wenn Milagros eintrifft und in der Küche Kaffee aufgießt und die viereckigen Brotscheiben toastet.

Sobald ich im Bad bin, reiße ich das Fenster weit auf.

Das Bad ist größer als das in der Calle Línea, aber überall hängt derselbe abgestandene Alkohol- und Zigarettengeruch meines Vaters.

Ich frühstücke im letzten Moment, bevor ich gehen muß, und möchte am liebsten hierbleiben und weiterschlafen, aber das ist unmöglich. Unter der Haustür besprizt man mich mit Portugal-Wasser und knöpft mir das weiße gestärkte Hemd zu. Es bleibt mir nichts anderes übrig, als mich in die Schinderei zu stürzen. Das heisere Brüllen von Radio Reloj verfolgt mich mit seinem quälenden Tick-tick-tick: »Es ist genau sechs Uhr fünfundvierzig Minuten, Glostora gibt ihrem Haar mehr Glanz, tick-tick-tick.«

Sehr geschickt versteht es mein Vater, den weißen Wagen aus dieser infernalischen Garage herauszumanövrieren, wo jeder Bewohner den seinen möglichst günstig bei der Ausfahrt geparkt hat.

Draußen fällt etwas Regen. Als er zur Dreiundzwanzigsten hinauffährt und einen unüblichen Weg einschlägt, der ihn vom Paseo wegführen soll, muß mein Vater eine Minute stehenbleiben. Auf der nassen Straße folgt eine Menschenmenge mit verklebten Augen und schwarzen Schirmen einem Trauerzug, in dessen Mitte sich der schmucklose Sarg eines jungen Mannes befindet, der im Streit mit der Polizei umgekommen ist: der erste Märtyrer der Batista-Diktatur. Das langsame Vorbeiziehen der Kolonne stimmt meinen Vater nachdenklich, und gereizt gibt er einige böse Worte von sich. Unversehens spüre ich im Mund den süßlichen Geschmack des Milchkaffees.

Der weiße Oldsmobile hält vor dem Schuleingang.

Ich nehme die *lunch box* und meine fünfundzwanzig Centavos für das Pausenbrot. Schon steht die Reihe für den ersten Morgengottesdienst bereit. Auf den Gesichtern fast aller meiner Mitschüler schwitzt die Erdnußbutter. Richard, Bob und David Arms begrüßen mich auf englisch. Die kubanische Lehrerin befiehlt mir: »Stell dich schon in die Reihe – wie sagt man, na?«

»May I get in line, Mrs. González?«

»Very well, Ángel, very well.«

Im Gänsemarsch gehen wir zum Chorgestühl hinauf und öffnen das Hymnenbuch auf Seite zweihundertdreiundfünfzig.

»Hark the Heralds, angels sing, glory to the new born king ...!«

Ein Geruch nach verschwitzter Soutane, vergorenem Wein und geschmolzenem Wachs sticht mir in die Nase. Fünf Minuten fürs Singen, fünf Minuten fürs Beten, fünf Minuten, um in Reih und Glied und diszipliniert ins eisige Klassenzimmer mit den venezianischen Jalousien zu treten. Mrs. González speichelt beim Sprechen. Sie ist dick, sehr dick, und hat immer ein Stück Erdnuß-*fudge* auf ihrem Tisch. Mit ihren dicken Fingern haut sie auf die Glocke, um Ordnung zu schaffen, und handelt sich damit die Ablehnung der ganzen Klasse ein.

»Werft den Kaugummi weg, bindet die Schnürsenkel und schaut eurer Lehrerin ins Gesicht.«

In diesem Moment möchte ich Kriegspilot, Sporttaucher

oder Fußballspieler sein, irgend etwas, nur nicht der Sohn eines Reifenverkäufers und einer Hausfrau in der Bank einer zweisprachigen Schule.

Mrs. González kontrolliert unsere Fingernägel und läßt sich der Reihe nach von allen die Zähne vorweisen. Wie ein Sack Kartoffeln plumpst sie auf ihren Drehstuhl und zieht sich die Schuhe aus. Auch ihre Zehen sind dick und bewegen sich ungestraft, während sie uns von den Eigenschaften des Chlorophylls zu überzeugen versucht. Zum Zeichen des Protests hält sich David Arms die Nase zu, denn der von Mrs. González' Füßen ausströmende Gestank ist unerträglich. Alle tun wir es ihm gleich, bis sie das Lineal auf den Tisch knallt und auf uns zukommt. Am liebsten möchte sie uns erwürgen, aber sie beherrscht sich.

Außer mir sind alle in der Klasse Diplomaten- und Geschäftsführerkinder. Mrs. González setzt ihre Abhandlung über die Eigenschaften des Manglebaums und der Weißgummibaumblätter fort, schluckt einen weiteren Bissen *fudge* und kündigt mit einem knappen Glockenschlag die halbstündige Pause an.

Ich versuche alles mögliche, um keine Nickelmünze in den Coca-Cola-Automaten stecken zu müssen. Nach unbeirrbarem Hämmern rasselt die Flasche herunter. In meiner Rechten halte ich eine Trophäe, die ich mit Siegesfreude trinke. Ich kaufe ein Erdnußbuttersandwich und hebe zehn Centavos für den nächsten Tag auf.

Pola gefällt mir; sie ist pummelig, hat aber ein hübsches Gesicht und die Pausbacken voller Sommersprossen. Sie trägt Kleider aus Schottenstoff mit weißen Spitzen um den Ausschnitt und sagt fast gar nichts. Mit ihren roten, feuchten Lippen küßt sie mich hinter den Mauern. Meinen Lippen weicht sie aus; der Herr wird uns bestrafen, sagt sie. Umsonst drücke ich sie an mich. Eigentlich kann ich's noch nicht sehr gut. Ihr gefällt es, aber sie hat Angst vor mir. Sie möchte bloß Zettelchen mit Liebeserklärungen und Telefonanrufe. Aber durchs Telefon ist das Englische nicht dasselbe. Ich kann kaum verstehen, was sie mir am andern Ende der Leitung mitteilen will. Außerdem nörgelt man zu Hause an meinem Akzent herum.

»Wenn du Englisch sprichst, bist du wie ein Kutscher.«

In der Pause drücke ich sie gegen den riesigen Getränkeharaßstapel. Nicht ohne gewissen Vorbedacht tue ich das Unaussprechliche, um in meinem Flirt mit ihr großzutun. Das gibt mir irgendwie moralische Kraft: ein kleiner lateinischer Don Juan zwischen blonden Ringellocken und schwimmbadblauen Augen.

»Pola, mir gefallen deine Augen, schau mich an.«

»Nein.«

»Doch, Pola, schau mich an, so, ganz fest, laß mich dich von innen ansehen. Weißt du, du hast ganz gelbe Pupillen, hat dir das noch niemand gesagt?«

»Nein.«

»Pola, wir werden ein Kind bekommen.«

»Sobald wir heiraten.«

»Nein, jetzt, Pola, jetzt. Leg dir ein paar Brote auf den Bauch und geh so in die Klasse.«

»Nein, keine Brote, ich kann's doch mit den Kleidern machen. Du wirst schon sehen.«

»I love you, Pola.«

»I love you too, Ángel.«

Polas Vater stammt aus Illinois, lebt aber in Washington. Mit dem schwarzglänzenden Botschafterwagen ohne Nummernschild holt er sie ab. Pola wohnt lieber in Kuba, weil sie da einen großen Hof mit weißen Enten und Holzhäuschen für die Hunde hat.

Weder sie noch ich bekommen gute Noten. Aber vergangenes Jahr haben wir uns die *Effort*-Medaille geholt.

Mrs. González wagt es nicht, Pola durchfallen zu lassen. Ihr Vater ist zu wichtig in der Botschaft. Unsere Freundschaft bleibt geheim – obwohl ich vor diesem Herrn keine Angst habe.

Um drei Uhr nachmittags, wenn sich vor dem Schuleingang die Autos aneinanderreihen, um die Kinder abzuholen, grüßt die Direktorin Polas Vater sehr ehrerbietig.

»Los, gehen wir, damit du deinen Enten zu fressen geben kannst.«

Die Direktorin verabschiedet sich von Pola mit einem Kuß.

Von einer Bank im Mittelgang aus schaue ich mir die Szene an. Sobald der Wagen in die Elfte Richtung Malecón eingebogen ist, gehe ich über die Anhöhe mit den Pflastersteinen zur Straßenbahn, noch immer etwas Erdnußbuttergeschmack auf den Lippen.

Es wird Tag, und ich tauche aus einem Halbschattenbereich auf. Von den Fenstergittern her breiten sich einige Lichtflekken aus. Allmählich wird der Hof ein weißer Weg, wo zwischen den Bäumen Wolkenbänke ausfransen. Wie immer bin ich allein in meinem Bett. Es ist Feiertag, vielleicht Sonntag, und ein alter Mann repariert einen Wassermotor. Er ist damit beschäftigt, die Muttern zu lösen und einen Hebel zu betätigen, der einen geräuschvollen Mechanismus in Bewegung setzt. Seine dicke, mit Isolierband zusammengeflickte Brille gehört mit zum Durcheinander in seiner Werkstatt. Ich beschließe, ihm bei der Reparatur der Maschine zuzusehen. Der Schuppen riecht nach Öl und Alteisen. Der Mann dreht sich um und bittet mich, die Tür weit aufzumachen. Er schwitzt ausgiebig. An einer Leiste an der Pinienholzwand hängt eine Blattsäge. Auf der einen Seite, neben dem konischen Holzradio, in dem ein tieftrauriges Gesangstrio zu hören ist, das Bild des heiligen Lazarus mit den Krükken, leprakrank und mit seinen beiden Wachhunden. Taewo und Kainde heißen sie, sagt er. Er bessert Rohrleitungen aus, ist Schreiner und spricht von der bolschewistischen Revolution. Er kann einen Stuhl auf Augenhöhe heben und ihn von einer Seite auf die andere drehen, bis er vollkommen im Gleichgewicht ist. Er liebt seinen Beruf und erzählt gern Geschichten, während er ein Tischbein annagelt oder ein Messer schleift.

Sein Hof ist klein und ohne Blumen, eher ein dichtbewachsener Kürbis- und Tomatengarten, geschützt durch ein Maschengitter. Täglich stülpt er Eierschalen auf grobe Holzstangen mit Frauenkleidern und schwenkt nach einer geheimen Strategie die häßlichste Vogelscheuche der Welt, die das ganze Viertel auf den Namen Felipe Blanco getauft hat.

Als ich nähertrete, verkeilt oder verschraubt er gerade einen Siphon; ein flüchtiger Geruch nach Tabak und billigem Kölnisch Wasser dreht mir den Magen um. Er kippt eine Flasche ungekühltes Cristal-Bier hinunter und erzählt mir eine Geschichte: »Wir waren zu dritt, um die Bombe zu legen. Mit Machado ging's abwärts, niemand unterstützte ihn mehr. Andauernd suchte er dieses Haus auf. Aber seinen Besuch kündigte er natürlich nie an. Der andere war der Gärtner der Familie und ich einer der Klempner; ich hatte mich Hals über Kopf in den Kampf gestürzt.«

Er schaltet das konische Holzradio ab, bläst eine Rauchwolke aus einer zerkauten Larrañaga und fährt fort: »Den Befehl erteilte der ABC, aber darauf kam es nicht an. Es gab viele Bewegungen, viel Verwirrung. Entscheidend war, den Mann vom Pferd zu stürzen. Meine Aufgabe war es, die Bombe in einem Lokal des Cerro abzuholen und sie an die Ecke Zulueta/Dragones zu bringen. Dort warteten andere Genossen auf mich, die sie im Haus plazieren sollten. Aber neben dem Eingang entdeckten wir einen Posten in Zivil und wählten einen andern Ort aus. Wir beschlossen, sie in der Toilette des Teatro Martí zu verstecken. Der Autoverkehr und die sich am Theatereingang drängenden Menschen erleichterten die Arbeit. Der Wagen brauste davon, und ich blieb zurück und strich um die Ecke herum. Nach einer Weile setzte ich mich im Parque de la India auf eine Bank, während das Stück aufgeführt wurde und der Applaus des Publikums zu hören war.«

Die Hitze ist drückend. Horacio setzt sich an einen niedrigen Tisch, auf den er die Werkzeuge legt, und erzählt weiter: »Auf einmal höre ich eine dumpfe Explosion und sehe Menschentrauben aus Türen und Fenstern des Theaters quellen. Der Verkehrspolizist am Paseo del Prado zückt seine Pistole, wird aber von zwei jungen Männern entwaffnet, die Schulter an Schulter mit ihm kämpfen. Meine Aufgabe war es, den Überraschten zu spielen und nicht davonzulaufen. Statt dessen näherte ich mich wie ein weiterer Neugieriger dem Café an der Ecke. Die Machado-Meute ließ etwas auf sich warten und teilte dann nach links und rechts Stockhiebe aus. Ein Unglücklicher wurde von einem Schuß getroffen und fiel schwerverletzt aufs Pflaster. Die Bombe hatte niemanden verwundet, aber Schrecken verbreitet. Das war auch unser Ziel gewesen. Machado blieben noch einige Stunden. Schließlich stürzten wir ihn, aber es brachte nichts.«

Ich höre Milagros' Stimme, die mich zum Mittagessen ruft. Mit ungewaschenen Händen setze ich mich an den Tisch. Mein Papagei kreischt vor Wonne. Während ich ein Stück gespicktes Fleisch zum Mund führe, höre ich in der Ferne das Rauschen eines Spülkastens, vermischt mit dem Ch-ch-ch-ch einer Säge, die versucht, ein zähes Stück Holz zu zerteilen. Sie gibt nicht auf und bringt das Holz zum Knirschen. Dieses Holz ist ein Symbol.

Jetzt, viele Jahre später, höre ich es in mir drin knarren und verspüre einen Schauer wie in einem Labyrinth. Ich schaue in die Weite und sehe Bruchstücke verschwommener Filme vor meinen Augen vorbeiziehen: ein Bündel von Strohhüten und Straßenbahnen, deren Schienen sich überkreuzen.

»Woran denkst du?« fragt mich jemand. »Dein Essen wird ja kalt.«

Wieder kreischt mein Papagei vor Wonne. Horacio sägt immer verbissener an seinem Holz. Der Geruch nach verbranntem Öl und Zigarettenstummeln dringt an meine Nase. Obwohl es vielleicht verfrüht ist, habe ich soeben meinen Pakt mit der Geschichte besiegelt.

Zuerst hörte man Stimmengemurmel. Dann donnerte es. Ein Sprühregen drang durch die rauchgeschwärzten Jalousien vor den Fenstern. In den Hinterräumen der angrenzenden

Höfe vernahm man ein Hin und Her von Milchkannen und Abfalleimern, als hätte sich ein Chor verborgener Seelen zusammengeschlossen, um eine große Explosion anzukündigen. Sogleich stellten wir Radio Reloj ein. Mit einem kaffeefarbenen Jackett hatte Fulgencio Batista, Reitknecht und Stenograf, den Posten sechs der Columbiakaserne eingenommen. Einige Minuten nach dem Durcheinander des Morgengrauens sollte gerade vom El-Fénix-Kalender das Blatt mit dem Datum des 9. März 1952 abgerissen werden. Erst als das Radio die Nachricht bestätigte, war mein Vater bereit, es abzureißen. Es war schon beinahe Mittag, als wir merkten, daß es der 10. März war und man vorsichtshalber den Kopf besser nicht hinausstreckte.

An diesem Tag erwachte ich mit verstopfter Nase und freute mich, nicht in die Schule zu müssen. Vollkommen ahnungslos stieg Mrs. Prieto mit ihrer Regenpelerine über dem Arm die Treppe hinunter und wurde vor dem Hauseingang plötzlich von einer Gruppe Frauen überrascht. Der Marionettendiktator, wie ihn später ein Schriftsteller nannte, hatte die Columbiakaserne überfallen, während der amtierende Präsident im Strudel eines Kokainrauschs versank. Die Frauen waren zwischen der Kühnheit des Diktators und der Zukunft des Landes hin und her gerissen.

Mrs. Prieto, geboren in Oklahoma und verheiratet mit Joaquín Prieto Azpiaga, Geschäftsführer von Mac and Erickson und unser Nachbar, hatte bloß den Wunsch, rechtzeitig in ihre Englischstunden in der Cathedral School zu kommen und sich in einem Frühlingsplatzregen keine Erkältung zu holen. Wie eine Windhose stürmte sie zwischen den Frauen hindurch und fuhr ihren Wagen aus der Garage, ohne sich im geringsten davon stören zu lassen, daß an diesem Morgen noch alle Autos auf dem Parkplatz standen. Der Tag verlief mehr oder weniger normal. Carlos Prío, hinter seinen getönten Brillengläsern schon von der Macht geputscht und noch im metallgrauen Pyjama, empfing im Palast eine

Gruppe Studenten, um sie mit seiner sprichwörtlichen Alkoholträgheit einzuschüchtern. Unter der Faust des Diktators bemächtigte sich die Armee des Landes, und umgeben von Freunden und politischen Spießgesellen, ließen sich der Präsident und seine Frau auf der Gangway einer Pan-American-Maschine fotografieren, die umränderten Augen von Blitzlichtern durchlöchert.

Mrs. Prieto gab ihre Englischstunden mit nicht wenigen Unterbrechungen und einer etwas längeren halbstündigen Pause als üblich.

Aber weder Frau Dr. Coronado noch der Pfarrer von der Episkopalkirche ließen sich blicken. Die Stadt wurde von einem tellurischem Schauer geschüttelt, der von Stiefelgeklapper, Tankquietschen und Blicken des Schreckens begleitet war.

Um zehn Uhr vormittags bog ein Kabriolett mit der aufgezogenen Fahne der Bewegung des 4. September in die Calle Calzada ein und gab Siegesparolen aus. Auf dem zusammengeklappten Wagenverdeck saß ein Mann im Popelineanzug mit einem Mikrophon in der Hand. Neben ihm warfen zwei weitere Typen Flugblätter unter die Leute. Der Indianer, wie man Batista, den Stenografen von Banes, nannte, bereitete schon seinen Einzug in den Palast vor. Auf Geheiß meiner Mutter ging ich in die Wohnung zurück, mit einem schon weit fortgeschrittenen Katarrh, und ergab mich dem Zeremoniell des Radios.

Batista war an der Macht, Mrs. Prieto kam viel früher als sonst zurück, um ihren Katzen zu fressen zu geben, und Ana und Michel stellten mit angstgeweiteten Augen naive Fragen.

Wieder trieben wir in Sturmwinden dahin, mit denen die Meeresbrandung Skelette von Windseglern in den Sand schwemmte; Männer, die von ihren Kasernen aus standhaften Widerstand gepredigt hatten und dann von Garnisonkommandanten zu Obersten und Zolldirektoren wurden.

Mein Vater schaute auf den Hof hinaus, und zum erstenmal sah ich ihn verängstigt. Er spähte in den Nachmittagsnebel und bat unseren eingesperrten Moctezuma um eine Wahrsagevogelprophezeiung.

Die Angst machte die Hitze noch kompakter. Vom Himmelsgewölbe fuhr ein Blitzhagel herab.

Es war eine zutiefst mit Unsicherheit gemischte Angst.

»Bei diesem Schweinehund ist alles möglich.«

Zum erstenmal versuchte Moctezuma zu sprechen, aber heraus kam nur ein Schnarren. Für alle Fälle zupfte ihm meine Mutter eine rote Halsfeder aus und legte sie unter das Glas ihrer Kommode.

Milagros machte sich auf die Suche nach ihrem Mann, der auf mysteriöse Art aus dem Krankenhaus verschwunden war. Abends kam sie verzweifelt zurück, ohne die geringste Spur gefunden zu haben.

Das Komplott wächst spiralförmig und zieht uns alle mit hinein, auch uns, die wir seine Grenzen nicht kennen. Mein Onkel Luisín, der Malakologe, ruft an, um zu sagen, daß diesmal wirklich alles gut werden wird.

Ich kann meinen Katarrh nicht loswerden, bleibe im Bett und schaue an die Decke, während das Fieber meine Füße erreicht und mich eingebildete Windstöße hören läßt.

Mrs. Prieto kommt mit ihrer an den Ohren befestigten Brille herunter und sucht eine Antwort.

»Ganz ruhig, hier wird nichts geschehen«, sagt mein Vater zu ihr.

An diesem Abend, da bin ich sicher, konnte auch er den Gedankenfaden nicht finden. Aber trotzdem kam er zu mir ins Zimmer und gab mir eine Pille für meine verstopfte Nase. Ohne auch nur die Tür zu schließen, ging er in sein Zimmer zurück und wechselte mit meiner Mutter flüsternd ein paar belanglose Sätze.

Bedauerlicherweise konnte ich wegen des unseligen Ticktack von Radio Reloj und seines ungewöhnlich schrillen Zwischensignals kein einziges Wort verstehen. So beschloß ich, wieder ins Bett zu gehen und in einem unerklärlichen Gefühl von Neugier und Ohnmacht versunken auf den nächsten Morgen zu warten. Der 11. März verlief wie jeder andere Tag des Jahres.

Also eigentlich war der Samstag in diesem Haus der verworrenste Tag. Alle kamen und wollten irgendeinen Mist verkaufen. Sogar der Bäcker mit seinen Brioches drängte ins Eßzimmer, stellte den Korb auf den Boden und pries seine Ware an.

Sie, die nichts anderes machte, als in einem kleinen Büchlein für jeden Tag das Menü aufschreiben und Anweisungen geben, ging ihrem Mann um den Bart, verwöhnte ihn mit Kaffee, Biskuits und armen Rittern – selbstgebackenen, das schon, denn eine so schwierige Süßspeise hab ich nie machen können. Dann mußte ich den Boden scheuern, weil sich am Vorabend das ganze Viertel bei uns getummelt hatte, als wär's ein Hahnenkampfplatz, und sich im Fernsehen das Freistilringen anschaute.

Da ich in jener Zeit zu Hause bei meinem Mann schlief, versuchte ich so früh wie möglich wegzukommen – sobald der Kleine da war. Na ja, ich nenne ihn den Kleinen, dabei war er schon ziemlich groß, aber da ich ihn ja sozusagen aufgezogen habe... Und einen solchen Kampf hab' ich mir nie angesehen.

Die Rote Gefahr und der Chiclayano, das waren die bekanntesten. Alle waren wie verrückt nach dem Freistilringen. Wenn man durch die Straßen spazierte, konnte man die Leute brüllen hören und die Kämpfe mitverfolgen, fast alle eine Farce. Ich weiß nicht, wie sie sich dazusetzen und sich das anschauen konnte und gleichzeitig für die ganze Familie wollene Pullover stricken. Sie war eine sehr, sehr nervöse Frau, die wegen jeder Kleinigkeit weinte und ihren Mann wie eine Hündin bewachte. Nach ihrer Heirat arbeitete sie nicht mehr im El Encanto und war nur noch für ihn da, ehrlich. Sie war verliebt. Dort drehte sich alles um Richard. Sie fragte mich: »Sag, Milagros, meinst du, ich gefall' ihm mit dieser Bluse?« Stunden um Stunden verbrachte sie vor dem Spiegel, kämmte sich immer wieder anders und führte Selbstgespräche, so was hab' ich nie gemacht. Sie setzte sich Toupets auf und nahm sie wieder ab, zog verschiedene Perücken an, schminkte sich mit Wimperntusche und wusch sich dann das Gesicht, bis ich zu ihr sagte: »Schon gut, Señora, wer betrügen will, betrügt, auch wenn man ihn verführt.« Aber sie war wie verrückt nach ihm, verschlang sämtliche *Vanidades*-Liebesratgeber und verpaßte keine einzige Sendung von Caridad Bravo Adams... Vor allem weil sich seit ihrem Umzug in die Wohnung der Fünften Straße Richards Familie dort kaum blicken ließ. Da ich oft Mitteilungen hinbringen mußte, weiß ich, daß er seine Schwester und seine Mutter vergötterte. Er schickte mich mit kleinen Zettelchen und teuren Geschenken zu ihnen, wenn er wegen seiner Arbeit nicht selbst gehen konnte; sie wohnten in einer kleinen Erdgeschoßwohnung mit einem Garten voll Aronstab und Trichterwinde und mit einer winzigen, aber angenehmen Laube an einer Schattenecke in der Siebzehnten Straße. Hingegen zeigten sich dort, wenn auch nur alle Schaltjahre, der Malakologe – ein altes Ekel übrigens! – und eine Tante des Kleinen, die, wie die Klatschmäuler sagten, mit einem pensionierten Offizier der Kriegsmarine zusammenlebte, der dreißig Jahre älter war als sie und für mich, nach seinem Benehmen und der Art, wie er redete, weder Offizier noch sonst irgend was gewesen war, allerhöchstens ein Handelsreisender zur See.

Der Kleine war ihr Liebling, und sie brachte ihm immer etwas mit, billigen Kram aus dem Ten Gent in der Calle Galiano, sie hatte ja selbst nichts zu beißen... Also ehrlich, ich weiß nicht, was mit dieser Familie passierte, aber über Nacht waren sie total abgebrannt. Dabei hatten sie doch ihr Geld, früher wenigstens. Sogar im Goldenen Buch der Havannaer

Gesellschaft standen ihre Namen und die ihrer Onkel und Neffen und Frauen der Neffen und Schwägerinnen und Schwäger.

Die Señora war nicht hochnäsig und hatte auch nicht auf einmal alles vergessen. Sie sagte: »Vielleicht wäre ich glücklicher gewesen, hätte ich einen Angestellten des Geschäfts geheiratet.«

Sie fühlte sich vernachlässigt; man diskriminierte und verleumdete sie... Nicht einmal die Alte ging je in diese Wohnung, wenigstens nicht, solange ich dort arbeitete. Sie rief an, um mit dem Kleinen zu reden, und wenn ich ranging, behandelte sie mich nett, aber ging zufällig die Señora ran, ich weiß nicht, aber ich glaube, sie sagte nur gerade den Namen des Kleinen und hängte ein. Mich schon, mich fragte sie nach ihm und ob er richtig aß, ob wir ihm ein Steak gaben, ob wir ihm die Milch kochten, ob wir mit ihm in den Zoo oder in die Museen gingen – kurz, eine ständige Nervensäge. Sie war kein schlechter Mensch, das nicht, aber sie hatte diese Angewohnheit, zu befehlen, ohne höflich darum zu bitten, als hätte sie auf alles ein Anrecht. Und für mich ist das das Häßlichste auf der Welt.

Ich war nie etwas anderes als ein Dienstmädchen, vom Kindermädchen zur Sklavin, könnte man sagen, aber meine Familie, obwohl ungebildet und einfach, lehrte mich doch, höflich zu sein und »bitte« zu sagen. Sogar mein Vater bat seinen Bruder Juvenal: »Bitte, Juvenal, ernte du die Kaffeebohnen, ich muß nämlich die Stiere einspannen und so...«

Die Señora nicht, sie erinnerte sich manchmal an ihre Herkunft und setzte sich zu mir in den Hof, um zu weinen. Ich sagte zu ihr: »Aber Sie sind doch glücklich, Sie brauchen nicht zu arbeiten und haben einen Sohn, der Sie liebt«, aber sie war untröstlich und immer mißtrauisch.

Die beiden waren ein gutes Paar, sie sehr hübsch und er ein großes Mannsbild mit einem viertürigen Wagen und einer ledernen Brieftasche. Ich weiß, weil ich es oft sah, daß er sie mit dem erstbesten Rock betrog, der ihm Honig um den Bart schmierte. Die Not war groß, und um einen jungen Mann mit einer guten Arbeit riß man sich. Mir machte er nie den Hof, weil er Juan respektierte. Juan strich das Haus, richtete ihm die Bücherregale, arbeitete für ihn als Mechaniker und manchmal, wenn er großtun wollte, sogar als Fahrer. Wenn sie auf irgendein vornehmes Fest gingen, fuhr Juan sie hin, mit Mütze und so, machte ihnen die Tür auf und wartete beim Wagen auf sie, damit man sähe, daß auch sie einen Chauffeur hatten. Das war nur Bluff, um bei der Familie Cortina Eindruck zu schinden, echte Millionäre, und bei den Harpers, Amerikaner, die aussahen wie als Idioten verkleidete Enten. An Armen und Händen hatten sie überall Sommersprossen. Vor die Haustür hatten sie einen grünen Briefkasten gestellt wie in den amerikanischen Filmen, mit einem kleinen Neger daneben, der eine halbe Melone aß, die Frucht der Neger, sage ich.

Die Señora ging nicht gern zu den Harpers, weil sie starke Raucher waren und Canasta spielten und sie mit den Karten in den Händen einschlief, denn sie hatte sehr schlechte Nächte, wenn sie bis frühmorgens auf ihren Mann wartete.

Manchmal kam Richard um vier, wie sie sagte, und wollte dann ein Filetbeefsteak oder einen Teller rote Bohnen. Die Ärmste, sie mußte viel mit ihm durchmachen. Und nie setzte sie ihm Hörner auf, sie dachte nicht daran. Sie sah durch seine Augen. Nicht einmal Fina, eine sehr ränkesüchtige Nachbarin, konnte sie auseinanderbringen. Fina kam zu uns und sagte zur Señora: »Dickerchen, wie gut dir dieses Kleid steht.« Denn sie war frech und machte den Schrank auf und zog ein bedrucktes Kleid heraus, in dem sie aussah wie ein Faß. Oder sie versuchte, zwischen ihr und Richard Streit zu stiften: »Die Lästermäuler sagen, er hat einen Sohn in Santa Clara.« Sie war eine Frau mit schlechten Neigungen.

Eines Tages kam sie, um mir zu sagen, ich werde ausgebeutet: »Als Katholikin habe ich die Pflicht, dich zu beraten.«

Ich sagte ihr gehörig die Meinung, und sie schrie mich an, hatte die Unverschämtheit, mich eine Hure zu nennen. Ich packte sie am Kragen, drückte sie vor allen andern an eine Säule bei der Kellertür, und das war's dann.

Ich mußte gehen. Ich dachte: Eines Tages wird das ein böses Ende nehmen, ich gehe, und ich ging. Wenn er nach Hause kam, war seine Guayabera immer mit Lippenstift verschmiert und voll mit Leinentaschentüchlein, die ihm die Flittchen in die Taschen steckten, um die Ehe auseinanderzubringen, denn nur dazu sind die gut.

Elvira ging kaum aus dem Haus. Die Leinenstoffe und die Kleider mit den Ovalen und Kattundrucken mußte ich ihr einkaufen. Ana, die Polin, nähte für sie – diese Jüdin konnte alles.

»Ana, wie sehr dich Michel liebt«, sagte die Señora zu ihr.

Und Ana lächelte mit dem Kind im Arm. Und ich sage, meine Herren, hat sich ein Mann erst eine Frau in den Kopf gesetzt, dann bringt sie ihm nicht einmal Gott mehr heraus. Das passierte Juan mit mir. Deshalb mußte ich in die Praxis einer Pediküre arbeiten gehen; ich machte sauber, kehrte den Dreck auf dem Boden zusammen: Nägel, Häutchen, Haare, alles, was die Leute fallenlassen, aber bei den andern durfte ich nicht bleiben, weil Juan plötzlich die fixe Idee hatte, wenn Richard betrunken nach Hause käme und darauf verfallen sollte, mich anzufassen oder mit mir anzubändeln, würde er ihn umbringen. Dabei scherzte Richard immer mit meinem Mann. Er sagte zu ihm: »Juan, Kopf wie ein Brot, schlage deine Läuse tot.« Juan fand diesen Spruch gar nicht lustig, aber Geld ist Geld, und sie halfen uns, aus dem Gröbsten rauszukommen.

Man gewinnt die Leute lieb. Schon ein Tier – und erst recht einen Menschen. Fünfzehn Jahre hab' ich in diesem Haus gearbeitet. Und der Kleine, wie er auch sein mochte, war wie mein eigenes Kind. Aber ich mußte mir die Augen verbinden, sonst hätte mir Juan wirklich den Bauch aufgeschlitzt.

Der Kleine mochte mich nie. Er liebte seine Mutter und seinen Vater, und das war nur natürlich, aber mich konnte er nie ausstehen. Ich merkte, daß er mir aus dem Weg ging, und wenn ich ihn an der Hand nehmen wollte, versuchte er sich loszumachen. Er liebte seine Mutter und seinen Vater, aber das wollte ich nicht wahrhaben. Noch heute, wenn ich etwas von ihm sehe, wenn ich erfahre, daß er auf Reisen ist oder einen Preis bekommen hat, bin ich ganz glücklich, denn unser Sohn starb mit vier Jahren an Leukämie, und Juan und ich waren auch nicht mehr die Jüngsten.

Eines Tages sah ich ihn auf der Straße und sagte mir, wenn er mich nicht grüßen kommt, geh' ich einfach weiter. Aber er sah mich und rief: »Milagros! Milagros!« Und er war ganz groß geworden, richtig alt, weil ihm die Haare ausgefallen sind, aber er war es, und ich drückte ihn an mich und küßte ihn; manchmal hatte ich ihn mein Kindchen genannt, weil ich die Vorstellung hatte, ich hätte ihn zur Welt gebracht, er gehöre mir und nicht ihr... Wie sehr ich mich freute!

»Ich bring' dich hin«, sagte er zu mir, gab mir einen Kuß, zog mich in sein Auto und fuhr mich ins Barrio Azul, in der Nähe von Párraga, wo wir jetzt wohnen.

»Wie blöd du bist, Milagros«, sagte Juan, denn ich kam in Tränen aufgelöst in die Wohnung zurück.

Wir haben uns eine neue Familie ausgedacht, nämlich die Freunde meines Vaters und die alten Angestellten im Geschäft: Modistinnen, Flickschneiderinnen, Kassiererinnen, Etagenchefinnen, Aufzugsführerinnen; alle dazu angehalten, im Sommer Weiß und im Winter Schwarz zu tragen; in einem fiktiven Winter, der nur auf Schaufensterschildern und in Geschäftskalendern existiert. Ein Winter aus Pappmachéschlitten und mechanischem Nikolaus, der Weihnachtslieder singt. Arme Mädchen, besteckt mit modischen Haarspangen und manchmal bis zu zehn Stunden täglich mit diesen dunklen Kleidern und hohen Schuhen bestraft, nur durch die weiten, aufreizenden Ausschnitte etwas entlastet.

Die fünfziger Jahre räumten mit der Farbe auf. Kleideten die Frauen in weißes Leinen oder schwärzestes Schwarz. Ließen die schönen Hütchen mit den Papierblümchen des vorangehenden Jahrzehnts den Weg alles Irdischen gehen. Zwangen aber blechernen Modeschmuck und Aquamarin auf. Dem Mann erging es etwas besser; er war freier, vielleicht dank Elvis Presley und seiner Sammlung bedruckter Seidenhemden und seiner breiten Gürtel mit Silberrauten und Perlmutterschnallen.

Aber die Mode war beherrschend. Diese Haarberge über der Stirn, wie Hügel aufragend, die den Männern das Aussehen von großköpfigen Zwergen gaben.

Weiß für den Sommer und Schwarz für den Winter.

Und mein Onkel, der Malakologe, mit seinen weiten Bügelfaltenhosen und seinen langärmligen weißen Hemden, verheiratet, kinderlos und darauf versessen, mich aus dem

Haus zu holen und mir die Geheimnisse der Büchse der Pandora im Pajarito-Viertel zu zeigen.

Jeden Samstag holte er mich in seinem pastellblauen Sportwagen ab. Vermutlich ohne vorgefaßten Plan suchten wir seine Lieblingsorte auf – eine Lehrzeit, die von meiner Bestimmung, die Tücken der Welt kennenzulernen, zwangsläufig noch unterstützt wurde.

»Hier will ich keine Knirpse«, rief das halbnackte Ding oben an einer Treppe, deren Marmorgeländer an mehreren Stellen gesprungen war. »Hau ab und mach mir nicht wieder Scherereien mit deinen Rotznasen.«

Ohne sich um die Gefahr zu kümmern, hüllte sich mein Onkel in Schweigen, während sie ihre Schmährede fortsetzte und mit ihrer geröteten Hand ein Medaillon der Barmherzigen Jungfrau von Cobre, Beschützerin des Tempels, drückte. Yeyé Cari, Ochún Panchagara, Herrin des Flusses und Schutzpatronin von Kuba.

»Gehen wir, es kommen schon noch bessere Zeiten.«

In den *rushes* meiner Erinnerung waren die Bars von Havanna riesig, lärmig und von einem Art-déco-Wurlitzer dominiert.

Wie ein Roboter gab er zwischen seinen Metallwaden immer dasselbe Lied mit Daniel Santos' Stimme von sich: *Zwei Gardenien.*

Havanna war sehr aromatisch, bunt, aber arm, mit einem Geruch nach Rohrleitungen und Abwasser, gemischt mit demjenigen, der von dem unter einer exzessiven Sonne überreif gewordenen Obst herrührte, das in Farbpyramiden auf hölzerne, an den Rändern mit Chinapapier geschmückte Handwagen getürmt war.

Ich schlenderte gern mit diesem exzentrischen Führer durch die Straßen von Alt-Havanna, durch seine salpeterzerfressenen Säulen und seine unentdeckten Winkel. Eine Stadt für Erwachsene, Architekten und Hexen.

Niemand schien in seiner Wohnung zu sein. Immer wimmelte es auf der Straße von Menschen, Leuten jeder Art, eleganten Frauen mit hohen Absätzen und schon um acht Uhr morgens geschminkten Lippen, Bankiers mit heißen Schläfen und Bettlern vor den Kirchenportalen und rund um die Parks.

Die Hitze überflutete die Straßen. Im Widerschein der Sonne schien Havanna unterzugehen. Der Film hat das Gesicht der Stadt unkenntlich und sie zu einem blendenden Lichtfleck gemacht, hat ihr Helldunkel, ihre orangefarbenen und violetten Fliesen, ihre weichen Schöße verschmäht...

Nun machen wir uns zum Luz-Kai auf. Von allen Punkten aus zeigt sich dem Blick Casa Blanca, gekrönt von einer grünen Haube auf einem Hügel, wo uns ein Christus von Nazareth, Rivale der Christusstatue auf dem Corcovado, mitleidig anschaut.

»Siehst du das Observatorium?« fragt mein Onkel zum viertenmal.

»Ja, aber ich möchte jetzt lieber in den Zoo.«

Zu dieser Stunde kann man unschwer den Rauch der Fabriken erkennen. Zu dieser Stunde, wo die Frauen auf den Knien und mit dunkelvioletten Bändern im Gürtel zum Christus hinaufrutschen.

Wieder das große krabbengefüllte Boot vor meinen Augen. Das Öl umspült die Molen, und am Ufer dieser Geruch nach Kopalharz.

Casa Blanca zwischen den alten Forts und den Zypressen. Die dampfende Erde und der fleckenübersäte Horizont.

Heute wimmelt es in Havanna von Straßenhändlern. Der Alte mit der Ziehharmonika streckt den Damen seinen abgetragenen Hut entgegen. Aber niemand, nicht einmal die Nachtpatrouille, weiß, daß es eine Brücke gibt, wo die Bettler in Jutesäcken schlafen.

Niemand kann sagen, diese Männer kehrten sich den Rük-
ken zu oder schauten sich argwöhnisch an. Die Stadt ist offen
für sie. Die Tasse Kaffee und der Wind am frühen Morgen
gehören ihnen, selbst wenn es Menschen sind, die von etwas
leben, was nicht geschieht, was am Tag gleich ist wie in der
Nacht. Was es hier gibt.

Die schiefen, von Hunderttausenden von Füßen ausgetre-
tenen Barocktreppen führen zu keinem Bankett mehr. Nun
haben sich in den alten Kästen mit den Herrera-Fassaden
amerikanische Handelsfirmen oder Banken eingerichtet.
Mein Onkel beharrt darauf, mir den Christus-Park und das
mythologische, von Kartenverkäufern verstopfte Gäßchen
zu zeigen, wo, wie mehr als ein Historiker versichert, Cecilia
Valdés gelebt haben soll.

Er liebt die Geschichte und weiß sämtliche Vorhersagen
Zarathustras und die Thronfolge der europäischen Könige
auswendig, mit Vor- und Nachnamen, Abstammung und
Blutkrankheiten. Von ihm erfahre ich, daß Königin Viktoria
Marihuana rauchte, um sich während der Periode Linderung
zu verschaffen, und daß Marie Antoinette in der Conciergerie
innerhalb von achtundvierzig Stunden ergraute.

Durch ihn stoße ich erstmals auf das goldgerahmte Ölbild
meines Urgroßvaters, des Epidemiologen und Gehilfen Fin-
lays bei der Erforschung des Gelbfiebers, das in einer gräßlichen Galerie der Akademie der Wissenschaften hängt –
Stolz der Familie.

Dreißig Jahre später sollte ich dasselbe Doppelkinn wie
diese ferne Persönlichkeit bekommen, die mich mit ihren
Chinesenaugen anschaute, gleich wie die meinen. Einer
mehr, verschwunden im Nebel einer Republik, wo das Koh-
lenmonoxid die Pferdehufe der Berlinen und Landauer ersetzt hat.

Die Freunde meines Vaters denken sehr schlecht von diesem meinem Onkel mit seinem Geschichtshobby. Sie halten
ihn für vollkommen verrückt, machen sich über seine ge-

stärkten weißen Hemden und seine Vorliebe für alte Bücher lustig.

Er ist ein Kauz und Abstinenzler und will mir die Geschichte mit Quadersteinen und alten Häusern einhämmern, Häusern voller Geschichten von kettenschleppenden Geistern und Vitrinen mit chinesischen Fächern und kleinen Reliquien.

»Soll er doch das Leben kennenlernen«, sagen sie zu meinem Vater, während sie den Würfelbecher auf den Mahagonitisch knallen.

Sein Bruder, »der Verrückte«, hat mich für den Streich im Pajarito-Viertel büßen lassen, und mein Vater hat ihn mir von den Augen abgelesen.

Wir haben uns eine neue Familie ausdenken müssen, denn Großmutter besucht uns nicht und verbietet ihren Töchtern, ihren Fuß in die Wohnung der Fünften Straße zu setzen.

Die Verachtung ihrer Schwiegermama scheint meiner Mutter nicht allzuviel auszumachen, so versunken ist sie in die grünen Augen ihres Mannes.

Ab und zu möchte sie einfach Ruhe vor mir haben.

»Du kommst wie ein Goldregen«, sagt sie zu meinem Onkel, wenn er mich samstags zu dem historischen, peripatetischen Spaziergang abholt, dem Spaziergang, der mein Leben umkrempeln wird.

Am Machina-Kai sehe ich die Stauer Zuckersäcke schleppen. Man hat den Eindruck einer Herde mikrozephalitischer Bisons, die sich auf winzigem Raum drängen und aufeinanderprallen. Sie tragen Taschentücher auf dem Kopf und breite Keilriemen als Gürtel. Die Haut auf ihrem Rücken glänzt, und einige haben einen vollkommen grauen Kopf.

Gewürze dringen mir in die Nase, so daß ich niesen muß, aber ich mag diesen durchdringenden, aphrodisischen Geruch, der den ganzen Tag auf der Haut haftenbleibt.

Mit ihrem weißen, gegen die Calle Muralla und die Calle Sol gerichteten Bug machen die Schiffe angst. Gegen meinen Willen schleppt mich mein Onkel hin. Die Angst vor dem Meer verfolgt mich, und diese neben den Mietwagen und Menschen in die Straßen hineinragenden dynosaurischen Schiffskörper erschrecken mich. Ich stelle mir Wirbelstürme und gigantische Wellen vor, die Männer und Frauen verschlucken. Und ein wild gewordenes, gegen die Gewalten des Ozeans ankämpfendes Schiff, das schließlich Schlagseite bekommt und wie eine Leiche untergeht. Vor einigen Tagen habe ich in der Wochenschau im Kino Duplex den Untergang der Titanic gesehen, und noch immer ist das Bild von Verwirrung und Tod in meiner Erinnerung gegenwärtig.

Die Krahnzähne beißen sich in die Holzkisten, ohne sie zu zermalmen. Unten laden die Männer sie sich auf die Schultern wie Wolken. Mit dieser Arbeit verbringen sie bis zu zwölf Stunden täglich. Bei vielen fallen mir die gelb verfärbten Augen und die Schwielen an den Händen auf. Es sind dieselben, die sich während José Miguel Gómez' Regierung erhoben, die Anhänger von Aracelio Iglesias. Ich aber sehe nur eine schwitzende Herde, die Brot kaut und stapelt.

Übers Fallreep eines Passagierdampfers, des Turruca, wenn ich es richtig in Erinnerung habe, steigen einige stark geschminkte Frauen mit Handgepäck an Bord. Sie sind aus einem kleinen Boot ausgestiegen, wo ihnen die nächsten Angehörigen ganz traurig mit Taschentüchlein auf Wiedersehen winken.

»Siehst du, vom Observatorium aus hat man eine schöne Aussicht, nicht? Unglaublich, wie die Kuppel glänzt. Sie wird jedes Jahr restauriert.«

»Und wohin gehen diese Frauen, Onkel?«

»Nach Panama, nach Mexiko, was weiß ich, es sind Filmschauspielerinnen...«

Das größte Schiff nähert sich der Stadt, und alles droht

noch schlimmer zu werden. Ich bitte ihn, mit mir in den Zoo zu gehen. Er nimmt mich an der Hand, um die Avenida del Puerto zu überqueren, und demütigt mich vor den andern Leuten. Ein Schuhputzer mit seiner häßlichen Schuhcremekiste stürzt sich auf uns und konzentriert sich auf die schwarzen Schuhe, die wie ein Walrücken zu glänzen beginnen.

Um mir das Warten erträglicher zu machen, kauft mir mein Onkel Erdnußkrokants. Die Sirene des Passagierdampfers heult auf. Mit ihren Epaulettenanzügen und weißen Mützen sehen die amerikanischen Matrosen aus wie Reiskörner. Immer sind sie zu dritt und sprechen sehr laut. Die Hitze nimmt ihnen den Atem, entzündet sie. Gut möglich, daß sie am Abend betrunken sind. Nun trinken sie Aniseiswasser und bändeln mit den Frauen an.

Zufrieden mit seinen glänzenden Schuhen, startet mein Onkel den Motor des blauen Sportwagens. Sogleich dringt mir die gekühlte Luft aus der Klimaanlage unten in die Jeanshose.

Ich bemerke, wie geschickt er sich mit seinem automatischen Feuerzeug eine Eden ansteckt. Er dreht mir den Kopf zu, um mich anzuschauen. Sein verschwommenes Gesicht stößt mich ab.

»Willst du noch immer in den Zoo?«

In der Sechsundzwanzigsten Straße sind jetzt Ampeln aufgestellt worden. Um ihnen auszuweichen, biegen wir in eine Gasse ein, die den Friedhof umfährt und zu einer spitzwinkligen Kreuzung führt, von wo wir über die Allee zum Zoo fahren werden. Das Löwengebrüll erschreckt mich weniger als der hohe Bug der Schiffe an der Mole. Genau vor dem Zooeingang steigen wir aus. Die Hände in seinen großen Taschen, erklärt mir mein Onkel, wie sorgsam mit den Tieren umgegangen werde. Trotzdem bemerkt man, daß die Sauberkeit zu wünschen übrigläßt: überall auf dem Rasen Zigarettenstummel, Papierfetzen, Puffmaisbeutelchen und Erdnußtütchen.

Der Sommer hat im Boden riesige Löcher aufgerissen.

Regen fällt, läßt die Hundszungen mit dem grünen Pflanzen-
fleisch anschwellen, und dann verbrennt die Sonne die ganze
Arbeit des Wassers in Minutenschnelle. Essensreste nähren
den Garten, wo vorher nur Disteln wuchsen. Gereizt von der
Sonne, brüllen, kreischen, krächzen, quaken und iahen die
Tiere in wild-musikalischer Orgie.

Zum Entsetzen der dicken Touristinnen mit ihren edel-
steinbesetzten Brillen werfen zwei Angestellte dicke,
schamlos nackte Fleischstücke in die Löwenkäfige, die die
Raubtiere auf der Stelle auffressen. Ein Mädchen stößt einen
kleinen Schreckensschrei aus, der wie ein Kindergeburts-
tagsfest-Pfiffchen klingt. Taub gegenüber der zoologischen
Gelehrsamkeit meines Führers, amüsiere ich mich bei der
Szene.

Schade, daß die Tiere so schlecht riechen. Sie sind schön, aber
sie stinken. Besonders schrecklich ist der Gestank an Sonntagen. Ganz aus dem Häuschen wegen der Besucher, tollen sie
umher und geraten in sexuelle Erregung, und dieser aus ihren
Fellen dampfende Schweiß erfüllt den Zoo mit einem einzig-
artigen Gestank.

Der Wärter läßt die Besucher nicht an den Käfig mit den
grünen, rosenapfelärschigen Affen heran. Wie die Frösche,
sagt er, spritzen sie einen Urinstrahl von sich, der einen blenden kann. Die grünen Affen sind meine Favoriten; ich habe
sie lieber als die Mandrille und den Gorilla. Sie sind lebhafter,
ich weiß nicht, ob auch fröhlicher, jedenfalls aber empfäng-
licher, und sie schauen drein, als wollten sie mit einem spielen, während die andern, der Schimpanse beispielsweise, unruhig hin und her gehen und niemanden ansehen.

Onkel Domingo heiratete Rosalía Abreu Ende des Jahrhunderts. Ja, Onkel Domingo, jener auf dem Bild in der Galerie
des Obergeschosses an der Calle Línea. Er war ein sehr welt-
gewandter Mann, der jedes Jahr nach Paris reiste und Kleider

für seine Frau und die Affen kaufte. Sie stammte aus einer hochgestellten Familie und war sehr reich. Nachdem ich soviel von seinem Haus und seiner Vorliebe für Affen gehört hatte, machte ich diese zu meinen Lieblingstieren. Ich weiß nicht, wie sie das anstellte, aber Rosalía setzte ihre Affen an den Tisch, frühstückte mit ihnen, zog ihnen einen Frack an und ließ sie im Säulenvorbau des Hauses im Gänsemarsch Zigarren rauchen, um sich beim Präsidenten Menocal, einem häufigen Gast des Ehepaars, einzuschmeicheln.

Ich denke an Rosalías Affen, wie sie durch den Mund den Rauch ausstoßen und aus Kalebassenschalen Rum trinken, und nun lausche ich wirklich aufmerksam den Geschichten meines Führers, der stolz darauf ist, als Kind diese ausgelassenen Szenen miterlebt zu haben, ausgedacht von einer Dame, die es satt hatte, Tag für Tag einen zwar weltgewandten, aber impotenten Ehemann anzuschauen.

In einer großen, feuchtmodrigen Grube werden die kleinen Fohlen geschlachtet, die man als Fraß für die Raubtiere gekauft hat. Die Grube steht im Gegensatz zu dem schönen See, wo die Schwäne und Enten aus Florida, Provinz Camagüey, à la Walt Disney umherschwimmen, ohne ihren Bewunderern die geringste Beachtung zu schenken.

Ich kann es nicht lassen zurückzuschauen. Die grüne Togo-Äffin blickt mir nach. Sie hat sich in mich verliebt. Das hat man mir wenigstens von einigen Affenweibchen gesagt. Und ich habe den Zauber gespürt, als ich sie mit der Bürde ihrer roten Kugel am Hintern von einem Ast zum andern springen sah. Rosalías Affen hängte man Solitäre um, und die Äffinnen waren wie andalusische Eselinnen immer mit bunten Bändern und venezianischen Perlenhalsketten angeschirrt.

Dieses Affenweibchen ist anders...

Mich langweilen die Schwäne und die grauen Enten. Aber mein Onkel will sie in ihrem öden See fotografieren. Diese Haustieratmosphäre wie auf einem Jahrhundertwendewohnzimmer-Bild ging ihm ans Herz. Hätte er gekonnt, er hätte das Foto vergrößert und ins Eßzimmer seiner Wohnung gehängt.

Die Enten und Schwäne reagierten nicht auf die Box-Kodak, aber die grüne Äffin scheute vor dem Blitz zurück. Sie fühlte sich beleidigt – hierhergebracht, um mit ihrem kranken Hintern ausgestellt zu werden. Als einziges Privileg bekam sie mehr Bananen und Erdnüsse als die andern.

Chita, wie ich sie taufte, war nicht zur Possenreißerin berufen. Sie war ernst und würdevoll und schaute einzig mich an mit ihren libidoentzündeten Augen. Sie hätte Rosalías Hände mit den Zähnen zerfleischt, hätte diese es gewagt, sie mit den von Onkel Domingo mitgebrachten Kleidern zu behängen.

Chita träumte von ihrem Paradies mit Bäumen voll saftiger Früchte und von harten Zeiten wilder Geburten. Gewiß würde irgendein Tierarzt sie untersuchen und ihre blutige Kugel heilen. Ich traf sie immer allein an, unzugänglich für die Schmeicheleien der Neugierigen, und habe ihre freiheitsdurstigen, liebevollen Augen nicht vergessen können.

Die Hände in den Taschen und die kleine Kamera um den Hals, ging mein Führer auf die Käfige mit den mittelamerikanischen Papageien zu. Ich, wie vorauszusehen, hinterher, aber mein Zoobesuch hatte sich schon voll und ganz erfüllt. Nun wollte er mir in seiner affektierten Art die Herkunft jedes einzelnen dieser Vögel erklären, die in Gitterkäfigen und Plastikhäuschen eingesperrt waren, um Eier aller Größen und Arten auszubrüten.

Die Hitze pappte mir das Baumwollhemd an die Rippen. Ich schwitzte an den Füßen, was mir ein lästiges Unwohlsein verursachte. Mein Onkel knipste unnütze Bilder von einer stummen Welt. Ich verschlang ihn mit dem Blick, in der

Hoffnung, seine Aufmerksamkeit auf mich zu lenken, um einer Langeweile zu entkommen, die mich bereits entnervte.

»Schau nur die Pfaueneier!« rief er schließlich.

Ich mochte nicht, wollte nicht, konnte unmöglich begreifen, daß aus den Eiern mit den schwarzen Pünktchen diese Tiere mit den schillernden Schwänzen ausschlüpfen sollten. Ich sah sie lieber in natürlicher Größe, schon ausgewachsen und aufgebläht mit ihren häßlichen Füßen durch die Zoogärten stelzen. Oder lernte lieber aus den dicken Ornithologiehandbüchern meines Großvaters die verschiedenen Vogelarten kennen, die, wenn man sie anschaute, in einem Spiel optischer Täuschung aus den Farbtafeln heraustraten und mit mir durch die Zimmer der Wohnung spazierten.

Moctezuma wartet allein in seinem silbernen Käfig mit den Sonnenblumenkernen auf mich, dachte ich, als ich bereits im Wagen saß und mir die kühle Luft der Klimaanlage unten in die Jeanshose drang.

Während das Auto durch die Sechsundzwanzigste dem Friedhof entgegenfuhr, überlegte ich mir, ob ich den Käfig aufmachen und ihn davonfliegen lassen oder in den Zoo zu den andern Papageien aus Guatemala bringen sollte. Zu denen, die mein Onkel um keinen Preis ablichten wollte.

Zusammen mit der weiß gewandeten Missionarin ist auf dem steinernen Fenstersims eine rötliche Katze aufgetaucht. Täglich zur selben Stunde putzt sie sich an der Sonne. Die schmalhändige, beinahe lippenlose Missionarin versucht meine Mutter und Ana, die Polin, von ihren apokalyptischen Visionen zu überzeugen.

Sie kommt allein, zwischen Sonnenuntergang und Einbruch der Dunkelheit, mit einer intensiven Ausdünstung, einer schwarzen Bibel und einer Broschüre, auf deren Einband grüne Blitze die Geschichte der Hekatombe und die Strafen für die Sünder illustrieren.

Ana glaubt nicht; sie deutet es mit den Augen an, reißt sie aber alle Augenblicke weit auf, so daß es scheint, sie wollten gleich aus ihren Höhlen treten und sich in der Unergründlichkeit ihrer Erinnerungen oder einfach im Meer verlieren.

Ohne es zugeben zu müssen, fürchten beide Frauen die Missionarin, doch sie können nicht anders, als ihr zuzuhören, zustimmend zu nicken und dabei eine Tasse Tee zu trinken. Die Missionarin achtet auf nichts, weder auf die malvenfarbenen Blumen in der Muranoglas-Vase noch auf die Katze, die unbedingt herein will.

Mit ihren schmalen Händen schlägt sie die Bibel auf, und wie sie zu sprechen beginnen will, spürt sie, daß die verspielte Katze auf ihrem Schoß sitzt. Sie versucht sie abzuschütteln, aber die Katze läßt sich nicht vertreiben und bringt ihre Zettel und Gedanken durcheinander. Tier der Bösartigkeit, unterbricht sie alles und stört eine Moralpredigt über die Liebe auf Erden und über die Peitsche Jehovas, die denen bestimmt ist, die gegen sein Gesetz verstoßen. Mich entzückt diese perverse, ungläubige Mieze. Ich taufe sie auf den Namen Satan und stelle ihr gekochte Fischstückchen auf den Fenstersims. So wird sie unfehlbar jeden Tag zwischen Sonnenuntergang und Einbruch der Dunkelheit hierherkommen.

Die Frau schwitzt und verheddert sich in einem Gewirr von Prophezeiungen und Gebärden. Man hat den Eindruck, sie werde von einem Augenblick auf den andern entzweigehen, in Einzelteile zerfallen und zersplittern. Die Leidenschaft ihrer Predigten läßt sich nur mit dem Sermon eines Stadtbezirksabgeordneten auf einem Autokotflügel vergleichen, der drauf und dran ist, die Wahlen zu verlieren.

Ihre Tiraden verstehe ich nicht recht. Sie spricht sehr schnell und mit flüssiger, sich steigernder Rhetorik. Diese gewandte, auswendig gelernte Sprache ist ein Sturzbach, imstande, jede Hausfrau zu überzeugen. Ein dürres, lippenloses Weibchen, das mit Inbrunst das Kommen des Armageddon verkündet. »Es wird sämtliche Scheiben im Haus kurz und klein schlagen, die Wände aller Häuser einreißen, gierig die Bewohner des Planeten verschlucken.«

Die Frau mit dem weißen Tuch schlägt ihre Broschüre auf und liest vor, während meine Mutter sie mit verdutzten Augen anschaut. Ana zuckt leicht mit den Achseln. Ich schließe mich in meinem Zimmer ein und presse das Ohr an die Türspalte.

»Die Sünder werden schwer büßen. Eine Riesenflamme wird alles in Brand stecken, und es wird unvorstellbar hohe Wellen geben, damit auf Erden nicht eine einzige Seele am Leben bleibt. Jehova wird denen vergeben, die ihm treu gewesen sind. Die andern werden in den Schacht der Hölle stürzen und in siedend heißen Kesseln eingeäschert. Die Donnerschläge eines nicht enden wollenden Unwetters werden die Ohren der Menschen taub machen. Nur den züchtigen Tieren wird nichts geschehen und den Alten, die in Verehrung des Allmächtigen gelebt haben. Die Erde wird so sehr erbeben, daß man weder Jammergeschrei noch Flehen vernehmen kann. Jehova wird das heilige Recht anzuwenden wissen, um die Übel und Laster zu tilgen, die heute die Menschheit quälen. Danach wird das Feuer alles dem Boden gleichmachen, und zurückbleiben werden nur die Erde und ihre fruchtbaren Samen. Ein neuer Mensch wird erstehen, fromm und rein, eine des Herrn würdige Art. Alles ist so deutlich im geschriebenen Wort! Die Hitze in der Atmosphäre wird immer größer, die Erde brodelt schon beinahe in gegensätzlichen Leidenschaften, die Menschen vernichten einander, Neid hat die Oberhand; die Vulkanausbrüche werden immer zahlreicher, die Erdbeben werden häufiger und verheerender. Wer das Alte Testament genau liest, wird sich von dieser Wahrheit überzeugen können. Nun will ich euch einige Bibelverse vortragen, die die Wahrhaftigkeit von Jehovas Mahnungen beweisen. Und denkt daran: Es gibt nur einen einzigen Gott, Jehova, umfassend und ohne Erbarmen mit dem Ungläubigen. Und wie es im Buch des Lebens heißt: ›Er läßt den Skorpionen keine Flügel wachsen.‹«

In mein Zimmer verbannt, die Augen an die Wand geheftet, erinnerte ich mich an Venancio, den Straßenbahnfahrer, der in einer Jagdnacht in der Nähe der Küste leise mit meinem Vater über das Herabstürzen der Sterne und das Jüngste Gericht sprach: »Der Mond kann unmöglich am Firmament feststehen. Sie werden schon sehen, eines Tages wird er zerbersten und uns vernichten.«
    Unter meinem Bett nahm ich eine große Schar grauer Landkrebse wahr und rief meine rötliche Katze, aber sie war verschwunden. Das Fenster war leer, die Fischstücke unberührt. Erst als mein Vater, die Haustür mit den Fäusten aufschlagend, betrunken hereinstürzte, ergriff die unheilvolle Hexe die Flucht.
    »Hier gibt's keinen andern Jehova als mich!« schrie er, seinen blutverschleierten Blick in Anas blaue Augen bohrend.

Die Missionarin packte ihre Bibel, vergaß aber auf einem Eßzimmerstuhl die Broschüre. Bevor ich mich schlafen legte, verschlang ich sie von Anfang bis Ende. Im angrenzenden Zimmer spuckte mein Vater Gotteslästerungen aus, während ihm eine geduldige Hand fieberdämpfenden Alkohol in den Nacken rieb.

In jener Nacht hatte ich einen seltsamen Alptraum. Ein skelettbeladener Zug raste rückwärts, bis er entgleiste und einen schmalen Weg einschlug, der sich in schwindelnder, schattenhafter Flucht in der Unendlichkeit verlor.

Die Missionarin kam nicht wieder zu uns, aber am nächsten Tag stellte sich pünktlich die rötliche Katze ein, um ihre Fischstücke zu fressen.

Erst da fand ich wieder den Sinn für die wirkliche Wirklichkeit.

Mit einem Flug der Aerovías Q ist Tante Conchita aus Miami gekommen. In den letzten Jahren hatten wir nur wenig von ihr gehört. Allerdings kursierten viele Versionen von ihrem Schicksal in Florida. Das Glück, dachten alle, hatte sie mit seinem Zauberstab berührt.

Conchita schrieb keine Briefe. Von andern Angehörigen wußten wir, daß sie, dank zufälligen Begegnungen mit reiselustigen Freunden in Atlanta und Houston, mit ihrem jungen Geliebten von einer Küste des Landes zur andern reiste. Alle Versionen waren sich einig: ein leuchtendes Schicksal voller Glück und Abenteuer.

Als sie jedoch die Treppe herunterstieg, sah sie schon von weitem verblüht aus, der kraftlose Körper hatte Schlagseite, und sie war nicht in der Lage zu winken.

Vielleicht hatte sie sich eine zahlreiche Verwandtschaft auf der Terrasse vorgestellt, die sie mit einer Musikkapelle empfangen würde. Aber sie sah unter einem Sonnenschirm mit Ovalen nur ihre ältere Schwester und unter glühender Sonne meine Eltern mit den Autoschlüsseln in der Hand, bereit, gleich nach Hause zu fahren.

Als sie zu mir trat, um mich zu küssen, bemerkte ich ein sehr starkes, fremdartiges, aber billiges Parfüm und ein Klingeln von Blechketten wie von Flager Street.

Conchita nahm die Sonnenbrille ab, rieb sie trocken, da sie sich beim Betreten kubanischen Bodens beschlagen hatte, und rief zutiefst unlustig: »Meine Lieben.«

»Ist die Hitze in Miami auch so groß?«

»Mehr oder weniger, Elvira, aber ohne diese Feuchtigkeit.«

Sie gab mir eine Tüte Bonbons und *milky ways.*
»Ich weiß doch, wie gern du Schokolade magst...«
Auf der Heimfahrt im Auto breitete sich Unsicherheit aus.
Nicht einmal meine Tante Ágata kannte den wirklichen
Grund für dieses ungelegene Erscheinen.
Ohne die unvermeidliche Frage der Schwester abzuwar-
ten, bemerkte Ágata: »Mama sträubt sich gegen alles, du
weißt ja, keiner kann sie mehr ändern.«
Ohne ihre Brille und von nahem bot Conchita ein Bild der
Zerstörung. Die Wimperntusche lief ihr über die Augen-
ringe. Aber ihr knochiger Körper, voll von Liliputanerteufel-
chen, die anscheinend nur ich bemerkte, erinnerte mich noch
immer an die Obszönität meiner ersten sexuellen Visionen.
Jene Wohnung, wo ich ein auf einem Schemel sitzender kleiner Junge und sie die Protagonistin einer unauslöschlichen
Szene war, auferstand in meinem Geist wieder mit der Kraft
einer gemeinsam durchgemachten Erfahrung.
»Wie groß du geworden bist!« Sie wußte ganz genau, daß
ich eine ebenso banale wie für einen Heranwachsenden belei-
digende Äußerung ohne Antwort lassen würde.
Ein tropischer Wolkenbruch ging nieder. Die Windschutz-
scheibe des Autos dröhnte unter festen, wie Hagel prasseln-
den Riesentropfen. Mit den elektrischen Knöpfchen schlossen wir die Fenster, und sogleich wurde das Rosenparfüm
meiner Tante noch stärker und unerträglicher.
Auf der ganzen Fahrt wagte niemand, ihr auch nur eine
einzige Frage zu stellen.
»Es steht nicht gut hier, was?«
»Nun, wie das Sprichwort sagt, der Zwerg wächst an den
Fingernägeln«, antwortete mein Vater.
»Schrecklich, dieses verfluchte Land!«

Die Politik war nur ein Vorwand, um ihr Unwohlsein, die
Bauchschmerzen und die Verwirrung ihres Geistes auszudrücken.

Später, als wir in der Wohnung waren, bestätigte sich die allgemeine Vorahnung. Ein paar Tage zuvor hatte es eine Kartenlegerin meiner Mutter prophezeit. Wie es ihr Unglück bestimmt hatte, war Conchita von einem zehn Jahre jüngeren Mann verlassen worden, und außerdem war sie krank.

Auf dem bedruckten Wohnzimmersessel sah sie aus wie eine weiche Skulptur, eine Marionette an schlaff gewordenen Fäden.

Sie zündete sich eine Kool mit Menthol an und lobte die chinesische Konsole mit all ihren Elfenbein- und Gipsfigürchen.

»Das ist ein sehr ruhiges Haus, voller Juden. Sie reden kaum«, bemerkte mein Vater, während er ihr eine Limonade hinstellte.

»So sind sie drüben auch – und sehr unternehmungslustig«, antwortete meine Tante, um irgend etwas zu sagen.

»Also, Schwester, erzähl«, platzte Ágata heraus.

»Nichts, meine Liebe, ich bin vollkommen verzweifelt. Ich komme, um Dr. Páez zu konsultieren. Ich habe zwanzig Pfund abgenommen, sieht man das nicht? Ein Fibrom, sagen sie drüben.«

Unter vielen andern Fotos unter dem Kommodenglas im Ankleideraum verweilte ich bei einem, auf dem meine Tante in aristokratischer Haltung vor einer Boxkamera posierte, die Hände am Griff eines Kinderwagens und vor einem Hintergrund mit Bäumen und einer smaragdgrünen Bank. Das Kind im Wagen hatte den Kopf geneigt und trug ein Wollmützchen. Beide strotzten vor Gesundheit. Sie waren das Ebenbild einer vollkommenen Harmonie zwischen einer Tante, einem Neffen und einem Park, den nur die »feinen« Leute aufsuchten. Ich erinnere mich an diesen Park der Sierra und an seine die Gehwege aufsprengenden Wurzeln.

Conchita gehörte zu den ersten, die die familiäre Eierschale sprengten. Sie zog allein in eine kleine Wohnung in einem Durchgang mit Aronstabpflanzungen und begründete ihr Leben mit Leoncio.

Dann hatte sie den Einfall, in die Vereinigten Staaten zu reisen. Die fixe Idee dieser Reise wird ihrem Mann und seiner unmäßigen Geldgier zugeschrieben. So entstand auch der Glaube, die beiden seien glücklich und planschten in einem perlmutterverkleideten Schwimmbecken umher.

Meine Tante hatte tatsächlich auf der Suche nach dem goldenen Vlies mit ihrem Freund das Land bereist. Unterwegs, als das Fieber ihrer Liebe den kritischen Punkt erreicht hatte, begegnete Leoncio einer gewissen Mrs. Pockerfield aus Houston. Sie war Witwe und Eigentümerin eines beträchtlichen Stück Landes in Texas. Und er verfügte über den nötigen Schneid für ein tiefes, nutzbringendes Eintauchen in die Seele einer Frau kurz vor der Menopause.

Diese verrückte Leidenschaft, in Sportflugzeugen über die Prärien des Mittleren Ostens zu gondeln und allein zum Colorado-Canyon zu fahren, wurde für ihn zu einem toten Gewicht. Sein Ehrgeiz war stärker als der Wunsch, an den Elfenbeinschenkeln meiner Tante zu knabbern.

»Langeweile«, antwortete er eines Morgens unbarmherzig, als sie im Bugs Bunny Motel in Santa Mónica beim Frühstück saßen.

»Nach allem, was wir zusammen unternommen haben?« antwortete meine Tante.

Leoncio neigte nicht einmal den Kopf, sondern verharrte in hohlem, leerem Schweigen, das sie umbrachte.

Wenn zutrifft, wie einige Leute sagen, daß man an Liebe erkranken kann – eine physische Krankheit, ein körperliches Leiden –, dann war es das, was meiner Tante widerfuhr.

Noch an Ort und Stelle, in der Schublade eines Nachttischs, auf den sie schon Leoncios Foto gestellt hatte, ließ er ein paar Dollar liegen, machte, ohne sich zu verabschieden, frühmorgens die Tür hinter sich zu und startete den Achtzylinder, wie ein Athlet, der nach dem Startschuß von der Linie wegspurtet.

Der Äther der Zeit verschluckte ihn. Leoncio hinterließ weniger Erinnerungen als eine Katze. Für alle war er verschwunden, außer für sie. In ihrer Vorstellung war er noch immer eine körperliche Gegenwart mit Gerüchen und zum Anfassen, mit Freudeschauern und jähen Liebesanwandlungen. Ohne wirkliche Spur, da sich sein Kompaß verloren hatte, machte meine Tante sich auf die Suche nach ihrem Mann. Sie hatte nichts als eine verschwommene Vorstellung von dieser rothaarigen Farmbesitzerin, von der ihr alle erzählten, und stellte zwei Privatdetektive ein, offerierte geheime Belohnungen und forschte in Bars und Kasinos, in Motels und Pensionen nach, wo sie getrunken und gehurt hatten. Alles umsonst. Entweder hatte das Paar das Land verlassen, oder es war ganz einfach vom Erdboden verschwunden.

Nachdem Ágata sie lange darum gebeten hatte, willigte meine Großmutter Julia ein, Conchita in ihrer Wohnung in der Siebzehnten Straße aufzunehmen. Die Begegnung zwischen den beiden blutsverwandten, aber so verschiedenen Frauen fand vor der Garage unseres Hauses statt.

»Hast du alles?« herrschte sie ihre Tochter an.

»Ja, Mama; für das, was ich habe...«

Und ebenso trostlos, wie sie die Treppe der DC 3 der Aerovías Q heruntergekommen war, stieg sie in das schwarze Auto.

Dr. Abilio Páez vom Medizinisch-Chirurgischen Zentrum gab seine definitive Diagnose ab: »Nur noch drei Monate.«

In eine Art Schläfrigkeit versunken, aus der sie momentweise auftauchte – wenn sie sich dazu entschloß, Kabeltelegramme für erratische Nachforschungen abzuschicken –, wurde sie allmählich zu einem Zombie, um den herum die ganze Familie ihr Mitleid bekundete.

Sie schloß die Augen, und ich denke, sie träumte von ihrem Geliebten, in unsterblicher Einsamkeit, wie wenn man ins Meer steigt und zu den Steinen auf dem Grund hinabtaucht und dieses egolatrische Glück verspürt, sich zu gehören und Herr über gewalttätige und heroische Taten zu sein.

Wir gewöhnten uns an ihren katatonischen Zustand, an ihre inoffensive Gegenwart, ihr Schweigen.

Manchmal verschwand sie, und dann rief meine Großmutter in einer humanen Anwandlung bei uns an, die meine Mutter verwirrte. Sie war in irgendwelchen unerwarteten Winkeln verschwunden, wo man sie unmöglich finden konnte, und wir befürchteten das Schlimmste. Nach und nach entfernte sie sich von allem Realen. Das Menschliche kümmerte sie nur noch sehr wenig. Knoten um Knoten löste sie sich immer mehr von uns und sich selbst. Sie bekam einen starren Blick und eckige Bewegungen. Wie die Abfallsäcke, die Petrona auf die Straße des Cerro hinauswarf, wo wir einmal gewohnt hatten, so sollte meine Tante eines Tages vom Lärm einer Wasserpumpe verschluckt werden. Dr. Páez schickte sie zum Psychiater.

»Meine Tochter ist nicht verrückt, in unserer Familie gibt es keine solchen Belastungen«, brummte meine Großmutter.

Sie ging hin. Der Psychiater stellte keine Diagnose, hatte nicht die Zeit dazu. Die Kugel in ihrem Magen wuchs im selben Maß, wie ihr Lebenswille abnahm.

Noch hallt mir dieser kategorische Ágata-Satz in den Ohren: »Sie will sich nicht mehr anziehen.«

Eines Abends gingen wir sie besuchen. Die heiße Luft blähte die Vorhänge im Zimmer. Der Duft der Pomaden wurde beißend. Die Kraft meiner Großmutter ging mir zu Herzen. Ein weiteres Kind starb ihr dahin. Die Wohnung war ein langes schwarzes Labyrinth mit einer einzigen Öllampe auf der Marmorplatte eines von Salben übersäten Nachttischs.

Das Ekelgefühl, das die unzüchtigen Nachmittage des

Paars in mir zurückgelassen hatten, wurde zu einem undeutlichen Gefühl von Verletztheit und Entsetzen.

Die Dünste dieses Zimmers, zu dem ich nie Zutritt hatte, als sie mit dem Tod rang, breiteten sich in der ganzen Wohnung aus.

Zur vorgesehenen Stunde traf der Wunderheiler ein und brachte in einem Sack ein Büschel Kräuter und zwei lebende Tauben mit. Es war der letzte Ausweg.

Sie war schon ein Klumpen Knochen ohne Fleisch, mit zwei glasigen schwarzen Augen, die auf einen Punkt im Unendlichen starrten.

»Solange es Leben gibt, gibt es Hoffnung«, sagte der alte Frömmler. »Sie ist zwar nicht mehr klar im Kopf, aber ihre Augen leben noch.«

Diese vom Wunderheiler verkündete Hoffnung auf Leben machte die dunkle Hülle ums Zimmer herum noch unwahrscheinlicher.

Mein Vater ging mit mir an die Sonne hinaus. Als wir nach Hause kamen, las meine Mutter ein Kabeltelegramm vor: BIN DABEI, DIR EINEN BRIEF ZU SCHREIBEN. HABE MICH DIR GEGENÜBER SEHR SCHLECHT BENOMMEN. BITTE UM VERZEIHUNG. LEONCIO.

Irgendein Detektiv hatte wohl versucht, für das Ergebnis seiner Arbeit zu kassieren. Aber es war schon reichlich spät. Vielleicht wußte Mrs. Pockerfield, bei einer Tasse Kaffee und Plätzchen, gar nicht, was hinter ihrem neuen Liebesabenteuer steckte. Mit widerwilligem Gesicht lehnte es Leoncio an diesem Nachmittag ab, sich zum Tee hinzusetzen.

»Darling!« rief Mrs. Pockerfield mehrmals verzweifelt.

Während Conchita in einem Zimmer des Vedado starb, erntete er die Nüsse einiger Pinien, die zweihundert Jahre zuvor der Urgroßvater seiner gegenwärtigen Frau gepflanzt hatte.

Wer weiß, was er im Kopf gehabt haben mochte, als der Leichnam meiner Tante mit Getöse ins Familiengrab fiel.

Für die Beerdigung erhielt ich einen braunen Anzug und eine schwarze Krawatte.

Als wir aus dem Friedhof kamen, zog eine transparentbewehrte Studentendemonstration fast so lang wie ein Häuserblock zum Palast. Batista hatte das Land fest im Griff. Auf dem Nachhauseweg wurde von nichts anderem gesprochen. Panik begann sich breitzumachen.

Gewandt wie ein Erwachsener löste ich den Knoten der schwarzen Krawatte und hängte meinen Anzug in den Schrank zu den rosafarbenen Hemden und den Pullovern mit den Emblemen der Fußballmannschaften amerikanischer Universitäten, die mir Conchita aus Miami mitgebracht hatte.

Ich sehe die bemooste Mauer mit den tausend Augen, die mich anschauen. Der Wind der Fastenzeit ist aufgekommen, der die Menschen beinahe um den Verstand bringt. Ich mache nichts anderes als lesen. Was kann ich sonst tun, wenn meine Mutter sagt, auf der Straße werden die jungen Leute umgebracht?

Vielleicht lese ich zuviel. Sie sagt immer wieder, von all dem Lesen würde ich noch verrückt. Aber ich glaube, sie ist es, die den Kopf verlieren wird. Immer wenn ich von der Schule komme, sehe ich sie vor dem Spiegel. Sie spricht aus dem Spiegel zu mir, brennt sich Locken in die Haare, kämmt sie. Verrückt wird sie werden bei all dem Warten. Sie weiß, daß er erst tief in der Nacht nach Hause kommt, aber von frühmorgens an schminkt sie sich und bereitet sich darauf vor, ihn zu umarmen und zu küssen.

Sie bittet mich, nicht zu Sonja Henie zu gehen, der berühmtesten Eiskunstläuferin der Welt, denn sie befürchtet, auf dem Heimweg könne mir etwas zustoßen. Nur so zum Spaß werden junge Leute auf die Polizeiwachen mitgenommen. Aber ich möchte Sonja Henie sehen, unter anderem weil mir meine Freunde im Sportpalast einen Platz reserviert haben. Täglich wird sie in den Zeitungen angekündigt, und vor meiner Haustür fährt ein Cadillac-Kabriolett mit einem Fähnchen mit dem Namen der Eiskunstläuferin vorbei, gesteuert von einem Fahrer mit schwarzer Augenbinde.

Jetzt gibt's im Fernsehen nur Freistilringen und Sonja Henie. Natürlich habe ich lieber Freistilringen, vor allem in diesen Tagen, wo George Gorgeus auftritt. George steigt in den Ring und besprayt sich mit Parfüm. Er hat lange blonde Haare und einen goldenen Mantel, der auf über fünftausend Dollar geschätzt wird. Er ist ein Ringer mit einem sehr guten Auge und Experte im Schulterschlüssel. Zusammen mit andern meiner Helden habe ich ihn an die Wand gehängt. Gräßlich diese krankhaften Typen an der Wand, schimpft meine Mutter jeden Tag.

Mein Vater nicht, er schwärmt fürs Freistilringen und sagt, er wisse, wer die Rote Gefahr ist. Nun, jeder hat seine eigene Version. Ich glaube, es gibt mehrere Rotvermummte mit demselben Krötenkörper, die sich darauf geeinigt haben, die Leute hinters Licht zu führen.

Auch Frauen betreiben Freistilringen. Sie sind in der Minderzahl, aber es gibt sie. Sie kommen am Nachmittag, ein oder zwei Stunden vor dem Wettkampf. Vom Paseo-Park aus sehe ich sie am Arm ihrer Männer die Straße überqueren. Sie sind sehr auffällig, haben dichtes langes Haar und sind geschminkt, als gingen sie in einen Nachtklub, mit hohen Absätzen und engen Bermuda-Hosen.

Eine einzige kenne ich, die wie ein Mann daherkommt, ein Mannweib von Kopf bis Fuß, das fast immer gewinnt. Man nennt sie Panther von Alquízar, und sie hat sich Brillanten und Rubine in die Zähne einsetzen lassen.

Die Frauen sind kämpferischer als die Männer, wilder; sie zerren sich an den Haaren, beißen sich, zerkratzen sich die Haut. Bei ihnen amüsiert man sich viel mehr. Die meisten sind Trapezkünstlerinnen und Raubtierdompteusen im Zirkus. Ich freue mich, wenn ich sie mit ihren Necessaires über den Paseo zum Sportpalast gehen sehe.

Gestern fuhr Sonja Henie im Kabriolett mit dem verbundenen Fahrer über die Fünfte Straße. Sie trug eine Goldkrone auf dem Kopf. Sie ist blond, Norwegerin eben, und hat Sommersprossen im Gesicht wie Pola. Sie läuft im Kreuz, in Schlangenlinien, in Achten; macht einen Salto mortale und landet auf den Schlittschuhspitzen. Sie ist phänomenal. Aber ich durfte sie nicht sehen.

Gern wäre ich am Tag des Unfalls dort gewesen. Wegen der außerordentlichen Hitze füllte sich die Eisfläche mit Wasser. Es herrscht eine teuflische Hitze, und wenn die Klimaanlage absackt, wird die Sache im Sportpalast ernst. Beinahe wäre die Ärmste ertrunken. Sie beklagte sich bei den Zeitungen und fuhr dann in ihr Land zurück, ohne sich zu verabschieden.

Neuerdings läßt mich meine Mutter nicht einmal mehr den Kopf hinausstrecken. Überall sieht sie Gefahr und zwingt mich, zu Hause zu bleiben. Meine einzige Beschäftigung: lesen und mit Pola telefonieren. Ich habe bereits die ganze Sammlung von *Reader's Digest* und des *Geographical Magazine* gelesen, und tatsächlich brennen mir manchmal die Augen, aber ich reise eben schrecklich gern auf den Farbtafeln durch die ganze Welt.

Ich rief Pola an, um ihr die Geschichte von der Tochter des Richters Vergara zu erzählen. Sie gab sich Feuer mit Brennspiritus und stürzte völlig durchtränkt und am ganzen Leib brennend auf die Straße. Nachdem sie sich angezündet hatte, bereute sie es und schrie: »Zu Hilfe, zu Hilfe!« Ein Eisverkäufer warf die Schürze über sie, konnte aber nicht verhindern, daß sie verkohlt mitten auf der Straße zusammenbrach. Ihr Hund, ein schwarzer deutscher Schäfer, ist am Rand des Gehwegs neben Lucilas Blutlachen stehengeblieben. Meine Mutter redet von nichts anderem. An Sonja Henie denkt niemand mehr. Nicht einmal wenn sie im Cadillac mit ihrer Goldkrone vorbeifährt, beachtet man sie. In ihrem Wohnzimmer wurde bei der Tochter des Richters Totenwache gehalten, und die ganze Straße füllte sich mit den Autos von Politikern und mit Lieferwagen von Blumenläden mit sehr schönen Kränzen – »genau richtig für sie«, sagt Milagros.

Pola wollte sich die Geschichte nicht anhören. Die Amerikaner reden nicht von Toten, weder von verbrannten noch sonst welchen. Sie wollen nur die schöne Seite des Lebens sehen.

»Pola, welche Persönlichkeit ist für dich unvergeßlich?«

»Helen Keller.«

Helen Keller ist nämlich blind, taub und stumm und schreibt Bücher und komponiert Musik.

Meine unvergeßliche Persönlichkeit ist Enrico Caruso. Er stammte aus einer Vorstadt Neapels, schleppte Mehlsäcke und schaffte es, in der Metropolitan Opera zu singen. Er hat den Schlüssel der Stadt New York und den Orden der französischen Ehrenlegion.

Straßen voll Morast, wo Kinder betteln
Straßen der Bougainvillea und des Haubenjasmins in den alten
Palastgärten
Straßen altadliger Enge, wo die von Maultieren mit dem Namen
spanischer Dörfchen gezogenen Kohlenwagen im Schatten
ruhen
Straßen der ländlichen Pflastersteine und des Landweggeruchs,
wo tagsüber Himmel und Hölle gespielt wird und die
Murmeln rollen
Straßen voll alten Gerümpels, auf den Gehwegen liegengelassen
von umherirrenden Emporkömmlingsfamilien, die sich
neustens im reichen Kohly- und La-Coronela-Viertel
niedergelassen haben
Straßen der meersalpeterzerfressenen Tore
Straßen der Waschstraßen mit alten Chinesen aus Kanton und
galicischen Kindermädchen
Straßen der mythologischen Wollbäume mit rotgebundenen
Bananen und Hühnern aus Guinea
Straßen der hohen Erker, wo wir als Kinder Papierdrachen
steigen ließen
Straßen der Heiterkeit mit schlangenverzierten Eisenlampen und
Art-nouveau-Glühbirnen
Straßen der Politikerkarawanen mit Wahlkampfposters und
bezahlten Musikgruppen
Straßen des Zorns über einen niederprasselnden Wolkenbruch
Straßen mit räudigen Bastarden, die in Abfalleimern wühlen
Straßen mit schwarzgekleideten, von einfarbigen Hirtenhunden
und tauben, an glänzenden Leinen gezogenen
Dalmatinern begleiteten Damen

Straßen der Einfalt und Dummheit, wo mich die spiralförmigen
  Farben der Lampen in den alten Barbierstuben
   fesselten
Straßen der Wut, mit Black-Jacket-Mörderbanden, Splitter einer
  Zeit, die noch nichts mit Videokassetten und Raumfahrt zu
  tun hatte
Straßen wie Igel an den Füßen, wie Steine in den Schuhen,
  Milchstraßen der Erinnerung, die ich nie werde vergessen
  können

Das Irrlicht anderer Straßen wird mich mit seinem Fluoreszieren
  am Schlafen hindern können, aber diese sind es,
  die mich an die Kletterstrauchschlingen und Stein-
  mauern binden
Straßen der Vedado-Einsamkeit, die beim Meer enden
  Noch immer höre ich das Rufen deiner fliegenden Händler;
  ihre Stimmen singen in der Spitze meines Bleistifts

Ich habe mein Leben auf eine rettende Planke gelegt. Habe es wiederzuerlangen versucht, um einen Schiffbruch mit unabsehbaren Konsequenzen zu vermeiden. Dank Anaquillés Wunder fliegen mir die Erinnerungen wie ein Geisterschwarm zu. Sie kommen in neuer Kleidung daher und erschrecken mich mit ihren Blechmasken. Sie sind gleichzeitig ein chinesisches Schattenspiel, ein Feuerwerk und Narben, hinter denen sich ebenso Wahrheit wie Lüge verstecken.

Die Erinnerung schafft sich ihre eigene Brechung. In einem Hohlspiegel erblicke ich kaleidoskopische Bilder. Er offenbart mir nicht nur die Vergangenheit in ihrer nostalgischen Beschwörung, sondern auch die unmittelbare Gegenwart mit ihrem Aufblitzen – so wie die Tierkreisamphore des Wassermannkindes alles in einen Fluß mit Fischen und Trümmern gießt.

Ich bin nichts weiter als eine von Tausenden von gefühllosen Fingern geführte Puppenspielfigur. Kleide mich als Pirat, als Clown, als Gladiator. Bin der Resonanzkasten alter, unbekannter Stimmen. Springe wie der Harlekin von einer Mole, die mich dazu treibt, weiß Gott wohin zu stürzen.

Schuld an diesem Sprung bin nicht ich, sondern der Zauberer hinter dem Vorhang. Ihn muß ich zur Rechenschaft ziehen.

Zum Leiden geboren, faßte Elvira Mut, um die überraschende Einladung ihres Mannes, sich die Musicalspielzeit am Broadway anzusehen, verarbeiten zu können. Eine solche Nachricht anzunehmen erforderte einen stählernen Charakter von einer Frau, die es gewohnt war, gequält zu werden und durchzechte Nächte, Seitensprünge und böse Worte hinzunehmen. Das bestialische Schnauben ihres Mannes war zum Gesprächsstoff unseres Hauses geworden und hallte im ganzen Viertel wider.

Zweite – wenn auch späte – Flitterwochen muteten sie wie ein Traum an.

Für Richard war das außerdem die Chance, mit einem Teilhaber künftiger Investitionsabmachungen zu verkehren und der glühenden Atmosphäre Havannas zu entfliehen.

Innerhalb weniger Tage wurde alles für das Abenteuer in die Wege geleitet. Elvira änderte ihre Haarfarbe und kaufte sich einige Übergangskleider. Keiner von beiden sagte irgend jemandem etwas. Aber eines Nachts kam Richard wutentbrannt nach Hause.

»Deinetwegen wissen schon alle, daß ich mit Rojas auf Geschäftsreise gehe!«

»Ich schwöre dir bei meiner Mutter, von mir hat niemand etwas erfahren. Ich bin wie ein Grab«, antwortete Elvira.

Nach langem Hin und Her war Richard von ihrer Verschwiegenheit überzeugt. Er warf sich aufs Bett, beide Hände hinter dem Kopf, und starrte nachdenklich an die Decke. Wie soll ich diesen verdammten Rojas bloß einseifen!, dachte er. Er mußte ihn davon überzeugen, ihm bei dem Geschäft mit den Autoersatzteilen zu helfen, das er aufbauen wollte.

Elvira hatte etwas ganz anderes im Kopf. Sie träumte von Gimbels, Macy und Lord and Taylor. Sie würde in die oberste Etage des Empire State Building fahren und sich neben der Freiheitsstatue fotografieren lassen. Sie hatte schon von Church Street und Chinatown gehört und nahm ihr weniges Geld mit, um für die Wohnung und als Geschenk für ihre alten Freundinnen Krimskrams aller Art zu kaufen.

»Und was soll ich dir mitbringen, mein Liebling?«

»Ein elektrisches Monopoly, Mami, wo ein Lämpchen aufleuchtet, wenn man eine Aktie gewinnt.«

Aus taktischen Gründen bat die Mutter ihren Sohn um absolute Verschwiegenheit. Richard sträubte sich, seine Reisepläne weiterzuerzählen. Er traute Rojas überhaupt nicht. Das machte ihn unsicher, in seinem Innern bohrte der Stachel des Zweifels.

Es gibt eine unsichtbare Ritze, eine Fuge, etwas, wo Geheimnisse durchsickern und mit lautem Geschrei den offenen Raum der Stadt erfüllen. Nichts und niemand hat das je verhindern können. In diesem Land ist das so. Es ist ein Mysterium – weder eine Gabe noch ein Fehler, sondern eine dem Kubaner innewohnende Eigenschaft, und anscheinend gibt es weder eine Schutzmauer noch einen Vorhang des Schweigens, die dagegen etwas ausrichten könnten.

Als wäre ein Herold von Haus zu Haus gegangen und hätte die Nachricht von der Reise ausgerufen, erfuhr das ganze Viertel von den Vorbereitungen des Paars, und täglich gab es haufenweise Aufträge, Abschiedsbesuche und Glückwünsche für Elvira. Richard stieg das Blut in den Kopf, aber für Reue war es schon zu spät. Den schwerreichen Rojas, fern von allem, ließ das völlig kalt. Er suchte einen willigen, effizienten Partner und potentiellen Verwalter für einen Teil seines Vermögens – ein Plan, der sich von dem Richards ein klein wenig unterschied.

Elvira legte ihren grünen Paß unter die Kristallurne der wundertätigen Muttergottes, schloß die Augen und raunte ihr eine Mitteilung zu, eine Art inständige Bitte. Am liebsten hätte sie das Foto aus dem Paß gerissen, da Dauerwellen allmählich aus der Mode kamen, aber sie beherrschte sich. Nach dieser Handlung war sie völlig erschöpft. Sie hatte Mut gefaßt, sich in den nötigen Schwung versetzt, um das Unvorhersehbare auf sich zu nehmen, und war bereit, allen Schwierigkeiten zum Trotz in die Pan-American-Maschine zu steigen.

Als sie ihrem Mann vorschlug, den Sohn mitzunehmen, prallte sie auf die Härte seiner grüner Augen.

Eigentlich war Elvira eine wirklichkeitsfremde Frau, die in einer Blase voller Illusionen lebte und nicht die Hälfte von allem mitbekam. Unfähig, ihre Träume mit Größenwahn zu strafen, schlug sie unnütz gegen die Wand. Grausam antwortete er: »Du hast einen Dachschaden. Der Junge bleibt bei seiner Tante, und damit basta. «

»Aber Richard, wo er doch nichts so gern macht wie reisen. «

»Er soll mit seinen Farbtafeln reisen. Deshalb habe ich für *The Book of Knowledge* hundert Pesos hingeblättert. Jetzt darf er nicht fehlen in der Schule. Punktum. «

Hochzufrieden richtete sich Tante Ágata mit ihren Elfenbeinkruzifixen und goldenen Ohrringen in der Wohnung der Fünften Straße ein. Sie schnüffelte in Verstecken und Schubladen herum und entdeckte erstmals im Spiegelschrank der Schwägerin ihre erogenen Zonen. Mit einer gewissen Scham betastete sie ihre Brüste und fand sich schön, als sie das hautenge Seidenkleid sah. Es machte sie glücklich, Moctezuma frisches Wasser und alle drei Tage seine Sonnenblumenkerne zu geben. Sie goß die Pflanzen im Hof und erwartete ihren Neffen mit Fruchtsalaten und Mameyfrappés.

Sie nahm die Gewohnheit an, vor dem Spiegel ihre elastische Wollust zu genießen. Zog sich Elviras mit grünen und roten Früchten bedruckte Hausmäntel an. Trug ihr Haar offen wie nie zuvor. Spürte in ihrem Innern schreckliche Lust, auf die Straße hinauszustürzen. Vielleicht weil sie so nahe beim Meer lag, befreite die Wohnung in der Fünften sie von vielen Fesseln.

Wenn sie das Telefon abnahm, sprach sie mit der Bestimmtheit einer echten Hausherrin. Zum erstenmal in ihren etwas über vierzig Jahren fühlte sie sich frei von der Bevormundung ihrer Mutter und vergaß abends sogar das Beten, so erschöpft war sie nach Beendigung des Tagwerks.

Die Großmutter rief bis zu fünf- oder sechsmal an, und

Ágata sagte bloß: »Alles bestens, Mama, er macht mir in keiner Weise zu schaffen.«

Den Sohn ihres Lieblingsbruders zu verziehen beglückte sie wie eine Verlängerung ihrer Jugend. So sehr achtete sie auf die Bewegungen des Neffen, daß sie nachts Probleme mit dem Schlafen hatte. Sie erwachte mit harten Lidern und gereizten Augen, weil sie wachgelegen hatte. Das einzige, was ihr Erleichterung verschaffte, waren Kompressen mit den Blüten weißen Immergrüns.

Elvira rief aus New York an. Ein einziges Mal, aber mit ihrem Sohn konnte sie nicht sprechen, weil sie nicht an die Unterrichtsstunden gedacht hatte. Ágata stellte die Dinge klar, legte ihr über die sieben Tage seit ihrem Weggang mit der Verschlagenheit einer englischen Haushälterin Rechenschaft ab und kündigte an, ihr Sohn habe ein paar Pfündchen zugenommen. Als sie den Hörer auf die Gabel zurücklegte, spürte Elvira einen Anflug von Eifersucht. Eine sehr persönliche Eifersucht, vermischt mit leichtem Schuldgefühl. Aber ihrem Mann sagte sie nichts davon.

An diesem Abend schauten sie sich die siebenhundertste Vorstellung von *South Pacific* mit Mary Martin und Ezzio Pinza an. Der Eintrittspreis war um die Hälfte gesenkt worden, weil das besondere Ereignis gefeiert werden mußte. Danach war Elvira begeistert von Ezzio Pinzas Stimme und seinen grauen Haaren. In der ganzen folgenden Woche trällerte sie unaufhörlich *Some enchanted evening*. Sie hätte alles dafür gegeben, wenigsten eine Nacht lang dieses schwarzhaarige Püppchen zu sein, das auf einer Pazifikinsel in einer an zwei Kokospalmen befestigten Schaukel schaukelte, während ihr Liebhaber ihr dieses Lied sang, das sie sofort zu ihrem Lieblingslied machte. Mary Martin in ihrer Schaukel war das Sexsymbol des Tages, der Honig des Paradieses.

Das Taft-Hotel war nicht schlecht, aber Richard und Elvira hätten lieber ein Zimmer im St. Regis oder im Waldorf Astoria gehabt. Der alte Rojas und seine Frau hatten sich um die Buchung und die Überfahrt gekümmert. Richard bat seine Frau um Mäßigung. Aber Elvira, gierig, das Abenteuer richtig auszukosten, gab sich nicht mit irgend etwas zufrieden. Mit kaum wahrnehmbarer Verachtung ließ sie das gastgebende Ehepaar ihre Ablehnung spüren.

»All das Geld haben sie nur, weil sie so unsäglich knickrig sind«, sagte sie zu ihrem Mann.

Punkt acht Uhr sah sich Elvira im Frühstücksraum des Hotels an der Fifth Avenue gezwungen, mit der Frau des zukünftigen Chefs ihres Mannes zu konversieren. Sie war eine arrogante Alte mit opernhaften Manien und fragte ihr Löcher in den Bauch. Ihre bürgerliche Abstammung gab sie dadurch zu erkennen, daß sie ihrer Gesprächspartnerin nicht in die Augen schaute. Sie forschte nach dem Ursprung von Elviras Familiennamen. Diese wußte nur, daß ihr Vater ein Bergler gewesen war und Ziegen besessen hatte. Und in einer stürmischen Nacht im Unión-Club in der Calle San Lázaro sein ganzes Geld verloren hatte.

Die Augen der Alten kreisten in ihren Höhlen, und das machte Elvira ganz nervös. Als Antwort murmelte sie etwas Unzusammenhängendes. Täte sich doch jetzt die Erde auf und würde mich verschlucken, dachte sie, als die indiskrete Frau sie über die Beziehung zu ihrer Schwiegermutter ausfragte.

Zum Glück blieb die Señora in den Vormittagsstunden in ihrem Zimmer, um zu inhalieren und etwas fernzusehen. Dann schoß Elvira wie eine Kanonenkugel auf die Straße hinaus, atmete tief New Yorks Qualm ein und nahm die Broadwaylinie *number one* bis Chinatown. Allein und so gefräßig wie ein kleines Raubtier, stürzte sie in Geschäfte und Straßenmärkte, um Krimskrams zu kaufen. Um halb eins war sie zurück im Taft, warf die ganzen Parafernalia ihrer Einkäufe aufs

Bett und schickte sich an, der gelangweiltesten Alten der ganzen Welt gegenüberzutreten.

Schon zwei Monate im voraus bereitete sich New York auf die Weihnachtsfeierlichkeiten vor. In allen Geschäften war dieselbe Affiche zu lesen: SALES – Sonderverkauf.

Nach zwei Wochen waren die Geschäfte zwischen ihrem Mann und Señor Rojas abgeschlossen. Elvira und Richard begannen ihren Sohn zu vermissen. Auf den Straßen der großen Stadt bewegten sich unendlich viele Maschinenwesen, gleichsam Pleuelstangen, Kolben und Hebel. Elvira begann die Kälte zu spüren und bemerkte plötzlich, wie die Zeit verging. Die unkontrollierbaren Winde an den Straßenecken drückten sie gegen die Mauern der Wolkenkratzer. Sie fühlte sich schwach und schutzlos und wollte nach Hause.

Zum Glück raunte ihr am selben Abend in der Dunkelheit eines Kinos an der Sixth Avenue Richard ins Ohr: »Alles hat geklappt.«

Obwohl die Hauptfigur des Streifens ihr Held Glenn Ford war, wurde Elvira einen Moment lang abgelenkt und fragte ihren Mann: »Wann fahren wir zurück, Liebster?«

»Möglicherweise übermorgen.«

In diesem Augenblick wich Glenn Ford in einem Schützengraben, der in einem für beide unbekannten Land ausgehoben worden war, den Rädern eines friedlichen Tanks aus, und Elvira stieß einen Schreckensschrei aus.

Als sie in die Lichter der Avenue hinaustraten, rief Señora Rojas: »New York ist wie ein Glühwürmchen.«

Da es schon spät war und Elvira und Richard hungrig waren, verabschiedeten sie sich in der Hotelhalle von dem Ehepaar.

Um zwei Uhr nachts aßen sie in einem mit Bohemiens überfüllten *coffee shop* einen »Elena Ruth«. Dieses fade Paar waren sie los.

Auf den Bänken des kleinen Pärkchens am Sheridan

Square, das die Form eines Kuchenstücks hatte, kauten die jungen Frauen und Männer an Blumenstengeln.

Diese Erinnerung durfte nicht wie Sand verfliegen. Entschlossen kaufte Elvira ein paar Rosen und gab sie Richard zu kauen. In einer Bar namens *White Bear* tranken sie ein paar Gläschen und spazierten dann durch die Sixth Avenue zur Vierzehnten Straße. Dort suchten sie, den Winden des Hudson River ausweichend, hinter den Mauern eines sehr hohen Hauses Zuflucht. Nach wenigen Minuten brachte sie ein gelbes Taxis mit den schwarzen Quadrätchen ins Taft.

In seiner vorwärts drängenden Karriere hatte Richard ein begehrtes Ziel erreicht. Er verließ New York selbstsicher, aber sehnsüchtig nach den *rockettes* von Radio City Music Hall, die er aus Zeitmangel nicht hatte gleichzeitig die langen Beine in die Höhe reißen sehen.

Auch er sehnte sich nach dem Zuhause. Allmählich verschwand New Yorks Bleigrau in den Wolken, und nach zweieinhalb Flugstunden zeigte sich leuchtendes Grün, gesäumt vom weißen Schaumstreifen der Wellen.

Bei der Ankunft auf dem Flughafen freute sich Elvira sehr, als sie ihren Sohn sah und die Hitze der Insel mit ihrer Luftfeuchtigkeit von neunundneunzig Prozent spürte. Die Eifersuchtsgefühle gegenüber Ágata tilgte sie aus ihrem Herzen.

»Er hat ein paar Pfündchen zugenommen«, sagte sie zu ihrer Schwägerin, als sie das Pausbackengesicht ihres einzigen Kindes musterte.

»Ich hab's dir ja gesagt«, antwortete die Tante stolz.

Gefangen im Netz ihrer Runzeln, befahl Großmutter Julia ihrer ältesten Tochter mit angespannter Telefonstimme, nach Hause zu kommen. Ágata schaute gedankenversunken ihren Neffen an und machte sich ans Zusammenpacken ihrer Siebensachen. Zuerst holte sie auf dem Nachttisch die Elfenbeinkruzifixe, dann zog sie die Schranktüren auf und nahm zwei oder drei weite Hausmäntel und ein preußischblaues Popelinekleid heraus. Im Handumdrehen hatte sie alles vor die Haustür gestellt und bat ihren Bruder, sie zu ihrer Wohnung in der Siebzehnten Straße zu bringen.

»Du könntest ja wirklich noch ein paar Tage hierbleiben«, bat Elvira.

»Du weißt doch, wie Mama ist. Obwohl ihr Panchita Gesellschaft leistet, fühlt sie sich allein. Sie ist an mich gewöhnt.«

»Du bist kein kleines Mädchen mehr, Ágata. Deine Mutter hat dich total in der Hand. Unternimm etwas, meine Liebe.«

»Ich weiß, Elvira, eben heute habe ich mich im Spiegel angeschaut – wenn ich die Stirnhaare aufstecke, sind jede Menge weiße darunter, aber sie ist immer schon so gewesen.«

Ágata fühlte sich wie ein Vogel, der allmählich an Höhe verliert. Aber sie weigerte sich, zuviel nachzudenken, und packte weiter ein.

Julia empfing ihre Tochter im Eßzimmer sitzend. Ohne sich auch nur mit einem Wort nach dem Aufenthalt im Haus ihres Bruders oder nach seiner Reise in die Vereinigten Staaten zu erkundigen, hackte sie ein Stück Guavenbirne mit zwei Scheiben Weißkäse klein und setzte es ihr vor.

»Den Käse haben mir die Varonas aus Camagüey geschickt, versuch mal...«

Ágata stellte ihren Handkoffer neben den Kommandostuhl der Mutter und verzehrte gehorsam dieses süßliche, zwischen zwei Salzkekse geklemmte Sandwich.

»Und der Junge, wie hat er sich benommen?« fragte Panchita.

»Er liest den ganzen Tag. Er ist sehr ruhig, schon ein kleiner Mann.«

Die alte Mulattenköchin nahm den Koffer und brachte ihn in Ágatas Zimmer. Wenn sie dort hineinging, erstickte sie beinahe inmitten all der Heiligen, der halb niedergebrannten Kerzen und der Holzkästchen mit Rosenkränzen, Gebetszetteln und Kruzifixen.

»Sie haben ihm ein elektrisches Monopoly mitgebracht.«

»Was ist denn das?« fragte Julia.

»Ein Monopoly, Mama, ein Spiel, wo man ein Grundstück, ein Haus, eine Firma oder irgendeine Aktie gewinnen oder verlieren kann. Dieses ist anders; es leuchtet auf, wenn jemand gewinnt.«

»Er wird es bestimmt in Stücke schlagen, Jungen machen alles kaputt. Außerdem regt das das Spiel an, nicht?«

»Nun, Sie kaufen doch auch gern Lose und haben schon mehrmals gewonnen.«

»Es ist eines, Lotterielose zu kaufen, und ein anderes, jungen Burschen größenwahnsinnige Ideen in den Kopf zu setzen.«

Die Großmutter löste ihr Haar, das nie ganz weiß wurde, legte die Steckkämme aufs Couchtischchen im Wohnzimmer und stellte den Fernseher an. An diesem Abend interpretierte Gina Cabrera in ihrem Lieblingsprogramm »Spannung auf Kanal Sechs« ein englisches Horrorstückchen.

Ágata setzte sich zu ihrer Mutter. Einige Minuten vor der Sendung verabschiedete sich Panchita, nachdem sie noch auf

einen Stuhl geklettert war, um die – ebenfalls in Tampa gekaufte – Ansonia-Wanduhr von 1890 aufzuziehen. Es war
abends Punkt acht.

Der Tisch war gedeckt: zwei große Tassen Milchkaffee,
ein paar Scheiben gekochter Schinken mit gelbem Käse,
Himbeermarmelade und getoastetes Schwarzbrot.

Als das Telefon klingelte, sprang Ágata auf.

»Stell diese Klingel leiser, um Gottes willen«, brummte die
Großmutter. »Sie gellt einem ja in den Ohren.«

»Ich weiß nicht, wie man das macht.« Ágata ging ans Telefon, überzeugt, daß es ihr Bruder Richard war.

»Was hat er gesagt?« fragte die Großmutter auf französisch.

»Er hat nach Ihnen gefragt, Mama.«

Gerade als ein Schauspieler mit Vampirzähnen Gina Cabrera
erdolchen wollte, kam der junge Verehrer, hob ihn in die
Luft, versetzte ihm mit einem Fausthandschuh aus Leder
und Blei einen Hieb auf den Kopf und ließ ihn zu Boden fallen. Der Künstler und die Künstlerin umarmten sich, und
Rachmaninows Zweites Klavierkonzert wurde immer lauter und lauter, bis es die beiden Frauen nicht mehr aushiel-
ten.

Ágata schaltete den Fernseher aus und begleitete ihre Mutter in deren Zimmer. Sie stellte die 1-PS-Philco-Klimaanlage
ein, gab Julia eine Pille für den Blutkreislauf und ein Dormi-
den und ging dann in ihr Zimmer, um zu beten.

Mitten im fünften Vaterunser hörte sie eine ferne, aber
kalte dünne Stimme direkt und schonungslos fragen: »Was
hat dir dein Bruder von drüben mitgebracht?«

»Ein Kruzifix, Mama, ein wunderhübsches Glaskruzifix.«

Im Zimmer der Großmutter brannte immer eine Lampe.
Aber an diesem Abend, vielleicht nur, um ihrer Tochter
etwas zu sagen und sie bei sich zu haben, bevor sie die Augen

schloß, rief Julia sie zu sich und bat sie, die Lampe zu löschen. Ágata unterbrach ihre Gebete und ging in Seidenpantoffeln ins Zimmer ihrer Mutter.

»Heute werde ich ohne Licht schlafen.«

Der Fußschalter der elektrischen Petroleumlampe befand sich unter dem Bett. Als Ágata sich bückte, um das Licht auszumachen, spürte sie die Hand ihrer Mutter auf der linken Schulter.

»Hast du gesehen, wie sich dein Bruder nicht einmal an mich erinnert hat? Das ist nur wegen diesem Flittchen.«

Ágata sagte kein Wort. In ihrem abergläubischen Geist pochte der Kummer, weil sie ihren Vaterunser- und Ave-Maria-Zyklus nicht zu Ende gebetet hatte.

Seit dem Tod ihres Vaters und ihrer Geschwister hatte sie den Mut nicht mehr, im Dunkeln zu schlafen. Mit ihren orangefarbenen Blümchen brannte auf dem Nachttisch die Lampe, bis um sieben Uhr früh, beide Hände voll frischen Kopfsalats, Panchita eintraf.

Vergangene Nacht hatte ich einen schrecklichen Traum. Meine Tante Conchita mit ihren blauen Augen erschien mir. Sie wanderte auf einem schmalen Pfad mit roter Erde. Ich konnte nicht recht erkennen, ob es wirklich eine Landstraße war oder nicht eher eine Schneise in einem Zuckerrohrfeld. Ihr Haar war offen und fiel ihr über die Schultern wie eine Pferdemähne. Als sie sich mir näherte, merkte ich am Geräusch ihrer Schritte, daß ihre Füße blanke Hufe waren. Beim Erwachen paßte ich gut auf, da ich fürchtete, wie eine Kröte zu quaken oder zu wiehern. Still stand ich auf, putzte mir die Zähne und wusch mir das Gesicht, um im Badezimmerspiegel das Traumbild auszulöschen.

In der Schule erzählte ich es Pola. »Bullshit«, antwortete sie. Das heißt: Bockmist.

Er lehnte sich aus dem Fenster, dessen Rahmen eine Grün-spanschicht überzog. Als er auf dem Fensterbrett kratzte, bekamen seine Nägel grüne Trauerränder. Er betrachtete seine Finger und fühlte sich in die Kindheit zurückversetzt. Er wollte zu seinem Sohn gehen und ihm sagen: »Schau, ich habe grüne Fingernägel«, beherrschte sich aber. Am Vortag, einem Samstag, war in der Nähe des Hauses geschossen worden. Eine Zigarette im Mund, dachte er an diesem frühen Morgen an seine Wohnung in der Calle Línea, wo er als Kind und Junggeselle gewohnt hatte. Wieder spürte er am Gaumen den Geschmack des weißen Reises mit Garnelen und Mangold, den Alfredo Jo gekocht hatte. Das Gesicht des Chinesen hatte er vergessen; umsonst versuchte er sich daran zu erinnern. In der Schule Nr. 13 des Cerro war ihm Jorge Manriques poetische Maxime beigebracht worden: »Jede Zeit der Vergangenheit war besser.« Er sagte den Satz leise vor sich hin und stieß eine große Rauchwolke aus. Er hörte das Geräusch des in die Zisterne fallenden Wassers. Bei diesem lauten Wasserstrahl könnten seine Frau und sein Sohn erwachen, und das beschäftigte ihn. Er wollte am Fenster allein sein, wenigstens eine Stunde.

Als sich seine Augen allmählich an die Helligkeit des Morgengrauens gewöhnt hatten, begann er sogar ein Selbstgespräch. Das Tageslicht ließ einige angenehme Erinnerungen in ihm aufsteigen. Draußen die schmutzigen Pinien des Parque Martí, die schlafenden Hunde, der Lieferwagen mit dem Brot und auf der Malecón-Mauer ein Liebespaar, das zusah, wie es Tag wurde.

Richard war kein leichtfertiger Mensch, gab aber vor, es zu sein, hatte sich diesen Nimbus geschaffen. Doch heute, sich aus dem Fenster seiner Wohnung lehnend, stellte er sich viele Fragen.

Vom Mond war nur noch ein schmaler Strich zu sehen, einem Türkensäbel ähnlich. Nun erschien ein rosagelber Glanz wie auf dem Bild eines chinesischen Malers. Es ergötzte ihn, den Katzen zuzuschauen, die ohne Sinn für die Zeit von einer Mauer auf die andere sprangen. Für die Katzen gibt es keine Mittag- oder Abendessenszeit; sie brauchen auch keinen Wecker, um aufzustehen, sich eilig zu rasieren und ins Büro zu gehen. Katzen sind glücklich. Was für ein Unsinn mir da durch den Kopf geht, dachte er.

Er sann über die Last seines Alltags nach. Tiere brauchen sich nicht jeden Morgen ein Hemd anzuziehen, die Tageseinnahmen zu berechnen oder auf die Leier und das Ticktack von Radio Reloj zu achten. Jedenfalls war Sonntag, und er hatte eine ganze Stunde, um die Landschaft zu betrachten. Dabei rauchte er mehrere Zigaretten. Das erschien ihm als übermäßige Verschwendung und beschäftigte ihn. Seine Gesundheit war gar nicht mehr gut. Er begann an Morgenhusten zu leiden, und gerade hatte ihm der Arzt ein Lungenemphysem in Aussicht gestellt, wenn er weiterhin täglich zwei Schachteln Camel rauchte.

Auf alle Fälle war Sonntag, und ein gewisses Festtagsgefühl beherrschte diesen Morgen der Selbstgespräche.

Er hatte vor, mit seinem Sohn an den Strand zu gehen. Der Himmel war keineswegs wolkenlos. Es war noch früh und noch nicht ganz hell. Eine verdächtige, fast winterliche Kühle drang durchs Fenster. Sollte es regnen, müßte er den ganzen Tag zu Hause bleiben. Und heute wollte Richard hinaus, um all diese für ihn so unüblichen Grübeleien loszuwerden.

Er betrachtete seine Hände: Immer mehr glichen sie denen seines Vaters, mit dicken Adern, auf die dieser gern gedrückt hatte, und Leberflecken, vielen Leberflecken. Der Bauch war unförmig geworden. Er mußte mit alkoholischen Getränken und Schweinefleisch aufpassen. Ein argentinischer Spezialist hatte im Odontologischen Institut eine Praxis zur Haarbehandlung eröffnet, und Richard war einer seiner ersten Patienten gewesen.

»Nehmen Sie weniger Haarfestiger, und waschen Sie sich nicht mehr täglich den Kopf.«

Der Spezialist empfahl ihm ein sündhaft teures Haarwasser und Infrarotmassagen. Aber dem Stirnhaar war nicht mehr zu helfen – innerhalb von zwei Jahren war es fast verschwunden. All das bereitete ihm ziemliche Sorgen. Trotz des Festtagsgefühls ängstigten ihn solche Gedanken allzusehr. Er blieb eine weitere Stunde am Fenster. Versunken wie noch nie, drang er tief in jedes seiner Worte ein und zweifelte sogar, ob er seine Frau noch liebte.

An diesem Sonntagmorgen spielte ihm das Leben sehr seltsame Streiche, ohne Papiere, ohne Bankkonten, ohne die unmittelbare Möglichkeit, einem Untergebenen einen Befehl zu erteilen. Er fühlte sich nackt und machtlos, war ein Mann, der allein seinem Schicksal gegenüberstand, wie es in den Radioromanen heißt. Gern hätte er in diesem Moment die Großherzigkeit eines Humphrey Bogart gehabt. Was sollte er tun, um all diese Gedanken, die ihn aus dem Gleichgewicht brachten, verdunsten zu lassen?

Vielleicht würde er mit zwei oder drei Freunden in der Sporthalle des Parque Martí Squash spielen.

Ein kalter Schauer in der Wirbelsäule machte ihn auf die Unruhe in der Wohnung aufmerksam. Es war schon neun Uhr, und man begann das Hin und Her der Bettlaken zu spüren. Ohne eine Entscheidung über die Zukunft dieses für ihn so besonderen Tages getroffen zu haben, setzte er sich im Wohnzimmer in einen Schaukelstuhl, warf die Pyjamajacke aufs Sofa und zündete sich noch eine Zigarette an.

Elvira reichte ihm die Plastiktasse mit Kaffee. Er nahm sie entgegen, ohne den Kaffee zu genießen wie sonst. Diese widerlichen modischen Plastiktassen!

Lange verharrte er in der Stille eines menschenleeren Strandes. Sein Sohn hatte für diesen Tag eigene Pläne: Er würde zu den Harpers gehen, um im Bassin zu schwimmen. Um elf wollten sie ihn abholen.

Gern hätte er sich auf sein Schicksal eingelassen, wäre ebenfalls schwimmen gegangen, seine ehelichen Pflichten und alles andere vergessend.

Im Schaukelstuhl hüllte er sich wieder in Rauch. Als ihn Martínez de Castro mit zwei Squash-Raketts und einer Flasche Black and White abholte, konnte er endlich seinem katatonischen Zustand entrinnen. Wie eine leichtfüßige Göttin beschloß Elvira, den Vormittag mit dem Anprobieren neuer Kleider aus Melli López' Atelier zu verbringen. Das war ihre Glücksvorstellung von einem Sonntag ohne kulinarische Pflichten. Es gab keine Diskussion – Martínez de Castro würde sie beide in sein Haus am Strand von Baracoa zu einem Hammelbraten einladen. Der Morgen klarte auf, und von ihrer Wohnung aus hörte Elvira den Abprall der Squashbälle an den grünen Wänden der Sporthalle im Parque Martí.

Sechs Monate nach der Geburt begann ich zu schielen. Für die Milchzähne ging mein ganzes Kalzium drauf. Deshalb war ich nie ein guter Baseballspieler. Ich sah den Ball doppelt und verirrte mich auf dem Gelände. Fast nie gelang es mir, einen Baseball im *centerfield* zu erwischen, und ihm mit dem Holzschläger eins mitten auf den Pelz zu brennen, daran war schon gar nicht zu denken. Gegenüber den andern Jungen im Viertel bekam ich Komplexe, und so zog ich mich zurück, um die ganzen von meinen Onkeln geerbten und auf den Regalen gestapelten Schwarten zu lesen.

In der Schule spielte ich viel *kicking ball,* ein idiotisches Spiel für dicke Kinder. Der einzige Spaß dabei bestand darin, einem Korbball-Ball einen tüchtigen Fußtritt versetzen zu können.

Angesichts meiner Unfähigkeit, mich auf den Spielplätzen des Parks herumzuwälzen, war der Tritt an den Gummiball so kräftig, daß ich ihn aus dem *playground* kickte. Dagegen beherrschte ich drei Sportdisziplinen: Ich konnte einen Stein so hoch werfen wie ein dreistöckiges Haus; in diesem Wettkampf hielt ich eine Dauerkompetenz aufrecht. Trotz meines schielenden Auges schaffte ich es immer, mit einer Schrotflinte ins Schwarze zu treffen, und sah dank meiner unfehlbaren Treffsicherheit unschuldige Spatzen auf Straßen und in Pfützen fallen. Und schließlich schwamm ich bis zu zehn Bassinlängen, ohne müde zu werden, da ich gelernt hatte, mit meinem privilegierten Zwerchfell unter Wasser die Luft anzuhalten. Zu einem großen Teil war ich an einem Strand mit bräunlichen Felsen und riesigen Wellen aufgewachsen, und dann direkt am Malecón.

Von einem andern Planeten gefallen, mit einem Buch unter dem Arm, in einem Gebiet, wo Lesen eine Obszönität, wenn nicht Zeitverschwendung war, erwarb ich mir den Beinamen »der Pfarrer«. Tapfer kämpfte ich dagegen an, und wie wild Salzwasser schluckend, konnte ich beweisen, daß ich der beste Schwimmer in der Gruppe war. Bei diesem Kampf half mir Manolito Sanguily, der bereits internationaler Freistil- und Butterfly-Champion war.

Das olympische Schwimmbecken im Parque Martí und sein Sprungturm waren mein Triumphbogen, mein Theater der Eitelkeiten. Mit wütenden, gegen den Feind gerichteten Armbewegungen gewann ich im Club Cubaneleco Meisterschaften. Ich hatte die schönste Badehosensammlung von Havanna, mit Abzeichen ausländischer Klubs und Jantzen-Sirenen.

Aber meine wahre Leidenschaft, mit der ich einen persönlichen Geheimkult trieb, das war das Lesen. Welches Glück, in der Unermeßlichkeit meines Zimmers allein zu sein und die Hieroglyphen von *Alice im Wunderland* zu entziffern oder die Keilereien von *Huckleberry Finn* mit der ganzen Sippe seiner Verwandten und Freunde in einem Land grandioser Wälder und Flüsse!

Nichts war mit dieser Lust, diesem einsamen Laster zu vergleichen. Manchmal hatte ich das Gefühl, von Ameisen aufgefressen zu werden, und versuchte mein Loch zu verlassen. Die Außenwelt brachte mich durcheinander wie der heftige Wind ein Büschel Strohhalme. Ich konnte nicht auf den Grund der Wirklichkeit sehen.

Paradoxerweise zog mich die Lektüre aus dem Nebel und hob mich in die Luft. Der Spiegel der Außenwelt brach mir die Zähne aus, aber ich würde hinausziehen – eines Tages würde ich mit Riesenschritten hinausziehen.

Im Hof warf ich meinen Stein hoch in die Luft und sah ihn sirrend wie eine Verlängerung meiner Zunge wieder herunterfallen.

Es brachte mich aus dem Häuschen, daß mich meine Mutter zu Tisch rief, wenn mir kaum noch ein Absatz in einem Roman von Pearl Buck oder Daniel Defoe zu lesen blieb.

»Deine Bananen werden kalt, Junge, du kannst nachher weiterlesen.«

Eben hatte Robinson Crusoe Freitag getroffen. Er hatte ihn vor dem Scheiterhaufen gerettet. Nun war noch nicht klar, was mit den beiden geschähe, wenn sie begannen, in den Felsen dieser halbverlassenen Insel miteinander Umgang zu pflegen.

Gern hätte ich auf die gebratenen reifen Bananen verzichtet, aber das kann eine Mutter nicht verstehen.

Ich las alles: *Kleine Männer, Gullivers Reisen,* Bücher von Jules Verne, Manzoni und natürlich die Werke von José Martí und Cirilo Villaverde. Unfehlbares Schlafmittel an Abenden, an denen ich wach lag, war merkwürdigerweise immer der große Salgari. Seine märchenhafte Abenteuerwelt für gelangweilte Stadtmenschen, die sich danach sehnten, Löwenjäger und regressive *boy-scout*-Seelen zu sein, überzeugte mich nicht.

Cecilia Valdés diente mir als touristische Führerin.

Allein suchte ich die Gäßchen und Plätze des Geschehens auf. Vor der Ángel-Kirche blieb ich vollkommen geistesabwesend stehen und trällerte *sotto voce* die krönende Romanze aus der Zarzuela von Gonzalo Roig, erstarrt angesichts des Vorhofs, wo Pimienta dem geckenhaften Leonardo de Gamboa den verdientesten heimtückischen Dolchstoß der ganzen kubanischen Literatur versetzt hatte.

Weder die Energieverschwendung bei verbotenen Spielen noch der Wirrwarr eines orientierungslosen Lebens, noch die Gehirnorgien mit der Natur standen bei Schlafenszeit dem stillen Rückzug in meine Lektüre im Wege. Dieses Einverständnis mit Geistern des persönlichen Konsums bereitete mir ein einzigartiges Vergnügen, auf das ich nicht verzichten mochte, nur weil mich eine Gruppe von Freunden Muttersöhnchen oder Pfarrer nannte.

Die Initiation barg Gefahren aller Art. Das Sichaufrichten meiner Traumwelt ging mit meinen ersten sexuellen Erfahrungen einher. Beide ergänzten sich, und die eine forderte die andern heraus.

Was geschah mit meiner Briefmarkensammlung? Was mit meinen wunderbaren Spielzeugen? Meinen Fotoalben mit nackten Mannequins und Meistern im griechisch-römischen Ringkampf – wo waren sie gelandet? Auf der Müllhalde, wo der Fluß ausgetrocknet ist.

Doch da sind meine Bücher, unversehrt wie Eichen, und ihre Seiten zwingen mich, noch einmal geboren zu werden. Auf der Stelle möchte ich der quirlige Ángel sein, um die Bücher in ihren verstaubten, von meinen Onkeln geerbten

Regalen zum Singen zu bringen. Sie schenkten mir eine andern gehörende Erinnerung, die sonst niemand hatte, und waren genaugenommen – o göttliche Gabe des Kitschs! – meine erste Liebe.

Ich sah Menschengestalten mit Krötenköpfen, sah Pegasus mit Engelsflügeln; endlos war ich in der Dunkelheit eines feuchten Zimmers im Vedado auf Reisen, bedeckte meine Brust mit einem Panzer und war ein Atomkürbis, eine Kobra, ein brüllender Löwe. Die Dichtung gab mir die Sicherheit des Wirklichen.

Meine Spielgefährten, Baseball-Asse auf den dürren Grasflächen des Viertels, beneide ich nicht. Ich pries ihre Gaben, aber mit ihnen wetteifern konnte ich nicht. Ich sah den Ball doppelt, und mein Gesichtsfeld war verschwommen, und ich taumelte wie ein Alkoholiker, wo eine zu späte Reaktion eine Todsünde war und laute Buhrufe auslöste.

Als ich so groß war wie ein Stuhl, konnte ich mein inneres Ithaka schon deutlich erkennen. Dieser Kompaß ließ mich im Gelände nie im Stich. Ich muß gestehen, daß mich die Gebrüder Grimm auf dieser so ungewöhnlichen Reise begleiteten, gesäumt von sich auflösenden Hexen und Sumpfschildkröten mit gesprungenem Panzer, Töchtern von Changó.

Oftmals sah ich in der Einsamkeit des Badezimmers Tezcatlipoca, den »großen Spiegelbaum«, und betrachtete mich in ihm.

Das war ein Prüfstein meines Lebens. Dank, vielen Dank, edle, himmlische Mnemosyne.

Wenn mein Vater ins Inselinnere verreist, gibt es zu Hause Schiffbruch, wir driften ab. Dann bleiben Ana und Michel, das Kind in den Armen, bis spätabends bei uns vor dem Fernseher sitzen, denn meine Mutter hat Angst vor den Dachterrassen.

Sie meint, jemand könnte sich von dort oben abseilen, sich in den Hof fallen lassen und ins Haus eindringen, obwohl an der Eisentür ein handgroßes Vorhängeschloß angebracht worden ist.

Von einem erhöhten Punkt aus gesehen, sind die Dachterrassen sogar schön. In Alt-Havanna beispielsweise bilden sie wegen ihrer katalanischen Ziegel und der Wäscheleinen eine Touristenattraktion.

Die Dachterrasse meines Hauses ist häßlich; sie besteht aus roten Backsteinen, und es finden sich auf ihr viele Wasserspeicher aus Faserzement und Fernsehantennen. Oft steige ich hinauf, um den Küstenstreifen und die Fischer, die auf der Malecón-Mauer in einer Reihe nebeneinander sitzen, zu sehen. Nie habe ich das Meer nachts gesehen, denn auch ich habe gehörigen Respekt davor. Die Dachterrassen können als Versteck oder als Zufluchtsort dienen und bieten sich natürlich auch Liebespaaren an.

Vor einigen Tagen füllte sich die unsere im Morgengrauen mit Polizisten. Das ganze Haus erwachte, obwohl niemand ein Lebenszeichen von sich gab. Eine Gruppe junger Leute hatte einen Sabotageakt begangen und floh nun vor den Klauen der Gendarmen. Wie immer umstellten diese mit ihren weißblauen Autos das Haus. Im ganzen Straßengeviert befanden sich mehr Polizisten als Streichhölzer in einer

Schachtel. Sie beginnen grundlos Leute umzubringen, vor allem junge, verschleppen sie ins Laguito-Viertel und lassen sie dort im Schlamm liegen. Einem schmuggelten sie Kokain in die Taschen, um ihn fertigzumachen; nachher war sein Kopf ein Sieb.

Seit jener Nacht mit dem Tohuwabohu auf dem Dach schläft meine Mutter fast nicht mehr, um so weniger, als die Schreie der Verhafteten in der Stille des Morgengrauens ins Haus dringen. Unglücklicherweise wohnen wir ganz nahe beim Achten Polizeirevier. Wie man uns erzählt hat, gibt es dort einen Foltergraben.

Der Schrei eines Gefolterten ist wie das Aufheulen eines Engels. Mich packt eine unheimliche Wut, und ich habe Lust, diesen Bestien den Hals umzudrehen. Ana und Michel erinnern sich bei diesen Vorgängen an den Krieg und meine Eltern an die Machado-Zeit. Für mich ist das alles neu. Ich habe ein schreckliches Ekelgefühl und möchte hinaus, um den Tod all dieser Opfer zu rächen.

Heute ist ein Brief gekommen, aus Tampa. Er ist von einer Freundin, die beschloß, dorthin zu ziehen, weil ihr Mann unter der vorherigen Regierung bei der Lotteriegesellschaft gearbeitet hatte und sehr gefährdet war. Ein Brief kann etwas Harmloses, aber auch etwas Unheilvolles sein. Mama ist so durcheinander, daß sie es sich zweimal überlegte, ehe sie ihn aufmachte. Sie riß ihn mit ihren gekrümmten roten Fingernägeln seitlich auf, las ihn gierig und erfuhr eine Menge Dinge, die sie alle für sich behielt. Meine Intuition sagte mir ins Ohr: »Durch ihre Freundin Celestina hat sie eine Nachricht von ihrem ersten Geliebten bekommen.«

Nach einem Moment der Geistesabwesenheit nahm sie den Brief samt Umschlag und riß ihn in Fetzen, die sacht in den Abfalleimer schwebten, während sie ein Selbstgespräch führte, ohne meine Gegenwart wahrzunehmen.

Nie nehmen sie meine Gegenwart wahr; sie unterschätzen

meine Nase und ignorieren mich, damit ich sie nachher im stillen beurteilen kann.

Sie sagte etwas zu Ana. Diese antwortete nicht. Auch mit Beatriz sprach sie, einer Angestellten des Encanto, der sie ihr Herz ausschüttete. Eigentlich wollte sie das gar nie, aber der Brief wühlte in ihrem Innern etwas auf, so satt hatte sie die Flatterhaftigkeit ihres Mannes.

Vom Thema des Briefes kam sie auf die Dachterrasse zu sprechen. Die Polizisten oben haben sie erschreckt, und seit dem Einbruch sitzt ihr die Angst vor Dieben in den Knochen.

»Im Gegensatz zu dir sind meine Mutter und ich wirklich allein, und wir haben beide keine Angst«, sagte ihr Ágata am Telefon.

»Ihr seid anders. Und überdies hast du den Charakter deiner Mutter. Aber ich bin mein ganzes Leben lang sehr feige gewesen.«

»Feige nicht, aber überängstlich und schwach, Elvira. Das mußt du überwinden, sonst verlierst du noch den Verstand.«

An diesem Abend kam er völlig nüchtern nach Hause. In unaussprechlicher Verzückung, einer Szene aus »Casablanca« würdig, stürzte er sich auf sie. Ihre Hände fanden sich auf Beinhöhe; die beiden drückten sich aneinander, küßten sich lange und verschwanden dann im Zimmer.

Ich bin Zeuge dieses Geschehens und gehe ebenfalls zu Bett. Meine sexuellen Gelüste ziehen wie schnelle Wolken an meinen Augen vorüber. Meine Mutter hat einen kleinen Roman von Corín Tellado in meinem Zimmer vergessen. Ich lege ihn ihr auf den Nachttisch und kann so ihr Gespräch unterbrechen.

»Richard, laß uns die Fenster verrammeln, die Geschichte von gestern nacht hat mich sehr erschreckt. Stell dir vor, wenn jemand vom Dach herunterkommt.«

Frauen sind wie Diamanten, zerbrechlich und hart zugleich. Sie geben nur die Ängste preis, die sich eingestehen lassen. Die Papierfetzchen im Abfalleimer blieben unter einem Stein des Schweigens begraben.

Die Dachterrasse wurde zum Mittelpunkt ihrer Halluzinationen. Schwarze Angstwolken quollen aus ihrem Herzen. Er drückte sie an seine Brust und schloß die Fenster.

»Wo Männer sind, gibt es keine Gespenster.« Seine Stimme klang so sicher, als würde er eine Partie Canasta gewinnen.

An diesem Abend suchte die Polizei wieder mit ihren unheimlichen Lampen die Dachterrasse ab. Beim Frühstück wurde das mit keinem Wort erwähnt. Langsam zettelte sich in der Stadt eine geheime Verschwörung an.

»Ich möchte Sie um einen Gefallen bitten. Sie entschuldigen, wenn ich gleich zur Sache komme. Ich habe keine Minute zu verlieren und rede nicht gern um den heißen Brei rum. Ich komme, weil man mich geschickt hat und wegen Milagros. Sie wissen ja, wie gern sie euch alle hat. Ich bin in der Klemme, Richard. Die Polizei ist hinter mir her. Ich stecke in der Friedhofsgeschichte und in anderem mit drin und hab' das Messer an der Kehle. Ich werde Ihnen vertrauen. Ich muß mich an einem sicheren Ort verstecken. Natürlich verlange ich nicht, daß es hier ist. Vielleicht in Ihrem Geschäft, da wird keiner Verdacht schöpfen, wo doch ständig so viele Leute dort sind . . . Man hat mir geraten, ich soll Ihnen das vorschlagen. Vielleicht in der Montagewerkstatt oder in der Spenglerei, in einer Toilette oder einem Wandschrank, wo es Ihnen recht ist. Es ist nur für ein paar Tage. Dann wird man mich an einen sichereren Ort bringen. Aber für den Augenblick . . . Sie verstehen doch, nicht wahr?«

»Was ist das für eine Überraschung, Juan?«

»Ich wollte etwas mit Ihrem Mann besprechen, Elvira.«

»Wie geht's Milagros? Gefällt ihr die neue Arbeit gut?«

»Sehr gut, vielen Dank, sie denkt immer an den Jungen und an Sie beide.«

»Richard, unterschreib mir doch bitte diese Rechnung, mein Schatz.«

»Was ist das?«

»Ein kleines Teeservice aus bairischem Porzellan, eben bei Chantilly gekauft. Eine günstige Gelegenheit, Richard.«

»Aber hier trinken wir doch Kaffee – wer trinkt denn Tee in diesem Haus?«

»Nun, wir müssen es ja nicht immer gleich machen. Außerdem ist es wunderhübsch, findest du nicht auch?«

Juan ließ seine Augen auf Elviras Händen ruhen. Sie waren schmaler als diejenigen Milagros', sorgfältig gepflegt, und glichen diesen Teetäßchen.

Richard bot dem Besucher eine H. Upmann und einen Schluck Whisky an.

»Zu einem andern Zeitpunkt könnte ich Ihnen alles viel genauer erklären. Jetzt brauch' ich Ihre Hilfe. Ich weiß ja nicht, wie Sie darüber denken, aber all das geht seinem Ende entgegen. Man muß den Mann vom Pferd stürzen. Die Geschäfte machen Konkurs, es gibt keine Arbeit, und Tote sind an der Tagesordnung.«

»Das weiß ich alles, Juan.«

»Nun?«

Es war etwa sechs Uhr abends. Über allem lag eine erstickende Hitze. In Radio Havanna folgten Ernesto Boninos und Tina de Molas Lieder aufeinander wie ein Ritornell.

Verzweifelt forschte Juan in Richards grünem, hartem Blick. Die Antwort würde entschieden ausfallen – entweder ein Ja mit unerwarteten Folgen oder ein kategorisches Nein.

Zufrieden stellte Elvira die neuen Täßchen auf das Büffet. Sie brachten sie zur Verzückung. »Aus Bayern«, sagte sie leicht verwirrt.

»Laß mich darüber nachdenken, Juan.«

»Sie haben mich nicht verstanden. Das Messer sitzt mir an der Kehle.«

Elvira schaltete den Fernseher ein, um sich das Musikprogramm Album Phillips anzusehen. Sie wußte nicht recht, ob die Ansagerin ein Gebiß hatte oder nicht. Falls es keine Prothese war, so waren diese Zähne zumindest geradegestellt worden – kein Mensch konnte solche Zähne haben wie Margarita Prieto.

Die Musik des Album Phillips bildete einen Vorhang zwischen den beiden Männern und ihr. Sie fühlten sich erleichtert. Von Richard ging eine Welle der Brüderlichkeit aus. Juan war wirklich in Gefahr.

»Es gibt zwei Möglichkeiten, Juan. Entweder bringe ich dich jetzt gleich in ein Haus am Strand von Baracoa, oder ich verstecke dich im Zubehörlager.«

»Baracoa ist weit, und man muß mich finden können. Lieber das Lager.«

Elvira unterbrach sie, um ihren Mann auf einen Werbespot für die neusten Oldsmobile aufmerksam zu machen. Richard beachtete ihn nicht. Er zündete sich eine Zigarette an und schaute an die Decke.

»Gehen wir.«

»Nein, Richard, vielleicht folgt man mir. Ich springe über die Hofmauer und warte beim Eingang von La Yaya auf Sie.«

Zu dieser Stunde war das Lebensmittelgeschäft verriegelt, und ein Mann, der an einer Ecke herumstand, war eine Provokation, um so eher, als gegenüber dem Geschäft Richter Vergara wohnte.

»Paß auf, Juan, ich hab' eine bessere Idee. Du bist klein. Wir gehen in die Garage, und du kriechst in den Kofferraum. Wenn wir die Infanta nehmen, dauert die Fahrt weniger als eine halbe Stunde.«

Als sie die Carlos III. überquerten, spürte Richard in jedem einzelnen seiner Gelenke die Angst wüten.

Durchsuchte die Polizei den Kofferraum, so war er verloren.

Diesmal zeigten sämtliche Ampeln der Stadt Rot. Er fuhr langsam, wich den Schlaglöchern aus und vermied brüskes Bremsen, um seinem Schützling nicht weh zu tun.

Eine Mischung aus Furcht und Stolz erfüllte ihn. Noch nie hatte er etwas so Heldenhaftes getan. Tausende von Gedanken, von Zweifeln stürmten auf ihn ein – was soll dieser

Mann in meinem Leben, der nun meine Gedanken beherrscht?

Wenn man bei täglich so vielen Toten dabei ist, einem Menschen das Leben zu retten, bedeutet Angst einen Mangel an Achtung vor den andern, vor fremdem Leid.

Als er einen Streifenwagen vorbeifahren sieht, werden seine Beine zu Papier, und der rechte Fuß, mit dem er bremst, zittert wie damals, als er noch ein junger Mann war und sein Vater ihm Fahrstunden gab.

Mit den Augen dieses Halbwüchsigen blickte er auf seine jungen Jahre im Cerro zurück und erinnerte sich an Rubén. Sie waren dicke Freunde gewesen. Aus politischen Gründen hatte sie das Leben auseinandergebracht, aber Richard hatte ihn immer bewundert.

Rubén war das typische Beispiel eines selbstlosen Revolutionärs. Selbst wenn er krank war, stürzte er sich auf die Straße, machte bei Streiks mit, organisierte Gewerkschaften . . .

Vor zwanzig Jahren hatte er Rubén im Spital besucht, als er im Sterben lag. Als einziger der Familie hatte er bei dieser letzten Begegnung mit dem Freund der Hinterhöfe und der Musikabende in der Calle Falgueras nicht gefehlt. Wie eine Welle schwoll Stolz in ihm an.

Ungestraft überfuhr er eine rote Ampel. Schon war er einer, der der Angst die Stirn bot. Genau an der Ecke Infanta/Carlos III. stand auf dem Leuchtschild: *Rojas & Cie., Autozubehör.*

Er spürte dieselbe Unruhe, wie wenn sich ein Wirbelsturm nähert.

Sogar die Bar gegenüber, El Moderno, war geschlossen. Einen Moment lang war Richard wie erstarrt, als er den Motor abstellte und den Kofferraum öffnete. Automatisch wählte er den Schlüssel zum Hintereingang des Geschäfts.

Bis zur Ohnmacht verschwitzt, sprang Juan aus dem Kofferraum an den Ort, wo er nun weiß Gott wie lange ausharren sollte. In den Herzen beider Männer hämmerten wütende Türklopfer. Inmitten eines versteinernden Schweigens schauten sie sich an. Juan war versucht, Richard zum Zeichen der Dankbarkeit zu umarmen, hielt aber inne.

Bei so vielen falschen Schlangen gab ihm die Freude über einen Freundschaftsdienst die Lebenslust zurück. Das Dasein hatte noch einen Sinn, auch wenn dieser Moment sicherlich einer der kritischsten im Leben der beiden war.

Niedergekauert erklärte Richard Juan, wo sich alles befand: Wasser, etwas Proviant, eine Dose mit Salzkeksen und der Ausgang, durch den er fliehen konnte.

Juan würde seinen Schlupfwinkel ausschließlich nach sechs Uhr abends verlassen, wenn alle Angestellten nach Hause gegangen wären.

In dieser Nacht dröhnten auf der Calle Infanta viele Sirenen. Juan kam sich vor wie ein räudiger Hund in einem Loch. Schon am nächsten Tag konnte er irgendwo in der Stadt oder in einem Abwasserkanal vor sich hinfaulen, sollte es Richard einfallen, ihn zu denunzieren.

Bevor er nach Hause fuhr und wie gerädert in Elviras zufriedene Arme fiel, hielt Richard bei einer Apotheke an, schaute sich in sämtliche Richtungen um und kaufte ein paar Beruhigungsmittel. Dann schaltete er das Autoradio und die Klimaanlage ein.

Gib mir Cocaleca, ich will Cocaleca;
gehn wir an den Strand, am Meer gibt's nichts als Sand.

Es war ein altes Lied. Zu diesem Rhythmus, von dem er nicht wußte, ob es ein Jarabe- oder ein Merengue-Tanz war, glitt er im Zickzack durch die Fünfte Avenida, um sich von einer schweren Last, einem schweren Problem in seinem Kopf zu befreien.

Er mochte die Wohnung nicht betreten, bevor er völlig in der Lage war, den Ansprüchen seiner Frau und seines Sohnes zu genügen. Er machte jetzt genau dasselbe wie ein Stierkämpfer vor dem Betreten der Arena – eine Vorbereitungszeremonie. Statt eines Altars mit geschmückter Jungfrau hatte er sich einen Boulevard mit einem Steinturm ausgesucht, der von einer Glockenuhr gekrönt war.

Als er ihm näherkam, verlangsamte er seine Fahrt. Es war Punkt neun. Mit leerem Magen und aus den Höhlen tretenden Augen stieß er die Wohnungstür auf.

»Mach mir eine Limonade«, sagte er zu seiner Frau.

»Deine Mutter hat angerufen, weil sich ihr Husten nicht bessern will. Du solltest mit ihr zum Arzt oder einen deiner Brüder anrufen.«

Er beachtete Elviras Worte kaum, hörte nicht einmal das Triangelgeklingel der Eisverkäufer auf der Straße, der letzten, die allabendlich vorbeizogen.

Eine dumpfe, lange Sirene war in ihn eingedrungen, die er einfach nicht loswerden konnte. Er schüttelte den Kopf, umsonst.

Jetzt würde Juan im Stehen schlafen, das eine Auge vielleicht offen und mit wachsamen Ohren.

Er trank die Limonade und nahm eine heiße Dusche. Die Angst war verschwunden.

»Da müssen wir durch«, sagte er zu Elvira.

»Versteh' ich nicht, Richard.«

»Nichts.«

Der Schlaf übermannte ihn, seine Hand lag auf dem Bauch seiner Frau. Das war die einzige Art, dem verflixten Sirenengepfeife ein Ende zu machen.

Mein Anzug für die High-School-Abschlußfeier wurde bei Virtudes gemietet, demselben Geschäft, das auch Havannas größte Auswahl an Kostümen führte. Sehr viel lieber hätte ich mir einen Schlosser- oder Piratenanzug ausgesucht, so häßlich, so trauerfeierlich, so wenig originell war dieser Frack mit der Schleife. Wie ein Rind in den Schlachthof wurde ich in eine Probierkabine geschickt, die ich steif, gekränkt und mit mechanischen Bewegungen wieder verließ . . . Ich weiß nicht, weshalb ich so geschniegelt zu einer schlichten High-School-Abschlußfeier gehen mußte. Trotz allem war das Glück an diesem Tag auf meiner Seite. Es goß in Strömen – diese Art Regen, der durch die Fensterritzen dringt, eher schon eine Sintflut.

Aber die Amerikaner werfen sich ihre Pelerinen über, spannen die Schirme auf und wagen es, dem Unwetter zu trotzen. Fast alle, die sich im Parish House der Schule einfanden, waren Amerikaner. Immerhin kamen auch meine Eltern, mein Onkel, der Malakologe, seine Frau und meine Tante Ágata.

Während der ganzen Feier jammerte Luz Elena: »Bei diesem Wolkenbruch werden wir noch zu Fröschen!«

Schon ein schlichter Morgensprühregen fesselte sie den ganzen Tag ans Bett. Wenn sie nur nicht ins Büro zu gehen brauchte!

»Eine Stenotypistinnenunart«, kommentierte Großmutter Julia dann immer, die über alles Bescheid wußte, was in ihrem Familienrevier vor sich ging.

Die Klaviere wurden symmetrisch aufgestellt. Dasselbe geschah mit den vier von einem Restaurant an der Rampa gemieteten Geigern. Der Chor setzte sich aus Schullehrern, ein paar Müttern und mittelmäßigen Sängern zusammen, die nicht die geringste Chance hatten, auch nur zufällig auf dem Bildschirm zu erscheinen.

Die Autoschlange unter dem Platzregen war beeindruckend. Die Schirme, Schirmchen und Zeitungen über den Köpfen bildeten ein einziges buntes Dach wie in einer Szene von Benito Pérez Galdós.

Es regnete auf den Vedado herunter, wie es aufs Meer regnet, ein heftiger, schmerzender Regen. Kolorit und Gesichter der Gäste verschwammen, und die Farben von Krawatten und Fliegen flossen über die weißen, für die feierliche Veranstaltung gestärkten Hemden.

Pola kam in einem rosafarbenen Kleid, und wenn dieser Rock auch nicht eine Krinoline war, so glich er einer solchen doch aufs Haar. In diesem Himmelrosa sah sie aus, als fliege sie in einem Fesselballon, geflügelt, ohnen irgendeine Stütze. Alles machte sie dicker und blähte ihr die Pausbacken. Rosa stand ihr nicht, und das weite Kleid genausowenig – sie schaute aus wie eine Kugel. Mir bildete sich ein Kloß im Hals, denn an diesem Abend würde ich sie zum letztenmal an meiner Seite haben, meine amerikanische Freundin aus Illinois mit ihrem sommersprossenübersäten Gesicht und den kleinen Zähnchen.

Als wir endlich, durchnäßt von Kopf bis Fuß, im großen Saal der Schule waren, klappten wir die Schirme zu und versuchten Kleider und Füße trocken zu kriegen; umsonst. Wir waren nasse Hühnchen, am Arm unserer Paten und Patinnen auf dem Weg zur Bühne, um aus den Händen des Bischofs der Episkopalkirche, Mr. Blanckingship, zu lauten Klavier-Trompetenakkorden aus dem Triumphmarsch der *Aida* die Abschlußzeugnisse entgegenzunehmen.

Meine Tante Luz Elena hatte sich die Haare gelöst, um mir eine schöne Patin zu sein. Sie waren vom Regen durchtränkt, aber schwarz und dicht; Männerhaare, wie sie selbst sagte.

Mrs. Williams, Gendarmin an der Saaltür, gab einen einzigen Befehl aus:»No gums, kids.«

Das war selbstverständlich – wir würden doch nicht Adams-Kaugummi kauend zwischen diesen Gladiolen hindurch- und auf diesem roten Teppich einherschreiten.

Die Kleider klebten uns am Leib. Bei dieser Klebrigkeit hatten wir ein unangenehmes Gefühl, aber gleichzeitig machten wir uns sogar über unser eigenes Unglück lustig. Die Akustik des Saals erzeugte einen gräßlichen Lärm. Die Klaviere übertönten die Geigen fast völlig. Draußen trug der Regen mit Blitz und Donner das Seine zum allgemeinen Getöse bei.

Sowie wir die eigens für diesen Tag angebrachte Pinienholztreppe emporstiegen, tauchten die Gesichter der alten Lehrer mit stereotypem Daguerreotypielächeln und der dicke, ausdruckslose Bischof mit seinem Auberginengesicht (wie das aller Bischöfe) und seinem dunkelvioletten Ring auf. Sie waren die Paradiesapostel, am Tische des Herrn sitzend, und wir die Neubekehrten, die aus den Händen eines in Virginia geborenen Völlerers Weihrauch und Myrrhen empfingen.

Während wir die wackelige, mit rotem Samt bezogene Treppe erkletterten, ließ uns die Musik des Triumphmarschs Flügel wachsen.

Richteten wir uns genau nach den vorangegangenen Proben, so durften wir weder zurückschauen noch mit unseren Paten sprechen. Wir waren zum Schweigen und zur perfekten Ausführung der *performance* verdammt, des letzten Jugendrituals vor einem schweißabsondernden Publikum aus nahen Angehörigen und Freunden.

Als uns Mr. Blanckingship das Abschlußzeugnis mit seinem lilafarbenen Schleifchen überreichte, gab er uns die Hand. Der sanfte Druck dieser Riesenpranke verursachte uns ein stechendes Unbehagen. Es war die Hand der autoritären Macht. Laut Anweisungen mußten wir uns bedanken und lächeln.

Der Regenpelerine des Bischofs entströmte ein süßsaurer Geruch, ganz ähnlich wie den Soutanen des Kirchenchors.

Am Ende des Festakts ließ der Regen nach, um die Abschiedsworte der Direktorin und das Rezital bischöflicher Hymnen von Mrs. Harpers hörbarer werden zu lassen.

In Hemdsärmeln gingen wir zu einer überdachten Seitenveranda, um Champagner zu trinken und von einem reichgedeckten Büffettisch hausgemachte Näschereien zu verzehren: Truthahnsalat, Pastete, *fudge* und Erdnußbutterbrötchen.

Meine Tante Luz Elena mit ihren nassen Haaren blieb als einzige den ganzen Abend stumm. Sie sprach kein Wörtchen Englisch.

Die Wimperntusche war ihr verlaufen, in ihren Augen lag die Jungfräulichkeit eines untröstlichen Mädchens, und ihr Mund war über die Lippen hinaus geschminkt.

Sie war sehr nervös auf dieses Podium gestiegen, das konnte man an ihren Augen ablesen. Trotz des Regens sollte der Abend der Abschlußfeier für sie ein Ereignis in ihrem Leben sein. Aber sie wollte von hier weg.

In den Augen meiner Mutter flackerte ein dem Wohlbehagen eigener Wahnsinn. Ágata beglückwünschte sehr bewegt Mrs. Harpers, weil sie »Were you there when they crucified my Lord?« so gefühlvoll gesungen hatte. Das Negro Spiritual ließ ihr in der Erinnerung das Bild ihres Vaters mit seiner Baritonstimme aufsteigen, wie er im Hof des Falgueras-Hauses auf englisch die Lieder des Südens gesungen hatte.

Für mich war die Schulzeit zu Ende. Nie mehr würde ich mit Pola an der Hand zurückkehren, um in den Winkeln des *playground* den schützenden Schatten aufzusuchen. Auch die Telefonanrufe, in denen wir zwischen langem, in Zärtlichkeit getauchtem Schweigen Schlager von Paul Anka und Elvis Presley ausgetauscht und Dummheiten geschwatzt hatten, würden Vergangenheit sein. Auf dem Höhepunkt meines Deliriums, als ich gerade sanft eine Portion *fudge* schluckte, stießen mir die Billardtuchaugen meines Vaters einen Dolch ins Herz.

»Es ist Zeit zu gehen, sag deinen Freunden und Lehrern Lebewohl.«

Ágata bemerkte alles. Im Saal war vereinzelter Beifall zu hören für einen spontanen Lehrer, der sich an eins der Klaviere gesetzt hatte und im Takt kleiner Pferdchen Liszts *Liebestraum* interpretierte.

Ich fand keine Worte für den Abschied. Die schrecklichen Worte, immer in den entscheidenden Momenten lassen sie mich im Stich. Ich schaute Pola einfach in die Augen und sah, daß sie von einem Tränenschleier überzogen waren.

Oft hatte ich gehört, Männer weinen nicht. Ich faßte mir ein Herz und küßte sie auf die Wangen, aber ich hatte nicht den Mut, sie zu umarmen.

Der Abend wurde immer dunkler. Alle außer dem spontanen Pianisten wollten nach Hause, um sich zu trocknen. Ich stellte mir vor, wie der Bischof die Füße in eine Schüssel mit lauwarmem Salzwasser tauchte.

Mrs. Williams sagte zu meinem Vater: »Er ist ein sehr sensibler Junge, ich werde ihn vermissen.«

Statt Äpfel und hausgemachter Puddings hatte ich ihr am Freitag immer wilde Blumen gebracht. Trotz ihres Charakters hatte auch Mrs. Williams einen Kloß im Hals.

Im schwarzen Auto sah ich Pola und ihre Eltern davonfahren. Der Pianist spielte jetzt etwas Undefinierbares, Verjazztes, bereits ohne Publikum. Er spielte für sich, die Lippen beinahe auf den Tasten.

An diesem Abend explodierte keine Bombe, wenigstens nicht in der Umgebung. Nicht einmal der Sirenenlärm der Streifenwagen war zu hören gewesen.

Ágata nahm mir die Fliege ab und verstaute sie in der Handtasche.

Das Licht der Straßenlampen wurde geisterhaft; nachdem sie vorbeigehuscht waren, hoben sich ihre Silhouetten vom Nachthimmel ab. Irgend etwas stürzte mich in eine moosige Tiefe. Wieder erschien mir die Mauer mit den tausend Augen. Nun war ich es, der sah, wie mich meine eigenen Augen anstarrten. Erneut spürte ich einen schon vertrauten Schrecken. Langsam paßte ich mich ihm an.

Wegen falscher Belichtungszeit wurden die Fotos von der Abschlußfeier schlecht. Wir waren alle verwackelt. Pola war nicht Pola, sondern ein länglicher Schatten mit einem breiten Lampenschirm von der Taille an abwärts.

Der Aposteltisch und der Bischof hatten die Patina eines Bildes aus dem Palazzo Pitti. Ich weiß nicht, wem ich ähnlich sehe. Es war besser so.

Wären die Fotos scharf gewesen, hätten sie vielleicht die Sequenzen arithmetisch ordnen und den Gesichtern Profil verleihen können. Mit also aufgedeckten Karten wäre alles anders gewesen, eisiger, wirklicher.

Die Erinnerung gleitet zart auf meinen Tisch und gibt mir die verinnerlichten Gesichter jenes Abends wieder.

Würfe ich diesen Haufen verschwommener Aufnahmen in den Papierkorb, so wäre womöglich nicht viel verloren.

Aber eine seltsame, vielleicht außerirdische Kraft zwingt mich, sie zu behalten.

Die beiden Möglichkeiten ergänzen sich gegenseitig. Alle sechs oder sieben Jahre komme ich auf diese verblichenen Fotos zurück. Vielleicht hole ich sie jetzt zum letztenmal aus dem Schrank.

Obwohl ich überzeugt bin, daß nur die Literatur in der Lage ist, eine Erinnerung abzutöten.

Ich rekle mich im Bett, unfähig zu denken, den Geist völlig ausgeschaltet. Das ist ein unendliches Vergnügen und ein Seelenbad.

So erlange ich wieder die Reinheit, die ich einbüße, wenn ich die Uhr zurückstelle und diesen Unterdrückungsmechanismus der Erinnerung einschalte.

Ab und zu mache ich die Augen auf, um nicht einzuschlafen.

Obwohl ich Lust verspüre, Liebe zu machen, beherrsche ich mich, um nicht in der Badewanne einen unangebrachten schamlosen Akt zu begehen, und starre einfältig auf Tomás Sánchez' Bild mit dem gebüschdurchsetzten Morast gegenüber meinem Bett.

Das Wasser schießt in die Wanne, die in wenigen Minuten voll sein wird. Ich genieße diese Minuten und möchte sie in die Länge ziehen, aber ich muß aufstehen, um das Ritual des ersten Bades am Tag zu vollziehen.

Die Nachbarn des Hauses, in dem ich jetzt wohne, stehen sehr zeitig auf, und die Hausmeisterin stellt den Motor mit der Präzision einer Fabriksirene an. Da wir unwiderruflich zu erwachen gezwungen sind, widmen wir uns vielfältigsten Aufgaben. Vielleicht bin ich der einzige, der so oft an der Uhr auf dem Nachttisch herumhantiert. Es ist mir wichtig, keine einzige Minute am Tag zu verlieren.

Wie ist es möglich, frage ich mich, daß in Sekundenbruchteilen ein Film mit so übereinandergelagerten Sequenzen durch meinen Geist ziehen kann?

Ich versuche, in den *Stimmen von Marrakesch* von Elias Canetti weiterzulesen, aber ich kann nicht, bette meinen Kopf wieder aufs Kissen und ziehe den Telefonstecker aus der Dose.

Der Vedado war weiß, voller Seetrauben, »weiß in der moosigen Mauer und den Booten mit Sand«. Zufrieden suche ich im behutsamen Gedächtnis nach meinen Jugenderinnerungen. Ich bin nicht mehr der schüchterne Junge in der zweisprachigen Schule.

Jetzt bin ich dem Sturm ausgesetzt. Der *rewind* der Fluten verfolgt mich, reißend wie die Strömung eines Flusses. Ich lasse mich davontragen, zusammen mit seiner Last von Flügeln und Asche.

Mein Bett schwebt schwerelos über einer Bucht, von der aus man einen geronnenen Glasperlensaum ausmachen kann. Es ist eine andere Welt, die ich jetzt sehe. Diese Welt zerkratzt mich mit ihren Nägeln, zerschlägt mich; ich spüre, daß sie näher an der Gegenwart ist. Es gibt einen wichtigen Sprung, der in einem unbestimmbaren Moment des Lebens stattfindet. Diese Schule zu verlassen und ins Gebrodel der Straße hinauszutreten, mit allen Gefahren eines irreparablen Risses, das war die Bedeutung dieses Salto mortale.

Ich stehe auf, um den Wasserhahn zuzudrehen. Flüchtig schaue ich mich im Spiegel an und entdecke einen riesigen Pickel auf der Nase. Fast ganz im Dunkeln nehme ich ein Fläschchen Jodex aus dem Schrank und reibe es mir ein. In der Vormittagsstille, wenn die Nachbarinnen beim Einkaufen sind und die Nachbarn schon ihre Autos haben warmlaufen lassen und aus der Garage gefahren sind, mache ich es mir in der Wohnung der Fünften Straße wieder bequem.

Mein Papagei wird nicht alt. Im Grunde möchte ich nicht, daß er hundert wird. Es ist guter Dinge und versucht zu sprechen, aber etwas macht mir Sorgen. Von der oberen Wohnung wirft ihm jemand Brotkrumen herunter. Ich werde ganz ungeduldig, solange ich nicht weiß, wer der Verantwortliche ist. Täglich liegen Krumen im Hof – Spatzenfutter. Dem Werfer gelingt es nicht, zwischen die Käfigstäbe zu treffen.

Horacio versorgt uns mit Sonnenblumenkernen, die er weit weg von hier besorgt, auf einem von Chinesen bestellten Feld mit Blumen. Er hat die Vermutung geäußert, das Brot könne dazu führen, daß dem Tierchen die Federn ausfallen, oder könne zumindest die kräftigen Farben seines Gefieders abschwächen. Ich will keinen Papagei mit verschwommenen Farben, ich will meinen Papagei in seinem grellbunten Anzug.

Horacio weiß alles und spielt gern den Berater bei seltsamen Obliegenheiten. Seine ganze Notfallweisheit entnimmt er den Ratschlägen von *Carteles*, dem *Geographical Magazine* und dem *Besten aus Reader's Digest*.

Wir hören auf ihn und befolgen seine Empfehlungen aufs Wort.

Wenn ich ihn in nachdenklicher Haltung sehe, wie einen Matrosen, der an der Steuerbordreling seines Schiffes lehnt, frage ich ihn: »Woran denkst du, Horacio?«

»Ans Leben, Junge. Wenn du nicht denkst, lebst du nicht.«

Durch ihn entdecke ich, wer der potentielle Mörder ist. Vor einigen Tagen ist er in der Wohnung oben eingezogen, und ich habe ihn das Treppenhaus hinunterstürzen sehen.

Wer derart wie ein Büffel stampft, kann durchaus in seiner Seele die Absicht hegen, Moctezuma zu entfedern.

Die Mutter gehört der Orthodoxen Partei an und war eine fanatische Anhängerin ihres kurzsichtigen charismatischen Führers Chibás. Bevor er starb, selbst Hand an sich legend, gab sie ihm noch die ihre und wollte sie dann nie mehr waschen.

Stolz erzählte sie es herum und zeigte ihre schöne Hand, wie die einer chinesischen Puppe, geschmückt mit einem Amethyst von der Größe eines Peruggina-Bonbons.

Die Wohnung ist fast immer verschlossen. Ana und Michel haben sie verlassen, da sie ihren Sohn nicht in einem Land aufwachsen sehen wollen, wo die Bomben im Kino und die Toten auf den Straßen so selbstverständlich sind wie das Quietschen der Autoreifen und die Kalenderblätter. Sie zogen ganz einfach mit einigen Vettern nach New Jersey. Michel schrieb zwei oder drei Postkarten, und Ana schickte meiner Mutter einen schönen selbstgestrickten weißen Pullover.

Seit dem Eintreffen der neuen Mieter scheint die Wohnung eigentlich überflüssig zu sein. Außer den Brotkrumen dringt nichts durch ihre Türen und Fenster.

Mutter und Sohn führen ein abgeschirmtes Leben, als wären sie von einer unauslöschlichen Schuld befleckt.

Es mußte ein Unglück in den Gasleitungen geschehen, damit die beiden Leben bekundeten. Dröhnend treppab galoppierende Stiefel, Brotrinden und Löffelgeklapper waren das einzige Lebenszeichen, das aus der Wohnung der neuen Nachbarn herunterdrang.

Als die Leitungen platzten und die Polizei für die Ermittlung eintraf, wurden sie auf den gemeinsamen Gang herausgerufen, und dort sahen wir erstmals Asuncións mit einem feinen Faden aus weiß Gott welcher Dynastie zugenähte Chinesinnenaugen und das eckige Gesicht mit den tiefschwarzen Augenringen ihres Sohnes Omar. Irgend etwas offenbarte die Verschwörung zwischen diesem Sohn und seiner Mutter, eine auf dunkle Beziehungen gegründete Verschwörung.

Ihr Gesicht war das einer unbefriedigten Frau, die etwas zu verbergen trachtete. Sogar in ihrer sittsamen Art, sich zu kleiden, wie für besondere Gelegenheiten, wurde deutlich, daß ihr Leben ein Geheimnis barg. Er dagegen hatte eine schmale Nase, ebenfalls feine Lippen und den unverschämten Ausdruck dessen, der sich von einem Vater gehätschelt weiß, welcher all seine Bedürfnisse befriedigen kann.

Müßte ich ein nüchternes Porträt von ihr entwerfen, so

würde ich sie als eine vom Konsumismus und den *beauty parlors* kosmopolitisch geprägte Doppelmischlingsfrau beschreiben, der alles zu weit oder zu eng war. Eine moderne Frisur stand ihr nicht, ein Kleid der neusten Mode ebensowenig; etwas in ihrer ganzen Art verriet ihre Absicht, zu einem harmonischen Stil zu finden, zu einer Ungezwungenheit, die sich nicht entfalten konnte.

Wer weiß, wo Omars Vater sie kennengelernt hatte. Sie legte alles daran, es nie preiszugeben, und zwar durch die Art, wie sie ihre einfache Herkunft mit viel Schminke zuzudecken versuchte. Aber schön war sie. Ihre Jungfräulichkeit mußte schon vor dem Vater des neuen Nachbarn von vielen Männern begehrt worden sein. Selbst wenn sie ein Barnebeu-Kostüm oder Haarspangen mit kostbaren Steinen trug, zog ihr Gesicht aller Aufmerksamkeit auf sich. Schlitzaugen, ja, aber ausdrucksstarke, mit einer eitlen Arroganz im Blick, jedoch von erschreckender Verdorbenheit. Wären es runde Glotzaugen gewesen, so hätten sie in ihrer unheilvollen Wirkung denen von Bette Davis geglichen.

Er mochte sie auf irgendeiner politischen Versammlung oder einem Kasinoball kennengelernt haben, vielleicht auch auf den Freitreppen des Kapitols. Er stand im ruhmreichen Ruf eines notorischen Frauenhelden. Im Viertel ging das Gerücht um, das hier sei nur eine der vielen Wohnungen, die er in der Hauptstadt für sein ansehnliches Harem eingerichtet habe.

Irgend etwas Widerwärtiges war in ihrem Liebesleben mit diesem Gutsbesitzer aus Oriente vorgefallen, denn Asunción konnte nicht mehr lachen. Nur noch die Wetterberichte interessierten sie und die Politik einer Partei, die gerade am Anfang ihres Niedergangs und Zerfalls stand. Gern ging sie allein auf den Friedhof, zählte die Gräber mit Blumentöpfen drauf und wußte ein unendliches Repertoire an Grabinschriften auswendig.

»Heute hab' ich mehr als hundert Gräber mit dem Namen

Asunción gezählt. Ich habe der Welt der Wahrheit wirklich ins Auge geblickt«, berichtete sie eines Tages meiner Mutter. Ihr Mann – um ihm irgendeine Bezeichnung zu geben – hatte Omar mit seinem Familiennamen angemeldet. Er war ein anmaßender Fettwanst und ein ziemliches Großmaul mit einem längst aus der Mode gekommenen breitkrempigen Hut und fuhr einen schwarzen Cadillac, den er unten nie in die Garage bringen konnte, weil er zu groß war. Dieses Problem machte ihn ganz verrückt.

Eigentlich hatte er überhaupt kein Recht, denn er besuchte seine Frau höchstens zwei- oder dreimal im Monat. Aber immer kam er mit einem Haufen Geschenke und in Begleitung eines Schreibgehilfen, wie er von Kopf bis Fuß in Weiß gekleidet. Auf seinem Grundstück in Victoria de las Tunas gab es junge abessinische Ziegen, die Leónidas Trujillo aus Santo Domingo zur Aufzucht schickte, Fasane und arabische Vollblutpferde, eine große Vielfalt von Rassehunden mit internationalen Auszeichnungen sowie Siam- und Angorakatzen.

Omar Alzola hatte das Gehabe eines Senators der Republik und verstand es außerdem, als Dieb richtig abzusahnen. Mit unrechtmäßigen Steuern hatte er das Lohnbudget von Príos Armee geplündert und sich einen der protzigsten Höfe im östlichen Teil des Landes gebaut. Er wußte selbst nicht, wie viele Hektar Land ihm wirklich gehörten.

Auf jedem seiner Hemden, auf seinen Kissen, Handtüchern und den Türen seines pompös geflügelten Straßenkreuzers war ein Monogramm mit seinen Initialen und einem Caravaca-Kreuz eingestickt oder -graviert.

In der Presse von Havanna wurde der routinierte Gauner mit dem Spitznamen »Goldochse« empfangen, und in seiner Kolumne im *Diario de la Marina* bezeichnete ihn Fontanils als vornehmen Gutsbesitzer und rechtschaffenen Mann.

Nach einigen Darstellungen war Alzola häufiger Besucher im Teatro Shanghai und Stammgast der Sloppy Joe's Bar, wo die schönsten Mulattinnen von Havanna ihre »unkeusche

Frucht« anboten. Er erzielte mehrere Haupttreffer in der Lotterie, natürlich durch reine Schummelei, und eröffnete in der Calle Zanja eine Spielhöllenkette.

Die aggressive Hitze des Havannaer Sommers schien ihm überhaupt nichts anhaben zu können. Sein Drillich sah immer untadelig aus, ohne den geringsten Gelbschimmer oder Schweißfleck unter dem Arm.

Alle Söhne trugen seinen Namen. Aber dieser war, wie ich Jahre später in Erfahrung bringen konnte, sein erstgeborener und sein Lieblingssohn.

Dieser hatte seine Schwäche für Pferde und seine Halsstarrigkeit geerbt. Sogar die schwarzen Augenringe hatte ihm die patriarchalische Abstammung aufgeprägt.

»Er hat dieselben Augen wie Sie, Alzola«, bemerkte Horacio eines Tages, als er ihm einen Reifen abmontierte.

»Na klar, Horacio, ich bin ein ganzer Kerl und weiß, wie man Söhne macht.«

Omar war mir in fast allem voraus. In einem Alter, wo die jungen Burschen normalerweise Bingo spielten oder auf Parkbänken oder in den Klubs von Miramar Mädchen verführten, verbuchte er eine feste Beziehung mit der Tochter des Eisenwarenhändlers auf seinem Konto.

Noch immer kann ich mir nicht erklären, weshalb er von allen gerade mich aussuchte. Er holte mich, wenn er sich amüsieren ging, kam mir in allem entgegen, und gemeinsam gingen wir in die Vorstellungen des Kino Gris, spazierten auf dem Malecón oder gingen zu den Nóbregas, um Briska zu spielen.

Er erzählte mir recht viel von seiner persönlichen Geschichte und wurde zum Vorbild für meine Teenagerideale. Tatsächlich war er mein erster großer Freund. Ich sah ihn, wenn der Vergleich erlaubt ist, wie einen Baum mitten in der Wüste. Als ihm wenige Monate nachdem er in die Fünfte gezogen war, das ganze Viertel wie einem Führer folgte, war mir schrecklich unwohl.

Ich wurde zu seinem Schatten und schäme mich nicht, es zu gestehen – ein von einer Welle, die schlagartig alles auslöschen konnte, verwischter Schatten.

Das Gefühl dieser Freundschaft erfüllte mich mit Verwirrung. Omar war nur ein Jahr älter als ich, in wenigen Wochen wurde er achtzehn. Bis dahin hatte ich mich bei den andern ganz natürlich verhalten. Nun gab ich mir Mühe, zu gefallen, nicht hinter den Möglichkeiten des andern zurückzubleiben, die Spitze zu erreichen und das Vertrauen nicht zu enttäuschen, das er in mich gesetzt hatte.

Vielleicht um dem Beispiel des Vaters zu folgen, hatte sich Omar daran gewöhnt, nur Gott über seinem Kopf zu haben.

Manchmal haßte ich ihn, weil ich seine Verwegenheit fürchtete, aber diese Angst war mit wohlgefälliger Bewunderung vermischt. Endlich konnte ich sein wie irgendein anderer, konnte einem aus meiner Generation gleichen, obwohl ich weder seine athletischen Arme besaß noch seine Liebestrumpfkarten auszuspielen wußte.

Das Gefolge von Mädchen um ihn herum bildete eine Gruppe ägyptischer Tänzerinnen, zwischen denen er einherstolzierte.

»Ich möchte einen Papagei haben wie deinen«, sagte er eines Abends auf der Veranda der Nóbregas zu mir. »Wo kann ich ihn kaufen?«

»Man hat ihn mir aus Mexiko mitgebracht«, antwortete ich unverfroren.

Ich mochte nicht auf das einmalige Recht verzichten, Besitzer eines Tiers zu sein, das er begehrte. In vollem Wissen log ich, aber noch heute bereue ich es nicht.

Da ging mir auf, daß man in der Freundschaft gibt und nimmt, großzügig oder egoistisch ist. Freundschaft ist eine Form der Erkenntnis. Erst wenn wir für jemanden Freundschaft empfinden, sind wir in der Lage, unsere Grenzen zu erkennen, uns unerbittlich zu erforschen, auch wenn wir es nur für uns selbst tun.

Trotz des Hofstaats, den Omar um sich geschart hatte, mochte ich diese Freundschaft nicht abflauen lassen, da sie eine notwendige Nahrung für mich geworden war. Ich folgte ihm in unaussprechliche, zu diesem Zeitpunkt gefährliche Abenteuer und hatte kein bißchen Angst dabei.

Sein Vater gab ihm Geld im Überfluß, und so konnte er die revolutionäre Bewegung mit Uniformen und Waffen unterstützen.

Wenn in einem Kino eine Bombe explodierte oder in der Nähe ein Haus geplündert und dessen Bewohner festgenommen wurden, quälte uns alle die Vorstellung, Omar könnte auf die eine oder andere Art in diese Aktionen verwickelt sein.

Eines Morgens in der Weihnachtszeit schickten wir uns an, mit mehreren Freunden und Freundinnen im Wald von Havanna spazierenzugehen, als die Polizei der Diktatur ins Gebäude eindrang. Außer mir argwöhnte niemand im Haus, weshalb. Seelenruhig öffnete meine Mutter die Tür und forderte sie auf hereinzukommen. Sie durchbohrten sie mit einem haßerfüllten Blick und stiegen die Treppe zu Omars Wohnung hinauf. Wortlos durchsuchten sie alles, nahmen Notizen aus einem Kochbuch von Asunción mit und warnten Omar: »Du, sieh dich vor. Das ist nicht der Moment für faule Späße.«

Meine Mutter schlug die Tür zu und kniete vor dem Bildnis der wundertätigen Muttergottes nieder.

Die Kälte dieses feuchten Winters drang uns in die Knochen. Omars Blut muß bei diesen Worten gefroren sein. Nach zwei Stunden kam er herunter, um sich zu entschuldigen, und verschob den Spaziergang auf den nächsten Tag zur selben Stunde. Um keinen Verdacht zu erwecken, rief die Tochter des Eisenwarenhändlers für ihn bei uns an. Sie sprachen leise miteinander, und Omar ging wieder hinauf, als wäre nichts geschehen.

An diesem 25. Dezember mußte er zu Hause bleiben, wenigstens bis sein gefrorenes Blut wieder flüssig werden und ihn auf den Beinen halten konnte.

Asunción glaubte bedingungslos an den Bischof von Havanna, an Pius XII. und an die Pfarrer der Kirchen Santa Catalina und Carmelo. Mit dieser Leier geht sie uns auf den Geist, wenn sie sich, in ein süßliches Parfüm gehüllt und ihr riesiges Peruggina-Bonbon am Ringfinger, herunterzukommen entschließt.

Mein Seelenzustand machte eine seltsame Metamorphose durch. Das Alltägliche kommt mir exzentrisch vor. Die Atmosphäre ist unangenehm und bewirkt einen irrealen Erstickungszustand.

In Omars Wohnung hinaufzugehen macht mir etwas angst, wird zu einer Handlung, für die ich mich sehr anstrengen muß. Abends auf der Straße zu sein, bloß mit einer Freundin plaudernd oder Hand in Hand mit ihr im Park, ist eine Herausforderung.

Angesichts der Dunkelheit draußen muß ich manchmal in die Wohnung zurückweichen. Die Fünfte Straße mit ihrer spärlichen Beleuchtung ist für mich ein unergründliches Loch geworden – eine Metapher für meinen Seelenzustand.

Es ist unmöglich, an die Universität zu gehen; alle Augenblicke nehmen die Schergen sie ein – sie ist eine Mausefalle. Warten, daß die Zeit vergeht, ist das einzige medizinische Rezept, sieht man die Dinge auf die banalste Art.

Ich lese gierig, in einem ganz neuen Ausmaß. *Demian* von Hermann Hesse, eine Leihgabe meines geschichtenschreibenden Vetters, und *Der mittelmäßige Mann* von José Ingenieros sind meine auserwählten Bücher.

Ich und meine Identität, ich und meine utopischen Träume, ich und der einsame Zeitvertreib mit meinen sinnlichen Büchern, ich und mein Drang, die Welt zu verbessern.

Die Worte im Radio sagen mir nichts, die Werte verlieren ihre Eigenschaft; nur die Fiktion gibt mir die ersehnte Schimäre zurück.

Wir sind in Gefahr, ich spüre es an den trügerischen Mienen von allen, an den durchsichtigen Masken. Wir sind Gespenster, die sich gegenseitig mit weißen Laken und Besenstielen erschrecken. Täglich spielen wir Tod. Wir haben die Fassung verloren, gleiten auf einer Bananenschale aus und nehmen den falschen Bus.

Omar gesteht mir, daß er an Schlaflosigkeit leidet. Er kann sich nicht konzentrieren. Ich schreibe es dem hyperkinetischen Tempo zu, in dem er lebt.

In diesem Geständnis spüre ich erstmals, seit ich mit andern Umgang pflege, einen Strom unbekannter Komplizität. Es ist eine neue Sprache. Ich fürchte um sein Leben.

Ich willige ein, ihm den ersten Gefallen zu tun, nämlich an der Ecke Calzada/J, genau vor der Mietskaserne Miami, auf einen grünen Lieferwagen des Blumenladens Venecia zu warten. Bevor er seine Kränze beim Beerdigungsinstitut Rivero auslädt, wird der Lieferwagen rückwärts in die Garage eines Hauses in der Nähe von meinem hineinfahren und irgend etwas absetzen. Drinnen wird Omar warten. Ich muß nur aufpassen, ob ein Streifenwagen naht. Fast alle in der Kaserne Miami sind eingeweiht, aber man darf nicht einfach blindes Vertrauen haben. Sogar die Schatten können Feinde sein. Der Lieferwagen kommt bemerkenswert pünktlich. Mit einem vereinbarten Zeichen der rechten Hand gebe ich den Insassen zu verstehen, daß die Luft rein ist.

Niemand zögert, niemand wankt. Die Aktion wird durchgeführt. Omar und ich laufen los, durch die Calzada, weg vom Beerdigungsinstitut. Wir nehmen ein Frappé und ein Stück Topfkuchen und gehen dann ins Carmelo, um bei einem Schokoladeeis mit Guß zu feiern, ohne auch nur mit einem Wort über das Vorgefallene zu sprechen. Ich suchte nach dummen Sätzen und fand sie nicht. Sicherlich tat er dasselbe. Beim Ausgang der Cafeteria kauften wir für Asunción Erdnußkrokants.

Mein Nachbar lebte in Träumen versunken, die für ihn die Wirklichkeit waren. Vielleicht konnte ich in meinem Kopf nur irgendein erratisches Bild zustande bringen. Die Dinge waren keineswegs klar für mich.

Ich hob die Augen vom Tisch, um ihn etwas Indiskretes zu fragen, vermochte mich aber nicht auszudrücken. In diesem Moment wurde mir klar, daß er der Führer war, und ich freute mich darüber, ein einfacher Mitarbeiter zu sein. Niemand, der einmal so etwas gespürt hat, kann sich dem je wieder entziehen. Omar übermittelte sichere Signale und setzte die Spielregeln fest. In meinem Geist tauchten wieder die Brotkrumen auf. Ich hätte ihm sagen mögen: »Paß auf, wir fahren mit deinem Auto zu Hemingways Haus, und ich stelle dich Nilo vor, dem Züchter der Papageien und australischen Sittiche.«

Aber ich wurde mir über etwas klar: Rivalität in ehrlichem Kampf ist ein Zeichen von Stärke und erzeugt Respekt.

Ich blieb meinem Rang als Besitzer treu, denn ich war allzu stolz auf meinen aztekischen Papagei, den ich in diesem Moment zu meinem Schutzschild gegen die Person gemacht hatte, die ich mittlerweile am meisten bewunderte.

Eines Tages, bei einem Großreinemachen mit Wassereimern und schäumenden Schrubbern, stieß das neue Dienstmädchen, das immer mit Riesenschritten umherstakste, Moctezumas Käfig um, so daß er in einem Wirbel von Federn und Gekreisch beinahe entflogen wäre.

Zum Glück war ich nicht zu Hause, erfuhr es aber, als ich heimkam. Von diesem Tag an drohte sich eine stechende Vorahnung über uns zu entladen. Es sollte keinen Frieden mehr geben.

»Ich muß mich irgendwo verstecken, ruf den Kommandanten Vera an.« Aber meine Mutter konnte nicht. Sie war sprachlos, als wäre sie gerade hypnotisiert worden.

Kommandant Vera war außer Dienst, hatte aber ein ziemlich gut verstecktes Haus am Strand von Tarará. Die Telefonistin teilte meiner Mutter mit, diese Nummer sei nicht mehr in Betrieb.

»Wo liegt denn das Problem?«

»Sie haben Juan festgenommen. Verstehst du, was das bedeutet? Und im Geschäft wird alles durchsucht.«

Juan war verraten worden. In der Firma Rojas & Cie. arbeiteten über dreißig Leute. Es konnte ein Angestellter des gegenüber neu eröffneten Tropicream gewesen sein oder jemand, der sich als Los- oder Maisküchleinverkäufer verkleidet hatte.

Batista, der Indianer, hatte eine »Kopfjägerpolizei« aufgestellt, wie es sie in der Geschichte Kubas noch nie gegeben hatte. Nach dem Sieg der Revolution bezahlten die meisten von ihnen sehr teuer für ihre Verbrechen. Noch am selben

Tag befahl mein Vater, alles einzupacken. Er wollte, daß wir mit ihm flüchteten. Bereits belagerten uns die Polizeispitzel mit anonymen telefonischen Drohungen.

Meine Großmutter schlug mit ihrem Eisenholzbaumstock auf den glänzenden Fliesenboden.

»Hier geht niemand! Ich lass' doch nicht mein Hab und Gut zurück!«

»So versteh doch, Mama, wenn sie nicht gehen, kann man sie ins Príncipe-Gefängnis schicken«, sagte Ágata.

»Sie trifft keine Schuld, aber ihn, weil er diesen Mann versteckt hat.«

Ágata zündete sämtliche Kerzen an, die sie vorrätig hatte, und bat Panchita, zu Pater Agustín vom Kirchspiel zu gehen.

Mit einem Säckchen Mais in der Hand und in Pantoffeln stürmte Panchita aus dem Haus und trat in Laub und Pfützen, ohne es recht zu merken.

»Ich mische mich nicht in die Politik ein. Sagen Sie das Señorita Ágata bitte.«

Ramón Rojas und seine Frau befanden sich seit einigen Monaten auf einer Mittelmeerkreuzfahrt und dachten nicht im Traum daran, jetzt zurückzukommen.

Das Geschäft schloß seine Türen. Der Buchhalter sperrte die kleine Kasse und entließ auf Richards Befehl die Arbeiter.

Drei Tage lang wurde mein Vater bei schwarzen Bohnen und Wasser auf der Zanja-Wache festgehalten. Man unterzog ihn allen möglichen Verhören und gab ihm eine Empfehlung: »Verlassen Sie das Land, oder es wird Ihnen sehr übel ergehen.«

Die unübliche Behandlung – das überraschende Zugeständnis – war den alten Verbindungen des Erziehungsministers mit meinem Großvater zu verdanken.

»Aus Achtung vor deinem Vater bin ich dich hier rausholen gekommen. Nie hätte ich gedacht, daß der Neffe eines Präsidenten der Republik einem Verbrecher helfen würde.« Mit diesen harten Worten in den Ohren bestieg mein Vater eine KLM-Maschine und reiste mit einem Koffer Unterwäsche nach Miami. Vor dem Abflug machte ihm Mama noch das Zeichen des Kreuzes und flehte die wundertätige Muttergottes an: »Steh ihm bei, gute Jungfrau.«

Weder eiskalte Wasserkompressen noch Wegerichblätter linderten die Kopfschmerzen meiner Mutter, die sie für den Rest ihres Lebens behalten sollte.

Juan wurde mit der Niederträchtigkeit einer Bande Sadisten gefoltert. Die Batista-Hyänen, letztlich Hermaphroditen wie alle Hyänen, zerhämmerten ihm die Hoden, um ihn zum Singen zu bringen. Aber Juan sprach nicht. In den ersten Tagen des Januar 1959 erfuhren wir wieder von ihm.

Um nichts in der Welt hätte ich meine Familie verlassen. Aber hätte ich mich nicht schleunigst aus dem Staub gemacht, sie hätten mich umgebracht. Niemand konnte mich verstecken. Deshalb nahm ich am nächsten Tag das erste Flugzeug. Elvira schaffte es nicht, den Koffer zu packen, sie war ein Nervenbündel. Ich packte selbst etwas Unterwäsche ein und verreiste eiligst.

Ich hätte anders verschwinden können, mich vielleicht verstecken, aber die Bewegung des 26. Juli hatte schon eine gewisse Kontrolle über mich. Man vertraute mir wegen dem, was ich für den armen Juan getan hatte, so daß ich nicht mehr selbständig handeln konnte.

Ich erinnere mich noch, wie es an diesem Nachmittag regnete. Ich verabschiedete mich von ihnen durch einen Wasservorhang hindurch. Ich war völlig am Rand, aber willens und bereit, den Mann vom Pferd zu stürzen.

Einige Tage zuvor hatte ich zu meiner Frau gesagt: »Da müssen wir durch«; sie verstand es erst, als sie mich den Koffer packen sah. Da umarmte sie mich und begann Verwünschungen auszustoßen. Ich beruhigte sie, denn sie nehmen auf niemanden Rücksicht. Sie steckte mir etwas in die Tasche. Als ich in Miami war, sah ich, daß es ein Heiligenmedaillon war. Ich verwahrte es in einer Schublade im Hotel Lemington, wo ich ein Zimmer gemietet hatte. Dann zog ich mit andern Asylsuchenden in ein Privathaus. Ich wurde Fotograf, um nicht von meiner Familie abhängig zu sein, und schrieb Artikel, was ich noch nie getan hatte, um Batistas Greueltaten zu geißeln.

Im Untergrund wurde ich Schlafwandler. Ich vermißte meine Wohnung, meine Frau und meinen Sohn. Aber ich ertrug es wie ein Verurteilter. Letzten Endes hatte ich Glück. Wenigstens konnte ich die Geschichte erzählen. Andere blieben in den Kloaken und in den Gruben der Folterkeller auf den Polizeiwachen.

Ich weiß nicht, ob wegen der Sirenen oder der Schreie der Gefolterten, aber genau seit dem Tag, als ich Kuba verließ, habe ich sehr empfindliche Ohren.

Nicht einmal einen Hund kann ich mehr bellen hören.

Ich sehe die Mietskaserne Miami mit ihren vier Etagen aus festem Mauerwerk und den Treppen an der Stirnseite, wie ein Fries. Die Zeit hat sie mit ihrer Patina zu einem Stückchen meiner Erinnerung gemacht. Sie ersteht vor meinem geistigen Auge in ihrer ganzen ungeschlachten Buntscheckigkeit. Ihr Innenhof, halb Hahnenkampfplatz, halb Boxring, verlieh mir die eigentliche Mündigkeit.

Die Szenen, die sich dort pausenlos abspielten, waren mit den Seiten eines Mark Twain oder den Sketches des Volkstheaters von Federico Villoch und Regino López zu vergleichen.

Die Mietskaserne Miami stürzte sich kopfüber in den Hexenkessel des Lebens.

Wenn sich die Büchse der Pandora irgendwo auf der Erde befand, dann war es dort, in diesem von elenden Slumwohnungen eingefaßten steinernen Rechteck mit seinen in Öldosen gesetzten wilden Pflanzen und seinen Scheuereimern.

Ende des Jahrhunderts, genau bei der ersten Yankee-Intervention auf der Insel, wurde dieser Kasten als Hotel für Matrosen und Offiziere der amerikanischen Kriegsmarine erbaut. Mit der Zeit wurde es Mietskaserne und Theater von lokaler Bedeutung, Aphroditetempel und Schlupfwinkel für den Marihuanaverkauf im Vedado.

Alle Augenblicke wache ich auf und höre das Gebrumm der Einäugigen, sehe Amalia in schäumenden Bottichen die Wäsche einer zehnköpfigen Familie waschen, unter einer unbarmherzigen Sonne, die auf die Zinkbleche ihres Schuppens brennt. Sehe den Chinesen Julián – eine Kröte, die mit ihrem

Gemüsehandwagen dahinhüpft – zwischen diesen schreienden Menschen, die sich die schlimmsten Beleidigungen an den Kopf werfen und wegen jeder Bagatelle handgreiflich werden.

Sehe all diese Leute hinter den löchrigen Brettern, sehe die grauen Augen der Einäugigen, zwischen Hunden und zerbrochenen Scheiben – die Achseln eng am Herd –, sehe die Erinnerung an den Aronstab in einem Wasserglas, verloren zwischen den weißen Rosen, den Stolz des Pockholzbaums bei den Kündigungen, eines Tages, irgendwann, und die Hörner der alten Karnevalsgruppe Alacrán wie ein blaues Feuer mitten in der Nacht.

Die Mietskaserne Miami diente stellvertretend als Schule der Initiation. Von hier gingen alle Verleumdungen aus. Urinierte jemand an die Tür einer Villa, so war es ein Schwarzer aus der Kaserne gewesen; wurde der Rückspiegel eines Autos geklaut, so hatte den Diebstahl ein Schwarzer aus der Kaserne begangen; kurvte ein Streifenwagen wie ein Karussell von der Calzada zum Malecón und von der J zur K, so war er hinter einem Taschendieb oder einem Marihuanaverkäufer her, der in der Kaserne wohnte; gab es eine Durchsuchung, um eine Ladung Waffen oder ein Arsenal gestohlener Gegenstände zu finden, so kam die Polizei als erstes in die Kaserne.

Hier befand sich das Hirn des Viertels, in diesem geschlossenen und trotzdem zur Welt der Plünderung und des Spiels hin offenen Raum.

Von der Dachterrasse meines Hauses aus sah ich ein Bild von Bruegel: schwarze Frauen und Mulattinnen mit Heiligenketten um den Hals, Kleiderbündel schleppend, Schmalspurgroßmäuler mit Goldketten und vaselinebeschmierten Haaren, blonde Mädchen mit Haaren wie Maisflaum, welche Holzentchen in Waschschüsseln warfen – das war die Mietskaserne Miami.

Es gab noch mehr solche Kasernen im Vedado, die Cueva del Humo, La Guinea, von denen noch Mauerreste stehen; aber das hier war die einzige, in die ich eintauchen konnte, um dem Überdruß der gestärkten Hemden und unbenutzten Teeservice in ihren Mahagonivitrinen zu entkommen, die man in eine Ecke des Eßzimmers eingefügt hatte.

Nachdem ich zu Hause einen Nachmittagsimbiß zu mir genommen hatte, floh ich um vier Uhr zur Malecón-Mauer, und von dort gingen wir, die ganze, fast immer von Omar oder Fico – dem mit der heiseren Stimme, Sohn der Wäscherin Amalia – angeführte Bande, zum Miami-Grundstück, um unsere Kräfte zu messen oder mit Marmeln zu spielen.

Entweder hatten meine Augen teleskopische Fähigkeiten, oder sie waren eine Kamera mit kosmischer Linse. Ich verweilte an Orten, die die andern nicht sahen oder nicht beachteten. Im dritten Stock wohnte neben der Treppe einer von Havannas angesehensten Babalaos oder Santería-Priestern. Im ganzen Gang stauten sich die Leute, stehend oder auf wackligen Hockern sitzend, und warteten, bis sie an die Reihe kamen, um auf der Tafel von Ifá ihre Zukunft zu erfahren.

Vor Cucho Molinas Kunden leckten die Kinder ihre bunten Lutscher, gleichgültig, wie nur Kinder sein können, gegenüber dem Drama all der Menschen in diesem verstrebten Gang.

Meine Augen drängten aus den Höhlen, hinein ins geweihte Zimmer, das *ilé ocha*, von Cucho und seinen *appetevís* oder persönlichen Sekretärinnen.

Diese Frauen, Töchter Ochúns, der Göttin der Flüsse, der Liebe und des Goldes, waren ein Bestandteil der rituellen Arbeit. Eine von ihnen war Dominga, vielleicht die treuste seiner Adlatinnen. Eines Tages trat sie auf den Gang hinaus und rief einem der Kinder zu: »Hört auf zu pfeifen, wenn ihr hier vorbeigeht, das ist ungehörig!« Das Kind pfiff weiter, und sie goß ihm einen Krug Wasser ins Gesicht.

Als es einige Tage später auf dem Rand eines ausgetrockneten Brunnens saß und einem Streit zuschaute, fiel es hinein und brach sich einige Knochen. Lange Zeit hatte es keine Lust mehr, vor Cucho Molinas *ilé ocha* vorbeizugehen.

Die Mietskaserne Miami war eine Hochburg der von den Yorubas herstammenden Santería-Religion in Havanna. Leute aus Regla, Mantilla, Guanabacoa gingen dorthin zu Yemayá-Feiern und Initiationszeremonien, wo Teller zerschlagen und Kopfgebete gesprochen wurden, zu Läuterungen und *pinaldo*-Riten – das Recht, Tiere mit dem Messer zu töten – und für eine Menge anderer Dinge.

Auch Politiker kamen in ihren glänzenden schwarzen Karossen, von denen einige Tüllvorhängchen hatten. Sie stiegen mit Spenden beladen aus und knieten vor den meist lebensgroßen Bildern ihrer *eleddás* oder persönlichen Heiligen nieder.

Das Zentrum der Kaserne bildete neben dem alten Brunnen der Wollbaum Iroko, hundertjährig und längst ohne Grün, mit welken Ästen, aber heilig und unberührbar. Um ihn herum stapelten sich die Obstspenden und andere Lebensmittel: schwarze Hühner und halbierte getrocknete Kokosnüsse.

Über diesem alten, in seiner mythischen Gegenwart unbeweglich dastehenden Baum mußte sich der Yoruba-Himmel erhalten haben, damit er den Kindern des Olymp als Altar dienen konnte, wo Oddúa und Olorun in der Höhe regierten und, der Erde etwas näher, Obbatalá und Changó, die Krieger, und der ganze übrige himmlische Hofstaat, von dem Cucho Molina sämtliche Geheimnisse und Legenden kannte.

Dort fand ich meinen Weg nach Damaskus. Die Welt war reicher und komplizierter, als ich annehmen konnte. Das merkte ich möglicherweise etwas spät, aber als ich diesen anderen, verborgenen Bereich meines Lebens entdeckte, nahm mein Leben eine plötzliche Wendung. Diese Streifzüge in den Haupttempel meiner Adoleszenz luden mich sozusagen elektrisch auf und enthüllten mir die Bedeutung von Blitz und Donner sowie die magischen Kräfte der Wasserschildkröte und der Schlankboa. Es war die herausfordernde Tiefe, die eine Antwort von mir verlangte und erwartete.

Wie weit war diese Welt doch von meiner häuslichen Umgebung entfernt, und wie nahe gleichzeitig, geradewegs vor der Nase!

Cucho Molina war Schuhmacher, übte seinen Beruf aber nicht aus, da ihn Orulá, der Gott der Vorsehung, zu seinem Diener bestimmt hatte. Nie konnte ich den Kopf ganz in seinen Tempel – den *ibbodú* – hineinstecken. Aber ich hatte das Privileg, daß er mir einmal ein paar Meringes schenkte und mir seine Hand auf den Kopf legte.

Als ihr Mann schon im Exil lebte, bat mich meine Mutter, ohne daß es sonst jemand wußte, mit Cucho zu sprechen. Eines Nachmittags entsprach ich ihrem Wunsch: »Schauen Sie, Cucho, meine Mutter mag nicht mehr über die Straße gehen und will nicht gesehen werden. Sie bittet Sie um einen einzigen Gefallen, Sie wissen . . . «

»Jaja. Kein Wort mehr.«

Er trat in seinen *ibbodú* und gab mir einen Magnetstein.

»Schreib auf: Deine Mutter soll diesen Stein fest in ihren Händen drücken und sich Changó anvertrauen und dann folgendes Gebet sprechen:

›Trefflicher, mächtiger Magnetstein, schütze meinen Mann vor der Gefahr; ich werde dir zu essen und zu trinken geben, und du wirst mir das Licht geben, ihm zu leuchten. Friede meinem Heim, Gesundheit, um dem Verlust zu trotzen, und Kraft, um mit meinen Augen das Unheil zu vernichten. Magnetstein, ich preise und segne dich. Dreimal amen.‹«

Sonntagvormittags lud Rosita Calabar zu leckeren Imbissen bei sich ein. Sie war mit einem der Hauptarchitekten des Capitolio Nacional verheiratet. Albertini hatte es zum Millionär gebracht, denn er ließ in Norditalien Carrara-Marmor und durchscheinende Opale holen, um die tropische Replik des Washingtoner Kapitols zu schmücken. Rosita war eine Draufgängerin, die in Pluderhosen auf die Baugerüste kletterte und die Wände ihres Hauses zu streichen begann.

»Lernt streichen. Der Pinsel wird kräftig geführt, ohne ihn von der Wand zu nehmen. Man darf nicht einfach so vor sich hin träumen oder an seinen Schatz denken. Die Fassade muß in drei Tagen fertig sein.«

Die Maler haßten sie, aber Rosita bezahlte gewissenhaft und verteilte ihnen Sandwiches mit Schweinskeule und Schinken.

Manchmal nahmen Omar und ich an den Imbissen teil. Wenn ihr Neffe Raúl gut aufgelegt war, lud er uns ein; hatte er aber zufällig gerade Besuch aus dem Norden, schloß er uns rücksichtslos aus. Er nährte sich von der Luft der andern, von fremder Energie.

Rositas Tisch kombinierte ein bei El Jardín bestelltes Büffet mit hausgemachten Süßspeisen einer Spitzenkonditorin. Diese und ihr Mann, Señor Albertinis Fahrer, wohnten in der Miami-Kaserne, schliefen aber fast nie dort. Über der Garage lag ein winziges Zimmer, wo sich das Paar lieber aufhielt. Das Schlafzimmer in der Mietskaserne bewohnten ihre Kinder und Enkelkinder: eine achtköpfige Sippschaft, die für den größten Teil der Kopfschmerzen des Paars verantwortlich war.

Ihm hatte man den Spitznamen Siebenzahn gegeben, und sie wurde Kurzschrittchen genannt.

»Immer sind es wir armen Schlucker, die alles ausbaden müssen«, sagte sie bei jeder Gelegenheit.

Rositas Maskottchenneffe beneidete Omar und mich fürchterlich – Omar wegen seiner Verwegenheit und seines Erfolgs bei den Frauen und mich, weil ich mehr Längen schwamm als ein Fisch. Trotz dieser Schwierigkeit diente er uns als Verbindungsmann, damit wir die Taschen voller Speisen und die Schächtelchen mit Süßigkeiten, die die Bewohner der Kaserne bei uns bestellt hatten, aus der Küche herausschmuggeln konnten.

Kurzschrittchen war die Lieferantin der Leckereien. Immer hatte sie es eilig und trug nie eine Tasche in der Hand. Sie hatte die Fähigkeit, sich zu verstellen, und bildete zusammen mit ihrem Mann das beste Paar des komischen Theaters der Stadt. In ihrer gewandten Subversivität spielten die beiden Rosita Calabar allerlei Streiche voller geheimer Zeichen, die sie von ihren afrikanischen Vorfahren geerbt hatten, Sklaven in Don Amado Calabars Zuckerfabrik La Luisa.

An Ostern trommelte Rosita eine Gruppe Freundinnen zusammen, und gemeinsam kauften sie in den Warenhäusern in der Calle Monte und Muralla Spielzeuge zum Selbstkostenpreis. Dann ging die altruistische, mit riesigen umgehängten Silberkreuzen geschmückte Karawane in die Kaserne, um Baseballbälle, Gummipuppen, Sparbüchsen und Aufziehentchen zu verteilen.

Der einzige Unterschied zwischen einem mittelalterlichen Kreuzzug und dieser Karawane wohltätiger Damen bestand darin, daß letztere von Fotografen und Journalisten begleitet wurden und dunkle Brillen trugen, um die von einer nächtlichen Canastaparty herrührenden Augenringe zu verbergen.

Am nächsten Tag machte Fontanils Nachfolger, ein von der Havannaer Gesellschaft gedungener Clown, auf den Klatschseiten des *Diario de la Marina* vom Scheck, der in seine

Hände fiel, abhängig, welches Lob er aus seiner kostbaren Schatztruhe, der seiner Adjektive, zu Tage förderte und über den betreffenden Damen ausgoß.

»Wann wird das Elend in diesem Land ein Ende nehmen?« sinnierte Rosita laut, als sie dieses elende Gemäuer verließen.

»Wenn es dem Kubaner endlich zu arbeiten beliebt«, sagte ihre engste Freundin giftig.

Rosita Calabars sibyllinische Inspiration ließ sie nachdenken. Schließlich und endlich war sie so dumm nicht.

»Eines Tages wird das alles anders werden, und dann wird man unsere Häuser plündern wie zu Machados Zeiten.«

»Du übertreibst.«

»Nein, ich übertreibe nicht, Armantina; diese meine Augen werden alles sehen.«

»Du hast revolutionäre Gedanken.«

»Ich rede von der Realität, nicht aus göttlicher Eingebung.«

Die beiden Frauen gingen in ihr Haus in der Fünften und J zurück. Sie hatten die Karawane angeführt, und im Grunde genommen fühlten sie sich gut.

»Wir tun ja das Menschenmögliche, findest du nicht auch?«

»Ja, wenigstens erfüllen wir Gottes Gebot«, sagte Rosita ein wenig skeptisch.

Lanvins Arpège hatte alle Mietskasernen in eine Duftwolke gehüllt.

Aus dem Norden zog ein Wind auf. Da die Terrassentüren immer offenstanden, begannen die Kartenspiele auf den Teetischen durchs ganze Haus zu wirbeln. Sie schwebten in den Garten und gelangten von dort auf die Straße... Diese niedergekauerten Frauen beim Auflesen ihrer Canastakarten sahen aus wie Ameisen. Rosita zog die Gardinen, da es plötzlich Nacht wurde und die Lichter der Mietskaserne Miami sie blendeten.

Omar zog folgenden Schluß: In diesem Elendsviertel hier entsprang eine unerschöpfliche Quelle von Männern und Frauen, die er für seine Sache anwerben konnte. Nie vertraute er es mir an, aber ich wußte immer, was er vorhatte.

Er wirkte wie ein Verrückter unter sehr vernünftigen Leuten.

Die Frauen haben einen sechsten Sinn, ohne Zweifel. Eines Morgens mahnte mich meine Mutter beim Frühstück: »Dieser Freund von dir steckt schwer in der Patsche. Sei sehr vorsichtig. Das nächste Mal begnügen sie sich nicht mit einer Durchsuchung.«

Ich war ihr gegenüber nachsichtig, kam aber nicht umhin, mich mit Omar solidarisch zu fühlen – beides gleichzeitig. Die Straße verströmte einen Geruch nach Benzin, mit dem man Revolutionäre verbrennt. Jeden Tag gingen mehr Männer und Frauen zu Cucho und baten ihn um Hilfe. Cucho kündigte hohen Wellengang an und den Haß von Changó, der dort oben donnerte.

»Steht nie mehr als zu dritt an einer Ecke beisammen«, empfahl er seiner Kundschaft.

Er hatte nur allzu recht. Niemand mochte den Märtyrer spielen. Das Gefahrengetöse brach über das Land herein wie die Lava eines Vulkans. Meine Mutter hatte recht – das nächste Mal würden sie nicht kommen, um zu durchsuchen.

»Mama wird ihren Husten nicht los.«

»Na schön, meine Liebe, gib ihr doch irgendeinen Sirup; ich weiß auch nicht – laß sie nicht auf den Balkon hinaus.«

»Sie ist sehr dickschädelig, Elvira.«

»Ja, ich weiß, aber wenn du mich fragst, es sind die Nerven.«

»Ja, schon, das ist jetzt Mode. An allem sind jetzt die Nerven schuld.«

»Schau, Ágata, ich bin völlig durcheinander; ich weiß

nicht, was ich dir sagen soll, entschuldige, aber ich hab' etwas auf dem Feuer.«

»Schon gut, ich hab' nur angerufen, um zu fragen, ob . . .«

»Ich weiß nichts, absolut nichts. Als wäre er vom Erdboden verschwunden.«

»Bis bald.«

»Auf Wiedersehen.«

Meine liebste Freizeitbeschäftigung besteht darin, mich herumzutreiben, jetzt nicht mehr mit meinem Onkel, dem Malakologen, sondern allein, und dabei die Leute Selbstgespräche führen und die Bäume mir ins Gesicht schreien zu hören. »He, du Idiot, wach auf«, sagt mir eine Pinie, gegen die ich im japanischen Park pralle.

Gern meditiere ich innerhalb der vielfältigen Möglichkeiten der Einsamkeit mit mir selbst. So vieles kann ich unternehmen! In den Ten Cent gehen und einen Milchkaffee mit Erdbeertoasts bestellen oder durch die ganze San Lázaro spazieren und beim Chinesenstand stehenbleiben, wo in alten Eismaschinen die köstlichsten Eiskrems von Havanna gemacht werden: Wassereis in weißen Papierbechern – Annonen-, Mamey-, Rahmapfel-, Zuckerapfel-, Ananas- und Meloneneis. Ach, dieses Meloneneis! Fast ohne Geschmack, aber mit einer ganz besonderen Note.

Nach langem Grübeln gelange ich zu Fuß zum Nationalarchiv, in der Nähe des Hauptbahnhofs. Dort mache ich mich daran, in alten Schriftstücken zu blättern. Sie zerfallen mir unter den Händen, so daß ich verstohlen die feinen Krümelchen wegblasen muß. Ich möchte ein Geburteneintragungsgesuch mitgehen lassen, doch die Auskunftsperson überwacht mich aus dem Augenwinkel. Das Dokument war wundervoll, eine echte Reliquie, zum Einrahmen geeignet, für mein Studio.

Agustina Flor de Amor, Tochter afrokubanischer Eltern, geboren in der Zuckerfabrik La Patrona de Cuba, ersuchte um die Eintragung ihrer Geburt, damit sie ihrem Sohn Agustín Flor de Amor, Sattler und wohnhaft an der Corrales 60, ein Stück Land vermachen konnte.

»Ich, der Priester Daniel López Otero, Pfarrer von San Antonio de Padua de las Cabezas, Provinz und Diözese Matanzas, beurkunde hiermit, daß sich auf Blatt 123, N° 107, des Farbigen-Taufbuches Numero sechs dieser Gemeinde eine Taufanzeige findet, die wörtlich also lautet: Agustina Flor de Amor, Sonntag, den siebenten August Anno 1853.«

In diesem Archiv gibt es Leute mit einer guten Nase für Diebe. Ich blicke mich um. Die Bibliothekarin ist allein, läßt mich aber nicht aus den Augen. Ich bitte sie um eine Zeitschrift, um mir nichts anmerken zu lassen, und sie will einen Universitätsausweis von mir sehen. Das Archiv ist ein alter, verstaubter Kasten, hat aber einen besonderen Reiz wegen all der hier versammelten Toten, die darauf warten, von jemandem in ihren Nischen aufgestöbert zu werden.

Diese Bibliothekarin, umgeben von Wesen aus dem Jenseits und Bewacherin ihrer Stimmen und Seufzer, ist mit ihrer auf die Adlernase heruntergerutschten Brille eine weitere Tote im Staub der Regale und Schubladen. Obwohl mir die alten Schriftstücke gefallen, profitiere ich von diesem sonnigen Nachmittag, um ziellos umherzugehen. Ich spaziere durch Compostela. Wieder sehe ich mich vor einem erschreckenden Schiffsbug. Nichts wie weg. Plötzlich befinde ich mich mitten in einem Geschäftsviertel: Blech- und Seidenwaren, Tuch- und Schuhläden, Warenhäuser.

Ich betrete eines von ihnen und besprühe mich aus einem Probierfläschchen mit Yardley-Kölnisch-Wasser. Die junge Frau setzt mich außer Gefecht. Sie verzieht keine Miene, sondern wartet auf meine Reaktion. Ich kaufe ihr einen Schildpattkamm ab und ein Etui dazu, um mir nicht wieder die Hosentaschen zu durchlöchern, und nehme den Aufzug.

Die Fahrstuhlführerin, auch sie ganz in Weiß gekleidet, leiert für das Angebot jeder Etage mechanisch einen andern Spruch herunter.

Zufällig gerate ich in die Möbelabteilung und setze mich auf einen unbequemen orthopädischen Stuhl, wie sie damals in Mode waren. Rasch gehe ich zu einem weißen Sofa des Typs Florida weiter, strecke mich auf ihm aus und verspüre das Bedürfnis nach einem Mittagsschläfchen, aber ein weiterer Spion beobachtet mich, diesmal nicht aus dem Augenwinkel, sondern mit kaltem, unverwandtem Blick.

Es ist amüsanter, die Rolltreppe zu benutzen und den alten Leutchen zuzusehen, wie sie der Reihe nach stolpern, wenn sie sie betreten.

Im Untergeschoß befinden sich die Cafeteria und ein kleiner Buchladen mit fast lauter Bestsellern. Ich wäge mich auf Havannas größter Waage. Hundertzweiunddreißig Pfund. Noch immer fühle ich mich leicht genug, um meine zehn Längen zu schwimmen. Ich koste ein Mandeleis, aber es schmeckt mir nicht so gut wie das Vanille-Sahne-Eis bei La Josefita. Dann kaufe ich ein Buch über Tropenfische und *Das Tagebuch der Anne Frank*. Die todgeweihten Augen des jüdischen Mädchens auf dem Umschlag bannen meinen Blick.

Dreißig Jahre später führt mich der Zufall in Amsterdam über eine schmale Treppe in den Raum, wo sich Anne und ihre Familie einem Kanal gegenüber eingeschlossen hatten. Das Umschlagbild des Buchs mit diesen Augen drang mir auf einen Schlag in die Brust, wie eine flüssige Substanz.

Es macht mir Vergnügen, ohne Gesellschaft durch Havanna zu streifen. Manchmal trete ich in der San Rafael in einen Laden und kaufe mir ein Hemd. Oder setze mich ins Kino Duplex, wo ein Bruder meiner Mutter als Vorführer arbeitet. Kostenlos sehe ich die Filme von Deborah Kerr und Cary Grant und die spanischen Wochenschauen mit dem

Generalissimo Franco an der Spitze eines Gefolges von Tapiren, der ein Stauwerk einweiht.

Das Duplex ist sehr angenehm, da es über Liegesitze und eine Art-deco-Eingangshalle mit einem Flügel und kleinen Spiegelchen verfügt. Vor der Vorstellung tritt dort ein Pianist auf und unterhält das Publikum. Entweder spielt er das Thema des folgenden Films, *It was fascination, I know*, oder improvisiert sein persönliches Konzert mit Stücken von Lecuona oder Orlando de la Rosa.

Selbst im Sommer muß man mit einer Jacke oder einem wollenen Hemd ins Duplex. In Kuba wird das Air-conditioning direkt aus Sibirien importiert. Das ist eine der Todsünden, auf die der Kubaner um keinen Preis verzichten will.

Die Cafeteria Daytona ist ganz in chinesischer Hand, entweder weil sie in der Nähe der Calle Zanja liegt oder weil die Chinesen die besten Lebensmittelgeschäfte und Cafeterias kontrollieren.

Wenn es dunkel wird, brodelt der Geist des Films in meinem Kopf, und ich verkörpere den Helden der Schlachten auf feindlichen Brücken und den Romantiker, der auf Steuerbordseite einer zehn Jahre älteren Frau ewige Liebe schwört. Vor dem Spiegel des Daytona und mit einem Schinken-Käse-Sandwich und einem Krokanteis fühle ich mich als Herr der Welt. Hollywood trug dazu bei, das Leben vieler zu stereotypieren, fügte den Armen im Geiste Schaden zu, die sich an der Fata Morgana einer Technicolorwelt begeisterten, stumpfte aber gleichzeitig die Sensibilität derer ab, die wie wir nach dem Großen Bären suchten.

Majakowski und Max Frisch fühlten sich von den Schuhputzern belästigt, die den Paseo del Prado überschwemmten. Sie empfanden diese Masse wie eine Plage wilder Ameisen. Hätten sie Havanna in den fünfziger Jahren besucht, so hätten sie sich entsetzt beim Anblick der »geheimnisvollsten Straßen Amerikas«, auf denen es von losverkaufenden Kindern wimmelte und wo die unzähligen Schuhputzer mit ihren Kisten den Touristen auf die Hacken traten.

Ich spaziere vor den weißen Tischtüchern des Saratoga und den Frauenbands auf und ab, gehe dann aber weiter. Diese Welt ist zu erwachsen und in diesem Moment noch verboten für mich. Gesichter chinesischer Frauen, mulattenhaft, die hinter den mit Figuren aus dem präkolumbianischen Kuba verzierten Notenständern sitzen: die indische Jägerin Anacaona, mit Pfeil und Bogen geschmückt, ein ruhiger Fluß und ein sonnenstrahldurchdrungener Hügel. Das Auf und Ab ihrer Trompeten und die gauklerhafte Art, mit der sie die Rumbarasseln bewegen, werden nie aus meiner Erinnerung verschwinden.

Auf den Freilichtbühnen des Prado zu arbeiten war in jenen Jahren das größte Privileg für ein Orchester.

Die Freilichtbühnen waren ein Balkon zur Welt der Straße, zum kommerziellen Kino, ein reales Eindringen ins Irreale. Das in dieser Umgebung geschaffene musikalische Gewebe hinterließ Töne, die noch immer zwischen den dunklen Säulen ihrer Kolonnaden widerhallen.

Auf dem kalten Granitboden des Saratoga lasse ich den Strohhut meines Großvaters Eugenio liegen.

»Lange saß ich im Park der Philosophen. Niemand weiß, daß dieser Park, wo Luz Caballero gegenüber der Avenida del Puerto meditiert, den Ellbogen aufs Knie gestützt, auf der einen Seite eine Büste von Saco, auf der andern eine von Padre Varela, der Park der Philosophen ist. Wie auch niemand weiß, daß der Park, wo sich das Amphitheater befindet, griechischer Park heißt – oder heißen sollte –, denn es gibt Meditierwege und Statuen. Eine stürzte hinunter oder wurde gestohlen, denn sie ist nicht mehr da. Nur der nackte

Sockel blieb zurück, aber so gefällt es mir sehr gut. Niemand weiß das, denn im Grunde weiß niemand etwas. Ebensowenig wie man weiß, daß es hinter dem Park eine Promenade gab, die Cortina de Valdés hieß, noch daß das Haus mit den Spitzbögen vor hundert Jahren eine Kongregationalistengemeinde beherbergte. Aber es ist nur natürlich, daß man es nicht weiß, denn wie ich zuvor schon sagte: Niemand weiß etwas.« (Calvert Casey)

Die Busse der Linie 27 sind rund, haben eine vorspringende Nase und stoßen mörderische Abgase aus. Der »kubanische Künstler« ist die unvergeßliche Persönlichkeit ihrer Fahrten. Allein oder gemeinsam mit einem Rumbarasselspieler, der in einer Schuhcremebüchse die Trinkgelder sammelt, improvisiert er im menschenüberfüllten Bus Guarachalieder und modische Boleros. Heil von der Eingangstür ins Innere zu gelangen ist eine alexandrinische Heldentat.

Menschenmassen, Hitze und die ständig drohenden Polizeidurchsuchungen.

Nie steige ich dort aus, wo ich sollte. Ich genieße den die Rampa hinunterströmenden Menschenfluß und denke an meine Tante Ágata und Großmutter Julia, die sich in ihrer Innenwelt abgekapselt haben, hinter den chinesischen Paravents und Mattglastüren.

Ich kann sie mir nicht anders vorstellen als ihre Vichypalmen gießend, jedenfalls sehe ich sie niemals, wie sie in ihren altmodischen Kostümen durch diese Straßen fahren.

Viele Nachmittage schlage ich mir um die Ohren, indem ich in den Radiostudios und den neuen Boutiquen mit überflüssigem Kram herumschnüffle.

Die pompöse Freitreppe des Funkhauses CMQ ist der erstaunlichste Schauplatz in diesem ganzen Rummel. Ich sehe, wie dort die Möchtegernkünstlerinnen des Tages mit unglaublichen Kapriolen und den höchsten und spitzesten Absätzen der Welt herabschreiten; Mambotänzerinnen und Sängerinnen mit heiserer Stimme und safrangelbem Schopf, die alle Radiokönigin oder Miss Television werden möchten. Eine Meute von Fans wartet im Vorhof dieser Kathedrale in der Calle M auf sie. Mit Fähnchen, auf denen unmögliche Slogans zu lesen sind, und ihren vergrößerten Fotos stürzen sie sich auf sie. Außerdem erobern sie auf pastellfarbenen Zettelchen ihre Autogramme. Eine Unterschrift, ein unleserlicher Schriftzug, irgend etwas, sogar eine ins Ohr geflüsterte Bemerkung macht sie glücklich.

Die Calle M leistet der Hysterie Vorschub. Sie ist Zeugin plötzlicher Ohnmachten und kindlicher Schreichen. Ziel ist es, als erster bei seinem Idol zu sein und dann mit dem Autogramm in der Hand zu sagen: Sie hat mich geküßt, sie hat mich erkannt, sie hat sich erinnert, daß ich aus ihrem Dorf stamme.

Alles andere ist Lüge, ist das Unwirkliche, in verblaßte Farbe getaucht, konturlos; nur sie, die Idole, haben sichtbare menschliche Züge, nur sie werden verehrt.

Aus der Tiefe meiner Augen herauf, die etwas ruhiger sind, wenn ich nach Hause komme, rekonstruiere ich diese Bilder, und mache sie dann zu einem Inventar von Wahrscheinlichkeiten. Noch heute nährt mich diese Fermentation. Ich möchte, daß sie sich klebrig über meine Haut ergießt.

In den Hof kommen und mich in der bemoosten blauen Mauer anschauen, in ihre feuchte Textur eindringen, sehen, wie der Trupp Asseln hinaufkrabbelt, und dann von der eben aus dem Backofen gekommenen Kokosnußtorte naschen . . . .

Dann vom Tod eines Möchtegern-Toreros aus der Mietskaserne erfahren, der es wagte, in den tobenden Wellen des hochgehenden Meers Münzen zu suchen.

Gerade als ich vor dem Spiegel das neue Hemd anprobieren will, erzählt mir Mama, daß sie Omars Wohnung wieder durchsucht haben, diesmal, indem sie mit den Pistolenkugeln in den Magazinen klapperten. Sie hatte es vorausgesagt, es würde nicht einfach eine weitere Durchsuchung sein.

Asunción ist allein zurückgeblieben, vor einer weißen Leinwand, ohne Modell, der langanhaltende Schreck läßt ihren Atem stocken. Der Sohn konnte entkommen. Nun sind wir noch hilfloser, wütender...

Ich gehe auf den Hof hinaus – die einzige Möglichkeit, mir Luft zu machen, besteht darin, lauthals zu schreien: Nieder mit der Diktatur! Niemand sagt etwas. Die Komplizität wird zu einem dichten Knäuel. Im Viertel gehen die Lichter sehr zeitig aus. Mein Onkel, der Malakologe, kommt uns eines Abends klare Anweisungen erteilen. Radio Rebelde sendet mehrmals täglich. Er hat sämtliche Sendezeiten, denn er weiß alles und stellt das Motorola-Radio bei den richtigen Kilohertz ein. »Leise«, sagt er. Und geht. Der Krieg in den Bergen der Sierra Maestra ist zu unserer einzigen Hoffnung geworden.

Wir sahen sie kommen. In zwei Streifenwagen fuhren sie vor. Beim Aussteigen knallten sie die Türen zu und hatten die Revolver in der Hand. Ich stand nie am Fenster, aber an jenem Tag hatte ich Angst und schaute zum Schwimmbecken im Parque Martí rüber. Das Radio war eingeschaltet, weil sie am Morgen Sturmböen angekündigt hatten, und du weißt ja, wie sehr ich mich ängstige, wenn das Meer unruhig wird.

Zum Glück war er angezogen, allerdings trug er nur Pantoffeln. Irgendwie muß er es geahnt haben. Deshalb konnte er über die Feuerleiter hinunterspringen, erinnerst du dich? Die Leiter, die in euren Hof führte.

Er sprang wie ein Gummibällchen. Dieser mein Junge war ein ganz besonderer Mensch.

Sie stürmten herein und teilten nach allen Seiten hin Fußtritte aus. Dann schlitzten sie die Bezüge der Eßzimmerstühle auf und zertrümmerten den Badezimmerspiegel; da hatte ich am meisten Panik. Mit Dietrichen öffneten sie die Schränke, ohne auch nur den Schlüssel von mir zu verlangen, und warfen mir die abscheulichsten Dinge an den Kopf. Ich kann sie nicht wiederholen. Ich blieb stumm. Tagelang sagte ich kein Wort. Einer von ihnen drückte mich auf einen Stuhl und hielt mir die Beine fest, als wollte ich Fußtritte austeilen oder abhauen.

»Wo ist er? Raus mit der Sprache, oder es wird Ihnen übel ergehen!«

»Er sagt nie etwas.«

Einer urinierte ins Waschbecken, und ein anderer schlang einen ganzen Topf Fruchtgelatine hinunter. Es waren Bestien.

Sein Vater rief vom Landgut aus an, weil er es erfahren hatte. Du weißt ja, daß alles gleich durchsickerte, aber nicht einmal für seinen Sohn brachte er den Mut auf, gleich zu kommen.

»Omar, ich bin völlig verzweifelt.«

»Nur mit der Ruhe, er ist ja nicht blöd.«

Das Landgut war das Wichtigste für ihn, und da sie einem, der jemanden versteckte oder ein Geheimnis hütete, alles Hab und Gut einäschern konnten, zitterten ihm die Knie. Und diesen Sohn, das weiß ich genau, liebte er wie seinen Augapfel. Was er wollte, das gab er ihm auf der Stelle.

Ich verrammelte Türen und Fenster und ging nicht einmal auf den Friedhof, da man mich telefonisch bedrohte. Sie dachten, ich wüßte etwas von der Bewegung und dem Netz, dem er angehörte. Wie mutig mein Junge war, nicht wahr?

Jetzt denke ich, mein Gott, achtzehn Jahre und was der gemacht hat. Dich hatte er sehr lieb, und zu mir sagte er immer: »Der wird einmal Musiker oder Philosoph.«

Erinnerst du dich an Elsita, die Tochter des Eisenwarenhändlers? Sie schreibt mir noch immer. Dabei ist's doch schon dreißig Jahre her. Ihn kann man einfach nicht vergessen. Ich sag' das nicht meinetwegen, denn eine Mutter sieht alles durch die Augen ihres Kindes, ich sag' es euretwegen. Schau, auch du besuchst mich ja immer wieder . . .

Dieses Köfferchen hatte er in der Hand, als sie ihn umbrachten. Da waren seine Dokumente drin, die wollte er nicht aus der Hand geben. Später erhielt ich es vom Gericht zurück, das muß etwa im Februar 59 gewesen sein. Ich kann es nicht mehr sehen, es ist, als sähe ich ihn. Nicht mit all meinem Glauben. Ein Kind kriegt man nicht zurück.

Ein paar Tage zuvor hatte er mir gesagt: »Mami, ich werde Angelitos Papagei verstecken, für einen oder zwei Tage, dann geb' ich ihn ihm zurück.«

Ich verbot es ihm, so etwas macht man nicht mit seinen

Freunden. Aber er wollte es nur aus Spaß machen. Und du warst wie närrisch mit deinem Papagei.

»Omarito, auf diese Art kann man Freunde verlieren.«

Er schwieg, und wir sprachen nicht mehr darüber. Er hatte eben den Kopf voller Dinge.

Hast du damals gelesen, was die Zeitung am Tag nach seinem Tod schrieb?

Diese Schweine! Sagten, er habe eine Ladung Marihuana im Kofferraum gehabt. Wenigstens bleibt mir der Trost, daß die Mörder an die Wand gestellt wurden. Mein Junge war mutig, tollkühn; ich weiß nicht, woher er das hatte, denn ich war immer eine Mimose.

Du weißt, was es heißt, diesen Wagen zu nehmen, ihn mit Uniformen und Waffen zu füllen und sich dann allein auf die Straße nach Guanabo zu wagen! Er hatte etwas sehr Großes in sich, sein Ideal, und sagte: Das wird schon in Ordnung kommen!

Ich dachte: Nun, er wird sich bei der Freundin versteckt haben, oder er hat das Land verlassen wie dein Vater, aber nie wäre ich auf den Gedanken gekommen, noch in dieser Nacht könnte er diesen Wahnsinn machen. Natürlich erwarteten sie ihn mit seiner Ladung in Tarará. Er hatte schon alles vorbereitet, aber er wartete nicht. Er guckte nicht in den Fernseher, las nicht mehr, wußte nicht einmal, wie spät es war. Er fragte *mich*, und da ich diesen Tick mit dem Radio habe, sagte ich zu ihm: »Es ist zwölf, Omarito.«

Nachdem diese Hunde gegangen waren und ich allein zurückblieb, rief ich niemand an, nur seinen Vater; ich mochte keinen von den Freunden mit hineinziehen, und außerdem hatte deine Mutter schon genug mit ihren Problemen zu tun. Und du hast im Hof herumgeschrien, stell dir vor! Ich begann alles zu überprüfen. Das Durcheinander war entsetzlich, sie hatten Schubladen, Büffet, Schrank, Nachttisch durchwühlt – das war die Höhe! Da merkte ich, daß die Autoschlüssel nicht mehr da waren. Aber wer hätte gedacht, daß dieser Junge eine so sehr überwachte Straße nehmen würde. Er hätte über den Malecón zum Tunnel fahren sollen. Und ohne mir etwas zu sagen!

Danach erklärte mir Elsita, er habe mich keinen Moment allein lassen wollen, vielleicht versteckte er sich deshalb nicht rechtzeitig an einem andern Ort.

Hauptmann Larramendi leitete die Operation. Na, was soll ich dir davon erzählen! Sie umringten das Auto, und er konnte nicht mehr weiter.

Er prügelte ihn regelrecht heraus, denn der Gerichtsarzt sagte mir, er hätte lauter blaue Flecken gehabt. Dann machte er den Kofferraum auf und füllte ihn mit Drogen. Noch auf der Straße verbrannten sie die Uniformen und nahmen die Waffen mit. In der Zeitung wurden nur gerade die Fotos von den Gewehren und der Munition abgedruckt.

Natürlich hatte er eine Waffe bei sich und versuchte eine Bewegung zu machen, ganz instinktiv, ich weiß nicht . . .

Sie schossen ihn in den Kopf. Sämtliche Schüsse gingen in den Kopf. Man mußte ihn bandagieren, um ihn in den Sarg zu legen.

Andere Mütter verloren bis zu drei Kinder in einer Nacht. Ich weiß nicht, wie sie das aushalten konnten. Ich sage ja, ein Kind kriegt man nicht wieder. Ich bin stolz auf ihn, immer am 18. August bringe ich Blumen zum Kilometerstein, denn auf den Friedhof geh' ich nicht mehr.

Es macht mich sehr traurig, ja wütend, denn ich sage mir: *Ich* müßte dort liegen, nicht er. Ich hätte mein Leben hingegeben für ein einziges Jahr von seinem. Aber so ist es nun einmal . . .

Wenige Monate nach dem Sieg der Revolution verließ sein Vater das Land. Ich hab' ihn nie wieder gesehen und auch nichts von ihm gehört. Bei der Beerdigung weinte er wie ein Kind. Er flüsterte mir ins Ohr: »Asunción, du weißt, ich habe alle gleich lieb, aber dieser Sohn machte mich ganz närrisch.«

Natürlich, er war sein erster Junge und glich ihm sehr. Dieselben Augen, dieselben Hände, alles . . .

Gib mir diese Hefte dort, ich will dir etwas ganz Interessantes zeigen – Omar notierte sehr schöne Gedanken. Die blauen dort, auf dem Telefontischchen.

Eines der Hefte war voller Zeichnungen, und es stand auch ein Gedanke drin, das stimmt, aber nicht von Omar, sondern von José Martí: »Man muß sich erheben wie die Berge, um aus der Ferne gesehen zu werden.«

Richard langweilte sich im Exil. Miami war ein Mücken-
sumpf. Die Wohnung seiner Freunde war klein, gerade aus-
reichend für ein Paar, und er wurde beinahe wahnsinnig. Er
vermißte seine Familie und ging allein an den Strand, um
Krebse zu zählen. Der Strand war immer voller Touristen
und feucht und braun, nicht wie Guanabo oder Varadero, wo
die Sonne den Sand erhitzte und zum Glitzern brachte, daß es
einen blendete und man das Gefühl hatte, sich an einem un-
wirklichen Ort zu befinden.

Die Musikautomaten von Guanabo mit ihren monotonen
Boleros säuselten angenehm im Ohr. Richard vermißte die
Sinnlichkeit dieser harmonischen Melodien und auch das feste, füllige Fleisch der kubanischen Frauen. Diese Amerika-
nerinnen mit ihren Strohhüten und Kranichbeinen gefielen
ihm gar nicht.

Um etwas zu tun, sammelte er ein paar Muscheln und bemerkte ihre erdfarbenen Ränder. Diese Müschelchen erzeug-
ten nicht das Seehundecho der kubanischen Riesenmuscheln.
Sie waren auch nicht wie die seiner Mutter, noch leuchteten
sie in diesem prachtvollen Rosa.

Er stellte fest, daß es eine neue Badehosenmode gab. Seine
Badehose war nur noch lächerlich, altmodisch, ein Chenille-
fetzen mit Metallschnallen. Er kaufte sich eine eng anliegende
Nylonbadehose. Noch war ihm kein solcher Wanst gewachsen wie seinen Freunden.

Das Exil diente ihm dazu, seine gymnastischen Übungen
wiederaufzunehmen und sich in Form zu bringen.

Richard war über alles auf dem laufenden. Täglich trafen Leute von überall auf der Insel ein und erzählten. Erst in Miami wurde ihm so richtig bewußt, wie nötig der Kampf war. Man traf sich in verschiedenen Wohnungen und analysierte die Situation des Landes. Miami war ein *melting pot* von Kubas politischem Leben. Die Zeitungen trafen pünktlich ein, und die Luftbrücke zwischen Havanna und dem Hauptsitz des Exils war ununterbrochen in Betrieb. Er erschrak gewaltig, als er von Omars Ermordung erfuhr, und beschloß, seiner Frau und seinem Sohn einen Brief zu schreiben.

Er setzte mehrmals an, da er nicht wußte, mit welcher Überschrift er beginnen sollte. Möglicherweise war das der erste persönliche Brief seines Lebens.

Mein Schatz, Geliebte, meine Elvira, mein Engel, Liebling – all das gefiel ihm nicht. Richard war spröde und gleichzeitig zärtlich. »Verdammt, wie schwierig es ist, einen Brief zu schreiben!«

Schließlich entschied er sich für das Naheliegendste, das Alltägliche, den Namen, mit dem er sie immer liebevoll angesprochen hatte: Mein Kleines.

Der Brief war unbeholfen und sehr deskriptiv. Es war nicht der Brief eines Verliebten, ließ aber eine große Sehnsucht durchscheinen. Richard gehörte zu den Männern, die nicht ohne ihre Familie leben können. Täglich rauchte er bis zu drei Schachteln Zigaretten.

Innerhalb weniger Monate nahm er zwanzig Pfund ab. Er hatte alles verloren. Die Entfernung machte ihn unglücklich, sehr unglücklich. Eines Abends rief ihn Ágata an, um Rechenschaft von ihm zu verlangen. Er blieb ungerührt und wußte nicht, ob er ihr eine schroffe Antwort geben oder am andern Ende der Leitung in dumpfem, hartnäckigem Schweigen verharren sollte.

Als das Gespräch beendet war, fühlte er sich schuldig, und in seinem Brief sandte er mit unglaublicher Steifheit liebevolle Grüße, als schriebe er einer Fremden.

Seine Mutter war sehr krank; er wußte es, aber Hände und Füße waren ihm gebunden, Er fühlte sich hilflos, packte eine Bierflasche und warf sie gegen einen Stein.

Hartnäckig hielten sich die unwahren Gerüchte über Batistas Sturz.

»Wenn der Teufel dann wirklich ins Dorf kommt, wird es niemand für möglich halten«, dachte er in Erinnerung an die alte Fabel.

Mit einem Stubenmädchen des Hotels hatte er eine romantische Affäre. Sie war blond und schlank und trotz ihres amerikanischen Tonfalls in Costa Rica geboren. Richard tat ihr Mädchenstimmchen in den Ohren weh. Hand in Hand wanderten sie den Strand entlang. Sie sagte immer wieder: »Ich mag Männer in deinem Alter.« Sie teilten das Glas Wasser, die Zigarette und sogar die Pistachesorbets, aber es war nicht das gleiche. Dieser Austausch verschaffte ihm keine Lust. Er begehrte sie, um seine einsamen Nächte und den Schwindel seines sexuellen Fastens zu befriedigen.

Mit Elvira war alles anders. Er hatte sich angewöhnt, mit der Hand auf ihrem Bauch zu schlafen. Ihr Haar war lang und liebkoste in der Nacht seinen Nacken. Dieses Kitzeln hielt ihn wach, und manchmal nahm er sie still und wortlos, ohne sie zu küssen, einfach in einem animalischen Akt äußerster Sanftheit.

Er überließ sich dem Strudel seiner Erinnerungen und begann alles von sich zu weisen, sogar die junge Costaricanerin. Die Ereignisse zu Hause fügten sich in seinem Kopf zu einem Fresko mit idyllischen Gestalten. Er wurde zum Wachhund dieser Erinnerungen, ohne die er nicht leben konnte. Diszipliniert erfüllte er die Aufgaben eines Exilierten und sammelte Geld, druckte Flugblätter, verlud mit Martínez de Castro zusammen Waffen, die dieser mit seinem internationalen Berufsjagdschein kaufte. Er machte alles und lebte eine für ihn unbekannte Erfahrung bis zur Neige aus.

Fünfundsechzig Jahre zuvor hatte sein Vater in einer etwas weiter südlich gelegenen Stadt ein ähnliches Schicksal durchgemacht. Der Sohn fühlte sich sehr verwirrt. Die Geschichte seines Landes verband ihn mit der seines Vaters. Zusehends spürte er, daß er sein Vater war, streifte sich diese vor Jahren getragenen Kleider über und machte sie sich zu eigen. Aber das Gewicht der Tage wurde immer unerträglicher.

Der Arm der jungen Costaricanerin auf seiner Brust war ihm lästig. Ihr Parfüm, der Geruch ihrer Kosmetika, vor allem dieses zinnoberroten Lippenstifts, irritierten ihn. Bei Elvira war das alles so diskret...

Der Brief traf genau im richtigen Moment ein, mit einem absolut vertrauenswürdigen Boten. Ágata nahm ein Taxi und fuhr eilig zu Elvira, um ihn zu lesen.

»Er fragt kaum nach Mama.«

»So versteh doch, Ágata, dieser Mann sitzt furchtbar in der Klemme.«

»Aber es ist doch seine Mutter, Elvira.«

Seinem Sohn war der Brief ziemlich gleichgültig. Im Grunde dachte er, sein Vater habe große Sorgen. Das traf nicht zu, aber mit siebzehn hat man ein ziemliches Durcheinander im Kopf, und er hatte gerade den härtesten Schlag seines Lebens eingesteckt. Noch einige Tage zuvor war der Tod etwas gewesen, was sich weit weg oder zumindest nicht im eigenen Haus ereignet, doch nun hatte er ihm direkt ins Auge geblickt.

Richards Widerwille gegen diese Frau verursachte ihm Brechreiz. Er wollte eine Ausrede erfinden, aber es funktionierte nicht. Eines Tages kam sie zu einer Verabredung im Pigeon Café und sagte ihm ins Ohr: »Mit dir ist etwas nicht in Ordnung. Ich bin dir nichts wert.«

Er gab keine Antwort. Als er die Tasse zum Mund führte,

war der Kaffee eiskalt. Er sah sie mit ihren Glasabsätzen in der Flager Street verschwinden und fühlte sich sehr erleichtert.

An diesem Abend schrieb er seiner Frau erneut, diesmal einen Brief voller Leidenschaft. Elvira brachte ihn mit der Wahrheit in Berührung. Trotz ihrer Zerbrechlichkeit war sie die Schnur in der Luft, die ihn festhielt, damit er nicht abstürzte.

Er verschloß den Umschlag mit seinem Speichel und vergaß sämtliche Sicherheitsvorkehrungen. Wie ein Heranwachsender, der seinen ersten Liebesbrief abschickt, ging er zum nächsten Briefkasten und warf ihn schwungvoll ein. Kräftigen Schrittes marschierte er zum Park mit den Tauben und setzte sich mitten unter sie, um sie auffliegen zu sehen. In sechs Monaten Exil hatte er sich noch nie so glücklich gefühlt.

Seit mehreren Tagen schlafe ich nicht mehr. In bin untätig. Manchmal verbringe ich den Nachmittag in der Mietskaserne. Wenn ich zum Bingospielen ins Montmartre gehe, werde ich gefragt: »Und dein Vater?« Die Mietskaserne ist von plötzlicher Trauer erfaßt worden. Zum Gedenken an Omar haben Cucho Molina und seine Frauen Gläser mit klarem Wasser hoch hinaufgestellt. Es sind die Totengläser für die Gläubigen. Für den Toten ertönen die Yoruba-Trommeln, aber die Mutter nimmt keine Notiz davon, denn sie ist katholisch und läßt allwöchentlich in der Carmelo-Kirche für ihren Sohn eine Messe lesen.

Asunción verschließt vor allem die Augen und schaut nur noch nach innen. Sie weiß nichts von der Strahlenwirkung, die Omar bei den andern hinterlassen hat und deren Energie sich in Wellen fortpflanzt, so daß niemand sie wird aufhalten können. Ausweichend schauen wir – sie und ich – uns an, um die Situation wenigstens halbwegs zu retten. Das Beharrungsvermögen der Tage ist vernichtend. Die Zeit wird zu einer unnützen Angelegenheit. Nur Träumen ist zulässig.

Ich vertreibe mir die Zeit damit, die Sanduhr meines Onkels, des Malakologen, umzudrehen. Sie ist einer meiner Schätze. Ich bin geistesabwesend, als Asunción bei Einbruch der Dunkelheit weinend die Treppe herunterkommt.

»Ich kann nicht allein sein, Elvira.«

»Bleib hier bei uns, Dummerchen, ich mache dir ein Bett zurecht, und dann können wir uns Gesellschaft leisten.«

Niemand scheint sich sehr für den Husten meiner Großmutter zu interessieren. Ágata und meine Tante Luz Elena kümmern sich darum, daß Julia nicht sterben muß, ohne alle ihre Kinder um sich zu haben.

Bei diesem ganzen Durcheinander verflüchtigt sich der Keim zu einem solchen Konflikt. Ich habe Mitleid mit dieser stoischen Frau, die zu trotzen verstanden hat wie die Wasserspeier einer gotischen Kirche.

Da sie mich etwas fragen möchte, hustet sie mir ins Gesicht. Ich verspüre Ekel und Mitleid in einem. Sie liegt unter weißen Daunendecken, aber ich wittere einen seltsamen Geruch im Zimmer, etwas Schmutziges, den Geruch nach Laken, die lange im Schrank gelegen haben. Mit ihren großen Fingern fischt Panchita den Zigarettenstummel, den meine Großmutter in den Opalspucknapf geworfen hat, wieder heraus. Dieser teilnahmslose Juliablick sucht nichts – Glasaugen, die in einer unwiederbringlichen Zeit verweilen.

»Geh nicht sehr spät.«

»Nein Julia, ich geh' schon.«

»Bring das deiner Mutter«, bittet sie mich.

Ágata schaut mich mitleidig an, denn sie weiß, wie sehr ich diese Milchkannen voll hausgemachtem Pudding hasse. In einer Zimmerecke steht der heilige Antonius auf dem Kopf, was mich sehr heiter stimmt, aber ich lasse mir nichts anmerken. Vollkommen verrückt. Ágata und ihre Heiligen. Ágata und ihre verlegenen Hände. Ágata, die entsetzt den Rosenkranz und die neun Monate meidet. Ágata, die sich Roseneibischextrakt in die Achselhöhlen schmiert.

Sie gibt mir einen Kuß und umarmt mich fest.

»Geh ohne Umweg nach Hause – oder nimm ein Taxi.«

»Nein, ich gehe zu Fuß, kein Problem.«

Ich komme mir lächerlich vor mit der kleinen Kanne in der Hand, die ich mit der Öffnung nach oben tragen muß, um keinen Verdacht zu erwecken. Mit diesem Ding da an der Seite sehe ich aus wie ein Trottel, ein Ministrant, der den Opferstock vorbeiträgt, und kann nicht gelassen marschieren.

Einige Zeit später halte ich diese Szene mit folgenden Zeilen fest: »Du wußtest nichts von meinen gefährlichen Gängen, wußtest nicht, daß ich mich ganze Nächte lang diesem dunklen Privileg des Schreibens hingab. Wußtest nichts vom Toben meiner Träume, das deine Totenfeier, deine Asche für unsern kleinen Garten belebte. Wußtest nichts von dieser unerbittlichen Zeile. Du wußtest von gar nichts, während ich unter der Tür die Revolutionshymnen hinausschrie und allein in diesem jubelnden Gesang verblutete, den du nicht hören wolltest noch hören willst.«

Asunción und Mama erforschen sich gegenseitig, à la Lorca. Die einzige Freude, die es in der Wohnung noch gibt, ist Moctezuma mit dem unzerstörbaren Merkmal seiner bunten Federn, imstande, die Sanduhr zu bezwingen.

Und wieder träume ich davon, schmerzgegepeinigt zu erwachen; ein nicht lokalisierbarer physischer Schmerz fährt mir durch den ganzen Körper. Die Nacht fließt in einem Loch neben meinem Bett ab. Ich erwache in normaler Verfassung. Es herrscht eine endlose Stille. Alle schlafen, und ich rekle mich gemächlich, strecke meinen Körper, schüttle meine Knochen, fühle mich gut und stehe auf. Zum Glück ist es nur ein weiterer Alptraum gewesen, in dem ich auf einen nicht existierenden Boden geprallt bin.

Ein helles Licht dringt durchs Fenster und wird unheilverkündend, nimmt mir die Erinnerung. Plötzlich sehe ich im Halbschlaf einen Schwarzweißfilm. Entsetzt sehe ich Horacios Bruder mit einer Peitsche und einem Polizistenknüppel in seinen Schuppen treten. Horacios Bruder gehört zur Schergenschar des Achten Polizeireviers. Ich sehe alles ganz scharf. Sie stoßen Horacio vor sich her und schleudern ihn gegen die Wand des Korridors. Wie ein Schwimmer schlägt er mit den Armen um sich und versucht zu entkommen, aber es gelingt ihm nicht; es sind zwei riesige blaue Bestien mit Blechmarken wie Silbermünzen auf der Mütze.

»Wer ruft da ›Nieder mit der Diktatur‹? Mach schon das Maul auf, verdammt nochmal!«

Horacio blutet aus der Nase. Der mit dem grüngelben Gesicht, der dickere, ist Horacios Bruder. Er hat dieselben Züge, aber Hyänenaugen.

Als Horacio blutend und in Handschellen im Auto sitzt, macht er sich auf die Suche nach mir. Er bricht die Wohnungstür auf und kommt in Riesenschritten herein. Die

Wohnung ist verlassen – entweder sind wir entschwebt, oder die göttliche Vorsehung hat uns aus der Patsche geholfen. Im Traum sind die Zimmer leer und schrecklich erleuchtet von einem hellen, gelben Licht. Der Mann hebt den Sperrbalken zum Hof und sieht einen Papagei ruhig in einem luxuriösen Käfig sitzen. Er packt ihn am linken Fuß.

Schräg in der Luft hängend und kreischend weigert sich Moctezuma, Widerstand zu leisten, er ist dazu gar nicht imstande. Der Mann dreht ihm den Hals um und wirft ihn neben das Beet mit dem Immergrün.

Barfuß renne ich in den Hof hinunter und entferne mit Leichtigkeit den schweren Balken. Noch liegt Nachttau auf den Mauern. Die Käfigstäbe sind kalt. Da ist Moctezuma, aufrecht auf seinen zwei Füßen, und schaut mich, starrt mich an. Seine runden Augen sind reglos. Ich habe geschwitzt, habe gekeucht, bin ein wenig verrückt, denke ich plötzlich.

Ich lege mich wieder hin und stehe um zehn Uhr auf, als Lärm in die Gänge kommt. Ich höre Horacio auf das Holz eines Möbelstücks einhämmern und spüre ein Loch im Magen.

Zum Frühstück esse ich Spiegeleier und Butterbrot. Es hat zu regnen begonnen. Auf dem Vordach im Hof erwacht starr ein schwarzer Schmetterling, den ich mit einem Abziehbild verwechsle. Weder meine Mutter noch das neue Dienstmädchen, noch ich getrauen uns, ihn mit dem Schrubberstiel aufzuscheuchen. Ein unheilverkündender Hauch umgibt die Dinge. In Havanna breitet sich überall die Angst aus.

»Weißt du, daß, wenn man einer Spottdrossel Lautenimprovisationen vorspielt, sie dann versucht, sie bis zur Vollendung nachzuahmen? Deshalb heißt sie Spott-Drossel, weil sie nichts anderes kann als spotten und nachahmen. Ist der Lautenspieler zufällig ein Virtuose, kann die Spottdrossel beim Versuch, die Töne des Instruments zu treffen, tot umfallen. Das habe ich in den Bergen von Tapaste gelernt, woher ich eigentlich stamme, denn ich kam erst mit dreizehn nach Havanna.«

»Von diesen Dingen vom Land weiß ich nichts, Horacio, aber es ist eine hübsche Geschichte.«

»Schreib sie irgendwann auf, du wirst Schriftsteller werden.«

Horacio füllt seinen Mund mit Rauch und die Knochen mit dem Gift des Nikotins. Er ist stärker als ein Hartholzbaum und erinnert mich an eine Figur des mexikanischen Films, an einen Alteisenhändler. Es ist ein Gesicht von Gabriel Figueroa.

Vom Alptraum der vergangenen Nacht habe ich ihm nichts erzählt. Ich weigere mich, die Angst zu hätscheln. Außerdem weiß ich, in welcher Gefahr er ist.

Ich habe sehr merkwürdige Leute in diese Werkstatt gehen sehen. Sie bringen ihm Umschläge, nehmen Pakete mit... Der Schuppen bietet sich für vielerlei an.

Nun erzählt mir Horacio von dem berühmten Fall des Mannes, dem die Frau mit einer Gartenschere die Eier abschnitt.

Dieser Mann vertraut mir nicht. Er fragt mich zwar nach Juan und meinem Vater, aber mir vertraut er nicht. Vor ihm fühle ich mich herabgesetzt.

Während er mit einer Handbürste einen Zedernklotz poliert, wechselt er sprunghaft zu einer andern Geschichte.

Hier fiel die große Entscheidung, in dieser an der moosigen, blauen Mauer haftenden Flechte der Erinnerung.

Ein junger Mann lebt an einem Blitzableiter hängend und denkt, es werde ihm schon nichts zustoßen, nicht einmal wenn das Gewitter hereinbricht.

Zufrieden ist er nicht, nein, nur gelassen. Das Schlimmste ist vorüber, und von jetzt an wird er bei allem sehr behutsam vorgehen.

Halbwegs überzeugt, daß ihm nichts geschehen wird, entschließt er sich dazu, sich noch mehr zu engagieren. Er weiß nicht, wie seine Strategie aussehen wird, um die andern von seiner Zuverlässigkeit zu überzeugen, aber etwas geht ihm im Kopf herum. Die Nachmittage im Vedado fallen ihm in grauer Schläfrigkeit auf die Lider. Einstweilen wird er sich für Sprach- und Bürokurse einschreiben. Die verlorene Zeit ist nicht aufzuholen. Vielleicht wird er dort schließlich Kontakte knüpfen... Etwas wird ihm schon einfallen.

Er zieht die Pyjamajacke und eine kurze Hose an und holt sich die letzte Nummer von *Das Beste aus Reader's Digest*. Die Geschichte von Ruth Lohmann bewegt ihn, ja sie gibt ihm Kraft. Diese Zweiundneunzigjährige ist wirklich zu einer für ihn unvergeßlichen Persönlichkeit geworden.

Im Zimmer, wo er liest, will keine Ruhe einkehren. Wenn zu dieser Abendstunde allmählich der Straßenlärm verebbt, beginnen Insekten mit Füßen wie von Hühnern zu summen. Unmöglich, sich mit diesem um die Deckenlampe schwirrenden Geziefer aufs Lesen zu konzentrieren. Wegen der Stille draußen kann er das Summen noch deutlicher hören; es regt ihn auf. Er wird die Lampe löschen und eine kleinere neben seinem Bett anzünden müssen.

Der junge Mann wartet auf die Berichte von Radio Rebelde, dem Sender des revolutionären Generalkommandos, zur vollen Stunde, während er liest: »Eine ganze Woche lang kämpfte Ruth furchtlos gegen die Kälte und die Gefahren eines beinahe senkrechten Aufstiegs an. Bei ihrer Heldentat wurde die betagte Dänin von vier jungen Gefährten, erfahrenen Bergsteigern, begleitet, die sie manchmal bei Überhängen stützten und ihr den mit Schokoladeriegeln gefüllten Rucksack trugen.«

Hingerissen von Ruths hellen, sicherlich blauen Augen, beobachtet der junge Mann auf dem Foto, wie die alte Dänin auf Japans höchster gefrorener Bergspitze ihre Fahne einsteckt.

Mit dem Fähnchen in der Hand lächelt sie den Fotografen zu. In ihrem faltenübersäten Gesicht heben sich perfekte weiße Zähne ab, die ihr Zahnarzt in Kopenhagen mit seiner kleinen elektrischen Maschine ausgerichtet hat. »Ich hatte ein wenig Herzjagen, das ist alles. Dieser Aufstieg hat mich verjüngt.« Wenn sie in irgendeinem Moment des Aufstiegs Angst vor dem Tod gehabt hatte, gestand sie es dem Berichterstatter jedenfalls nicht. Nach dem glücklichen Gesicht der alten Frau in der Zeitschrift zu schließen, hätte sie ein solches Gefühl niemals zugegeben.

Berauscht vom Heldenmut seiner unvergeßlichen Persönlichkeit, vergißt der junge Mann den Geheimsender.

Plötzlich stürzt seine Mutter ins Zimmer, wo das Ungeziefer mit den Hühnerfüßen umhersummt. Der junge Mann springt auf, als ihm die Mutter entsetzt mitteilt, in der Sierra Maestra würden die Lager der Widerstandskämpfer bombardiert. Wie so viele andere konnte sein Vater an einer nicht sehr bewachten, mit Mangroven überwachsenen Küste wieder ins Land gekommen sein.

Mit ihrer Verzweiflung setzt ihm die Mutter zu. Wie eine Schnecke verkriecht sich der junge Mann in sich selbst. Sie schalten den Geheimsender aus. An der Ecke sind Schüsse zu hören. Niemand traut sich hinaus. Mit einem dumpfen Schlag verriegelt Horacio seine Werkstatt.

Die gräuliche Benommenheit hat sich als schwarze Decke über die Stadt gelegt. Wenn Schüsse krachen, geschieht immer dasselbe.

Der junge Mann kratzt sich an den Schenkeln, bis sie bluten. Er zerkaut ein Gummiband zu kleinen Stücken und spuckt es wieder aus. Er ist sehr nervös.

Plötzlich packt ihn die Lust, in den Hof hinunterzulaufen und einen lauten Schrei auszustoßen wie damals, einen langen Schrei, der ans Ohr der Gefolterten dringen und die Schüsse übertönen würde.

Eine geballte Kraft bemächtigt sich seines Organismus. Irgendwie muß er sie herauslassen. Wäre er zum Bergsteiger berufen, er würde sofort auf einen Schneegipfel klettern. Aber er fühlt sich nicht geeignet für dieses Unterfangen.

Die Mutter kniet vor der wundertätigen Muttergottes nieder.

Wem soll er seine Absicht anvertrauen? Horacio wird ihm eine abweisende Antwort geben. Er ist ein alter Fuchs. Allein auf die Straße zu gehen ist selbstmörderisch.

Er möchte sich nützlich machen. Wieder stellt die Mutter ganz leise das Radio an: weitere Nachrichten von Toten und bewaffneten Gefechten mit neuen Guerillerogruppen.

Er schließt die Augen und stellt sich auf Holzstelzen, die er gerade einem Künstler von Ringling Brothers and Barnum Bailey gestohlen hat.

Dann geht er aus dem Haus und stelzt durch den Vedado, reißt im Pflaster Löcher auf und berührt mit dem Kopf den wolkenlosen Nachthimmel.

Es ist schwierig, auf die Stelzen zu steigen; manchmal verliert er das Gleichgewicht, aber er wagt es und fällt nicht. Er steht sehr hoch und hat einen Adlerblick. In Riesenschritten bezwingt er unmögliche Hindernisse.

Als er erwacht, hat er wieder die Insekten mit den Hühnerfüßen um sich, diesmal neben seiner Nachttischlampe.

Jetzt ist die Stille wirklich umfassend. Seine Mutter schläft.
Er zieht die Jalousien nur ein wenig hoch und fordert die
Dunkelheit mit dem Ungestüm einer heldenhaften Tat her-
aus.

Luz Elenas weiße Haut wirkt durch die offen auf die Schultern fallenden, beim Schläfenansatz mit ein paar Tropfen Mitsuko von Guerlain betupften Haare noch weißer.

Von hinten sieht sie genau aus wie María Félix. Es verraten sie die kleinen spanischen Augen und das ausladende Kinn, das sie ungeniert zur Schau stellt.

Sie ist gekommen, um Elvira zu überzeugen, sich der galoppierenden Lungenentzündung ihrer Schwiegermutter zu erbarmen. Elvira kann ihre Sorgenstunden nicht isolieren, sie ist in ihnen eingeschlossen wie in einem Gefängnis.

Die Erinnerung an Richard überflutet ihre Gedanken, etwas anderes hat in ihrer Einsamkeit keinen Platz. Selbst auf diese Entfernung genießt sie es dermaßen, an ihn zu denken, daß ihr das Ansinnen ihrer Schwägerin wie leeres Gerede klingt.

Luz Elena gibt sich alle Mühe, Elvira dazu zu bringen, anzurufen, ein paar kandierte Früchte zu schicken, Ágata einige Zeilen zu schreiben oder sonst eine Geste zu machen, doch Elvira bleibt hart.

»Sie wird sterben, und er kennt die Wahrheit nicht.«

»Die wird uns noch alle überleben«, antwortete Elvira und schaute ihre von der Hausarbeit etwas abgeblätterten roten Nägel an.

»Und wenn du ihn anrufen würdest?«

»Ich hab’ dir eben gesagt, ich will ihm nicht einen solchen Verdruß bereiten. Niemand kennt ihn so gut wie ich. Er käme völlig aus dem Gleichgewicht.«

»Aber Elvira . . .«

»Nein, laß das meine Sache sein.«

Luz Elenas weißes Gesicht wird rot und röter, bis es ein Blatt Kreppapier ist. Die beiden Frauen hassen sich. Luz Elena erträgt Elviras Sanftheit nicht, ihren Wunsch, vor allem Frau zu sein. Richards Bruder, der Malakologe, ist ein Hampelmann, ihre Marionette, die sie nach Belieben an der Schnur führt. Nie wird davon gesprochen, aber im Dunkeln, wenn niemand sie hören kann, lassen sich Elvira und Richard leise darüber aus.

Mit der Kraft einer Löwin öffnet Luz Elena das dreifache Yale der Wohnung in der Fünften Straße und geht.

Von hinten sieht sie schön aus, und noch viel schöner in diesem zornigen Abgang Richtung Auto. Elvira ist neidisch auf ihre Schwägerin und betrachtet sich im Spiegel. Ihr Haar ist nicht so seidig, aber ihre noch ungeschminkten Augen sind nicht die eines Mannequins, sondern die einer Frau voller Träume, die in ihren Mann verliebt ist. Von seinem Zimmer aus will ihr der Sohn etwas sagen, aber sie kann es nicht verstehen.

»Deine Oma hustet noch immer«, murmelt sie, unfähig, etwas zu antworten.

Wieder hört sie die ferne Stimme des Burschen, und wieder versteht sie nicht recht.

Während sie sich vor dem Spiegel mit einer schwarzborstigen Bürste die Haare glattstreicht, ruft sie: »Das Frühstück steht schon auf dem Tisch, beeil dich, sonst wird es kalt.«

Das Dienstmädchen eilt in die Küche, um den Milchkaffee für die beiden zum drittenmal aufzuwärmen. Beharrlich klingelt das Telefon. Elvira weiß, wer da anruft. »Tut mir leid für die arme Ágata«, denkt sie, während sie ein Kissen über den Kellog-Apparat legt, der so massig ist wie ein Botero.

»Gefallen dir meine Haare so?«

»Ja, Mama, aber du siehst immer gut aus.«

Das Dienstmädchen schaut die beiden mit so schrecklicher Kälte an, daß aus ihnen zwei Eisstatuen werden könnten.

Den ganzen Tag über klingelt das durch ein weißes Kissen gedämpfte Telefon.

Weder Mutter noch Sohn sprechen an diesem Morgen über die Krankheit der Großmutter.

Ich schleiche in Horacios Bude, wo es nach Holz und Alkohol riecht. Die Glühbirne an der Decke schaukelt in der Meeresluft. Ihr Licht ist undeutlich und schwankend.

Man hat seine Papiere durchsucht und ihm gedroht. Aus einem Emailkrug schenkt mir Horacio Kaffee ein; er ist kalt und schmeckt nach Robbenurin, aber ich weise ihn nicht zurück.

Moralisch ist er entwaffnet. Sein eigener Bruder hat die Durchsuchung gutgeheißen. Glücklicherweise haben sie nichts gefunden. Der alte Fuchs hatte etwas geahnt. Aber sie nahmen sein Kristallradio und zwei Bündel selbstgedrehter Zigarren mit.

»Steck hier deine Nase nicht rein.«

»Ich komme, weil ich wissen will, was los ist.«

»Beruhige du erst einmal deine Mutter.«

»Das tu ich ja, aber es ist zuwenig. Wenn Sie mir einige Bons für die Bewegung verschaffen, weiß ich, wem ich sie verkaufen kann.«

Das Licht der Lampe streift sein Gesicht. Benommen surren die Fliegen herum. Mit der Abendhitze quillt die Luft auf. Draußen wird der Regen, schräg im Wind liegend, stärker, aber eine Fuselstimme, die Stimme von Elvira Ríos, dämpft ihn »mit dem letzten Liebeskuß«.

Horacio schaut mich fest an und lächelt mit seinen kariösen Zähnen. Unter dem Holzradio liegt eine Adresse.

»Das hat einen Namen: Gefahr.«

Es ist weit, aber ich mache mich mit einem Auftrag und einem Kennwort davon: »Die Wäsche ist aufgehängt.«

Margot Niceno ist dick. Am Kinn hat sie ein behaartes Muttermal. Wenn sie sich im Spiegel anschaut, beschließt sie, sich zu rasieren. Sie hat kaum Zeit, sich herauszuputzen. Die in der ganzen Wohnung verstreuten Dosen mit billigem Puder sind geöffnet und ausgetrocknet. Im Eisschrank ist die Milch schon grün. Margot lebt in der Tiefe eines Piranhaflusses.

Sie hat die gebotenen Sicherheitsfragen gestellt und übergibt mir ein Paket mit Bons des Directorio Revolucionario der Universitätsstudenten. Ich engagiere mich sehr für die Revolution. In der Abendhitze quillt die Luft auf, und das Gehen wird mühsam. Auf beiden Seiten sehe ich blaue Streifenwagen vorbeifahren und spüre, wie die Augen der Polizei über meine Beine gleiten.

An einer Ecke sehe ich einen Mann mit teuflischem Gesicht sich an eine Mauer lehnen. Ein solcher Mann ist ein Grund zum Nachdenken. Ich bin mir nicht sicher, ob es ein Agent der Geheimpolizei ist oder nicht. Auf Scherben tretend, gehe ich zu dem Ort, wo ich mein Paket abgeben muß. Da ich an den Fußsohlen verletzt bin, schwebe ich beinahe. Ich möchte Ikarus sein und fliegen, irgendwohin fliegen. Ich falle in einen schwarzen, schreckenerregenden Schacht, obwohl meine Präpotenz den Sturz überwindet. Die Angst zu spüren ist besser, als sie nicht zu spüren. Ich schwitze aus sämtlichen Poren der Haut, mit der ich geboren wurde. Strauchle, trete auf die herumliegenden Obstschalen, wachse, keime aus riesigen, offenen, auf die Witterung empfindsam reagierenden Samenkörnern.

Mit Bons beladen, den Widerhall des Kennworts im Kopf – »Die Wäsche ist aufgehängt«, »Die Wäsche ist aufgehängt« –, klopfe ich an die Tür von Germán, von Israel, von Anisia. Unmöglich, mich genau an den ersten Namen, an die Holztür im Vedado zu erinnern. Es ist ein altes Haus mit Garten, »Vorsicht Hunde«, aber von einem inneren, unbekannten Sturmwind getrieben, gehe ich hinein, ohne mich umzusehen.

»Die Wäsche ist aufgehängt«, wiederhole ich, und man läßt mich herein. Es empfängt mich der Hutständer, und ich stelle fest, daß meine Kräfte etwas schwinden. Der Hutständer ist gleich wie der in der Calle Línea, aber mit Kordhüten behängt.

Ich weiß nicht, ob es Germán oder Israel oder Anisia ist. Das Geld kommt in Umschlägen aus Manila, die in eine mit Früchten getarnte Nylontasche gequetscht sind. Ich zähle nicht nach, kann nicht, die Zeit ist zu knapp.

Ich gehe auf die Allee hinunter und nehme den erstbesten Autobus. Die Fahrt dauert hundert, vielleicht zweihundert Jahre.

Erschöpft wie ein Schauspieler nach einem langen Monolog kehre ich zurück. Mit verschwitzten Händen zähle ich das Geld auf den Schreinertisch. Im Herzen stechen mich bittere Nadeln.

»Das hat einen Namen: Gefahr«, wiederholt Horacio, während er die nassen Scheine auf dem Tisch ausbreitet.

Ein allen schon heiliger Name will mir über die Lippen kommen. Ich spare ihn für den Besuch bei Asunción auf.

»Ihr Sohn kann stolz auf mich sein«, sage ich zu ihr, und wir umarmen uns schweigend.

Die benommenen Fliegen schwirren über einem Fleischkuchen von La Antigua Chiquita. Horacios verschwörerische Blattsäge erzeugt einen grauenhaften Lärm. Ein Stück Zedernholz fällt auf den Zementboden. In der nach Holz und Alkohol riechenden Bude ist es dunkel geworden. Ich stelle mir in der Abendluft eine Zeichnung aus Hobelspänen vor: Vögel, Schlangenlinien.

Horacio und ich werden nicht mehr zwei Fremde zwischen gleich weit entfernten Mauern sein.

Der Wagen der Vinageras war riesig. Ein blauer Buick mit weißen Sitzen und einem Pferdeschwanz am Außenrückspiegel. Die Vinageras waren apolitisch, und meine Mutter fand die Idee unserer Verbindung vorzüglich. Am Strand von Tarará hatten sie nahe dem Fluß ein großes Haus, und mit den Freunden waren sie genauso egoistisch wie mit ihren Weihnachtstrauben.

Sie waren drei Schwestern und ein Bruder, Tito, der die Schätze seiner alten Mutter Lázara verpraßte, Inhaberin beinahe aller Tankstellen ihres Dorfes in Tunas. Was mich an dieser Sippschaft anzog, war der Dobermann mit seinen braunen und schwarzen Pfoten, ein nach einer Überdosis von Wurmmitteln verstummter Pharao.

Es machte mir Spaß, ihn frühmorgens mit bakteriostatischen Seifen zu baden, ihm mit Immergrünwasser die Augen auszuwaschen und zu sehen, wie er sich in einem Knorpel- und Fellspektakel schüttelte.

Wir können zwar das Bellen eines Hundes imitieren, seinen eleganten Trab, sogar das Knurren seiner heiseren Stimme, aber nie werden wir uns so glückselig und mit diesem befreienden Erschauern schütteln können.

Ein Hund, der sich schüttelt und Wasser aus seinen Ohren spritzt, ist für Menschen ein beneidenswertes Schauspiel.

Im Hinterhof mit seinen Mango- und Avokadobäumen führte der Dobermann der Vinageras neben dem Waschtrog seine *performance* auf, indem er die Vorderpfoten hob und um sein Plastikgeschirr mit Wasser trottete und alle anspritzte, die ihm nahekamen. Wenn man ihn ins blaue Buick-Kabriolett setzte, war er mit seinem emporgereckten Hals und seiner dicken weißen Metallkette die Sensation der Einwohnerschaft. In einem Wahlkampf wäre Pantera mindestens Abgeordneter des Viertels geworden.

Mit den Vinageras machten wir opulente Ausflüge ins Haus von Tarará. Tito war noch zu unreif, und obwohl er schon seinen Führerschein hätte haben können, hätte ihn doch seine Kurzsichtigkeit beim Fahren behindert.

Seine Schwester Lida saß am Steuer. Das machte ihre Person noch reizvoller. Eine Frau am Steuer des neusten Buick-Kabrioletts war ein Leckerbissen auf den Lippen aller jungen Merkuraspiranten. Lidas Stimme konnte man unmöglich vergessen. Eine Stimme, die ihre sämtlichen andern Besonderheiten noch übertraf. Weder ihre Augen noch ihre Dauerwellen, noch ihre langen Nägel machten sie so anziehend wie ihre Stimme. Selbst wenn sie konzentriert am Steuer saß – sobald sie irgendeinen Satz sagte, verstummten wir alle. In dieser gespannten Xylophonstimme lag eine seltsame Macht, von der ich nie wußte, ob sie Autorität und Herrschaft oder tiefe Sensibilität bedeutete. Mir genügte es, ihre Stimme zu hören.

Ihre Stimme hören und ihre dicken, sicheren Beine auf die Pedale des Buick treten sehen.

Die alte Straße nach Guanabo führte durch Campo Florido und war viel kurzweiliger. Bevor wir nach Tarará kamen, hielten wir mehrmals an, um am Straßenrand, wo sie büschelweise an Pfahlzäunen aufgehängt waren, Mangos zu kaufen. Diese Fahrt war zu lang für mich. Wir stiegen aus, um Mangos zu kaufen, und fielen dann in eine nicht enden wollende Schlaffheit. Lidas Beine waren schön, noch unbefummelt; ich stelle mir vor, wie sie im Badeanzug aussähen. Sicherlich massiver und zum Rest des Körpers passend.

Lida saugte geziert an den Mangos und schämte sich dabei ein wenig. Sie entdeckte in ihrem Innern die geballte Erotik, die diese Tätigkeit auslöste. Sie war vulgär, aber gleichzeitig etwas schamhaft. In ihrer Gegenwart gingen die andern Schwestern unter – vielleicht weil sie sich zuviel Schminke ins Gesicht strichen und immer nach süßlichem Puder duften wollten.

Lida benötigte kein Make-up. Ihre Haut schwitzte dankbar; es war ein sauberer Schweiß, der ihr einen ganz besonderen Glanz verlieh. Das Hin und Her der Scheibenwischer machte die Strecke noch länger. Scheibenwischer können jeden zum Wahnsinn treiben, vor allem wenn der Regen auf eine enge, sich um viele Kurven mit Kruzifixen und Blumen windende Straße prasselt.

Wir stiegen aus, diesmal, um Honigbonbons zu kaufen.

Ich bemerkte Lidas Fuß mit seinem an der Spitze abgeschabten Schuh auf dem Pedal und schloß jede Angriffsmöglichkeit aus. Gewiß war sie auf einen aus, der zwanzig Jahre älter war. Einen Mann in guter Stellung mit Muttermalen an Hals und Schulterblättern und mit Sommersprossen auf den Händen. Einen Mann mit einem Westernhemd aus dem Hause McGregor in der Calle San Rafael, einen verstockten Raucher, einen Mann mit einem weißen, nach Pinienkölnisch duftenden Taschentuch.

Das Auto kam problemlos voran. Ich genoß die Gefahr, neben dem Dobermann auf dem zusammengefalteten Wagenverdeck zu sitzen. So fühlte ich mich im Strandwind mächtig: ein Gladiator auf dem verschlammten Sand von Tarará.

Der Strand war nicht schön, aber der Fluß machte ihn attraktiver, denn die Küste war voller Seeigel und Felsen, und das Wasser spülte gelbliche Medusentrauben an.

Wir beschlossen, auszusteigen und zu essen. Der Dobermann warf sich ins Wasser, und stolz sahen wir zu, wie er tapfer gegen Schaumkronen und Wellenkämme anschwamm.

Lida und ich schauten uns mehrmals hinter Titos dicken Brillengläsern an. Er durfte nichts von unserer Verschwörung erfahren. Geschmeidig aalte sie sich auf einem Tuch in den Farben der mexikanischen Fahne, beklagte sich über den Sand, den ihr der herumtollende Dobermann in die Augen spritzte, und wollte um keinen Preis ins Meer gehen, da es etwas unruhig war und die Sonne kaum schien. Ich zog mir bloß die Schuhe aus und spazierte über den feuchten Sand. Dabei dachte ich an Lida und die Unmöglichkeit eines wirklichen Gesprächs.

Der Strand gab mir das Gefühl von innerem Schwindel und Hilflosigkeit. Die Möwen kreisten über den Holzhäuschen und den grauen Pinien. Es sah nach Regen aus, regnete aber nicht. Alles verschwor sich, um in mir eine verheerende Sehnsucht zu wecken. Mit den Schuhen in der Hand und dem Bild von Lida auf der mexikanischen Plüschfahne blickte ich in die Ferne. Zum Teil gefiel mir dieses Experiment einer neuen Empfindung. Der Strand reduzierte sich für mich auf einen kleinen, an mein Herz gepreßten Raum.

Auf einmal merkte ich, wie weit ich von Lida und ihren Schwestern entfernt und wie groß der Abstand zwischen Tito und mir war.

An diesem Teil der Küste, nahe bei den Seetrauben, war der Sand trocken und heiß, so daß das Gehen anstrengender wurde.

An einem Kiosk kaufte ich mir einen Hot dog, verzehrte ihn mit egoistischem Strandappetit, trat zu Lida hin und sagte: »Ich kann dir nichts anbieten, aber du gefällst mir.«

Sie rekelte sich auf ihrem grellen Plüschtuch und schaute mich gleichgültig an. Nur ihre Stimme war sanft und ernst, als sie antwortete: »Gefallen allein genügt nicht, man muß lieben, und das ist was anderes. Davon verstehst du noch nichts.«

Pantera begann an ihren Schenkeln zu kratzen, und sie verscheuchte ihn mit einem meiner Schuhe. Dann begann er im grauen Sand ein Loch zu buddeln. Kurz darauf legte er sich neben sie, und sie streichelte ihm über den Hals, küßte ihn, ließ ihn stumm vor ihren Augen springen, um einen erotischen Akt von erbarmungsloser Schönheit zu inszenieren.

Die Rückkehr am nächsten Tag verlief vollkommen normal. Um zehn Uhr abends war schon alles eingepackt und an seinem Ort.

Da erwachte in mir der Wunsch, zu bleiben und im Sand zu buddeln wie Pantera, zu fliegen und zu spüren, wie die Haut eines Fischs die meine berührte, eines Wals oder irgendeines Lurchfischs, aber Lidas Kommandostimme verfügte mit einer Autorität, der ich mich gern unterwarf, die Abfahrt.

Im Auto dachte ich, wie weit doch alle von der Wirklichkeit entfernt seien. Automatisch kletterte ich auf den Rücksitz neben den Hund der Vinageras und fühlte mich wieder allein unter so vielen Leuten. Der Dobermann und ich schauten uns mit diesem besonderen Blick an, wie es ihn nur zwischen einem Hund und einem Menschen gibt.

Tito nahm seine grüne Brille ab und füllte sich den Bauch mit Bier, um auf der Fahrt zu schlafen und mit der für seine Sippe typischen Unverschämtheit zu schnarchen.

Der Strand trägt mir seltsame Erinnerungen zu. Wenn ich so viele gleichgültige, lächerliche Menschen auf ihren zwei Beinen einhergehen sehe, möchte ich eine Insel mitten im Meer finden, eine felsige Insel mit orkanartigen Winden, um an einer Kokospalme dicht am Ufer mein weißes Hemd zu hissen, für den Fall, daß jemand auf einem Schiff vorbeikommt und es sieht, und es ist ein ganz andersgearteter Mensch, und ich kann mit ihm sprechen und ihm dieses und jenes ins Ohr sagen und ihn bei der Hand nehmen, während die Krebse in der Stille der Nacht wie ein dichtes Geschwader vorrücken.

Ich trete in meine Wohnung und sehe meine Mutter beim Zwiebelhacken. Die Augen tränend und das Hackmesser auf der weißen Fruchthaut. Zwiebelhacken bringt Unglück, höre ich, und die Tränen in den Augen meiner Mutter erschrecken mich. Wird wirklich jemand weinen? Meine Mutter schneidet die Zwiebel mit unvergleichlicher Gewandtheit in kleine Stückchen. Wenn ich sie so sehe, bin ich in Gefahr, auf immer traurig zu bleiben.

Und er steht da, unerschütterlich wie eine Figur aus einer Fabel von Äsop, hinter diesem unten schon etwas zerfressenen Gitter, und blickt mit beinahe menschlichen Augen.

Aufgerichtet auf seinen zwei häßlichen Beinen, hielt Moctezuma der Erosion der Tage stand; er wußte, daß er unberührbar war, fern der Tragödie, die sich draußen abspielte, sogar fern vom grausamen Kampf der Straßenhunde um ein Stückchen in eine Mülltonne geworfenes Fleisch. Er war Herr über alles, und nachts, wenn ihn die Stille ohne weitere Belohnung als ihre Leere begleitete, diente er als Wächter. Sein Aufkreischen konnte so wirkungsvoll sein wie das Gebell einer Hundemeute, die darauf abgerichtet war, Diebe in die Flucht zu schlagen.

Den Käfig zu öffnen und ihm Sonnenblumenkerne zu geben war für mich eine der größten Freuden in jenen Jahren. Ich nährte seine Langlebigkeit, und das erregte mich auf seltsame Art. Die Vorstellung seiner Überlegenheit über das Menschengeschlecht, wenigstens was die Richtung seines Lebens betraf, tröstete mich nicht.

Ich ging in die Lyceumsbibliothek und führte einige Nachforschungen über diese besondere mexikanische Papageienart durch. Wie die Eidechse würde er, nachdem man ihm den Kopf vom Rumpf abgetrennt hätte, wegen der Hitze seines Blutes noch gewaltige Sprünge vollführen – ein weiteres offenkundiges Zeichen für seine Überlegenheit über die Menschen. Wenn man einem Menschen in der Guillotine oder auch nur mit einer Machete den Kopf abhaut, sacken seine Glieder auf der Stelle und ohne ein weiteres Lebenszeichen zusammen. Aber mein Papagei würde auch ohne Kopf noch durch den Hof hüpfen, genau wie das grüne Schwänzchen einer Eidechse.

Meine zoologischen Grübeleien wurden vom störenden Klingeln des Telefons unterbrochen. Ein Ferngespräch. Ich nahm den Apparat in die Hände, und sogleich kam meine Mutter, um ihn mir zu entreißen. Nein, es war nicht meine Tante mit einer Nachricht über den hohlen Husten der Großmutter, sondern mein Vater, der uns daran erinnerte, daß an diesem heißen Sonntag, gespannt wie eine auf Stille gestimmte Saite, Vatertag war.

Herzlichen Glückwunsch, Papa. Angesichts seiner Abwesenheit war ich lieber lakonisch; eine andere Botschaft vermochte ich nicht zu artikulieren. Die Entfernung verhinderte jede mögliche Kommunikation zwischen uns. Mit der Treffsicherheit ihrer Codes fand meine Mutter jedoch geradewegs sein Herz.

Nach so langer Zeit kann ich nicht mehr wiederholen, was meine Ohren von diesem telefonischen Zwiegespräch aufschnappten. Aber noch immer bewegt mich die Nacktheit ihrer Worte vor dem vermenschlichten Kellog-Apparat, der die Rolle eines Menschen übernommen hatte, den es zu umarmen gilt. Als ein in seinem Netz gefangener, unterwürfiger Fisch tat sie das verstohlen.

Die zarte Hand blieb auf dem Hörer liegen und spürte auf seiner glatten Oberfläche die behaarte Brust ihres Mannes. Sie schaute an die Wand, glaubte seine statischen Augen zu sehen, und leicht hob sie die Schultern, während sie erregt atmete.

Über all dem Verdruß hatten wir den besonderen Tag ganz vergessen. Etwas später pflegten Presse und Fernsehen die Öffentlichkeit mit Werbung für dieses Datum, an dem die Geschäftsleute ihren sommerlichen Schnitt machen wollten, jeweils zu betäuben.

Ich weiß nicht, warum sie darauf verfiel, die Umstände meiner Geburt heraufzubeschwören. Die Nabelschnur, die sich geweigert hatte, meinen Bauch freizugeben, wurde zum Leitmotiv dieses Vormittags.

In der ersten Nacht hatte ich nicht geweint, und man wollte mir Sauerstoff verabreichen, da ich zu schwer war und man dachte, ich würde ersticken. Aber in der zweiten Nacht begann ich zu schreien und brachte damit die Krankenschwestern im vierten Stock des Covadonga-Krankenhauses aus der Fassung.

»Du wurdest am kältesten Tag des Jahres geboren und bekamst ein handbesticktes blaues Körbchen.«

»Das weiß ich schon. Du sagst es mir immer wieder, Mama.«

»Und es hat dir nie an etwas gefehlt, mein Junge.«

»Auch das hast du mir schon öfter gesagt.«

Wieder klingelte das Telefon. Diesmal blieb sie gelassen.

In einem grünen Kostüm und mit goldenem Ohrgehänge auf dem Bett liegend, dachte sie an weiß Gott was. Wer ahnt je etwas von dem Film, der im Geist einer einsamen Frau abläuft?

Der Anruf legte uns nahe, zu Freunden zu gehen. Den Vatertag wollten wir nicht einfach auf dem Bett liegend oder vor dem Fernseher verbringen. Die brummelige Gleichmut eines trägen Sonntags sollte uns nicht in ihre Klauen nehmen. Mit einer aus den Umständen geborenen Begeisterung brachte ich sie dazu, ein wenig von dem Cake der Konditorei La Gran Vía essen zu gehen, der eigens zu festtäglichem Naschen gebacken wurde.

Alles ließ das Unvorhersehbare ahnen. Der Tag war nur scheinbar ruhig. Auch Fico empfing uns mit falschem Lächeln. Jedes seiner Worte klang wie bei einem Radiosprecher, der eben eine Erdbebenkatastrophe bekanntgeben wird. Fico machte Augen wie ein lauerndes Reptil, als seine Frau zu ihm sagte: »Draußen regnet es, Lieber.«

Tatsächlich, es goß in Strömen, ein grauer, unangenehm und wild prasselnder Juniregen, ein Platzregen, der gleich wieder aufhören würde.

Aufgeschreckt vom Donner, verstummten die Vögel. Und irgend etwas, ein Blitz oder ein sprühendes Zucken, ließ die Lampen in der Wohnung erzittern. Der Himmel wurde rot, und ganz im Norden bedeckte er sich. Die Dunkelheit entzog den Kleidern der Frauen und den Pappmachéfiguren der Kinder des Ehepaars die Farbe – zwei dummen Zwillingen, die nichts anderes zu tun wußten, als Marionetten zu basteln und sich mit kleinen Kodak-Apparaten abzulichten, während sie *milky ways* kauten.

»Die Fotografie ist etwas Schreckliches. Zu denken, daß auf diesen viereckigen Dingern ein Augenblick des Jahres 195? festgehalten ist . . . Gesichter, die nicht mehr existieren, Luft, die es nicht mehr gibt. Denn die Zeit rächt sich an denen, die die natürliche Ordnung durchbrechen, indem sie sie aufhalten. Fotos werden brüchig, vergilben. Sie sind nicht die Musik der Vergangenheit, sondern das Getöse der inneren Ruinen, die einstürzen. Sie sind nicht der Vers, sondern das Knarren unserer unabänderlichen Kakophonie.« (José Emilio Pacheco)

Tatsächlich hörte es auf zu regnen. Ein heißer Erddampf stieg auf, bis an die Decke, und wurde eine erstickende Wolke.

Durch die Scheiben schien die Sonne und tauchte die moderne Wohnung wieder in Licht. Wir machten die Coca-Cola- und die Ironbeer-Flaschen auf und verschlangen die Fleischküchlein.

In diesem Moment spürte ich die Abwesenheit meines Vaters, spürte diesmal, daß er sehr weit weg war. So weit, daß mir, als ich ihn mir zu vergegenwärtigen versuchte, für einen Moment die Form seiner Gesichtszüge entschwand. Ich versuchte, ihn mit einem seiner Freunde an diesem Festgelage zu vergleichen. Keiner von ihnen vereinigte seine Vorzüge auf sich, keiner war so beeindruckend zerstörerisch mit seinem Tigerblick und seinem Selbstbewußtsein. Auf dem Gesicht der Freunde erschien ein anderes Gesicht, und ich hätte mir gewünscht, es wäre seines, aber es war es nicht, nur eine runzelige Maske ohne Alter. Es gelang mir nicht, sein Gesicht zu rekonstruieren, und ich verharrte stumm in einer Ecke der Wohnung, nahe beim Balkon, während die andern arglos aus tiefen weißen Schüsseln aßen.

Auf einmal erinnerte ich mich daran, wie Moctezumas Blick mich durchbohrte. Das verwirrte mich immer. Ich beschloß, auf den Balkon zu gehen, um allein zu sein, und wartete auf irgendeinen vorbeigehenden Straßenhändler oder das gymnastisch-geschmeidige Vorbeihuschen einer Dachkatze, als ich plötzlich sah, wie sich ein ungeordneter Haufen von Streifenwagen um den Häuserblock sammelte. Grauen senkte sich über diese Ecke der Neunzehnten und Vierundzwanzigsten Straße. Es war schon gefährlich, auf dem Balkon eines Hauses zu stehen. Still begann ich zu schwitzen. Auf einmal wurde es dunkel. Drinnen wurde in einem Aufblühen von Porzellantellern und geschliffenen Kristallgläsern gegessen und getrunken. Die Nacht füllte sich allmählich mit Geräuschen. Mit unleugbarem Schrecken konnte ich deutlich sehen, wie die blauen Geier, die Pistole in der Hand, aus ihren Autos stiegen. Sie sind weder Geister noch unsichtbare Feinde, sondern die Tiere der Nacht, die die Zähne zeigen.

Eine in einer andern verborgene Angst begann sich meiner zu bemächtigen. Ich sah auch drei Männer in Zivilhemd und -hose und einen mit einem Zettel oder einem Heft – das konnte ich nicht genau feststellen – in der rechten Hand. Am Balkon klebend, vom *horror vacui* gepackt, hörte ich die ersten Schüsse. Ich mochte nichts melden; ohnmächtig winkte ich, aber es war schon zu spät. Man zog mich herein, und das Wohnzimmerfenster wurde zum Fixpunkt der Aufmerksamkeit.

Es schnitt mir eiskalt in den Rücken, als ich die in blutverschmierte weiße Laken gehüllten Leichen von Lourdes und Cristina Giralt sah. Der Mann mit dem Zettel schaute unverschämt nach links und rechts. Ohne sie auch nur hochzuheben, schleiften die beiden in Zivil die Leichen aus dem Treppenhaus und zu einem Streifenwagen, wo sie sie mit Fußtritten hinter die Hecktür eines weiß-blauen Oldsmobile beförderten. Niemand machte den Mund auf. Aber das Auge war dort, um zu sehen.

Einige Monate später, nach dem Sieg der Revolution, wurden die Mörder Raimundo Yanes und Humberto Diosima hingerichtet. Das Verbrechen an den Schwestern Giralt bewegte die Inselbevölkerung. Es war Vatertag, 15. Juni 1958, ein heißer Tag, und es hatte zu regnen aufgehört. In Wirklichkeit waren die beiden Frauen Untergrundkämpferinnen. Laut damaligen Zeitungsberichten wurden in ihrer Wohnung ein Buch von Lenin und einige Bons des Directorio Revolucionario gefunden.

Das Leichenschauhaus war brechend voll. Ein paar Minuten zuvor hatte ihr Bruder sie an ihrer Haustür abgesetzt, nachdem sie in Cienfuegos den Vatertag gefeiert hatten. Cristina wies neun Schußwunden auf, Lourdes dreizehn. Die eine war achtundzwanzig, die andere zweiundzwanzig. Auf dem Bürgersteig blieb Lourdes Brille liegen.

Der Kommandant der Nationalen Polizei, der Schlächter Brigadier Pilar García, führte an, die beiden seien in das mißglückte Attentat auf den Batista-Sprecher Santiaguito Rey verwickelt gewesen.

Sie waren unschuldig und hatten mit diesem Attentat nichts zu tun. Sie stellten Erste-Hilfe-Köfferchen her, hatten sich allerdings am Streik vom 9. April beteiligt.

Die Bürger schlossen sich in ihren Wohnungen ein. Das ganze Viertel wurde zu einem Hort der Verschwörung.

Als die Straße wieder leer war, etwa um zehn Uhr abends,

zündete sich meine Mutter eine Zigarette an und gab den Befehl zum Aufbruch. Ich hatte bereits meinen Führerschein, bremste an der bewußten Ecke ab und nahm einen seltsamen Geruch wahr, eine Mischung aus Schießpulver und trockenem Blut. Als ich in die Vierundzwanzigste einbog, hatte ich das Gefühl, in ein Labyrinth zu münden. Eine Erinnyenplage hatte diesen Winkel des Vedado heimgesucht. »Ich habe gesehen, bin Zeuge gewesen, jetzt muß ich einen Augenblick innehalten, um zu denken«, schrieb ich drei Jahre später.

»Señora, ich bringe Ihnen die Wäsche.«

»Danke, Amalia. Aber komm doch herein, Kind, hier beißt dich kein Hund.«

»Ich hab' die Laken gestärkt und die Handtücher ausgekocht.«

»Danke, Amalia. Möchtest du einen Kaffee?«

»Nein, Señora, aber wenn Sie etwas Süßes hätten...«

»Da, diese Pralinen sind aus der Casa Potín, sie sind mit einem göttlichen Likör gefüllt.«

»Sie schmecken herrlich, Señora!«

»Mein Mann kauft sie mir schachtelweise.«

»Aber Ihr Mann ist auf Reisen, nicht wahr?«

»Ja, geschäftlich, Amalia.«

»In der Mietskaserne sagt man was anderes.«

»In der Mietskaserne wird immer zuviel geredet.«

»Nun, ich will mich ja nicht einmischen, aber alle wissen das mit Juan.«

»Um Himmels willen, halt den Mund, Amalia.«

»Nein, ich sag' ja nichts, es sind die Leute dort. Das ist reiner Klatsch, Señora, das gibt nichts mehr her.«

»Ich weiß, ich weiß, aber mit Reden und Klatschen kommt man nirgends hin.«

»Señora, ich hab' da etwas auf dem Herzen, Sie entschuldigen...«

»Sprich dich aus.«

»Mein Mann ist verschwunden. Am Donnerstagmorgen haben ihn zwei weißgekleidete Männer mitgenommen.«

»Dein Mann! Aber der ist doch ein Heiliger. Er macht den Mund schon gar nicht auf, um niemand zu beleidigen.«

»Mein Mann, Señora, und er hat mit gar nichts etwas zu tun. Ich hab' keinen Zugang zu ihm. Könnten Sie nicht irgend etwas unternehmen, mit der Señora Calabar sprechen oder mit Vergara, ich weiß auch nicht...«

»Ich bin doch selbst verzweifelt, Amalia, und ich habe Kummer mit diesem Kind da.«

»Und mit Ihrem Mann, nicht wahr?«

»Ja, Amalia, mein Mann sitzt in der Patsche.«

Die beiden Frauen knien vor dem Bildnis der wundertätigen Muttergottes nieder. Es ist noch früh, sehr früh, und die Hitze groß. Kaum bin ich aufgestanden, nehme ich eine Dusche. Amalia und Mama beten wie wild. Zum erstenmal sehe ich meine Mutter jemanden trösten. Amalia weint, und die Tränen kullern ihr aufs Baumwollkleid.

Immer muß ich solche Szenen mit ansehen. Nun umarmen sich die beiden und zünden ein paar Kerzen an. Aus der Entfernung, vom Bad aus, erschreckt mich das weiße Wäschebündel auf dem Wohnzimmersessel. Entweder habe ich Halluzinationen, oder ich sehe tatsächlich Blutflecken drauf. Ich rieche die Kerzen. Plop, plop, plop, tropft das Sperma auf den Boden.

Ungerührt bleibt die wundertätige Muttergottes eine Gipspuppe vor einem Spiegel, die nichts zu mir sagt. Mit trockener Kehle und etwas beruhigter verabschiedet sich Amalia.

»Soll ich dir das Frühstück machen?«

»Ja, Mama, aber keine Spiegeleier.«

Vor lauter verhaltener Wut beginne ich mit den Zähnen zu klappern. Heute werde ich sehr früh auf die Straße gehen. Ich

bin jung und kräftig genug, um beim Treppensteigen fünf
Stufen auf einmal zu nehmen. Zwischen Hammer und Am-
boß wähle ich den Hammer mit seiner gefährlichen Wucht.
Gern dächte ich, daß viele Leute so fühlen wie ich.

Eine innere Mauer trennt mich von dir, Omar. Wir hatten
nicht genug Zeit, uns besser kennenzulernen. Nun bin ich im
Diesseits und werde von heftigen Gewissensbissen gequält.
Tot, wie du bist, kannst du in deiner friedvollen Welt vielleicht alles sehen. Ich brauche nicht die Augen zu schließen,
um festzustellen, daß du unbesiegt bist, um dein Gesicht zu
erblicken, das aussieht wie das des Kindes aus der Mennen-
Werbung und aus dem Fenster schaut und mit einem Kürbis-
stengel Futter zu Moctezumas Käfig hinunterbläst.

Einstweilen befinde ich mich auf dieser Seite und kann rauchen und singen und Flaschen entkorken. Eben habe ich
einen sehr schönen Gedanken eines brasilianischen Schrift-
stellers gelesen. Ich mache ihn mir zu eigen, während ich dich
unter den Leuten der Mietskaserne Plastilintafeln und Gua-
venkuchen verteilen sehe. »Tote sterben nicht...«; nun, ich
werde nicht in die Bibliothek laufen, um das genaue Zitat
herauszusuchen. Es lautete etwa so: »Tote wie du sterben
nicht, sie sind verzaubert.«

Kurzschrittchen und Omars Freundin sind Avon-Mädchen
geworden. Sanft wiegen sie sich durch die Vedadostraßen
mit den armen Chinesinnen und halten den Bürgersfrauen
und auch den weiß uniformierten Kindermädchen Flacons
mit billigem Kölnisch Wasser und parfümierte Seifen unter
die Nase. Kurzschrittchen ist geschickt in der Ausübung
ihrer Arbeit. Omars Freundin hat sie mit Kleidern ausstaffiert
und ihr den Job verschafft. Beide sind ein perfektes Paar, un-
beachtet, beinahe nicht greifbar. Zwei gesunde Geschöpfe,
die Produkte von Avon, einem amerikanischen Kosmetik-
konzern, anbieten, der sich eben in Kuba niedergelassen hat.

Die Avon-Mädchen lächeln immer, selbst im Nachmittagsgetöse, wenn Schüsse zu hören sind.

Omars Freundin hat eine unglaubliche Fertigkeit darin entwickelt, Pakete und Bons der Bewegung des 26. Juli in Häuser mit beschnittenen Hecken und Otis-Aufzügen zu schmuggeln, wo die Pflanzen in Plastiktöpfe gesetzt werden und an Sonnenmangel verkümmern, wo alles eine Paramount-Kulisse ist.

»Ich kenne den Vedado auswendig«, sagte mir Kurzschrittchen eines Tages – sie, die jahrelang die Mietskaserne nie verlassen hatte. »Es macht mir nichts aus zu sterben. Ich setze alles auf eine Karte, Omar könnte stolz auf mich sein.«

Auf die Straße hinaus und sehen. Gerade gestern traf ich zufällig die Schwester des Richters Vergara, die als Mann verkleidet, mit gewichstem Schnurrbart und dunkler Brille, einen Wagen steuerte. Wir schauten uns verschwörerisch an.

Aus Santiago de Cuba sind unwahrscheinliche Geschichten, was sage ich: Legenden zu hören. Die Revolutionäre sollen das Bildnis der barmherzigen Muttergottes von Cobre gestohlen haben. Wer weiß! Vielleicht brachten sie es auf Maultieren in die Sierra Maestra.

Auf der Straße erfährt man alles. Mit einem generationsbedingten Stolz balle ich die Hände und laufe wie ein Verrückter gegen die Ewigkeit durch die Stadt.

Das Bild könnte nicht aufschlußreicher und gleichzeitig bizarrer sein. Ein gelber Hund, der an einer Mangoschale leckt, etwas außerhalb des Mittelpunkts, fern von der Hintergrundszene.

Meine ehemalige Zeichenlehrerin ist mit einem Apfelkuchen und einer Mappe Fotos zu uns kommen. Es ist ein wonniger Dezembernachmittag mit vorüberziehenden Wolken, und es sieht aus, als würde es regnen, aber es sieht nur so aus.

Wir schneiden den Kuchen in Stücke und reden über Politik. Von meiner Zeichenlehrerin erfahren wir, daß sich die

Botschaft sträubt, Batista weiterhin zu dulden. »Er ruiniert die Wirtschaft des Landes«, sagt sie und läßt mit trichterförmiger Zunge die R zergehen.

»Er ruiniert unser Leben, Mrs. Kate.«

»Alles geht vorüber, Elvira, Geduld, alles geht vorüber.«

Ich ging nicht mehr singen, denn ich hatte keine Zeit, die Sonntagvormittage dem Kirchenchor der Cathedral School zu widmen. Ich verhielt mich wie ein ägyptisches Grab. Schon Horacio hatte uns davor gewarnt, in der Gegenwart der Amerikaner zuviel zu sagen, selbst wenn wir von ihrer Sympathie überzeugt wären. »Wenn sie ihn aufs Pferd gesetzt haben, werden sie ihn auch wieder vom Pferd stürzen«, führte er immer an.

Auf dem zweiflügeligen Tischchen der englischen Garnitur in der Diele breitete Mrs. Kate ihre Fotos aus.

»Es gibt Tee«, sagte meine Mutter.

Diskret schaute Mrs. Kate das Dienstmädchen an und fügte hinzu: »Ohne Zucker bitte.«

Weitere Fotos von Virginia, vom Haus der Familie, von Hunden und Vorhängen, und dazwischen das eindeutige Bild des Hundes, der vor der Hintergrundszene an einer Mangoschale leckt.

»Das da hat mein Sohn Kenneth gemacht. Es ist seltsam, ich weiß gar nicht...«

Die für das Foto ausgewählte Landschaft beunruhigte mich, und ich nahm es in die Hand. Obwohl es wirklich schwierig ist, festzustellen, ob der Hund an einer Mangoschale oder an einer Schuhsohle leckt, ist die Hintergrundszene deutlich zu erkennen: Zwei Männer in Guayaberas zerren einen jungen Burschen an den Haaren aus einem Haus. Dem Burschen steht der Mund offen, und er hat ein schmerzverzerrtes Gesicht.

Mrs. Kate bittet mich um eine Lupe, damit meine Mutter und Asunción die Augen ihrer Hündin Gypsie ganz deutlich sehen können.

»Sie hat Menschenaugen, nicht wahr?«

»Tatsächlich«, antwortet Asunción.

Mit der üblichen Handbewegung schickt meine Mutter das Dienstmädchen weg, da sie den Tee lieber selbst serviert.

Mrs. Kate führt die Tasse zum Mund und fährt mit ihrer faden Beschreibung fort:

»Das hier ist Bob und dies das Haus fürs Getreide. Wenn ich zurück bin, werde ich es grün streichen, denn Weiß hält nicht lange, Elvira.«

»Wie schade, weiß sieht es wunderschön aus. Ein Puppenhaus.«

»Nein, Elvira, es ist ein Kornspeicher.«

Auf der Rückseite des Fotos, das ich entwendet habe, lese ich aufmerksam: »*9. November 1958. Across the street from our house*« (gegenüber unserem Haus). Genau so. Nur in der Knappheit dieser Überschrift hat die erstarrte Dimension des Fotos Platz.

Die drei Frauen trinken Tee und essen Sahneplätzchen.

Ich spüre einen Schauer und in meinem Rücken den Blick eines unheilbringenden Gnoms. Ich ziehe die Schrankschublade auf und verwahre das Foto darin. Mrs. Kate wird es in ihrem ganzen Leben nie mehr sehen.

Die Leute sagen nicht alles, auch nicht im Spaß. Jeder hat seine Leiche im Schrank. Sie war gar nicht so heilig und so freigebig, sondern egoistisch, denn sie hatte ihre Geliebten. Wenigstens einen davon lernte ich kennen, ganz in der Nähe, vor meiner Nase, den Mann, den ich später heiratete. Das Bett bringt alles ans Licht. Und er hat mir alles von A bis Z erzählt. Sie sahen sich immer in der Kirche. Nicht in der Sakristei, sondern im Seitenschiff, wo's zum Park geht. Häßlich war sie nicht. Sie hatte schwarze, sehr ausdrucksvolle Augen. Klein, aber eine gute Figur.

Beide gingen wir in die Pfarrkirche in der Línea, aber miteinander reden taten wir nicht. Manchmal kam sie mit ihrer

Mutter und einer Schwester, andere Male, eigentlich meistens, ganz allein. Ich hab' sie nie ausstehen können. Es war etwa so, als hätte ich ein Haar in der Suppe gesehen. Und zwar weil ich sie mit ihm reden sah und er mir alles erzählte. Sie war immer sehr katholisch, aber scheinheilig. Pater Ismael schätzte sie sehr und las Messen für ihre Toten. Das ist etwas, was man sieht; man zog sie andern vor, weil sie Geld gab.

Ihn hatte ich nie groß beachtet, und ich glaube, er mich auch nicht. Ich fand ihn zwar gut aussehend und nett und immer gut angezogen, aber nein, beachten tat ich ihn nicht, weil ich mir sagte: Sie gehört ihm, und damit basta. Es war alles so deutlich.

Am Morgen füllte sich der Parkplatz, und sie unterhielten sich in einem Winkel neben irgendeinem Auto. Sie redeten viel. Ich ging um den Block und sah, wie sie sich anschauten, ohne sich zu berühren, auf diese Distanz, bei der es egal ist, ob man sich umarmt, wenn die Zuneigung zwischen den Menschen einmal Fuß gefaßt hat. Vier- oder fünfmal ging ich um den Block herum, und noch immer waren sie da, in diesem unanständigen Getuschel, denn sie, als junge Dame, durfte sich doch nicht so vor allen Leuten mit einem alleinstehenden Mann zeigen, oder?

Aber der Teufel steckt überall, und was im Buch des Lebens geschrieben steht, das radiert nur Gott aus.

Edelmiro hatte ihre Fragen und ihre Unschlüssigkeit satt. Sie waren schon eine heruntergekommene Familie. Er erzählt mir, sie habe wissen wollen, wieviel auf der Bank sei, Scheckhefte und all das. Mein Mann hatte sein kleines Konto bei der Chase, aber es war nicht berauschend. Jedenfalls raubte das Edelmiro alle Illusionen, und sie mußte als Jungfer alt werden.

Ich bin eine erfüllte Frau; ich habe geheiratet und sechs Kinder, und alle haben einen Beruf. Die einen stehen auf dieser, die andern auf der andern Seite, aber alles gutsituierte Männer und Frauen.

Ich kann mich wirklich nicht über anderer Leute Mißgeschick freuen, aber ich denke schon, daß sie mit all diesen Verhören halt ganz selber schuld ist.

Er hatte es satt, das hat er mir gestanden. Eines Abends ging ich mit der Fedelmann, einem sehr gebildeten Mädchen, ins Kino Trianón; übrigens waren all diese Schwestern Musikerinnen oder Diplomatinnen, vor allem Lily, meine beste Freundin. Jetzt wohnt sie mit ihrem Mann und den beiden Töchtern in New Jersey.

Ich ging also rein und sah ihn. Diesmal hatte ich Mut. Er gefiel mir schon, logisch. Er trug ein blaues Hemd und hatte einen kleinen Schirm und war sehr hübsch. Sagt die Feldmann zu mir: »Kindchen, du kriegst noch einen steifen Hals.«

Wir gingen hinein, und er setzte sich hinter uns. Ich konnte mich nicht auf den Film konzentrieren, ich war wie betäubt, nicht mehr ganz bei Sinnen. Die Fedelmann war etwas pikiert und redete den ganzen Abend nicht mehr mit mir. Und das war der Gipfel. In der Pause brachte er mir einen Schokoladeriegel und bat mich, den Platz wechseln zu dürfen.

Ich, nicht faul, sagte: »Natürlich, Edelmiro, wir wollen uns doch nicht immer nur in der Kirche sehen.«

Man weiß ja, was für einen bestimmt ist. Und dieser da sollte mein Mann werden. Ohne daß ich ihn hätte ein Wort sagen hören, ohne daß ich wußte, ob er intelligent war oder nicht, merkte ich das intuitiv. Ich spürte, wie er mir in die Knochen fuhr. Keiner gefiel mir besser. Wir begannen uns anzurufen, in einer Zeit, wo das Telefon noch neu war, und redeten Stunden und Stunden und versuchten, die Welt zu verbessern.

Auch ihre Mutter hatte da einen Einfluß, denn die andern Töchter waren anarchistische Geister. Sie flogen schon früh aus, und sie nahm sich der Alten an. Sie ist eine aufopfernde Tochter gewesen. Aber die Liebe lernte sie nicht kennen. Die hat zwar ihre guten und ihre schlechten Seiten, aber sie ist das kostbarste Gefühl des Lebens.

Manchmal treffen wir uns zufällig in der Apotheke, aber wir schauen uns nicht an. Um nichts in der Welt! Sie muß ganz schön sauer auf mich sein. Tut mir leid, aber es gibt kein Zurück mehr.

Die Mutter krank, der Bruder – ihr Augapfel – im Exil, eine Magd, die sämtliche Details von dieser Familie herumerzählt...

Sie hat nichts mehr, die Ärmste – ihre Heiligen, die Religion, den Weg in die Apotheke und wieder zurück und ihren Neffen, der sicherlich nur darauf aus ist, sie zu beerben.

Seit fast dreißig Jahren sehen wir uns, ohne uns zu grüßen. Sie kann sich gar nicht vorstellen, was ich alles über ihr Leben weiß. Wenn die wüßte...!

Nun, besser, ich erzähl's gar nicht, wozu auch?

Auf die Dauer gesehen, habe ich meinen Schnitt gemacht.

»Sing *Eine Rose aus Frankreich*, Elvira«, bittet Asunción ihre Nachbarin, um ihre Tragödie etwas zu vergessen. Seit Omars Tod sind einige Monate vergangen. Elvira singt ganz leise, mit der Lautstärke eines Radios, dessen Batterien verbraucht sind.

Es ist Asuncións Lieblingslied. Da das ganze Viertel weiß, wie es um ihre Schwiegermutter steht, singt Elvira nicht mit ihrem vollen Sopran.

Sie hat panische Angst, Ágata könnte es erfahren und Richard ausrichten lassen, während seine Mutter im Sterben liege, kokettiere sie vor dem Spiegel mit ihren Kleidern und fächle sich im Stil der fünfziger Jahre mit Pfauenfedern aus der Murano-Vase und singe aus Leibeskräften *Eine Rose aus Frankreich* und alles sei ihr schnurz.

Tempus fugit. Erstmals merke ich, daß die Zeit verfliegt. Das Treiben draußen ist lautlos, aber turbulent. An der Oberfläche ist es ruhig, manchmal eben, aber seine Tiefe ist eine Zentrifuge. Die Zeit verfliegt und läßt dabei ihre Schalen zurück. Es ist nicht zu vermeiden, daß sie an der Haut haften bleiben, so daß wir uns vor den inneren Widerwärtigkeiten schützen können. Merkwürdig – wie eine Haut aus Wucherungen kann dieser Umstand zur Rettung der Gattung beitragen. Ich klammere mich an die alltäglichen Dinge, auch wenn ich genau weiß, wie flüchtig sie sind. Gefräßig komme ich immer wieder auf sie zurück. Den Tod nahe zu haben ist ein recht angenehmes Privileg. Gestern abend fielen im Laguito-Viertel sechs junge Männer, die heute geknebelt aufgefunden worden sind, den Mund mit Putzwolle vollgestopft. Ich weiß nicht, was diese Worte sollen und warum ich sie niederschreibe. Das Klingeln des Telefons rettet mich davor, allzu verfrüht eine Abhandlung zu schreiben. Besser, ich befolge Saint-Exupérys Rat. Ich werde gemächlich zu einem Brunnen spazieren. Es ist erst zwei Uhr nachmittags.

Das Radio nimmt am meisten Raum ein. Asunción, meine Mutter und ich hören täglich Radio, um die Nachrichten zu hören, die Stimme der Sprecher – eine Stimme so kräftig wie die Berge und so tosend wie ein Fluß. Sie kommt von sehr weit her, aber wir empfinden sie als nah. Manchmal verstummt Radio Rebelde, und die Botschaft seiner Männer und Frauen verschwindet von der Hertzskala, aber sie kommt aufgefrischt zurück, mit jungem Atem und Tres- und Gitarrenklang. Wir saugen uns voll mit dieser Stimme und dieser Botschaft. Alles andere ist heuchlerisch, künstlich, ein Flecken zuviel in der Landschaft.

Selbst in Polas Briefen blöken Schafe und heulen Weizenfelder. Briefe aus einer andern Welt, die mir fremd geworden ist. Ich lese sie neugierig, und manchmal beantworte ich sie.

»Du hast wieder einen Brief von Pola, Junge.«

Ich nehme ihn in die Hand und rieche daran. Diese Angewohnheit, an beschriebenem Papier zu riechen, ist mir geblieben. Wenn mich an diesem Geschriebenen etwas bewegt, habe ich Lust, das Papier zu küssen, wie Martí es tat, der empfahl, so sollten wir es auch mit den *Cromitos cubanos*, den *Allerliebsten Kubanerinnen*, von Manuel de la Cruz machen.

Polas Briefe sagen nichts. Sie geben mir das Gefühl von Ungeschicklichkeit, Unbegabtheit – ein Musiker vor einer Violine ohne Saiten. Mein Kopf dreht sich in einer Spirale. Ich kann mich nicht auf diese zärtlichen oder besser: freundschaftlichen Briefe konzentrieren, die sich mit den Sirenen der Streifenwagen und dem beharrlichen Summen des Geheimsenders vermischen. Die Rauheit der Außenwelt hat mich hart gemacht, und so verpfuschen meine Hände alles. Polas Briefe wandern völlig zerknittert in den Papierkorb.

»Du hast wieder einen Brief von ›drüben‹, Junge.«

Zärtlich löse ich die Marken ab, um sie Horacio zu schenken, und lese hastig. Unmöglich, mich auf die Intimität eines Gefühls zu konzentrieren. Mein Kopf dreht sich, sprengt seine Mauern, fliegt um ein blaues, kräftig und immer höher loderndes Feuer, ein reinigendes Feuer mit Bergesstimme und -gestalt, mit einem Losungswort: Fidel.

In Horacios Herzen tobte ein Vulkan. Doch seine Stimme war leise, mit Zwischentönen, ja geradezu raffiniert, wenn man in Betracht zog, daß er ein einfacher Schreiner war.

Er nagelte keine Pinienholzmöbel mehr zusammen, und man sah ihn auch nicht mehr Siphons und Ablaufhähne umherschleppen. Das einzige, was er noch tat, war konspirieren.

Diese seine Eigenart und wie er sie andern aufzwang, verwirrte die Leute. Er sah aus wie ein ruhiger, gleichgültiger Mann und war es natürlich überhaupt nicht. Das war nur seine in alten Kämpfen mit harten Schlägen, Enttäuschungen und Ungewißheiten gezimmerte Fassade. Sein Privatleben war eine Katastrophe gewesen, aber er richtete sich so unerschrocken auf wie ein afrikanischer Fürst, der eben als Sklave in Ketten gelegt worden ist.

Wenn er die Augen schloß, spürte er einen lauwarmen Hauch, die Wärme seiner ersten Frau. In fötaler Stellung ließ er die Tage an sich vorbeiziehen, wo er es sich mit ihr bequem gemacht hatte, um Zukunftspläne zu schmieden. Manchmal war er verdutzt, wenn er durch die Fensteröffnung die verkümmerten Pinien im Parque Martí anschaute. Dann verspürte er eine starke Sehnsucht und auch etwas Melancholie, vielleicht müßte man eher sagen: ein schmachtendes Sehnen. Sie trank heiße Milch, rekelte sich und hob die Arme, bis sie den Fensterrahmen berührten, und legte sich wieder hin, um zu träumen. Das war seine erste Frau gewesen: ein saugendes Jungtier, eine warme Öffnung, wo er sich hineinkuscheln konnte.

Nie kam er darüber hinweg, sie verloren zu haben. Da er jedoch nie klagte, erfuhr keiner je, wie sehr es in ihm brodelte. Wenn er die Hobelspäne vom Boden kehrte oder mit Sägemehl den Kot seiner Hündin aufwischte, sah man an der Art, wie er den Rücken krümmte und mißmutig die Schaufel in den Mülleimer kippte, daß er ein trauriger Mann war. Aber sobald von Politik gesprochen wurde, bekamen seine Augen wieder einen eigenen Glanz.

Sein Lebensferment drang an die Oberfläche, und ein weißer Schaum umgab seinen Blick mit einem Nimbus.

Horacio wollte nichts weiter als konspirieren und konnte auch nicht, wie so viele andere, den Kopf in den Sand stecken. Die Sonnenblumenkerne für Moctezuma, deren Lieferant er war, wurden durch Futterkonzentrat aus *pet shops* ersetzt.

Es war die entscheidende Stunde, und was nun dringlich zu tun war, würde auf immer im Gedächtnis etikettiert und in Taten statt in Worten verkörpert sein. Als ich später den *Fremden* von Camus las, konnte ich die Leidenschaft seiner Gefühle verstehen.

Haß erzeugt eine niederreißende Kraft, ein prometheisches Feuer, das alles zerstören kann. Horacio lebte nicht in Frieden mit seiner Umgebung. Das größte Ungeziefer, sein eigener Bruder, hatte in ihm die Unruhe geschürt, gab ihm die Waffen zum Kampf. Ungestraft wird niemand erniedrigt. Dieser Haß war der Schnee an der Oberfläche, fest und hart, fast Eis. Darunter, wo der Arm des Menschen nicht hinreicht, wuchs ein grüner Zweig, der bald die harte Schicht durchbrechen und ans Licht kommen sollte.

Ich setze mich neben das Telefon und harre stundenlang dort aus. In der Ferne spüre ich einen Schatten murmeln. In die Nacht gemeißelt, raubt er mir den Schlaf und trägt mich in einen mystischen Raum. Der Schatten streift durch die Wohnung, fällt wie Nebel auf die Möbel nieder, ergießt sich in der Zeit und sagt vielleicht auf Wiedersehen. Er macht einen schaudern, ist aber lebendig. Es ist nicht der Schatten eines Toten, nein, sondern ein Gespenst. Es ist einfach ein murmelnder Schatten.

Das Telefon ist eine Sirene des Schreckens geworden. Ich möchte seinem Ruf ausweichen, denn mit ihm droht der Schatten Unheil anzurichten.

Meine Mutter reinigt mit Basilienkraut und Vetiver-Öl die Wohnung und zieht sich weiß an. Eine Nomadenkälte läßt uns die Haare zu Berge stehen. Wieder klingelt das Telefon, diesmal stotternd, aber bedrohlich. Mit dem Klingeln wird der Schatten körperlich. Seine Dichte bremst den Impuls unserer Hände und Füße. Noch heute fliehe ich den weißen Schlund des unheilvollen Apparats. Meine geistige Zeit hat sich nicht weiterentwickelt.

»Ich geh' nicht mehr ran.«

»Dann geh' ich, Mama.«

Demütig bleibe ich neben dem Apparat stehen, bis der Anruf kommt. Ein wildes Kreischen am andern Ende der Leitung erinnert uns an den großmütterlichen Husten. Die alltägliche Geschäftigkeit hat sich schließlich durchgesetzt. Im Wohnzimmereckschrank hebt sich das Familienporträt von den spanischen Porzellanaschenbechern ab.

Ich achte auf das Gesicht der Großmutter; es ist ernst, aber nicht ohne Milde, sie kommt in Sepiatönen zum Ausdruck. Ein Foto von 1940. Wenn ich ihren Blick betrachte, spüre ich Mitleid, vermischt mit Schrecken. Eine Aschenschicht bedeckt ihre Augen. Sonst nichts. Nur ein wenig Sonne in einer Ecke und einige schwarze Zweige im Laubwerk dahinter. Und kein Wind weht, der den Vorbeizug der Geier beschleunigen könnte. Und die Dinge entweichen in die Knochen, die fleischigen Lippen, die Liebesabenteuer, die einen in Gefahr bringen.

Schaudernd entflieht der Schatten. Die Großmutter liegt im Sterben.

Ich kehre zum Porträt mit den schmutzigen Rändern zurück, zu den Jahren, die Gesicht und Runzeln mit Staub bedeckten, und lese: »Für Eugenio, in unverbrüchlicher Liebe, Julia.«

Am Morgen wiederum Traumfetzen von der Vornacht.

Ich mache mich auf zum Supermarkt. Was bleibt mir denn anderes übrig, als Besorgungen zu erledigen? Auf der gepflasterten Anhöhe der Straße K steht eine Guarina-Eisdiele und ein Sorbetwägelchen neben dem andern. Beim Eingang des Supermarkts auf einem plumpen Plakat das fette Gesicht der Fernsehansagerin: »*Hon Chi* Reis – so gloß, so kölnig, so wundelbal!«

Von der Anhöhe der Siebzehnten Straße aus sehe ich eine wunderschöne Sonne, eine Sonne wie von einem Schüler gemalt, zu dem die Lehrerin gesagt hat: »Was für eine hübsche Sonne, wie ein Spiegelei!«

Im Supermarkt bückt sich eine Mischlingsfrau, um einige Dosen Hot dogs aus einem sehr niedrigen Gestell zu nehmen. Die Büchsen kullern ihr auf den Boden, und ich helfe ihr beim Einsammeln. Die Frau riecht wie ein feuchtes Handtuch im Wäschekorb. Im Supermarkt wimmelt es von harmlosen Gesichtern – viele Frauen in Schwarz und einige schlecht rasierte Männer, sicherlich Laufburschen von Häusern mit Statuen aus Marmorimitation in den Gärten. Sie wählen sehr genau aus, was sie kaufen wollen. Die Frau mit dem Handtuchgeruch füllt ihre löchrige Plastiktasche mit Hot-dog-Dosen und Büchsen mit La-Vaquita-Butter. Es ist Sonntag und der Supermarkt nur vormittags geöffnet. Deshalb sind so viele Kruzifixe und Frauen in Schwarz zu sehen. Sie kommen aus der Pfarrkirche und von San Juan de Letrán. Sie drängen sich vor den Gestellen und werfen die Lebensmittel in die Metallwägelchen, auf die die Kinder klettern, um Pirouetten zu machen. Ich bin nur hier, um Datteln, einige Tafeln holländischer Schokolade und Bohnenkaffee zu kaufen.

Draußen komme ich nicht umhin, neben dem alten Blumenhändler stehenzubleiben, um dort, wie einem Zirkuszelt entspringend, diese kauzige Gruppe von Vedado-Bürgern zu sehen, die sonntags zum Einkaufen kommen. Der Blumenhändler erinnert mich an einen Hollywoodfilm: ein betagter Rosenverkäufer auf einem zweirädrigen Wagen. Mit seinem noch immer vollen Wagen wieder zu Hause, versucht er umsonst seine Blumen loszuwerden.

Es ist Sonntag, und niemand will Rosen. Ich verspürte den unwiderstehlichen Drang, den Duft der Rosen im Korb einzuatmen, bückte mich, und der Alte sagte: »Sie sind frisch, junger Mann, ich züchte sie selbst.«

Ich kaufe ihm ein halbes Dutzend ab und trage sie in der linken Hand. Mit seinen Schlitzaugen bedankt sich der alte Japaner. Ich werde mich lächerlich machen, ich weiß, aber ich fasse Mut und gehe ungeniert mit meinen Kaffee- und Schokoladetüten, den Datteln im gelben Nylonnetz und meinen Rosen die K hinunter.

Ein Polizist schaut seine Hände an und schaut mich an. Er erkennt mich. Während er an mir vorübergeht, schauen wir uns in die Augen. Es ist Horacios Bruder. Er hat ein hartes, trockenes Gesicht mit rissiger Echsenhaut.

An der Ecke bleibe ich mit meinen Tüten stehen. Ich will wissen, wohin er geht. Aus der Ferne sehe ich, wie er mit Spinnweben bedeckt ist – wieder eine meiner absurden Visionen. Abermals schaut er seine Hände an. Auf der blauen Uniform zeichnen sich unter den Achseln Schweißflecken ab. Es packt mich eine riesige Neugier, zu erfahren, wohin dieser Mann geht.

Der Kioskverkäufer bietet ihm Zeitungen an. Der Mann würdigt ihn keines Blickes. Er liest nichts. Teilte ich ihm in diesem Moment mit, daß ich Romane lese, er wäre imstande und würde mich auf die Wache mitnehmen.

Wieder zu Hause, werde ich gleich an Horacios Tür klopfen und ihm sagen: »Ich hab' Ihren Bruder gesehen, den Polizisten, wie er um den Supermarkt herumstrich.« Er wird antworten: »Diese Hyäne sucht sich wieder mal 'ne Beute.«

Doch diesmal ist es nicht so. Horacios Bruder tritt zu der nach nassem Handtuch riechenden Frau, der mit den dicken Kniekehlen, und verstaut ihre Dosen mit spanischem Öl und jene mit den Hot dogs sowie die Whiskyflaschen vorsichtig in einem weißen Auto ohne Nummernschild. Wie schwarze Katzen strömen die Kruzifixfrauen aus dem Supermarkt und gehen an ihm vorbei. Er läßt sich nicht aus der Ruhe bringen. Manisch schaut er immer wieder seine Hände an. Ich mag nicht mit der Erlaubnis dieses Schergen atmen, mag nicht von ihm geduldet sein.

Nun stehe ich an der Ecke, halb verborgen hinter einem Baum mit alten Wurzeln. Ich stelle mir vor, wie dieser Mann frühmorgens aufsteht, seine gymnastischen Übungen absolviert, duscht und seine Frau um zwei Spiegeleier mit Speck und einen Milchkaffee bittet. Dann macht er sich auf den Weg, vielleicht irgendeinen Werbesong des Parfümherstellers Crusellas pfeifend, schaut seine Hände an und nimmt seinen Killerjob wieder auf.

Heute hilft er unter der brennenden Vedado-Sonne seiner Frau beim Verstauen der Lebensmittel, ein Bürger wie jeder andere, und macht sie dafür verantwortlich, daß er zu spät zu seiner Dominopartie kommt. Bevor er sich an den Tisch setzt und die schwarzweißen Steine auf die grüne Vinyldecke legt, trinkt er ein Bier aus der Flasche. Lautlos fallen die Steine. Die Bewohner kümmern sich nicht darum. Seine Frau verteilt die gekühlten Cristal-Bier-Flaschen und Salzgebäck.

»Paß doch auf, Alter!« tadelt ihn ein Freund.

Die Manie, sich die Hände anzuschauen, erledigt ihn völlig. Man mag zwar ungestraft töten, aber irgendwie und mit irgendeinem unerwarteten Kniff übt die Natur Rache.

Wieder schaut er seine Hände mit den dicken Fingern und den weißen, schmalen Nägeln an. Er verliert die Partie.

Nachdem er sich mehrere Tage nicht mehr hatte blicken lassen, kam mein Onkel, der Malakologe, in höchster Beunruhigung mit einer Schreckensgeschichte zu uns.

Asunción wollte mit einem Blumenstrauß für Omar zu ihrem Kilometerstein. Er grüßte sie gleichgültig. Asunción sah es und erwiderte den Gruß nicht wenig überrascht. Sie trug ihren Schmerz auf dem Buckel, einen Schmerz, an den sie sich gewöhnt hatte, aber er schlug sich mit einem noch viel größeren Problem herum. Entweder wurde er es los, oder er stürzte in einen Abgrund. Er verweigerte sich dem archaischen Kaffeeritual und wollte lieber einen ganz gewöhnlichen Kamillentee, um einem Stein im Magen vorzubeugen. Der Arzt hatte ihm jedes irritierende Getränk verboten, und er hielt das Gebot strikte ein.

Als Besitzer des populärsten Zwölffingerdarmgeschwürs in der Familie, begann er seinen Besuch damit, daß er sogleich das Gespräch darauf brachte. Dann setzte er sich in seinen Lieblingsschaukelstuhl mit der geflochtenen Lehne und gab folgende Geschichte von sich: »Das dauert nicht mehr lange, Elvira. Die Straße geht gleich in Flammen auf. Ich habe es von Richard erfahren, denn bei den Nóbregas sprachen sie mit Martínez de Castros Frau. Richard war an dem Ort, wo die Revolutionshymne gesungen wurde. Dort ist alles durchorganisiert. Die amerikanischen Zeitungen berichten, die Rebellen würden die Hauptstadt einnehmen. In Miami wird von nichts anderem mehr gesprochen. Das dauert nicht mehr lange, keinen Monat mehr, Elvira. Täglich treffen Waffen, Munition, Nahrungsmittel, Geld ein; niemand hat eine Ahnung, wie, aber es ist so. Deinem Mann geht es gut, du brauchst dich nicht aufzuregen. Sowie Batista stürzt, kommt er zurück, und alles wird wieder normal werden. Du wirst schon sehen.«

»Und warum hat er mich schon so lange nicht mehr angerufen? Ich kann das nicht verstehen.«

»Er wird schon wissen, warum, Elvira; es ist nicht leicht. Hier wird alles überwacht, die Telefone werden abgehört, und er will euch nicht in Gefahr bringen.«

»Aber du wolltest mir etwas anderes erzählen, grundlos hast du ja nicht ein so verzerrtes Gesicht. Also, komm zur Sache, mein Lieber.«

»Eben habe ich was Schreckliches miterlebt. Aus einem Havannaer Kino wurden die Teile eines jungen Körpers herausgetragen, die Leiche einer ganz jungen Frau. Der Block wurde abgeriegelt, aber von der gegenüberliegenden Seite aus konnte ich sehen, wie sie sie in den Streifenwagen warfen und mitnahmen. Sie verscheuchten die Presse wie Fliegen. Die Fotografen rasch hinterher, durch die ganze Galiano. Ich versteckte mich hinter einer Mauer der Monserrate-Kirche und konnte die ganze Operation mitverfolgen. Das Mädchen soll ein paar Minuten zuvor im WC eine Bombe gelegt haben, als gerade niemand drin war, aber sie explodierte ihr in den Händen. Dein Sohn darf keinen Mucks machen und sich nicht von hier wegrühren.«

Ich starrte in die moosigen Augen der Hofmauer. Grußlos stürmte ich durchs Wohnzimmer, riß die Holztür auf und rannte ins Freie. Ohne lange zu überlegen oder auch nur zu keuchen, holte ich Luft, als hätte ich einen Achthundertmeterlauf vor mir, und genau vor Moctezumas Käfig erstarrte ich bei einem Schrei, der bis in die Mietskaserne Miami hinüberdrang und das Wasser in den Pfützen kräuselte: »Nieder mit Batista!«

Das reichte. Wie eine Aufziehpuppe, deren Feder gesprungen ist, wankte mein Onkel vor Horacios angstgeweiteten Augen entsetzt aus dem Hausgang.

Wohlgebadet, wohlgekämmt, wohlgekleidet verläßt er das Haus mit dem Wunsch, seine Freundin zu treffen und sich mit ihr auf die Malecón-Mauer zu setzen. Heute möchte er von allem nichts wissen, ja der Stadt den Rücken kehren.

In der Jackentasche hat er eine Faksimileausgabe des *Tagebuchs der Anne Frank* und eine Handvoll bunte Schneckenhäuser aus Baracoa für seine Freundin. Könnte er doch immer aufs Meer hinausschauen! Das Meer, das in die Felshöhlungen brandet, schwarz und nach Salz riechend, das alte ölige Meer, sein Meer.

Pünktlich erwartet ihn die Freundin an der Ecke beim Beerdigungsinstitut Rivero. Sie hat sich nicht auf eine Parkbank gesetzt, um nicht für eine Prostituierte gehalten zu werden. Sie trägt einen weiten Rock mit blauem Gürtel und hochhackige Schuhe, zu hoch für ihre kleine Gestalt.

Die Mode zwingt ihr eine Lockenfrisur auf, die ihr ebenfalls nicht steht. Sie hat ein ovales Gesicht, und die an die Stirn geklebten Locken machen sie rundlicher, fast pummelig. Sie studiert an der Havana Business, denn die Universität von Havanna will nichts von Studierenden wissen.

Die Begrüßung ist frostig, unsicher. Er möchte sie ins Kino einladen, hat aber Angst. Ein Spaziergang wird besser sein, flanieren, sich mit den eklektischen Fassaden des Vedado, den Wurzeln seiner hundertjährigen Bäume die Zeit vertreiben.

Sie reden viel und hastig. Mit siebzehn spricht man über alles, weil man letztlich nicht genau weiß, worüber man sprechen soll.

Endlich beschließen sie, sich auf einer Terrasse des Tropi-

cream unter die Sonnenschirme zu setzen. Er schaut ihre weißen, schmalen Hände an und getraut sich nicht, ihr Kompli-
mente zu machen, er wüßte nichts wirklich Angemessenes zu
sagen. Er ist schüchtern und verlegen und denkt, sie könnte
in lautes Gelächter ausbrechen, wenn er zu ihr sagte, »du hast
Puppenhände« oder »du hast Hände wie aus Porzellan«. Lieber stellt er ihr eine Frage: »Isabel, kannst du denn mit diesen
langen Nägeln Schreibmaschinenstunden nehmen?«

Er ist sehr erleichtert, als sie lächelnd antwortet: »Die
Schreibmaschinenstunden sind mir egal. Mir gefällt das
Theater. Mach dir keine Sorgen, die Nägel werden mir auf
diesen verflixten Tasten schon nicht abbrechen.«

Er braucht sich nicht im geringsten zu bemühen, sie zur
Malecón-Mauer zu bringen; sie bittet ihn selbst darum, nachdem sie das Eis und den Schinken-Käse-Toast aufgegessen
haben.

Mit dem Rücken zur Stadt, wie er es gewollt hatte, sprechen sie über *Das Tagebuch der Anne Frank*. In Kuba hat Anne
Frank dramatische Präsenz gewonnen und ist in aller sensibler junger Leute Mund, genauso wie José Ingenieros und
sein *Mittelmäßiger Mann* – die Spitzen zweier auf den Feind
gerichteter Waffen. Bei all der Dunkelheit und dem Überdruß braucht die Jugend solche Aufklärung.

Anne lebte mit ihrer ganzen Familie eingesperrt in einem
Zimmer an einem stinkenden Kanal von Amsterdam. Sie jedoch haben das Meer, das gleichzeitig stürmische und beklemmende Meer, ein Meer mit vier unsichtbaren Wänden.

Der junge Mann kämpft gegen seine Schüchternheit an. Er
umklammert die Zehn-Centavo-Münzen in seiner rechten
Tasche und richtet einen banalen Satz an seine Freundin: »Ich
mag deine Gesellschaft, du bist nicht wie die andern.«

Eine plötzliche Depression macht ihn schwach.

Sie bleibt lakonisch, streichelt ihre roten, knallroten Fingernägel und wartet geduldig auf einen weiteren Satz von
ihm.

»Der Salpetergeruch ist angenehm, ich bekomme Lust, dich zu küssen, Isabel, dich auf den Hals, den Mund, die Hände zu küssen.«

Wieder beherrscht er sich und sagt eine Dummheit, diesmal zum stürmischen Meer, zum Schaum hin. Ohne sich in die Augen zu sehen, schlendern sie der Mauer entlang und weichen den Hindernissen aus: Büchsen mit Ködern, Anglerschnüren und auf der porösen Mauer ineinander verschlungenen Liebespaaren.

Der Malecón bietet sich für die Liebe an, aber Isabel ist unharmonisch. Als sie zum Festungsturm Torreón kommen, schlägt er vor, ins Zentrum und trotz der Gefahr in ein Kino zu gehen. Er will mit ihr zusammensein und einen neuen Kontakt herstellen – mittlerweile fühlt er sich dazu fähig.

Isabel möchte nach Hause zurück. Diesmal gehen sie die San Lázaro hinauf, in aller Eile, weil sie den Einbruch der Dunkelheit fürchten. Die Elektrizitätsmasten und Hausmauern sind mit Wahlplakaten tapeziert. Rundliche Gesichter mit schwarzen Schnurrbärten und dunklen Brillen, die das Blaue vom Himmel versprechen, losverkaufende Kinder und Krokantverkäufer.

Die San Lázaro ist eine laute Straße, die sich wie ein Boulevard gibt, aber eine einzige Spelunke geworden ist. Auf den Balkonen, wo die Wäsche vor den Fenstergittern hängt, sitzen die Mätressen der gerade amtierenden Politiker, den Kopf mit Gummilockenwicklern gespickt. Es ist ein Viertel mit einem Hauch von Welt und mit Bewohnern, die zu den Klängen der Musikbox an der Ecke singen, und Betrunkenen, die lachen und auf den Boden spucken.

Manchmal ruft eine Schwarzhaarige von ihrem Balkon aus einer andern eine Obszönität zu. Die San Lázaro endet auf dem Universitätshügel, vor der Freitreppe.

An diesem nur scheinbar heiteren Nachmittag wurde ein am Rand geparkter, in einer Seitenstraße verborgener Streifenwagen gesichtet.

Immer noch weiß der junge Mann nicht, wer seine Begleiterin wirklich ist. Er hatte sie vor der Havana Business kennengelernt und war mit ihr ins Gespräch gekommen. Dann das Rendezvous, die Malecón-Mauer und ein haarsträubendes Geständnis: »Du hast politische Ideen, und ich verstehe dich, aber mein Vater sitzt fest in der Regierung.«

»Das macht mir keine Sorgen, Isabel. Ich will mit dir ausgehen.«

Sein Geständnis ist nicht überzeugend. Plötzlich hat er Angst bekommen, versteckt sie aber hinter einem geschickten, salomonischen Einfall: »Ich habe meine Ideen, du hast deine, in vielem denken wir gleich, also?«

»Wenn du wüßtest... Mein Vater sagt, wer nicht zum Töten taugt, taugt dazu, daß man ihn umbringt. Ich möchte dir nicht schaden, das ist nicht gut für dich.«

»Ich bring' dich nach Hause.«

»Nein, ich gehe besser allein.«

Er verließ sie beim Dreißiger. Als sie in den Bus stieg, wurde ihr Rock in der Tür eingeklemmt. Beim Abschied hatte er Lust, sie zu küssen, sie an sich zu drücken; Isabels Augen waren sehr lebhaft. Sie suchte seinen Blick nicht, und wieder spürte er in seinem Innern eine Depression. Es wurde dunkel, und er ging zu Fuß nach Hause.

Vor dem Kino Radiocentro wurde für einen Film mit Rock Hudson und Barbara Stanwick Schlange gestanden. Er mag sich seine Niederlage nicht eingestehen. Verwirrt geht er hastig die L hinunter. Schon ist er wieder mitten im Vedado, in seinen trägen, mythologischen Parks, auf seinen baumbestandenen, schattigen Straßen.

Wie schwierig ist es doch, sagt er zu sich selbst, dieser Stadt den Rücken zu kehren!

Zu Hause zieht er die bunten Schneckenhäuser aus der linken Tasche und legt sie im Kreuz und im Kreis auf die Zedernholz-Wäschekommode. Wieder liest er im *Tagebuch der Anne Frank*, bis ihm, vom Schlaf übermannt, das Buch aufs Gesicht fällt.

»Mit geschlossenen Augen lieben heißt lieben wie ein Blinder. Mit offenen Augen lieben heißt vielleicht lieben wie ein Verrückter, bedeutet, alles leidenschaftlich annehmen... Man sagt ›verrückt vor Freude‹; man könnte auch sagen ›vernünftig vor Schmerz‹. Nützlichkeit der Liebe. Die Sinnlichen schaffen es, die Lust ohne sie auszukundschaften. Während einer Reihe von Erfahrungen mit der Vereinigung und Verbindung der Körper weiß man nicht, was man mit der Wonne anfangen soll. Danach merkt man, daß in solch dunkler Hemisphäre noch weitere Entdeckungen zu machen sind. Ich brauchte die Liebe, damit sie mich den Schmerz lehrte.« (Marguerite Yourcenar)

Es kursiert folgendes Gerücht: Pastorita Núñez sei auf einem alten Maulesel in die Sierra Maestra hinaufgeritten. Mit 50 000 Dollar in Hunderterscheinen, in die Röcke eingenäht, sei sie unbehelligt an neun Posten mit »Casquitos«, Batista-Soldaten, vorbeigekommen und habe das Geld Fidel Castro ausgehändigt. Minas del Frío ist der von der Batista-Luftwaffe am stärksten heimgesuchte Ort. Radio Rebelde verschwindet von der Skala. Ich schüttle das Plastik-Motorola-Radio mit den vergoldeten Knöpfen. Radio Rebelde ist ein ewiges Sausen im Ohr der Hauptstadt.

Während der Niederschrift dieses Buchs stoße ich auf die Beschreibung, die der argentinische Journalist und Che-Freund Jorge Masseti von Fidel gab. Ein Stachel im Fleisch. Masseti hatte Fidel Castro in Las Mercedes kennengelernt; davon wußte ich bereits durch mein altes subversives Motorola. Der Argentinier charakterisiert den Oberkommandierenden der Revolution so: »Die Sonne war aufgegangen, und ich hatte Gelegenheit, Fidel gründlich zu studieren: zwei Meter hoch gewachsen, nicht weniger als hundert Kilo schwer und Taschen an den Hosenbeinen, um Ausrüstungsgegenstände darin zu versorgen. Er trug dieselbe Uniform wie alle andern, aber seine Armbinde zeigte drei Sterne. Sein Gesicht war bemerkenswert, mit tadellosen römischen Zügen und einem dünnen Bart, der vorsprang wie die Ramme eines Panzerkreuzers. Hautfalten um die Augen, und aus dem Mund mit den fleischigen Lippen ragte eine Zigarre, die nur verschwand, um einem nikotingeladenen Auswurf Platz zu machen. Beim Sprechen bewegte er sich hin und her, trat dabei mit seinen Stiefeln die Erde platt und bewegte andauernd die Arme. Niemand hätte ihm erst zweiunddreißig gegeben.«

Tito Vinageras ruft an. Er hat sich in eine Nichte des Richters Vergara verliebt und will mit mir in den Juwelierladen Chantilly, um ihr ein Geschenk zu kaufen. Das junge Mädchen heißt Evita, und der Umgang der beiden findet über einen Plattenspieler und ein englisch gesungenes Lied von Ernesto Lecuona statt: *Always in my heart.*

Durch den unmäßigen Genuß von dunklem Bier hat Tito eine widerliche Wamme angesetzt. Mit einer kleinen Solingen-Schere und einer Feile hockt er sich vor die Haustür und schneidet sich die Fingernägel. Wir haben dieselbe Frisur: die Elvis-Tolle vaselinebeschmiert und hinten viereckig zurechtgestutzt. Titos Corvette ist protziger als der Buick seiner Schwester: Doppelspiegelchen, geflochtene Pferdeschwänze, gelbe Scheinwerfer, Abziehbilder und eine bogenförmige Antenne von der Motorhaube bis zum hinteren Kotflügel.

Im Grunde widerstrebt mir die Einladung, ohne daß ich genau weiß, weshalb. Irgend etwas an dieser Familie widert mich an. Ich fühle mich unfähig, zwischen dem Schönen und dem Häßlichen noch zu unterscheiden. Aber die ganze Überladenheit bedrückt mich. Die Vinageras wissen gar nicht, wohin mit ihrem Geld, und kaufen sich Goldketten, schillernde Glashühner, Steinway-Flügel, deren Tasten mit einem gelben Tuch zugedeckt sind, Kristallglasspiegel mit Blattgoldrahmen, Kunstdrucke von Renoir und Degas und zwei falbe Fohlen, um über den Sand von Tarará zu galoppieren.

Titos Wohnzimmer ist eine Kulisse aus den argentinischen Sonofilm-Studios, wo Niní Marshalls Filme gedreht werden. Das orangefarben bezogene halbrunde Sofa hat zwei weiße Lehnen. Bequem finden die Vinageras darin Platz. Der reinrassige Dobermann ist darauf erpicht, mit seinen Pfoten den bei Interior Decoration gekauften Bezug zu beschmutzen.

Titos Mutter betet den heiligen Lazarus an. Im ganzen Vedado gibt es kein größeres und prächtigeres Bild des Krükkenheiligen. Am 16. Dezember defiliert das Viertel durch die improvisierte Kapelle in der Wohnung; an diesem Abend wird niemand diskriminiert. Man feiert den Heiligen, der am nächsten Tag Geburtstag hat. Die Mietskaserne Miami kommt mit Geschenken und »Milagros« – nachgebildeten Körperteilen aus Metall – für Babalú Ayé, den Schutzgott der Kranken und Schwachen, zu den Vinageras. Das Luxuriöse, das Bunte, das Reiche, das ist anziehend.

An diesem Abend bei den Vinageras einzukehren ist ein Ritual. Die Mutter, in Sackleinen, wird mit ihren Goldketten und der großen dunkelvioletten Schleife am Gürtel zu einer weiteren zu verehrenden Heiligen. Nach Mitternacht löst sie die schwarzen Haare, behängt sich die Arme mit Armbändern und steckt sich ihren Riesenamethyst an, in zweiundzwanzig Karat Gold gefaßt und von siebzehn Brillanten gerahmt.

Die Kinder in den Armen ihrer Mütter nennen sie bei ihrem Namen: Lázara. Perfekt wie eine Sphinx empfängt sie alle mit einem Lächeln und reicht ihnen die Hand. Der mit einer Tiara aus vergoldeten Ramschsteinchen geschmückte Kopf will nicht zu den Gummipantoffeln und den dicken Fingern mit den grell geschminkten Nägeln passen. Man weiß nicht genau, wen die Nachbarn anbeten werden und ob sie Lázaras Gemeinde sind oder die des Heiligen mit den Krücken und den Wunden.

»Sein Asthma will nicht verschwinden, Lázara«, sagt eine verzweifelte Frau mit ihrem Kind in den Armen zu ihr.

»Knie nieder, bitte ihn voller Glauben. Und dann geh beruhigt.«

Die Frau ist furchtbar erleichtert und läßt einen etwas weniger mitleidigen Blick über das Kinderkörperchen gleiten.

Während der ganzen Feier hört der im Hof angebundene Hund nicht zu bellen auf. Lázaras Mann bietet den Auserwählten Kaffee an. Mit einem ganzen Troß von Andächtigen wirkt er als Aufseher. Man ißt Maisbrei und trinkt Rum. An diesem Abend erfahre ich, daß Errol Flynn, Käpten Blood, durch die Stadt zieht. Das Filmidol ist gekommen, um mit Fidel Castro ein Interview zu machen. Batistas Tage an der Macht sind gezählt. Doch hier scheint das niemand wahrhaben zu wollen.

Asunción und meine Mutter setzen sich vor den Altar. Beide gehen ihre Kerzen wieder anzünden, da das Winterlüftchen sie ausbläst. Eine Atmosphäre der Unsicherheit regiert die Nacht. Vor den Augen der Andächtigen wächst der heilige Lazarus. Die Wohnung ist voller denn je. Lázaras Töchter wollen nichts von Politik hören.

»Ich stopfe mir Watte in die Ohren«, sagt Lida.

Doch das Thema ist unausweichlich. Weiterhin fallen junge Männer wie Bleisoldaten. In dieser Altarwohnung packt mich Kummer, und um zwei Uhr früh stehe ich auf.

Tito erinnert mich an die *tour* zum Juwelierladen Chantilly.

»Morgen hole ich dich sehr früh ab. Sie machen zwar erst um halb eins auf, aber vorher gehen wir ins Carmelo frühstücken.«

Ein luftiges Gefühl befällt mich. In diesem Augenblick möchte ich in meinen blauen Luftballon steigen und durch die Wolken fliegen. Ich weiß ja. Dieses Wohnungsinterieur stößt mich ab, ich spüre es auf der Haut. Ich laufe in mein Zimmer und zähle heimlich die noch nicht verkauften Bons. Ich muß mit Horacio abrechnen. Ich warte auf den Tagesanbruch, um meine Mutter und Asunción abzuholen, denn in der Gefahr des Morgengrauens darf ich sie nicht allein lassen. Nur schon die Straße zu überqueren ist ein Risiko. Auch sie haben sich von Kopf bis Fuß herausgeputzt. Eine durchwachte Nacht kann Halluzinationen hervorrufen. Als ich in den Halbschlaf sinke, höre ich das Telefon – ein kurzes, unwirkliches Klingeln. Diese Nacht ekelt mich an, der Geruch nach Altarkerzen und sogar Asuncións zuckersüßes Parfüm.

In meinem dunklen Zimmer stelle ich sie mir alle mit schwarzen Gesichtsmasken vor. Sie machen mir angst. Das ist das erste Auto Sacramental meines Lebens.

Als es laut Radio Reloj Punkt sechs Uhr ist, trinke ich einen Kaffee und gehe über die Straße.

»Komm, Mama.«

»Was für einen guten Sohn ich doch habe!«

»Ein Heiliger«, sagt Lázara mit geschwollenen, roten Augen.

Zwischen Omars und meiner Mutter, beide todmüde, überquere ich die Calle Calzada. Horacio ist schon auf und wirtschaftet wie üblich umher. Ihn beim Bereitmachen seines mysteriösen Bretterschuppens zu sehen gibt Kraft.

Ich überlasse mich dem Interregnum zwischen Tagesanbruch und Mittag und schlafe wie ein Bär. Im Zwielicht des Zimmers kommen vielfältige Nuancen des Vergessens wieder zum Vorschein. Während ich mir meinen Traum zusammenfantasiere, kommt corvetteschlüsselklirrend Tito, um mich zum Juwelierladen in der San Rafael mitzuschleppen.

»Er schläft noch«, höre ich meine Mutter sagen. »Soll ich ihn wecken?«

»Nun, er hat mir gesagt...«

Rasch stehe ich auf und mache die Zimmertür zu. Tito entfernt sich durch den Hausgang. Ich höre das Knarren seiner Texanerstiefel. Was zum Teufel schert mich sein Orgasmus mit der Nichte des Richters Vergara!

Um zwei Uhr nachmittags gehe ich zu Horacio und frage ihn.

»Alles nur Gerüchte, ich weiß nichts«, antwortet er.

Erst spät erfahre ich Einzelheiten von der Schlacht bei Guisa und von einem chinesischen Mulatten, der auf einer Anhöhe bis zum Tod kämpfte, um sein Dorf zu verteidigen.

Fidels Nachricht wird über Radio Rebelde wiederholt. Horacio hat sie in ein Notizbuch eingetragen und liest sie mir vor. Der Name des aufständischen Soldaten gehört schon der Geschichte an: Coroneaux, Braulio Coroneaux.

Sollte Errol Flynn tatsächlich in Kuba sein und mit Fidel ein Interview gemacht haben?

Noch weiß niemand etwas . . . Jetzt wird vom Che gesprochen.

Diesmal kommt die dunkelgrüne Schmeißfliege nicht, um Besuch anzukündigen. Es ist ein kurzes, stoßweises Klingeln, das nach einer Erklärung ruft. Unter Moctezumas kumpelhaft billigendem Blick gehe ich ran. Es bleibt mir nichts anderes übrig – ich eile zu ihr und sehe sie in ihrem Bett liegen, inmitten von Daunendecken und Töpfchen mit chinesischer Salbe, Tigerbalsam. Obwohl die Fenster fest verschlossen sind, klagt sie über die Kälte.

»Meine Suppe, Ágata.«

Trotz ihres Hustens und der Kälte hat sie Hunger. Für sie existiert die Zeit nicht, es sei denn, um die Welt zu organisieren. Die Fuchtel ihrer Stimme ist zwar schon leise, aber noch immer bestimmt.

»Meine Suppe, Ágata.«

Ich helfe ihr, den Löffel zum Mund zu führen.

Warum muß ich auch in dieser Szene noch die Hauptrolle spielen?

Meine Großmutter will nicht sterben. Mit beiden Händen hält sie sich am Bett fest, und ihre Seele klammert sich ans Ohrläppchen der Nacht.

»Wann kommt dein Vater zurück?«

»Sobald er kann, Großmutter.«

»Oder wenn man ihn wieder ins Land läßt«, erwidert Ágata.

»Der hier hält sich nicht mehr lange, Señora.«

»Dieses Märchen macht mich langsam müde, Panchita.«

»Ich höre Radio, Señora.«

»Dich wird man noch ins Kittchen stecken, wenn du weiterhin diesen Schwarzsender hörst.«

»Meine Suppe, Ágata.«

»Du hast sie schon aufgegessen, Mama.«

»Ich will noch mehr.«

Mit angestrengter Mühe löffelt meine Großmutter einen zweiten Teller Hühnersuppe. Der Husten klingt nicht ab. Ihre Augen sitzen immer tiefer in den Höhlen.

»Sie wird nicht eher sterben, als bis sie deinen Vater gesehen hat«, sagt Panchita unter der Haustür.

Die Siebzehnte Straße trostlos, kalt. Ein streunender Hund und ein im Dunkeln versteckter Peterwagen. Angesichts dieses blauweißen Gefährts, das jederzeit zu seiner Runde aufbrechen kann, bekomme ich Gänsehaut. Ich habe die Hände in die Hosentaschen gesteckt und beginne *Love is a many splendor thing* zu pfeifen. Um harmlos zu wirken, kaufe ich in einer diensttuenden Apotheke Aspirin. Der Motor des Streifenwagens wird angelassen. Das Killerdromedar fährt langsam an mir vorbei und versucht mich einzuschüchtern.

Einer der Polizisten steigt aus und fragt: »Was treibst du hier?«

»Ich komme von meiner Großmutter und gehe nach Hause.«

»Hau ab!«

Ohne meine Schritte auf dem Gehsteig zu hören, gehe ich weiter und spiele den Coolen. Während der Che im Westen an Boden gewinnt, liegt meine Großmutter im Sterben.

Es knallt ein Schuß ohne Echo in der Luft, vielleicht um irgendeinen Passanten zu verscheuchen. Weder ducke ich mich, noch bleibe ich stehen. Kälte dringt mir in die Beine, aber von der Hüfte an aufwärts spüre ich Mut. Ich denke, wie schrecklich ein Asthmaanfall im kalten Gras der Sierra Maestra sein muß.

Zuhause angekommen, höre ich, daß der Che nun schon der Held der Schlacht von Santa Clara ist.

»Schau, meine Liebe, ich mach' mich doch nicht verrückt. Das mit Mama reicht mir voll und ganz. Soll ich dir was sagen? Das ist gehupft wie gesprungen. Die Verbrechen schon, ja, das stimmt, das hör' ich auf der Straße, ich weiß, aber sämtliche Regierungen in diesem Land haben das gleiche gemacht. Erinnere dich doch an die Machado-Zeit. Ich selbst hab' dabei viel Energie verschwendet, und meinen Geschwistern ist's miserabel gegangen. Meine Welt ist meine Welt. Und von Politik will ich hier nichts hören. Zum Glück kommt auch niemand her. Du bist anders, du hast Hoffnung, deinen Sohn, deinen Mann, bist jung. Ich bin eine alte Jungfer geworden. Immer in meinen vier Wänden? Na und? Von hier direkt auf den Friedhof Colón.

Ich habe keinen Mumm mehr, Elvira, ich hab' das schlimmste Los erwischt. Meine Brüder interessieren sich nur für ihre Angelegenheiten, mit ihren Frauen und ihren Konten. Und meine Schwestern sind flatterhafte Geschöpfe. Nicht einmal um ihre Mutter haben sie sich gekümmert.

Ich hab' dich gerufen, weil du mir mehr eine Schwester gewesen bist als sie. Hab' ich dir das von Sunsita erzählt? Sie hat wieder geschrieben. Aber den Brief hab' ich Mama gar nicht erst gezeigt. Man muß einem schon den Tag vermasseln wollen, um so einen scheinheiligen Brief zu schreiben. Aber der Teufel steckt in allem und vergibt nicht. Jetzt möchten sie zurück, es tut ihnen leid und so; aber hier in diese Wohnung kommt mir keine von ihnen, höchstens über meine Leiche. Mama liegt krank im Bett und hustet von früh bis spät, und diese unglückliche Negerin, die dreimal am Tag mit Pomeranzengewürz kocht – ich hab' keinen Frieden. Man hat keinen Frieden. Keine Ruhe. Das Geld ist nichts mehr wert, die Ärzte betrügen dich, und die Apotheker kassieren noch mehr. Wunderheiler? Nie im Leben!

Du weißt, wie ergeben ich meinen Heiligen bin. Die bitte ich um Hilfe. Die erhören mich. Diese Jungfrau von Loreto schaut mich an, wenn ich mit ihr rede. Und der heilige Martin von Porres steht immer hinter mir, der läßt mich nicht fallen. Er ist mein Schatten. Wenn ich sie nicht hätte, ich wär' längst übergeschnappt, denn eine Frau wie ich, die immer für die andern gelebt hat – wie du weißt, ohne etwas dafür zu bekommen –, die hat nur den Glauben, den blinden Glauben, der sie auf den Beinen hält. Darum lass' ich hier niemand rein, Elvira. Sie machen sich bloß lustig, wenn sie gehen, ich weiß es sehr genau. Eine Verrückte haben sie mich schon genannt, eine Frömmlerin, alles. Meine Zöpfe stören sie. Die neiden einem noch die Haare.

Kleider kaufe ich mir keine mehr . . . Was soll's! Ins Kino kann ich nicht, ins Theater auch nicht. Nie hab' ich einen Badeanzug getragen, und auch kein Abendkleid, das weißt du.

Mit Körper und Seele hab' ich mich der Pflege von Mama gewidmet. Dein Mann, der achtet mich hoch; dieser Junge ist ein Heiliger, der Ärmste, aber er hat sein Köpfchen in diesem politischen Kram verloren. Seit wann war er denn so politisch? Er hat alles verloren, das schon, aber . . . Nie hat man in diesem Haus so was gesehen. Hier sind wir immer arbeitende Menschen gewesen, Diplomaten, Ärzte, aber nicht Politiker. Und nun sitzt mein Bruder im Dreck. Man hat keinen Frieden. Keiner hat eine Ahnung. Und Mama darf man mit so was schon gar nicht kommen, da flucht sie etwas auf französisch, und damit hat sich's. So ist die eigene Mutter. Man muß sie bloß hören. Sie ist sehr streng gewesen, aber aussetzen kann man nichts an ihr.

Los, komm, schau sie dir an.

Panchita, mein Kind, sei lieb und mach Kaffee.

Siehst du? Jetzt ist sie still dank diesen Beruhigungsmitteln.

Sie schläft den ganzen Tag. Gott sei Dank. Aber auch so hört dieser Husten nicht auf. Ich sage ja, so ein Tag ist hart, sehr hart.

Ich bin dir ja so dankbar, daß du gekommen bist. Soll ich sie wecken?«

»Nein, laß sie nur, sie sieht müde aus.«

»Panchita, dieser Kaffee ist kalt!«

»Der ist schon in Ordnung, ich bin doch keine Kaffeemaschine!«

»Möchtest du Pralinen oder Sahneplätzchen?«

»Nein, nein, ich möchte ein Aspirin.«

»Ich geb' dir eins von Bayer. Die sind neu, davon kriegt man kein Geschwür.«

»Danke, Ágata.«

»Am 4. hab' ich die heilige Barbara eingekleidet, ich hab's dir ja am Telefon gesagt. Jetzt wirst du sie gleich sehen, komm. Den Stoff hab' ich bei La Epoca gekauft, aber die Spitzen hat mir ein sehr sympathischer dünner Chinese verkauft – er sieht genau aus wie Alfredo Jo, weißt du noch?

Mir gefällt dieser Chinese. Panchita lacht, weil er der einzige ist, den ich hier reinlasse. Die ist blöd, ich hab' halt Vertrauen zu ihm. Die Chinesen sind sehr höflich und klauen nie etwas, selbst wenn sie am Hungertuch nagen. Schön, meine heilige Barbara, nicht wahr? Weißt du, ich spreche jeden Tag mit ihr, gebe ihr ihre Äpfel und zünde ihr Kerzen an. Mein Glaube hat mir soviel Kraft zum Kämpfen gegeben. Meine Heiligen sind meine Familie. Hast du das Jesuskind gesehen? Dieses Bild hat mir Pater Valencia geschenkt. Der Mann hat einen goldenen Heiligenschein um den Kopf. Ich seh' ihn so. Ein Heiliger. Und jung. Manchmal ist er so zärtlich und edelmütig... Ich möchte ihm am liebsten sagen: ›Pater, Sie sind ein Heiliger.‹

Wenn es zwischen einem Mann und einer Frau eine geistige Liebe gibt, ohne das andere, dann verehre ich diesen Mann. Hast du ihn nie gesehen? Er hat ganz helle Augen. Wir machen

Pampelmusenmarmelade und Kokosküchlein für ihn –
nun . . . Panchita und ich, wir verziehen ihn wie ein Kind.

Elvira, was ich dir nun sagen will, das behältst du für dich,
ja? Niemandem, aber auch niemandem hab' ich es je anvertraut. Dir wage ich es nur zu sagen, weil ich weiß, daß du eine
ehrliche, diskrete Frau bist. Dein Sohn ist für mich das
Größte auf der Welt, und dein Mann ist mein ein und alles.
Ich brauch' dir das gar nicht erst zu sagen, du weißt es ja. Deshalb geht's mir auch so. Ich hab' der heiligen Barbara sogar
ein Gelübde abgelegt, damit er bald wohlbehalten zurückkommt.«

»So sag's doch schon, meine Liebe, du brauchst dich nicht
zu genieren. Auch ich liebe dich wie eine Schwester.«

»Nein, ich geniere mich nicht. Ich hab' dich unter anderem
kommen lassen, um es dir zu sagen. Findest du mich abgezehrt? Ich bin ja nicht blind und schau' mich immerzu im
Spiegel an und denke, ich bin die alte. Die Jahre vergehen,
aber ich habe keine Augenringe und keine Runzeln; ein paar
weiße Härchen, sonst nichts. Ich kann mir nicht erklären,
weshalb das so ist.«

»Was denn, Ágata?«

»Daß ich nicht schlafe, Elvira. Ich bin vierundzwanzig
Stunden am Tag wach. Ich gehe zwar ins Bett, um so zu tun
als ob, damit Mama und Panchita nichts merken, aber ich
mache kein Auge zu. Und das Größte ist, daß ich kein bißchen Schlaf kriege. Etwa um zehn trinke ich ein Glas warme
Milch, höre BBC und lege mich mit offenen Augen hin, um
zu beten. Dann fange ich an, die kostbaren Stimmen meiner
Heiligen zu hören! Wieviel Kraft sie mir geben, und was für
schöne Dinge sie mir sagen!

Nicht einmal dem Pater Valencia hab' ich's gesagt, denn
einmal sagte er zu mir: ›Señora, Gott ist das Gute und die Vernunft.‹ Und ich hab' schreckliche Angst, daß er mich für verrückt hält.«

Elvira wartete nicht auf die Dunkelheit. Als sie ging, war sie etwas verwirrt. An der Ampel bei der L und der Siebzehnten hätte sie beinahe einen Zusammenstoß verursacht. Der mit den Geständnissen ihrer Schwägerin vermischte Lärm mehrerer Hupen brachte sie aus der Fassung.

Als sie in ihre Wohnung trat, ließ sie die Schlüssel im Schloß stecken. Auf der Bettcouch fiel ihr das Durcheinander von Zetteln auf. Natürlich, sie waren von ihrem Sohn. Sie las sie, verstand aber kein Wort. »Die Gerechtigkeit ist eine Statue auf dem Platz in einem Park«, hieß es auf einem von ihnen. Der Satz stand in Anführungsstrichen.

Sie zog sich die Spangen aus dem Haar und blickte einmal mehr in den Spiegel der Frisierkommode. In diesem Moment hätte sie Richard sehr gebraucht.

Plötzlich öffnete ihr Sohn mit ihren Schlüsseln die Wohnungstür.

»Mama, du hast die Schlüssel im Schloß stecken lassen.«

»Oh, Junge, mein Kopf...«

»Und wie geht's Großmutter?«

»Deine Großmutter schläft viel, sie nimmt Beruhigungsmittel... Sie hat ganz zerknittert ausgesehen. Schau, biete deinen Freunden von diesen Süßigkeiten an, sie sind bestimmt sehr lecker. Deine Tante hat sie mir für dich mitgegeben.«

Der Bursche sammelte die Zettel ein und ging mit den beiden Freunden aus dem Viertel in sein Zimmer. Laut lasen sie etwas. Sie konnte es nicht recht verstehen und preßte das Ohr an die Tür, aber umsonst. Sie lasen laut weiter.

In ihrem Zimmer erschrak sie ein wenig, zum erstenmal, als sie der wundertätigen Muttergottes fest in die Augen schaute.

Ich nutze einen Augenblick verdächtiger Nachlässigkeit und durchschnüffle heimlich den Nachttisch. Sie telefoniert gelassen mit einer Freundin, aber es ist eine unechte, bebende

Gelassenheit. Es geht wieder einmal um ihr einziges Thema, und obwohl das Gespräch verschlüsselt ist, bekomme ich die Botschaft sogleich mit: ihr Mann und die Einsamkeit, der sie ausgesetzt ist. In ihrer Stimme liegt Egoismus – ein Egoismus, der in leisen, aber verletzenden Tönen zum Ausdruck kommt.

Ich taste mich zur Schublade mit den Briefen vor. Die Neugier verzehrt mich. Noch immer werde ich in der Mietskaserne mit Fragen bedrängt: Wann kommt er zurück? Ist er zum Vergnügen weg oder auf Geschäftsreise? In irgendwas ist er doch verwickelt, oder? Müßige, kindische Fragen, reine Unverschämtheiten.

Die Mietskaserne ist eine Zentrifuge, die alles aufwühlt, alles hervorzieht... Sicherlich hat Amalia ganz ausführlich Bericht erstattet. Ein derartiges Geheimnis wird sie nicht für sich behalten, dazu ist sie nicht imstande. Niemand kann sich mehr beherrschen. Ein riesiger Hahn ist geöffnet worden, und die Insel wird von erdigem Wasser überschwemmt. Ein uneindämmbarer Sturzbach. Trotzdem schauen sich die Leute nicht ins Gesicht. Man hat Angst und spricht nicht aus, was man denkt. Niemand weiß, wer wer ist.

Auf der Straße treffe ich eine Freundin. Sie ist auch auf der Seite der Verschwörung, ich weiß es, doch sie wagt es mir nicht zu sagen. Ich erkenne es an ihren Augen und an der Art, wie sie mit mir spricht. Sie zieht mich in die Ecke eines Schaufensters von Roseland, wo niemand unser Gespräch hören kann, fragt mich zwei oder drei Lappalien und trollt sich.

Während sie sich entfernt, bemerke ich in ihren Schritten ein leichtes Ungleichgewicht. Sie ist schlecht gekämmt, hat es eilig. Trotz der Weihnachtsdekorationen in den Schaufenstern haben alle es eilig und sind verwirrt. Der Weihnachtsmann und sein Schlitten aus Karton und Chinapapier bewegen sich mechanisch vor den entzückten Augen Hunderter in den Armen getragener Kinder. Havannas Rhythmus ist rasant. Die Kubaner lassen es sich nicht nehmen, auf die Straße zu gehen. Der riesige Weihnachtsbaum des Fin de Siglo protzt mit seinem violett-rosa Schmuck und seinen weißen Schneenetzchen.

Nur Leute mit geschulter Nase werden in der Luft einen schlechten Geruch bemerken. Man besorgt seine Einkäufe, als wäre es das letzte Mal. Man hat es eilig und ist verwirrt, aber in den Nachbarwohnungen flackern das Neonlicht und die Weihnachtslämpchen. Auf die Tradition des *Christmas tree* läßt sich nicht so leicht verzichten, wenigstens nicht in diesem Teil des Vedado.

Schon gehen Gerüchte um, daß Santa Clara eingenommen worden ist. Es wird von einem feuerspeienden Sherman-Tank gesprochen, vom gepanzerten Zug, der auf offener Straße angehalten und ausgeplündert worden ist, und von der Blockade durch ein halbes Hundert Privatautos, die den Vormarsch der Rebellen deckte. Che Guevara und Camilo Cienfuegos wachsen im Straßengetuschel zu homerischer Größe. Ihre Namen hallten wider wie eine Detonation. Die Seidenfaser des Ruhms hat ihnen eine überwältigende Allgegenwart verschafft. Die Mütze des Che und Camilos breitkrempiger Hut werden zum Inbegriff des Heldenepos. In jeder ihrer Taten liegt etwas Denkwürdiges, eine offene Flammenbresche, ein Schicksal des Schweigens.

Mit andern Worten murmle ich vor der Nachttischschublade diese Gedanken vor mich hin. Ich profitiere vom langen Telefongespräch der beiden Frauen und öffne einen eben aus Miami eingetroffenen Briefumschlag, dessen Herkunft ich an den blauen Vierecken an den Rändern und am Signet eines Hotels in der Flager Street erkenne. Vielleicht aus übergroßer Angst heraus hat sie die Briefmarke entfernt, um die Spuren zu verwischen. Sie wird nicht geahnt haben, daß dies der letzte Brief ihres Mannes aus dem Exil sein würde.

Ich versuchte ihn zu lesen, hatte aber keine Zeit dazu, denn plötzlich brach das Gespräch abrupt ab. Ein Gezeter erfüllte die nächtliche Leere. Im Viertel war das Licht ausgegangen – ein Sabotageakt hüllte einen großen Teil des Vedado in Finsternis.

Asunción kam mit einer Taschenlampe herunter, und Horacio brachte zwei Gaslaternen. Die Dunkelheit ausnutzend, stecke ich mir einen der Briefbogen in eine Hemdentasche. Im Licht eines starken Feuerzeugs las ich in meinem Zimmer dieses eine Blatt, den Schluß eines mehrseitigen Briefes. Es war ein Gedicht von Paul Verlaine in perfekter Maschinenabschrift und mit einer handgeschriebenen Anmerkung von Richard: »*Serenade* war eines von Opas Lieblingsgedichten. Wir mußten es auswendig lernen. Ich schicke es Dir, denn heute ergibt es einen Sinn für mich, meinst Du nicht auch? Der Deine, Richard.«

Wie eines Toten Stimme, welche sänge
aus Grabes Schweigen,
Geliebte, höre meine schrillen Klänge
zu dir aufsteigen.

Tu auf die Seele und das Ohr dem Klang
der Mandoline,
für dich, für dich ist dieser wilde Sang,
daß er dir diene.

Ich sing von deiner Augen Goldgefunkel,
das nichts noch trübte,
von Wollust und Vergessen und vom Dunkel
des Haars, Geliebte.

Wie eines Toten Stimme, welche sänge
aus Grabes Schweigen,

Geliebte, höre meine schrillen Klänge
    zu dir aufsteigen.

Dann singe ich, wie sichs gebührt, von Prächten
    der holden Glieder,
ihr Duft umwogt in schlummerlosen Nächten
    mich immer wieder.

Und endlich sing ich, wie vom roten Munde
    der Kuß mich stillte,
wie du mir zärtlich schlugest manche Wunde,
    – mein Engel –, Wilde!

Tu auf die Seele und das Ohr dem Klang
    der Mandoline,
für dich, für dich ist dieser wilde Sang,
    daß er dir diene.

Noch bevor das Licht wieder anging, steckte ich das Blatt in
seinen Umschlag im Nachttisch. Diese zärtliche Geste meines Vaters gab mir zu denken, aber das Gedicht mißfiel mir.
Es roch nach Naphthalin und verrosteten Scharnieren.
    In diesen Tagen hatte man gerade in der Dünndruck-
ausgabe von Aguilar Federico García Lorcas in New York
geschriebene Verse entdeckt:

Das Licht wird unter Ketten und unter Lärm begraben,
schamlos herausgefordert vom Wissen ohne Wurzeln.
Im Vorort gibt es Leute, die schlaflos sind und schwanken,
wie wenn sie eben blutgem Unheil entkommen wären.

Es war Cucho Molina, der ihn in einem Wassertank versteckte. Über irgendeinen Verbindungsmann hatte er erfahren, daß man ihn schnappen würde, und hatte ihn rechtzeitig aus seiner Wohnung geholt. Es gab keine Kugeln, sondern Fußtritte und wütendes Geschrei: »Komm heraus, du Hurensohn; du wirst es büßen, Schweinehund!«

Die Tür barst beim ersten Stiefeltritt des Korporals Fermín. In einer Machtdemonstration umstellten sie den Block mit Streifenwagen. Sie schauten niemanden an, sondern gaben nur tierische Zoten aus Gosse und Pissoir von sich. Sie waren großköpfig und in Blau, einem gestärkten, unmöglich zu vergessenden Indigoblau. Mit den alten Papieren machten sie ein Feuer, und die wenigen Gegenstände, die er besaß, warfen sie aus dem kleinen Fenster und auf die Mülldeponie im Parque Martí. Einige Werkzeuge und eine Wanduhr ohne Werk nahmen sie mit. Die Matratze verbrannten sie voller Wut, weil er wenige Minuten zuvor mit allen Papieren in den Taschen verschwunden war. Mehrere Tage harrte er im Tank aus, dann wartete das unvorhersehbare Schicksal der Verfolgten auf ihn.

Als die Flucht des Tyrannen bekanntgegeben wurde, streckte er unsicher den Kopf heraus. Er konnte es nicht fassen. In dieser Nacht verabschiedete ich mich von Moctezuma. Ein Unbekannter mit vielen Schlüsseln am Gürtel brachte mich in ein einsames Haus am Strand von Tarará. Am nächsten Morgen trafen andere junge Leute ein, denen der Schreck ins Gesicht geschrieben stand, und so gut es ging richteten wir uns auf feuchten Luftmatratzen ein. Schweigsam, an unseren Ängsten haftend, machten wir einige Büchsen mit Kondensmilch und Salzplätzchen auf.

Einer von ihnen hatte einer Razzia entkommen können, jedoch einen Streifschuß in der linken Schulter davongetragen. Außerdem war er mit einem elektrischen Ochsenstachel gefoltert worden. Der jüngste von ihnen, kraushaarig und mit grüngelber Haut, hatte sich in seiner Ohnmacht und Angst die Fingernägel in den Bauch gebohrt, als er sah, wie auf einen seiner Genossen in einem Gebüsch des Parque Almendares geschossen wurde.

Moctezumas Blick war aufschlußreich, vielleicht mitleidig. Während sich meine Mutter in Tränen auflöste, verstand er es, sich von mir zu verabschieden. Horacio sah ich nicht mehr, bis ich, um einige Pfund leichter und die rot-schwarze Binde – Symbol der Fahne des 26. Juli – am Arm, wieder nach Hause kam.

Er lehnt sich an eine Mauer. Man könnte ihn für einen Landstreicher halten. Zwar trägt er neue Kleider und Schuhe, aber sein Aussehen hat sich etwas verschlechtert. Sein Blick verliert sich in einem Steinhorizont. Er erwartet von niemandem etwas. Er ist ein Mann, der sich an eine Mauer lehnt und gewichste Schuhe trägt. Man kann auch nicht behaupten, er sei von einem *Dolcefarniente* verklärt. Dieser Mann wird vom Heimwehfieber beherrscht. Er dreht sich und schaut sich um. Eine Unzahl weit aufgerissener Augen verwirrt ihn. Er sucht sich einen Platz im Park und setzt sich hin, um die Zeitung zu lesen.

Es gibt viele Gerüchte, viel Lärm in diesem schmutzigen Sumpf, wo trotz aller Behauptungen noch immer Flugzeuge mit Exilierten eintreffen. Wenn er durch die Achte Straße und den Park mit den Tauben streift, langweilt er sich sehr. Es wird so viel geredet!

Und alle wollen gleichzeitig beim Festschmaus sein, um das Beste unter sich aufzuteilen. Für ihn bleiben nur die Familie und das Geschäft. Ach, das Geschäft! Oft erinnert er sich an Juan. Ein kühler Schauer läuft ihm über den Rücken, wenn er an die Gefahr denkt, in einer Schaluppe zurückzukehren.

Einige haben das gemacht. Nicht alle sind Arschkriecher. Aber er ist nicht aus heldenhaftem Holz geschnitzt und verwirft diese Möglichkeit sogleich. Wie sein Sohn fürchtet auch er das Meer, dieses wilde Meer der sengenden Sonne und der stürmischen Wasser, der Haie, der unerträglichen Strahlung . . . Nein, er getraut sich nicht. Sein Problem ist ein anderes. Auf einmal durchdringt ihn eine Ahnung. Seine Mutter liegt im Sterben, und er wird sie nicht mehr sehen.

Wenn er wüßte, wo sich sein Sohn in diesem Moment befindet, er würde über die Mauer springen. Sein Sohn ist sein Talisman. Es tut ihm leid, nicht liebevoller zu ihm gewesen zu sein; er hat ihn ziemlich vernachlässigt, denkt er auf dem Weg zu einem Café, wo über Politik gesprochen wird. Von der Einsamkeit hervorgerufene Gewissensbisse setzen ihm zu. Die Lösung ist, ihm einen Brief zu schreiben; dann wäre es ihm leichter ums Herz, und er würde danach in einen Zustand der Schwerelosigkeit sinken. Das wäre der beste Ausweg, die angestaute Spannung etwas zu lockern. Er glaubt nicht an Gemunkel, will nicht hören, hat alles satt. Wenn Batista stürzen soll, soll er verdammt nochmal stürzen. In dieser Latrine halt' ich's keinen Tag länger aus. Ich gehe einen Kaffee trinken, um ihnen zuzuhören. Um einen Glastisch sitzend, teilen sie das Kabinett unter sich auf. Jeder hat sich einen Anteil am Kuchen geschnappt.

Eine Flasche Lacrimae Christi auf dem Regal der Bar erinnert ihn an seine Frau; es ist ihr Lieblingsgetränk. Ein unbezähmbares sexuelles Verlangen schüttelt ihn. Er versucht sich eine Lucky Strike anzuzünden wie Humphrey Bogart. Vor dem dunklen Spiegel der Thunder Bar muß er innerlich über sich lachen – er ist blond und hat nicht die geringste Ähnlichkeit mit dem Helden von *Casablanca*.

Entweder gewinnen die Rebellen den Krieg, oder dieser Mann verliert den Kopf. Nach fünf Tagen in einem dunklen Haus voll schattengeborener Geschichten denkt sein Sohn dasselbe.

Die Presse informiert: »Vier nicht enden wollende Tage lang flog die Luftwaffe über eine wehrlose Stadt und warf tonnenweise TNT und scharfes Schrapnell ab, das Türen und Fenster durchschlug. Die Kriegsberichterstatter hörten Angst- und Schmerzensschreie von erschrockenen Müttern, Kindern, Greisen und anderen Bürgern. Zwei Rufe entrangen sich den Kehlen der Bewohner von Las Villas und anderer Ortschaften, die ebenfalls unter der Raserei des Tyrannen litten.

›Flugzeug! Flugzeug!‹ warnten sie einander.

Auf den Knien beteten die Frauen in ihren Wohnungen flehentlich.

›Mein Gott, mein Gott, diese Flieger sind verrückt geworden!‹

Vor den Türen der wenigen Häuser der Stadt mit solidem Steinfundament drängten sich verzweifelt Hunderte von Familien mit Kindern in den Armen. Alle suchten Schutz. Die Bilanz an materiellen Schäden, Toten und Verwundeten ist unermeßlich.«

Über die Entfernung hinweg beginnt zwischen Vater und Sohn unterirdisch eine Strömung zu fließen. Die gelassenen Gedanken der beiden marmorieren sich mit aufgewühltem Wasser. Dank dem Ausland, in dem der eine von ihnen lebt, sind sie einander noch stärker verbunden.

»Im Moment des Angriffs hatten unsere Truppen bei der Eroberung verschiedener Punkte und einiger schwerer Waffen ohne Munition ihr Infanteriefeuer beträchtlich verstärken können. Wir hatten eine Bazooka ohne Geschosse und mußten gegen zehn Tanks ankämpfen . . .

Ich hatte einen Soldaten verwarnt, weil er mitten im Kampf schlief, und er antwortete mir, er sei entwaffnet worden, nachdem ihm ein Schuß danebengegangen sei. Knapp wie immer sagte ich: ›Such dir ein anderes Gewehr, und zwar indem du ohne Waffen an die vorderste Linie gehst, wenn du das fertigbringst.‹

Als ich im Feldlazarett von Santa Clara den Verwundeten Mut zusprach, berührte ein Sterbender meine Hand und

sagte: ›Erinnern Sie sich, Kommandant? Sie haben mir be-
fohlen, die Waffe in Remedios zu holen, und ich hab' sie mir
hier erworben.‹ Es war der Kämpfer mit dem danebengegan-
genen Schuß; ein paar Minuten später starb er.« (Che)

In der Bar wurde Domino und Briska gespielt. Und man
teilte das Kabinett der künftigen Regierung unter sich auf.
Glücklicherweise mußte Richard nicht in die Thunder Bar
zurück, um Gesellschaft zu finden. Die Gerüchte vom unmittelbar bevorstehenden Sturz der Diktatur waren nicht unbe-
gründet. Sehr bald schon sollte er zufrieden sein, für den
Kampf in der Sierra Maestra Geld geschickt zu haben.

Wir unterhalten uns mit gedämpfter Stimme. Man bringt uns Büchsen mit Thunfisch, Hot dogs und Topfkuchen. Es ist uns nicht gestattet, die Badewannenhähne aufzudrehen, und schon gar nicht, uns zu duschen. Wir sind Geiseln unserer eigenen Hoffnung, und das bereitet uns ein seltsames, mit Stolz gemischtes Vergnügen. Die Nächte sind stiller als gewöhnlich. Die Gefahr einer gewalttätigen Durchsuchung zwingt uns zu Diskretion und Stille. Das Meeresrauschen macht unser abendliches Beisammensitzen noch unruhiger. Nachts ist niemand müde, weil wir uns tagsüber bei der Wache ablösen und tief schlafen. Wir sind immer mehr an der Zahl. Keiner kennt seinen richtigen Namen, keiner kennt sich. Alles ist sehr gut eingefädelt worden. Ich vermute, wir kommen jeder aus einem andern Viertel; die verschiedensten Leute, jeder mit seiner persönlichen Geschichte.

Jemand bringt ein neues Mädchen und sagt: »Das ist María.« Sie ist sehr abgezehrt. Seit zwei Tagen hat sie nichts mehr gegessen, nicht mehr gesprochen; sie hat dunkle Augen und eingesunkene Schultern. Da ich die Leute immer mit einem Gegenstand vergleichen muß, kommt sie mir vor wie eine aus dem Leim gegangene Klaviertaste.

»María, möchtest du Milchkaffee?«

»Nein, danke, Genossen.«

Später wird diese Anrede in den persönlichen Beziehungen der Revolutionäre untereinander Pflicht. Jetzt hat sie in meinen Ohren einen überraschenden Klang, einen zwar intimen, aber noch fremden Widerhall. »Genossen«, sagt María, und alle wollen ihr zuhören. Woher mag diese Frau kommen? Weshalb hat man sie wohl hergebracht?

Sie ist blond, kränklich und hat eine ungepflegte Haut, die aber gerade noch zu retten ist. Niemand hat das Recht, etwas über die Herkunft der Bewohner dieses feuchten Hauses mit seinen von den Mäusen angeknabberten Vinylmöbeln zu fragen.

Wir sind unbekannt, sind inkognito hier, durch eine Idee miteinander verbunden. Das Rätsel wird sich lösen, wenn die Revolution gesiegt hat. Inzwischen sehen wir durch die Ritzen der venezianischen Fenster im Garten das Gras wachsen.

Tarará ist noch immer halb verlassen. Es ist kalt, und die Nachbarhäuser sind verrammelt. Gegenüber, schräg rechts, wohnt ein englisches Ehepaar, das das ganze Jahr am Strand verbringt und morgens von einem lauten Boten auf einem kleinen Cushman-Motorrad Brot und Milch geliefert bekommt. Ohne daß wir es uns eingestehen, merke ich, daß wir uns vor diesem Boten fürchten. María beruhigt uns. »Er hat keine Ahnung.«

Eine einzige Frau unter so vielen Männer fühlt sich als Mutter und Gattin, und sogleich übernimmt María ihre Kommandoaufgabe. Sie stellt sich über uns, beginnt Ordnung zu schaffen und die Vorräte zu verwalten. Sie lehrt uns, die Unterhosen rein zu waschen, die Handtücher auszukochen und mit einem sauberen Tüchlein auf der Schneide des Büchsenöffners die Dosen lautlos zu öffnen.

Das Haus wird uns vertraut. Die Schaukelstühle gehen aus dem Leim. Man hat uns das Licht abgestellt, aber es sind weiße Kerzen und zwei Taschenlampen vorhanden. Von der Straße dringt nichts herein. Wir essen schweigend. Ein hellhäutiger Mulatte mit der Statur eines Langstreckenläufers verzehrt sich fast, weil er nicht rauchen darf. María gibt ihm Valda-Pfefferminzbonbons gegen den Husten. Das Pfefferminzaroma wird unerträglich.

Die Disziplin ist eisern. Wie ein Schwarm gefräßiger Piranhas sitzen wir um das Batterieradio herum.

María bewegt sich langsam, in Stoffpantoffeln, und serviert den Kaffee. Dank der Kerzen auf dem Boden können wir nachts lesen. Wenn sich jemand nähert oder von der Straße ein Geräusch zu hören ist, macht María mit ihren langen Fingern die Kerzen aus und verordnet Ruhe.

Kürzlich träumte ich, im Wohnzimmer hänge eine Piñata, ein Behälter mit Süßigkeiten für die Kinder, und als niemand sie sah, habe María verstohlen an den Schnüren gezogen, um sie zu öffnen, und aus dem aufgehängten Bauch seien die gelöschten Kerzen auf den Boden gefallen. In dieser Klausur beginnt man zu halluzinieren.

»In Kuba kann es keine Gewalt geben. Das ist eine Lüge. Sicherlich sind es Bedürftige, die sich in ihrem Machthunger auflehnen. Batista verfügt über eine moderne Armee mit Tanks und Flugzeugen aus den Vereinigten Staaten. Die Gewalt in Kuba ist eine Ironie...«

Schlecht und recht übersetze ich weiter. Um mich herum eine schweigsame Zuhörergruppe. Die englische Zeitung ist völlig desinformiert. Mit Erfolg dämmte Batista die ausländische Presse ein und behinderte die Kommunikation, indem er die amerikanischen Sender störte, so daß ihre Programme nicht mehr zu verstehen waren.

»... Nirgendwo sonst auf der Welt lächelt die Natur so gütig wie auf dieser Perle der Antillen. Dort wächst das Zuckerrohr beinahe von selbst, bis es so hoch wird wie auf keinem andern Boden; dort blühen das ganze Jahr über die Orchideen, tropische Regengüsse entladen sich in kurzen, warmen Sturzbächen, die Sonne ist ein Segen, der nie ausbleibt. Unter dem fruchtbaren Boden ruhen die größten Manganvorkommen der westlichen Hemisphäre und verlaufen die ergiebigsten Nickel- und Kupferadern. Die Insel wird von weißen Sandstrandgirlanden gesäumt, die in sanftem Gefälle von unbeschreiblichem karibischem Blau bespült werden.«

Das spasmische Echo von Horacios Stimme dringt an meine Ohren: »Und die parasitengefüllten Bäuche der Bauernkinder? Und die dreihundert Millionen, die der Diktator aus der Staatskasse geklaut hat? Und die paramilitärischen Armeen? Und die Folterkammern? Und der weiße, blutbefleckte Anzug des Schlächters Ventura?«

Im Mondschein warf der Sand von Tarará funkelnde Silberstreifen auf das Gesicht meiner Kameradin. María sagte bloß: »Du bist wirklich ein trefflicher Übersetzer!«

Die übermäßig fettige spanische Sardine setzte mich mitten am Vormittag außer Gefecht. Ich erwachte mit der Nachricht eines Generalstreiks, die ich kaum glauben konnte. Aber ich entwickelte eine Fähigkeit, der Unsicherheit standzuhalten, die ein wenig der Volljährigkeit glich. Dabei war ich noch gar nicht achtzehn.

»Die Zeit will nicht vergehen«, sage ich zum Langstreckenläufermulatten.

»Die Zeit ist das Gespräch«, antwortet er, und wir unterhalten uns bis zum Tagesanbruch.

Nachdem Asunción mit ihrer Freundin die Wohnung verlassen hatte, redete Elvira vor der Wand allein weiter. Sie spürte etwas Seltsames um sich herum. Zwar war es ihre Wohnung, von ihr eingerichtet, mit ihren Kristallvasen und Lampen aus rötlichem Holz; ja, es war ihre Wohnung, und doch stellte sie eine Veränderung fest. Ihr Blick war anders. Beispielsweise hatte sie vergessen, daß sie auf den Kühlschrank an die Stelle des geflochtenen Brotkorbs einen Kupferkrug hingestellt hatte und daß sich dieses Jahr hinter der Tür kein allegorischer Weihnachtsschmuck befand. Elvira fühlte sich abwesend, den Wahnvorstellungen der Erinnerung und nebulösen Selbstgesprächen ausgeliefert.

»Sollte ich etwa den Verstand verlieren?« Um sich das Gefühl von Beschütztheit zu geben, warf sie sich aufs Bett, doch die Laken waren zu steif, so daß sie Mühe hatte, es sich bequem zu machen und einzuschlafen.

Erschrocken legte sie den Telefonhörer neben den Apparat. Sie hatte vor etwas Angst, aber noch stärker war ihr Verlangen nach Ruhe. Sie mußte innerlich abschalten. Es gelang ihr nicht, obwohl sie sogar das Nachttischlämpchen gelöscht hatte. Erfolglos suchte sie bei *Vanidades* Zuflucht; diesmal erschien ihr die Modezeitschrift fad, und sie konnte sich weder auf die Simmons-Reklamen noch auf die hübschen *kitchenettes* mit ihrem künstlichen Holzfurnier konzentrieren. Es kam ihr in den Sinn, daß sie dem Farn kein Wasser gegeben hatte, und sie warf sich ein Handtuch über die Schulter, ging in den Hof hinunter und goß in aller Stille die Pflanzen, um die Nachbarn nicht aufzuschrecken. Die Nacht war feuchtkalt und bedeckt, eine Nacht der Vorzeichen, dunkel und sogar etwas klebrig.

Eine einsame Frau, die sich schweigend vor den Blicken eines gleichgültigen Papageis und einiger hungriger roter Tropenfischchen hin und her bewegt. Eine Frau, die alles vergessen hat, die gefährdet ist.

»Ich werde mir etwas Lindenblütentee machen, ich muß schlafen.«

In der Bibliothek ihres Sohnes nahm sie ein Buch und schlug es auf Seite sechsunddreißig auf. Ohne sich um den Namen des Autors zu kümmern, las sie: »Ich spüre, daß ich einmal nicht mehr aufstehen werde, daß ich beschließen werde, wie eine Eidechse in den Ruinen zu hausen. Jetzt beispielsweise sind meine Hände zu müde für die Arbeit von morgen. Und wenn sich der Schlaf nicht einstellt..., werde ich umsonst auf meine Auferstehung warten. Ich werde zulassen, daß dunkle Kräfte in meiner Seele leben und sie zu einem stets sich beschleunigenden, trudelnden Fall hindrängen«.

Sie hätte gern etwas begriffen, und vielleicht konnte sie die Botschaft dieser Zeilen auch bis zu einem gewissen Grad verstehen. Sie brauchte eine Moral oder ein Orakel und hatte es diese Nacht nicht zur Hand. Der Lindenblütentee warf sie aufs Wohnzimmersofa.

Als die Morgendämmerung durchs Fenster des kleinen Wohnzimmers drang, weckten sie die Rufe der Nachbarn. Meine Mutter ist kein Fisch. Meine Mutter ist eine Tasse mit einem abgebrochenen Henkel.

Von draußen vernimmt man ein Rauschen. Es könnte das Schwirren von Fächerfischen sein oder eine vorbeiziehende Heuschreckenplage, die sich dem Loch nähert, in dem wir eingepfercht sind. Wir hören es ganz deutlich. Niemand getraut sich, es näher zu bestimmen. Es bewirkt einen Wachzustand in uns, der weder im Kaffee noch im *winter blues* dieser Sturmtage Erleichterung findet. Eine Betonmauer trennt Innen und Außen. Trotzdem sind auf der Straße seltsame Geräusche von Leuten zu hören, zu unpassender Stunde, nachdem in diesen letzten Wochen des Jahres 1958 die Stille die Funktion einer Sperrstunde ausgeübt hat.

María ist nicht mehr die einzige Frau. Nun ist auch Irma da. Mit ihrem lebhaften Charakter hat sie etwas Freude in diese Klausurtage gebracht. Sie ist leichtsinnig, schaut zu den Fenstern hinaus, singt, will Wäsche in den Hof hängen, mit den andern tanzen. Zweimal ging Irma in die Sierra Maestra hinauf, wurde aber in einem Viertel von Havanna aufgespürt und per Taxi im Brautkleid hergebracht. Sie kam durch die Tür der Vorratskammer und nahm dann als erstes den Schleier ab und schlüpfte aus den Schuhen mit den hohen Absätzen.

Mir gefällt der Name Irma, er paßt gut zu ihrer schmalen Gestalt und den hellen, gartengleichen Augen.

Irma und María haben in dieser engen Umgebung nicht die gleiche Wellenlänge.

Da sie wohl oder übel gemeinsam schlafen müssen, wachen sie schlechtgelaunt auf, zanken wegen Lappalien und streiten sich um die Zuneigung der Männer. Wir sprechen über Politik, als liebten wir uns, geht mir durch den Kopf, wenn ich mit Irma beim ausgiebigen Tête-à-tête sitze.

Jetzt wird das Rauschen aber wirklich sehr laut. Zwei Genossen schließen von außen die Haustür auf und geben Batistas Flucht bekannt. Ich will die genaue Zeit wissen, aber meine Omega-Uhr mit den römischen Ziffern ist stehengeblieben. Gleich wird der Tag anbrechen.

Mit flachen Händen preßt sich María an die Wand. Irma und die andern schreien wild durcheinander. Als erstes kommt mir das Telefon in den Sinn, und zerstreut gehe ich hin, ohne daran zu denken, daß es abgestellt worden ist, damit niemand etwas Unbesonnenes tut.

Ein Film mit vertrauten Personen läuft in meinem Kopf ab. Mein Vater in einer fernen Straße in weißem Hemd und mit goldener Uhr, gedankenversunken; die Mattigkeit meiner Mutter, die mit ihren Yoruba-Beschützernegerchen auf dem weißen Bett mit den gestärkten Kissen liegt; Juan, weiß Gott wo; Asuncións Tränen und Omars Brillantinehaar; Horacio und sein Goldzahn in einem Haufen Hobelspäne; meine Tante Ágata, die sich Roseneibischextrakt in die Achselhöhlen schmiert; der Dauerhusten meiner – schon im Sterben liegenden? – Großmutter.

Die beiden Männer umarmen uns, und wir singen die Revolutionshymne und die kubanische Nationalhymne von Perucho Figueredo.

Jetzt ziehen wir uns die rot-schwarze Armbinde über und verlassen mit leerem Magen und in herrenlosen Autos unser Versteck Richtung Stadt. María konnte nicht einmal mehr den Kaffee aufgießen. Keinem kam es in den Sinn, ans Frühstück zu denken. Auf der Landstraße wird es hell, und die Autohupen sind schrill und ohrenbetäubend. Wir fühlen uns wie in einer Sardinendose. Bei der Tunnelausfahrt kann man hinter dem Morro-Scheinwerfer die Sonne sehen, die sich auf der Biegung des Malecón wie ein Farbfleck ausbreitet.

Der Tyrann ist abgezogen, und in brüderlicher Massen-umarmung feiert das Volk den Augenblick der größten Freude in seiner Geschichte seit dem Einzug der Befreiungs-truppen in die Hauptstadt im letzten Jahrhundert.

Die Fahne des 4. September fällt wie die morsche Markise eines Schmierentheaters. Es lebe Fidel! Es lebe die Revolu-tion! wird auf der Straße im Chor gesungen.

Ich steige aus einem Auto aus, in dem ich Platz genommen habe, ohne es zu merken, und gehe mit der Binde am rechten Arm auf mein Haus zu.

Es ist sieben Uhr morgens, und noch immer schaut uns ab und zu jemand skeptisch an. »Seid auf der Hut!« ruft ein Alter von seinem Balkon herunter, dem einzigen des Hauses, an dem keine kubanische Fahne hängt.

Als ich zu meinem Häuserblock komme, werde ich mit Hochrufen und Umarmungen empfangen. Im Tumult sehe ich meine Mutter nicht, genausowenig wie Asunción, Hora-cio und meine engsten Freunde. Sie stehen vor mir, und ich sehe sie nicht. Nur ein verschwommenes Bild erscheint vor meinen Augen: Zeichen einer unverständlichen Schrift. Aus stürmischem Meer steigen tiefste Gefühle auf. Ich stemme über allen Köpfen meinen alten Hocker in die Höhe.

Ich höre das Wort »Sohn« und suche unter den Gesichtern; wieder »Sohn« und eine herzzerreißende Umarmung mit ihrer kräftigen Haut und dem unverwechselbaren Gemüse-geruch. Jetzt scheint sich die Nachricht wirklich zu bewahr-heiten. Die Wohnzimmeruhr zeigt acht. Das Echo von Radio Rebelde vervielfacht sich in allen Sendern. Einmütig hält die ganze Stationenskala die Gewißheit des Sieges fest. Sogleich bemerke ich, wie die Gegenstände in der Wohnung im Licht stehen; die Möbel verlieren ihre ehemalige Düsterkeit. Moctezuma hält sich im Funkenwurf dieses Tages schadlos. Ich habe das Gefühl, auf gallertartigem Grund zu gehen, und verstehe kaum, was der CMQ-Sprecher sagt.

Innerhalb weniger Minuten mache ich über zwanzig Anrufe. Der Diktator und sein Gefolge haben ein Flugzeug bestiegen und die Insel verlassen. Noch auf der Gangway rief er: »Heil! Heil!«

Man spricht von der Vermittlung des Bischofs Pérez Serantes von Santiago de Cuba, vom Che, von Camilo, von Celia Sánchez. Aber es ist Fidels Name, der diesen Morgen eingeleitet hat, um endgültig in die Geschichte einzugehen.

Zum Frühstück verzehre ich einen hart gewordenen armen Ritter aus dem Eisschrank und gehe dann mit der größten Freude meines Lebens auf die Straße, einer Freude, um die mich kommende Generationen beneiden werden.

»Che Guevaras Streitkräfte haben von La Cabaña Besitz ergriffen. Alte Kämpfer seiner Kolonne werfen sich in der Kapelle dieses militärischen Zentrums vor dem Bildnis der heiligen Barbara, der Schutzpatronin der Artilleristen, zum Dank für die Befreiung des Vaterlandes auf die Knie...

Seine Eminenz Kardinal Arteaga segnet das ganze kubanische Volk und die hundert Familien, die die hundert Häuser gewonnen haben, welche auf eingekapselten Zettelchen in *Candado*-Waschseifen verschenkt werden. Der ›Goldene Hahn‹ ist ein modernes, vollkommen möbliertes Haus. Mit seinem ehrwürdigen Wort hat der Kardinal eine Botschaft des Friedens errichtet. Das kubanische Volk und die Firma Crusellas & Cie. danken ihm dafür.« (Zeitschrift *Bohemia* vom 11. Januar 1959)

Jetzt noch so etwas von mir zu verlangen ist unmöglich. Dreißig Jahre ist es her, und die Zeit vergeht nicht umsonst. Das Glück stand ihm wirklich in den Augen, sie traten ihm fast aus den Höhlen. Er war besessen und rief immer wieder: »Jetzt haben wir endlich gewonnen, jetzt endlich!« Mich sah er nicht. Und ich rief: »Junge, ich bin deine Mutter... Iß was, du bist dünn geworden... So lange von der Welt abgeschnitten!« Ich wußte nicht und hab's auch später nie erfahren, wohin sie ihn gebracht hatten. Ich fragte ihn, und er sagte: »Tarará.« Aber dann die Zeit, die Umstände und alles, und auch wenn man's kaum glaubt, ich hab' ihn nie wieder gefragt, in welchem Haus und mit wem, nichts. Er ist ja so verschlossen. Seine Augen kommen mir in den Sinn und das Durcheinander an jenem Morgen. Er stemmte einen alten Hocker in die Höhe, den wir ihm in der Casa del Perro gekauft hatten, als er noch klein war, und dann ging er in den Hof hinaus, um die Nachbarn zusammenzurufen.

Im Glück liegt ein wenig Wahnsinn, denn jene Tage waren wie Vollmond. Nie saßen die Kubaner soviel vor dem Fernseher und dem Radio wie in den ersten Januarwochen 1959.

Die Straße war ein Fest und auch eine Gefahr. Eines Abends war Fidel schon über die Rampa in den Vedado gekommen, dort, wo die Infanta in den Malecón mündet, mit seinem Gladiatorenwuchs; er überragte alle andern, schließlich ist er ja so groß, und war mit seiner ganzen bärtigen Gesellschaft da, und ich ging zu ihm, es war an einem 8. Januar, und gab ihm eine Nelke; er nahm sie und steckte sie in den Patronengurt; in diesem ganzen Menschenauflauf wäre ich fast erdrückt worden, nicht einmal bei der Beerdigung von Chibás sah ich so viele Leute, kein Vergleich, das war wirklich ein Volk, das einen Helden empfing. Ich ging mit Asunción und andern Nachbarsfrauen hin. Mein Sohn arbeitete da schon für die Revolution, und seit drei oder vier Tagen hatte ich ihn nicht mehr gesehen, aber das Glück ist nie vollkommen, es kommt immer portionenweise. Mein Mann hatte noch nicht abreisen können, und ich sehnte mich wie verrückt nach ihm, denn wir hatten uns nie getrennt. Meine fixe Idee war: Heute kommt er, ich gehe auf den Flugplatz, aber nichts. Es kamen Flugzeuge mit Exilierten, aber von Richard keine Spur. Die Mafia hat ihm einen Streich gespielt, dachte ich, oder er ist vom Erdboden verschwunden. Ich war ganz durcheinander und konnte den Sieg gar nicht genießen.

Weshalb ist wohl das Glück nie vollkommen? Gäbe es einen Moment vollständigen Glücks, so würde es sich lohnen zu sterben. Aber Gott weiß, was er macht, und gibt uns alles stückchenweise.

Asunción verlor sogar ihren Sohn, und dann brachten ihr die Jungs der Bewegung Blumen und führten sie auf den Friedhof. Sie sprachen sehr gut von Omar. An diesem Tag erfuhren wir vieles, von dem wir nicht einmal etwas geahnt hatten, aber sie war nicht glücklich. Sie sagte zu ihnen: »Jetzt seid ihr meine Söhne«, und dann, als wir allein waren, zu mir: »Nun, ein Sohn ist nicht ein Wort, es ist ein Sohn aus Fleisch und Blut, etwas, was man unter dem Herzen getragen und wachsen gesehen hat.«

Heute ist sie auch schon tot, und wenn Omar Geburtstag hat, geh' ich auf den Friedhof, denn sonst hab' ich keine Ruhe. Und es sind Jahre vergangen.

Oh, und was die Gefahr betrifft . . . In diesen Tagen war es auf der Straße sehr riskant. Eines Nachmittags überqueren Asunción und ich die Línea und sehen ein rotes Kabriolett, aus dem nach allen Seiten geschossen wird, blitzschnell daherrasen. Weder verfolgt es jemand, noch wurde es selbst verfolgt. Einfach so, Schüsse in die Luft, um zu schauen, wem das Gehirn wegspritzte. Wir warfen uns auf den Boden und baten einige Jungs von der Bewegung um Hilfe. Ganz beklommen erreichten wir das Haus. Masferrers Rotten mordeten weiter, denn sie wußten, sie waren in die Enge getrieben und verloren. Ich ging nicht mehr aus dem Haus, bis mein Mann eines Abends in einem Frachtflugzeug zurückkam, ohne Papiere, ohne Paß, ohne irgend etwas. Diese Nacht feierte ich den Sieg mit Vergnügen. Es war meine Nacht.

Am nächsten Tag rief ich meinen Sohn an und sagte zu ihm: »Dein Vater sitzt in der Küche beim Frühstück.« In fünf Minuten war er vom Elektrizitätswerk in Tallapiedra, wo die Bewegung ihre Büros hatte, zu Hause. Vater und Sohn umarmten sich immer wieder, und ich war so glücklich, daß ich nicht anders konnte und Asunción und Horacio und alle Nachbarn rief, und wir stießen auf Kuba, auf die Revolution, auf alles an. Das Wort des Tages war: »Danke, Fidel!«

Aber was ich sagen wollte: Das Glück ist nie vollkommen. Als ich in Asuncións Augen diese große Traurigkeit sah, fühlte ich mich schuldig, wie außer mir, und am liebsten hätte ich geweint und geweint. Und zwar, weil es mir weh tat, daß Omar in diesem Augenblick nicht da war. Wie hart war das für mich! Nie hab' ich ihn vergessen können.

Und es begann die Zeit des Fließens. Und das Wasser an der Oberfläche wurde nicht wieder ruhig. Und die Nacht wurde zum Tag, und der lange angehäufte Schlaf verschwand. Und die Stadt bedeckte sich mit Palmfaserhüten und Rindslederschuhen. Und die Kinder banden sich Tücher um den Hals. Und eine umherirrende Taube setzte sich auf die Schulter des Helden. Und schuf eine blinde Legende. Und er war Oddúas Sohn, Achse der Erde, Schutzgott. Und was man von hinten gesehen hatte, sah man nun von vorn, und was man von vorn gesehen hatte, sah man nun von hinten. Und das Jahr hatte mehr als zwölf Monate und die Woche mehr als sieben Tage. Und niemand hatte Zeit, über seine persönlichen Leiden zu jammern. Und auf der Haut der Insel wuchs ein neues Gras, giraffenaugehoch, die grüne Statue der Revolution, die sich über die ganze Erde verbreitete. Und die Naphthalinschränke öffneten sich weit, und nichts konnte die Schaukelstühle stoppen, die verlassen und allein auf den Veranden schaukelten. Dieses alte Schweigen war vorbei. Und meine Großmutter hörte auf, an ihren Erinnerungen zu weben, hörte auf zu sprechen, hörte auf zu singen.

Zuversichtlich sah ich – mußte man sehen -, wie das Licht in diesen Raum schien, als meine Mutter erstmals die Fenster öffnete.

Die Wohnung der Vinageras verwandelte sich in einen Jahrmarkt: Wimpel, chinesische Lampen, brandneue Buttons in den Farben des 26. Juli, Rot und Schwarz. Überall im Viertel protzte Tito mit einer 45er-Pistole. Die ganze Familie schloß sich dem Freudengeschrei an, und sogar der heilige Lazarus bekam ein Geschenk – einen Chow-Chow, der dem Dobermann Gesellschaft leisten sollte.

Kurzschrittchen und Omars Freundin besuchten mit zwei jungen Journalisten Asunción.

In der Mietskaserne, die sich wie ein Karussell drehte, wollten die Siegesfeiern kein Ende nehmen. Wochenlang gab es kistenweise Bier und gebratene Spanferkelköpfe. Cucho Molina und Horacio tranken täglich eine Flasche Matusalem, um zu Kräften zu kommen und mit beiden Händen Parkuhren, Spielautomaten und Wahlplakate zu ruinieren. Die Spielhölle und der sentimentale Plattenspieler wurden zu Schrott. Das Volk wollte eine Reinigungstaufe. Die Wurlitzer-Musikautomaten büßten dafür, daß sie Fünf-Centavo-Stücke schluckten, um der ungebetenen Polizei mit den Stimmen von Daniel Santos oder Lucy Fabery Erholung zu verschaffen, während man den Toten den Mund mit grauer Putzwolle stopfte und sie im Laguito ins Wasser warf.

Am 16. Februar wurde Fidel Castro zum Prüfstein der Macht. Das Volk wurde nicht müde, ihm Beifall zuzujubeln, und kostete den Sieg bis zur Neige aus.

»Unmöglich, auf der Promenade zu schlafen, und diese meine Sehnsucht und die Geister in meinem Anzug und die Frauen mit den Früchten in den Händen und den breiten, nach Moos riechenden Hüften. Und alles andere. Nicht wahr, Juvenal, es tut gut, sich daran zu erinnern, wie man einmal glücklich eine rote Echse fangen konnte? Und sich daran zu erinnern, daß wir in dieser selben Stadt noch vor wenigen Jahren eine Glasscherbe waren, die im Sommer zerbrach, oder ein trockenes Samenkorn? Vielleicht die Feder eines toten Vogels?

Meine echten Freunde, diejenigen, die mein Hemd anziehen, und die Hausfrau, die lächelnd den Gewürzverkäufer empfängt, liebe ich mehr denn je. Es ist heiß, und ich erinnere mich an den 8. Januar – oder vielleicht an den 6., als ich jenen Soldaten mit dem grauen Schnurrbart weinen sah. So traurig kann das sein. « (Miguel Barnet)

Luz Elena und ihr Mann, der Malakologe, besuchen uns täglich, aber ich bekomme sie kaum zu Gesicht, da ich erst sehr spät abends heimkehre. Alle nehmen an der Euphorie teil, als lutschten sie an einem Riesenbonbon. Auch Juan ist aufgetaucht, aber ich habe ihn nicht gesehen. Er hat viele Kilos verloren, erzählt man mir, und auch seine Backen sind eingefallen. Er ist glücklich und mit militärischen Angelegenheiten befaßt. Er ist es, der Horacio mitteilt, daß sein Bruder an die Wand gestellt worden ist. Papa und Mama erleben zweite Flitterwochen. Sie haben die Brücken zu ihrem ersten Leben mit bewundernswerter Wollust hinter sich abgebrochen und kehren zur abenteuerlichen Fahrt auf einer bewegten See zurück.

Einer, der die wirkliche Bedeutung der Worte kennt, hat ihnen ihren ursprünglichen Sinn wiedergegeben. Was mag das für eine höchste Gottheit sein? Ich gehe, ohne den Boden zu berühren, füge mich in einen Kosmos ein, wo ich mit einer roten Mütze und einer Pistole im Gurt dahinschwebe. Mit andern Genossen zusammen stürme ich ehemalige Privatschulen und die Werbefachschule, Schlupfwinkel von Bürgern und Kindsköpfen mit Gesichtern wie verdorbener Kohl. Ich schlafe nicht. Niemand schläft. Die Zigarre wird zum Symbol des Wachbleibens – das Olivgrün und die Zigarre und die schulterlange Mähne. Ich spüre, daß meine Kindheit sehr fern ist und nur noch an einem Spinnfaden hängt.

Auf der Straße, in der Hitze der Parolen, schmiede ich mir eine neue Persönlichkeit. Jetzt bin ich ein junger Rebell.

Um zwei Uhr früh klingelt zwischen Papieren und Partagás-Stummeln erbarmungslos ein schwarzes Telefon. Wir alle sind sehr mit unseren Aufgaben beschäftigt: Arbeitssitzungen, Bildung von Ausschüssen, Ausfüllen von Listen, Beschaffung von Lebensmitteln für die Wachen . . . Die Vereinigung Junger Rebellen ist ein Hexenkessel. Und niemand hört das Telefon. María, die jetzt wieder ihren richtigen Namen trägt, rafft sich auf zu antworten.

»Ángela hier. Sie wünschen?«

Ein Hochspannungsstrom fährt mir das Rückgrat hinunter. Ich bin sicher, daß dieser Anruf für mich ist, nehme den Hörer und vernehme die Stimme meines Vaters, losgelöst von seinem physischen Organ; eine sehr ferne Stimme.

»Komm so schnell wie möglich. Deine Großmutter liegt im Sterben.«

»Und Ágata?« frage ich.

»Ich spreche von deiner Großmutter, hörst du nicht?«

Ich hänge auf und schaue mich um. Ich habe nur geringe Lust, von hier wegzugehen. Meine Freunde sind alle sehr beschäftigt, und wenn ich nicht bei ihnen bleibe, fühle ich mich schuldig. Zugleich beunruhigt mich etwas. Die Großmutter könnte mitten in einem Strudel von Ereignissen sterben und nicht die Totenwache erhalten, die sie sich gewünscht hätte. Für mich selbst wäre es eine lästige Störung, eine ganze Nacht in einem Beerdigungsinstitut des Vedado zu verbringen.

Sie verkörperte eine unumschränkte, unwiderstehliche Macht, etwas, was in der Familie nie mehr vorkommen würde.

Auf der Fahrt meinte ich sie wimmern zu hören, vernahm ihren matten Husten und dachte: Angesichts des Todes sind wir nur eine unförmige Masse aus Knochen und Blut. »Der Körper«, hatte ich irgendwo gelesen, »ist nichts weiter als ein verkapptes Monster, das schließlich seinen Herrn verschlingt.«

Trotz der Umstände scheute man keine Anstrengung, sie noch besser zu betreuen. Sie selbst pflegte ihre Gesundheit mit Arzneitränkchen und Tinkturen. Sie schlief viel, hatte das Rauchen aufgegeben und nahm Gelée royale. Aber immer mehr löste sie sich von der Welt, immer mehr zehrte sie sich auf. Innerhalb weniger Monate war sie nur noch ein gelbes Skelett mit einem für ihr Gesicht übermäßig großen Gebiß.

An diesem Morgen hatte ihr Panchita eine Minestrone gebracht, aber sie aß nichts davon, sondern verlangte eine Tasse Kaffee und einen Umschlag mit einem Briefbogen. Sie trank den Kaffee und erbrach ihn wieder. Den Brief schrieb sie nie. Wer weiß, was für eine Botschaft er enthalten hätte! Wer weiß, was ihr in den letzten Stunden durch den Kopf ging! Geübt im Aushalten von Schmerzen, starb sie ohne Sauerstoffmaske oder klinische Geräte. Sie bat nur ihre älteste Tochter, ihr auf die Brust zu drücken und Vicks VapoRub einzureiben, und hörte zu husten auf. Und verlor nicht die Selbstkontrolle. Sie schaute uns alle an. Mein Onkel, der Malakologe, weinte wie ein Kind. Die Wohnung in der Siebzehnten füllte sich mit Verwandten. Meine Mutter goß immer wieder neuen Kaffee auf.

Ágata schickte nach einem Priester der Pfarrgemeinde. Der Alte kam nur widerwillig, mit halbgeschlossenen Lidern voller Augenbutter. Sie bekam keinen Segen, keine Besprengung, keine Gebete, nichts, so groß war der Tumult draußen – der asturische Geistliche kam zu spät. Von weitem bekreuzigte sich Panchita, und meine Tante Ágata brach in Tränen aus, als meine Großmutter ihre Seele aushauchte und dabei schwarzen Speichel über die Hand ihrer Tochter rinnen ließ.

Mit Luz Elenas Hilfe deckte meine Mutter sie mit einem weißen Laken zu.

Bei Tagesanbruch traf der Wagen des Beerdigungsinstituts mit dem Weidenkorb ein, in den ihre Leiche gelegt werden sollte. Der Fahrer hatte spitze Ohren, wie Satan. Ungeduldig wartete er unter der Tür auf die Diagnose des Gerichtsarztes, um losfahren zu können.

Unerwartet naiv fragte Ágata den Arzt, welches die Ursache für den Tod ihrer Mutter gewesen sei.

»Ein allgemeiner Verfall, mein Kind; die Señora war aufgezehrt, verwelkt. Außerdem reagierten die Lungen nicht mehr.«

Sie klammerte sich an ihren Lieblingsbruder und schluchzte hemmungslos. Den frostigen Blick ihrer Heiligen und die noch nicht angezündeten Kerzen hatte sie vergessen.

Allein im Zimmer einer Frau, der sie über vierzig Jahre lang gedient hatte, goß Panchita Florida-Wasser in die Ecken und sagte fest entschlossen zu sich: »Jetzt werde ich aber wirklich zu meinen Nichten nach Luyanó ziehen.«

María, was sage ich, Ángela macht für alle Tee. Wir tunken ihn mit *sponge rusks*, hartem Zwieback, auf, und so bleiben wir wach. Wegen des Lärms in Tallapiedra kann ich mich nicht auf den Artikel »Das Leichenhaus: Stummer Zeuge der Batista-Barbarei« in *Bohemia* konzentrieren. Auf einmal sind kleine Rahmkäse und Salzkekse da. Auf dem Foto in *Bohemia* erkenne ich einen der Toten. Er trägt die Tafel B 791 10/1/58. Ohne jeden Zweifel ist es ein Mulatte, der Horacio oft in seiner Bude besuchte. Das Bild ist unten auf der Seite plaziert, ohne Identifizierung. Das erschreckt mich maßlos. Ich gebe die Zeitschrift einem Genossen mit Sportreporterstimme. Laut liest Frank gegen den Lärm der Straße und des verdammten Kraftwerks an.

»Täglich trafen im Gerichtsleichenhaus – stummer Zeuge der Batista-Barbarei – die Leichen mehrheitlich unschuldiger junger Menschen ein, die die Lakaien des unheilbringenden Diktators Batista aus dem Weg geräumt hatten, um seinen Blutdurst zu stillen. Der größte Teil der Toten mußte in die Liste der Nichtidentifizierten eingetragen werden. Gegenwärtig verbleiben noch dreiunddreißig nicht identifizierte Leichen – dreiunddreißig Kubaner, die sich nur eins gewünscht hatten: in Frieden zu leben. Von 1952 bis 1958 kamen die Leichen von über sechshundert Männern und Frauen ins Leichenhaus, die zuerst gefoltert und dann zu Tode geprügelt, mit Strom umgebracht, aufgehängt oder erschossen worden waren, sagte der Direktor, Dr. Muller. Das ist eine alarmierend hohe Zahl, wenn man all die Opfer berücksichtigt, die gar nie ins Leichenhaus kamen, weil man sie auf andere Art beseitigt hatte. Ein Beweis hierfür sind die kürzlich an verschiedenen Orten der Stadt gefundenen menschlichen Gebeine. Die Schreckensherrschaft, schlimmer als die des Naziregimes, wenn man bedenkt, daß es ein blutiger Bruderkrieg war, hatte die Bevölkerung von Havanna während sieben Jahren fest im Griff. In einigen Fällen kamen die Leichen von unter vierzehnjährigen Jugendlichen ins Leichenhaus, viele nicht identifiziert. Auch sie mußten in die Liste der unbekannten Toten eingetragen werden. Sicher ist, daß von den Toten in Havanna fünf Prozent ins Gerichtsleichenhaus kamen.

Anfänglich, so Dr. Muller, erstattete die Polizei über die Leichenfunde Bericht, so daß der Gerichtsarzt an den angegebenen Ort gehen, den Toten untersuchen und ihn den Angehörigen übergeben konnte. Danach änderte sich das System. In Gefängnis- und Streifenwagen und in Autos mit besonderen Kennzeichen wurden sie bis vor die Tür des Leichenhauses gefahren und dort ohne irgendwelche Papiere liegengelassen. Die Identifizierungsarbeit wurde schwieriger. Man fotografierte die Leichen und verglich ihre Fingerabdrücke im Nationalen Erkennungsbüro. Einige Opfer blieben mehrere Wochen im Eisschrank und wurden später in einem speziellen Grab des Friedhofs Colón für die ›Unbekannten‹ beerdigt.

Oft spielten sich im Leichenhaus Szenen wahrhaftigen Schmerzes ab, berichtete Dr. Muller. Eine Frau, die seit Wochen nichts mehr von ihrem Sohn gehört hatte, erkannte auf einem Foto seine Leiche. Eine andere junge Frau, die schwanger war, verließ das Leichenhaus, nachdem sie ihren toten Mann gesehen hatte, mit einem Geschöpf im Leib, das nun ohne Vater zur Welt kommen mußte. Hysterische Anfälle, Umarmungen von Eltern und Kindern, Freunde mit tränenverschleierten Augen und dem Wunsch nach Gerechtigkeit im Herzen, die sich in stummer Prozession zurückzogen. Der Schakal führte ein weiteres Opfer auf seiner Liste.«

Von gemeinsamem Schrecken getroffen, schauen wir uns an. Wir sind die Überlebenden einer siebenjährigen Barbarei.

Jetzt hören wir endlich den Nieselregen der Morgendämmerung. Draußen schläft niemand. Die Erinnerung, so hoffen wir, wird uns eines Tages eine Parzelle Glück genießen lassen. Im Moment nagt sie uns noch mit Aasgeiergekreisch in den Ohren. Ohne es zu wissen, haben wir an diesem frühen Morgen in den Schattierungen einer Schauergeschichte unseren ersten Studienbereich in Angriff genommen. María, was sage ich, Ángela hat die Tür des Vereinigungsbüros aufgemacht, und die Sonne scheint herein und überflutet Schreibtische und Wände. Scharenweise kommen die Arbeiter des Kraftwerks Tallapiedra mit Papier- und Plastiksäcken.

»Ich wurde aus Lehm, aber auch aus Zeit gemacht. Seit ich Guru war, wußte ich, daß es im Paradies keine Erinnerung gab. Adam und Eva hatten keine Vergangenheit. Kann man jeden Tag so leben, als wär's der erste?« (Eduardo Galeano)

Mit Kohle, Lippenstift und roter und schwarzer Farbe gemalt, taucht auf Mauern und Hauswänden die Zahl 26 auf. Die Calle Línea, die jahrelang wie einen Hohn den Namen General Batista ertragen mußte, zeigt nun auf den Täfelchen an jeder Ecke die Nummer 26. Masferrers Wüteriche hören mit ihren Freveltaten nicht auf. Mitten im Volksjubel wird eine Trauerdemonstration durchgeführt. Der Rebellenkommandant Horacio Rodríguez ist von den paramilitärischen Rotten eines der gemeinsten Handlanger des Batista-Regimes ermordet worden. Teilnehmer der Granma-Expedition, Kämpfer in der Sierra Maestra, konnte er sich nicht mehr über den Sieg freuen. Das Land erlebt Tage strahlender Erleuchtung. Die Erschütterung über den Tod Camilo Cienfuegos' bei einem Flugzeugunglück, als er mit einem Verräter abrechnete, fällt nachtgleich auf die Lider des Volkes. Nur die, die wir die Angst dieser Stunden der Ungewißheit miterlebt haben, können die Wucht des Schmerzes ermessen. Dieser Tage bekomme ich einen Brief eines abwesenden Freundes. Mein Freund hat beim Weggehen den Tod, die Doktrin der Liebe mitgenommen, in einem wie ein alter Zigarrenstummel zerfressenen Sack voller Löcher. Meinen Genossen habe ich gesagt, sie sollen dem Unwetter das Fenster aufmachen, sollen sich daran erinnern, daß alle früheren Generationen betrogen wurden, sollen zäh und robust sein wie Schulmeister... Vorgestern, hört es alle, sagte mir ein Alter, die Erde habe sich an einen Baum gelehnt, um zuzuhören, wie ein Arbeiter leise aus Camilos Tagebuch vorlas.

Wie jung wir sind! Und wie undiszipliniert!

Nun trinken wir warmes Malzbier, weil einer von uns mit der Hacke auf das Gefrierfach des Frigidaire eingehauen hat, so daß aus einem kleinen Loch alles Gas entwichen ist. Wir essen Schinken-Käse-Sandwiches von El Jardín und sind ganz mit dem Umzug beschäftigt. Wir haben nämlich für die Vereinigung Junger Rebellen des Vedado das Haus eines in die chilenische Botschaft geflüchteten Batistianers erworben.

Seit zwei Wochen trage ich dasselbe Hemd; es riecht nach Gras und Feuchtigkeit, was mich aber nicht stört. Das Radio ist zum Empfang der aktuellsten Meldungen immer eingeschaltet: wichtige revolutionäre Maßnahmen, Jagd auf Mörder, Ansprachen von Opportunisten, fünf- und sechsstündige Reden von Fidel. Wenn ich Wache schiebe und beim Training nehme ich den Grasgeruch fast nicht mehr wahr, da er sich mit demjenigen der andern vermischt. Wir riechen alle gleich, sprechen von den gleichen Dingen, diskutieren, gewinnen immer mehr Anhänger.

Das Haus in der Zwölften Straße ist weder neu noch allzu alt. Auf den Kopf gestellt, das schon; ein verlassenes Haus mit ekelhaft kitschigen Louis-XVI-Möbeln. Wir springen auf die Sessel, so daß die Federn mit ihren Korkenzieherspitzen ächzend herausspringen.

Niemand kann leise sprechen. Man schläft auf Matratzen auf dem Boden. Die Fenster bleiben offen, desgleichen die Eingangstür, wo wir ein Plakat aufgehängt haben, um Versammlungen und die Bildung von Alphabetisierungsbrigaden anzukündigen. Die Böden bedecken sich mit Teppichen von Zigarettenkippen und Memos. Niemand hält sich bei den häßlichen, eiskalten Granitsäulen auf. Die Wasserhähne haben die Gewinde verloren, so daß sie unaufhörlich tropfen. Das Haus war einmal das Heim Neureicher, voller jetzt unnützer Spiegel und kleiner Zimmer, wie Gefängnisse, die für nichts zu gebrauchen waren. Ob diese Zimmer, in denen gerade jemand stehend Platz hat, einmal benutzt worden sein mögen? Einstweilen füllen wir sie mit Kunstgegenständen, die schließlich in dem Büro landen werden, wo man die Güter der reichen Exilierten sammelt.

Ángela zeigt mir die Formulare, die ich den Brigadisten zum Ausfüllen geben muß. Die Handschrift von einigen ist noch undeutlich, zu kindlich. Hastig und freudig füllen sie sie aus. Noch nie haben sie ein Dokument vor sich gehabt, wo sie erzählen können, wer sie sind und was sie mit ihrem Leben vorhaben. Einige unterschreiben nur mit dem Vornamen, als gäbe es einen gemeinsamen Familiennamen. Es sind über hundert. Sie fühlen sich als Männer und Frauen und rauchen von unseren Zigaretten. Sie wollen uns nachahmen. Sie befinden sich auf dem Weg zu einer wichtigen Mission, die Aufstieg verheißt; das spüren sie, und es spornt sie an. Fern vom Vedado, werden sie allein sein, wahrscheinlich in der Sierra Maestra, wo sie ohne die unverschämten Verweise der Eltern rauchen können. Hinter dem Rücken der Väter werden sie die Väter imitieren. Die Frauen werden Lockenwickler und Nagellackfläschchen mitnehmen. Hinter dem Rücken der Mütter werden sie die Mütter imitieren. Sie werden Vögel jagen, durch Flüsse waten, Maniokbrot mit Salz essen, Palmen stutzen, Früchte von den Bäumen reißen, barfuß durch die Berge voller Klettengras laufen...

»Du da mit der Ziehharmonika und den Sommersprossen, wie heißt du?«

»Santiaguito . . . Santiaguito Ocaña Veloz.«

»Aber der ist doch noch ein Knirps, kaum dreizehn, siehst du das nicht?«

»Ich will aber gehen, Genossin.«

»Bist du allein?«

»Ja«, antwortet er mir. Und ich fülle ihm den Bogen aus. Der Kleine weiß, merkt, daß wir von ihm sprechen, und bückt sich, um aus der hohlen Hand Wasser von einem der Hähne zu trinken, die in den von den aufgehäuften Trümmern und Sandsäcken verunstalteten Garten tropfen. Er verbirgt sein Gesicht vor uns. Ángela bemerkt: »Er gleicht Rubén Martínez Villena, er hat die gleichen blauen Glubschaugen.«

Familiengeschichten kommen mir in den Sinn.

Ein anderes, ein ganz dünnes Kerlchen bittet mich um eine rote Pioniermütze, was ich ihm rundweg abschlage. Ich müßte ihm meine eigene Mütze geben, und die unterscheidet mich von den andern Genossen des VJR-Führers Frank País. Sie ist das Wahrzeichen meines Stolzes. Mit ihr war ich schon zweimal einquartiert, das letzte Mal mit starken Pocken, die auf meiner Stirn einen Strauß von Kratern hinterlassen haben. Die Mütze ist mein Talisman gegen das Fieber, gegen die Angst vor den Feuerstößen der Flugzeuge.

Jetzt ist wirklich keine Zeit zum Meditieren. Nach und nach ziehen die Brigadisten durch die Zwölfte Straße ab, gemeinsam oder in Begleitung ihrer Eltern und Geschwister. Morgen warten die Lastwagen, die Busse in die Provinzen, die Güterzüge und das Gebirge auf sie.

Alle geben wir Befehle aus. Im Moment herrscht ein Chaos. Alle ahmen wir Fidel nach. Am Morgen liegen Steine auf der Veranda und anonyme Zettel mit der Drohung, uns verschwinden zu lassen. Neben den Säcken längs der Einfahrt suchen wir vor möglichen Angriffen Zuflucht.

Hinter diesen Notsäcken sahen wir die Yankee-Flugzeuge massenweise den kubanischen Luftraum verletzen. Andere, kleinere Maschinen spuckten Feuerstöße gegen die urbanste Zone der Stadt. Diese Säcke waren für uns wie eine unförmige Sturmhaube. Und wir fühlten Haß, einen ungekannten riesigen Haß, einen unbezwingbaren Haß – diesen ewigen Groll, auf den José Martí in seinem Drama *Abdala* anspielt und den uns Fidel wie eine innere Waffe anzuwenden lehrte.

Der feuchte Moder der Säcke, die wir mit soviel Abfall füllten, wie wir im Garten finden konnten, schien im ganzen Haus mit abstrakt grüngelben Fleckchen aufzublühen.

Nie hatten wir großen Appetit. Wir wünschten nichts, als draußen auf der Straße zu sein, im Gymnasium des Vedado oder der Víbora, beim Palaver im Viertel, bei einem Marsch weiß Gott wohin, vielleicht in eine Zukunft, die sich allmählich behutsam ertasten ließ.

Erst Jahre später erfuhr ich, besser: erfuhren wir, daß die Zukunft eine Illusion ist und daß man sie nur stückweise erreicht, von der unmittelbaren, rückstrahlenden Gegenwart aus.

Das Jahr 1961 war für uns eine Explosion, ein Geborenwerden und Sterben und Wiedergeborenwerden. Es schenkte uns die poetische Erfahrung, die Natur und das Wirkliche zu transzendieren, um uns in einem Lichtbogen einzurichten. Es war ein Salto mortale und versöhnte uns mit uns selbst.

Staunen, Freude, Betäubung – eine Skala neuer Gefühle, zum erstenmal erlebt im Zwang des epischen Akts.

Die Vergangenheit lief Gefahr, ausgelöscht zu werden.

»Ich habe gesehen, ich bin Zeuge gewesen«, wiederholte ich in verwirrendem Selbstgespräch und fühlte mich gezwungen zu schreiben: »Revolution, zwischen dir und mir gibt es einen Haufen Widersprüche, die sich verbinden, um aus mir den Bestürzten zu machen, der sich die Stirn benetzt und dich errichtet. «

Vielleicht kommt der Schlaf. Und dann werde ich mich auf den weichen Wattesack in der Küche werfen. Ich möchte wirklich den Schlaf anlocken. Ich fühle mich müde, und eine Stirnader kündigt einen Aufstand an. Bald werden die heftigen Kopfschmerzen kommen und meinen Blick trüben. Wie eine Fischgräte, die sich auf der ganzen Länge und Breite meines Kopfes eingenistet hat. Obwohl ich mir zu schlafen vornehme, kommt der Schlaf nicht. Aber ich falle in einen Halbschlaf, in dem ich intermittierende Geräusche höre: Flugzeugbrummen und eine Bauernlaute aus einem Bild von Abela.

In diesem Halbschlaf ist alles möglich. Erschrocken wache ich vor einer Tasse heißer Schokolade auf. Ich habe eine Erektion und gehe ins Bad, wo ich mich wie der Bergsteiger auf seinem Gipfel vor dem Wasser der WC-Schüssel aufrichte. Ich bin mir meiner sexuellen Instinkte nicht bewußt, habe noch nicht zu leben gelernt.

Auf den Balkonen sind die Pflanzen verdorrt, die Töpfe weißlich. Niemand nimmt sich die Mühe, ihnen Wasser zu geben, und die Sonne hat sogar die schwache, gelbliche Hundszunge verbrannt. Bei dem Hin und Her der Milizionäre geht dauernd das Telefon kaputt. Jetzt steht es auf dem Boden, nachdem die Beine des Tischchens aus dem Leim gegangen sind – und wer soll sie schon reparieren?

Wir bereiten uns für den 1.-Mai-Umzug vor, wo wir rote Mützen und Tücher um den Hals tragen werden. Es wird der prächtigste 1. Mai in der Geschichte Kubas sein, denn das erste Pionierkontingent wird mitmarschieren. Die Kleidungsstücke wurden gebracht, und die Kinder probieren sie zufrieden an. Einige krempeln sich die Hose hoch, andere nähen hinten die Stoffmützen zusammen, weil es ihnen für so große Nummern an Kopfumfang fehlt.

Ich werde ans Telefon gerufen. Ein kaum wahrnehmbares Klingeln, gefolgt von einem ratternden Knarren, kündigt den Anruf an. Hastig stürzen wir uns auf ein spasmisches Telefon.

»Was bildet ihr euch eigentlich ein? So kann man doch nicht leben.«

»Wir haben keine Zeit, Mama. Außerdem hab' ich schon etwas gegessen.«

»Du ißt nicht, dein Vater ißt nicht, ihr seid überhaupt nie da. Das paßt mir nicht, Junge – Tag und Nacht warte ich auf euch.«

Das ist die Revolution. Nicht pünktlich essen, nicht pünktlich baden, nur dort sein, wo die Revolution ist. Und diese Hingabe – warum ist das so?

Niemand kann es sich erklären. Ein Strom reißt einen mit, es ist ein Laster, die Lust am Zusammenleben, die Notwendigkeit, in einer nützlichen Sache, die alle angeht, Fuß zu fassen. Man hört Stimmen; eine tiefe Stimme, die zur Schlaflosigkeit führt.

Ich trage dicke schwarze Stiefel und mache Riesenschritte. Es bereitet mir Vergnügen, sie in den Morast zu graben. Ich schlafe mit ihnen und könnte sie zehn Stunden tragen, ohne müde zu werden, trotz der Blasen. Die Kundgebungen auf der Plaza de la Revolución – einige von uns nennen sie noch immer Plaza Cívica – werden zu einem Ritual. Meine Stiefel tragen mich stundenlang, während ich Fidel zuhöre. Die Schwelle meines Schattenhauses ist überschritten. Jetzt weiß ich, daß ich meinesgleichen bin.

»Ich befand mich auf einem hohen Berg und sah einen riesigen und einen verkümmerten Mann. Und ich hörte eine donnergleiche Stimme. Ich ging näher, um zuzuhören, und sie sprach also zu mir: ›Ich bin du, und du bist ich; wo du auch sein magst, dort bin ich. In allen Dingen bin ich verstreut, und überall kannst du mich einsammeln, und wenn du mich einsammelst, sammelst du dich selbst ein.‹« (Juan José Arreola)

Auf der Kundgebung treffe ich die Vinageras mit Wimpeln des 26. Juli. Sie tragen Schirmmützen und bunte T-Shirts, weil sie die politische Veranstaltung mit einem Volksfest im Tropical verwechselt haben. Durch seine dicken Brillengläser hindurch späht Tito zaudernd zu mir hin. Er möchte etwas sagen, weiß aber nicht, was. Sehr schnell wird mir klar, daß ich fliehen muß, und ich verliere mich in der Menge. Mit dem Gewicht meiner schwarzen Kautschuksohlenstiefel mache ich mich auf den Heimweg. Papierblumen auf der Allee. Endlich kann ich eine lauwarme Dusche nehmen. Vom Badezimmerfenster aus sehe ich Moctezuma, unerschrocken wie immer mit seiner Krone eines ausgewachsenen Königs, in einen Drahtkäfig gesperrt.

Etwas später kommt mein Vater mit der Zeitung unter dem Arm und nieselnassen Haaren. Vom Badezimmerfenster aus sehe ich ihn seine Frau küssen. Unter dem lauwarmen Wasser und ganz nackt fühle ich mich seltsam. Ich habe einige Pfund abgenommen und bemerke vor dem Schrankspiegel die Müdigkeit in meinem Gesicht. Die Quetschungen der letzten Monate kommen allmählich zum Vorschein. Morgen werde ich diese schwarzen, jetzt grauenhaft nach gegerbtem Leder und verfaultem Gummi stinkenden Stiefel nicht wieder anziehen können. Morgen werde ich ausschlafen. Und der Schlaf wird keine Metapher mehr sein. Ich werde reichlich frühstücken und mich lange mit meinem Vater unterhalten. Aber ich ahne – vielleicht etwas allzu grausam –, daß diese Wohnung sich überleben, daß sie allmählich alt werden wird.

Eine merkwürdige Intuition beherrscht mich. Alles wird anders sein, die Dinge werden sich wandeln. Werde ich leben können mit der Sehnsucht nach dem Verlorenen? Was wird vergangene Freuden kompensieren? Werde ich mein so geliebtes Ich, meine Einsamkeit verlieren oder einen größeren, von außen kommenden Raum gewinnen? Ich weiß nicht, was geschehen wird, aber ich ahne neue Modulationen und einen tödlichen Umsturz. Ich spüre verfrühte Sehnsucht, ein komplexes, unentwirrbares Gefühl, das ich noch nicht habe enträtseln können. Die tägliche Wirklichkeit rinnt mir zwischen den Fingern durch, als löste sie sich von der Welt oder stürzte in ein Vakuum, wo es ein Geräusch gibt, das nichts und alles sagt. Kalender, Moral, Philosophien, Lebensgewohnheiten fallen in einen binären, widerstreitenden Rhythmus. Mein Kopf dreht sich. Bald werde ich eine neue Familie erfinden müssen, wenn es so weitergeht.

Horacio bringt mir wieder Sonnenblumenkerne. In gestärkter blauer Militäruniform und olivgrüner Mütze geht er hin und her. Er versuchte uns weiszumachen, er lebe mit seinem Hammer- und Sägenlärm, wo er doch in Wirklichkeit langsam dahinwelkte. Jetzt aber hat er sein altes und gleichzeitig junges Gesicht wiedergefunden. Den neuen Winden ausgeliefert, setzen Horacio und mein Vater alles auf eine Karte. Ich habe nichts zu verlieren. Aber... wie ist das mit ihnen? Anscheinend ist das Leben nicht weiterhin absurd und unnütz. Im Moment geht es nicht darum, Vorteile zu erwirtschaften, sondern darum, die Splitter der schlechten Zeit der Haut nicht weitere Wunden zufügen zu lassen. Horacio, ein einfacher, schmerzerprobter Schreiner. Aber der andere und seine Boheme, der andere und seine Annehmlichkeiten, der andere und sein unzerstörbares Gerüst von Zahlen, Namen und Genealogien?

Gequält von den Fragen des Lebens, fiel ich plötzlich in einen tiefen Schlaf, in dem mir alte Freunde und geflügelte Schildkröten erschienen. Beim Erwachen kam ich zu einem entschiedenen Schluß: Nie werde ich die Horizontlinie erreichen, wo die Wirklichkeit endet und die Fiktion beginnt. Um weiterzukommen, werde ich gemischte Kontrollen benötigen, die Wirklichkeit und Wunsch ins Gleichgewicht bringen können.

Das Schiff, in dem ich fliege, fällt in einen Wolkenschacht. Mit der Gelassenheit eines Steuermanns mitten in einer Turbulenz weiche ich dem Sturm aus. Mein Radar funktioniert nur unzuverlässig. Und dennoch weiß ich, wohin ich gelangen will. Für mich wird es klar. Aber die andern? Letztlich bin ich aus diesem Mörtel von Wasser und Traum, aus diesem gemeinsamen Blut gemacht.

Ich möchte sie rechtzeitig und stillschweigend retten, aber ich bin sicher, daß ich es nicht schaffen werde. Die Zellen werden sich in aus unbegründeter Angst vervielfachte Familien zerstreuen. In Hirtenbriefen verkündet die Kirche das

Ende der blutsverwandten Vaterschaft und die Herrschaft der vaterländischen Gewalt. In Baumwollkleidchen und flachen Lackschuhen gehen meine Kusinen leise aus, um kalte Tunnels zu betreten und Flugzeuge zu besteigen. Sie werden von Damen in Schwarz eskortiert, kleinen Nonnen mit Jugendakne und runden Brillen, die angesichts der kräftigen, mit den Stewardessen englisch sprechenden Geistlichen ihre Bestürzung nicht verbergen können.

Besser, ich denke mir für morgen, ja schon für heute andere Namen, andere Gesichter aus.

Den Nacken an eine Stuhllehne gestützt, steif und kurz vor einem heftigen Schüttelfrost, empfängt mich Ágata, die sämtliche Kerzen angezündet hat. Die Nachttischplatte (aus einem Stück Magnolienholz des alten Schranks) ist übervoll mit Salben gegen Migräne und gegen eine unerträgliche Schleimbeutelentzündung, die ihren rechten Arm gelähmt hat.

Ein Augenblick, in dem ich die Verwirrung begreife, in welche sie versunken ist.

In dieser Wohnung ist alles grau, und sämtliche Dielentapeten beginnen vor Feuchtigkeit stumpf zu werden. Onkel Domingo, in seiner Schale ein echter Pariser Aristokratengeck, sieht aus wie die aus dem Gleichgewicht geratene Puppe eines Bauchredners. Kein einziges Porträt im Wohnzimmer oder Eingangsraum, das nicht schief hinge oder an den oberen Rändern des Rahmens nicht staubbedeckt wäre. Nur dank des Funkelns einer Brillanthaarspange an einem schwarzen, hinter der Tür hängenden Kleid zieht es mich nicht wie sonst immer, wenn ich diese Wohnung in der Siebzehnten Straße betrete, in eine Ecke im Halbdunkel.

Mit einer Botschaft von Panchita in einem kleinen Umschlag des Bon Marché hat meine Tante nach mir geschickt. Ich spüre den stechenden Schmerz von Stecknadeln, als sie plötzlich zu mir sagt: »Ich will ernsthaft mit dir sprechen, ohne Telefon, ohne Vermittler, ohne fremde Ohren, vor Gott, du und ich allein.«

Unbewußt hat sie, wenn auch in andern Tönen, die Autorität der Großmutter übernommen. Der Geruch nach geschmolzenem Wachs macht mir angst. Ich schaue ihre Hände an. Sie sind schmal und mit Leberflecken bedeckt. Sie will Sicherheit, Selbstbeherrschung vorspiegeln, aber ich sehe, wie sie an ganz dünnen Fäden hängt.

Zwischen den Flügeln der französischen Fenster vertropft die Nacht. Das knisternde Kerzenlicht brennt im starken Wind der Fastenzeit aus.

Panchita bringt mir eine Tasse Kaffee.

»Geh bitte hinaus«, sagt meine Tante zu ihr.

Mürrisch zieht sich das schwarze Dienstmädchen mit der andern, unberührten Porzellantasse zurück.

»Kaffee läßt mich neuerdings nicht mehr schlafen, vor allem um diese Zeit. Und ich muß mit dir sprechen.«

»Ich dachte immer daran, eine Tasse zu zerschlagen; ich wurde geboren, wurde größer, lernte, die Tassen sorgfältig in der Hand haltend, Milchkaffee zu trinken, die Tasse auf die Untertasse zurückzustellen, die Lippen abzutrocknen, das zerbrechliche Klick des Porzellans auf dem Tellerchen zu hören; jetzt, in dieser Wohnung, entdecke ich diese Tasse, die ich mit beiden Händen ergreife, und schaue, wie die Hände Schatten auf sie werfen, und zeige sie dir, damit du verstehst, wie leicht der Wunsch aufkommen kann, eine in der Dunkelheit gefundene Tasse zu zerschlagen, diese Tasse, die möglicherweise zu irgend etwas da ist und, wenn es gut geht, so nützlich und, wenn es schlecht geht, so wehrlos ist.« (Luis Britto)

Ich versuche mich davor zu drücken, ein Topgeheimnis oder ein Geständnis anvertraut zu bekommen, und Ágata merkt es. Sie zieht die Jalousien hoch. Um mich herum erlebe ich ein rituelles chinesisches Schattenspiel, das wenig mit meinem Gemütszustand zu tun hat.

Warum gerade mir? Ich möchte doch bloß auf der Straße sein, gierig auf die neusten Nachrichten; dort habe ich meine Pflicht zu erfüllen und nicht in dieser Schattenwohnung, wo mich gräßliche Ketten gefangenhalten.

»Dein Vater ist verrückt geworden.« Sie richtet sich auf, um ihren Stolz wiederzufinden. »Sie werden kommen und alles zugrunde richten. Sie haben die Welt in der Hand.«

»Wenn sie kommen, wissen sie, was sie zu gewärtigen haben. Wir werden sie zerstückeln.«

»Du wirst deine Mutter umbringen, die Arme, die doch schon genug zu ertragen hat.«

»Sie sind es, die kommen, um zu töten.«

»Gott steh' uns bei!«

Plötzlich bemerke ich das Schwert des Erzengels Michael. Strahlenkrone und Aureole der Heiligen im Zimmer verschwinden allmählich, und auf dem Gesicht des heiligen Martin von Porres und der Jungfrau vom Rosenkranz glitzert nur noch das nachtkühle Mondlicht.

Sie zündet das mit Pfauenfedern aus winzigen Spiegelchen geschmückte Bronzelämpchen an, und das gelbliche Licht füllt das Zimmer mit blassen Tönen.

»Seit wann rauchst du denn?«

»Ich rauche, weil ich mit den Nerven am Ende bin. Das wird alles ein böses Ende nehmen. Ich sehe vieles, vieles . . .«

»Und warum rufst du nicht Mama an und erzählst ihr, was du vorhast?«

»Weil ich nicht will, daß es dein Vater erfährt. Er ist blind. Aber er wird schon noch klar sehen.«

Schwierig, dieser Bedrängnis nicht zu entfliehen. Ich stehe einer Schauspielerin gegenüber, die mitten im ersten Akt ihren ganzen Text vergessen hat.

»Ich gehe zu den Schwestern des heiligen Herz Jesu.«

»Na schön, du weißt, was du mit deinem Leben anzufangen hast. Dort wirst du arbeiten müssen.«

»Mir egal. Hier kommt der Kommunismus. Ich wollte dir auf Wiedersehen sagen. Bring eine große Kiste und nimm mit, was du willst.«

Quecksilberadern treten ihr in die Augen. Meine Tante durchlebt beklemmende Momente. Sie sucht meinen Blick, wühlt in meiner Brust, und in diesen vier Wänden findet eine vollkommene Verfinsterung statt. Warum gerade mir?, frage ich mich wieder.

»Gib das in drei oder vier Tagen deinem Vater.«

Ein Umschlag mit neuen, von einem Scotch-Band zusammengehaltenen Geldscheinen brennt mir in der Hand. Ich stehe vor einem peinlichen Entschluß.

»Ich bin der Kirche verpflichtet.«

»Und ich der Revolution«, antworte ich.

»Wie du willst, aber schwöre, daß du das in ein paar Tagen erledigst. Du wartest so lange, bis ich aus dieser Hölle da raus bin.«

»Ich weiß nicht, warum du das machst, mit dieser Wohnung ganz für dich allein, mit Opas Pension, mit dem Schatz, den du hier hast. Du bist verrückt, tu's nicht. Niemand wird dir etwas antun, ich versichere es dir. Hab Vertrauen zu mir.«

»Ich hab' dir schon gesagt, daß ich dem Willen Gottes verpflichtet bin.«

»Und was wird aus dir werden? Wohin bringt man dich?«

Ich schaute in Augen, die mich nicht anschauten, und versuchte mir den Sinn dieses Geständnisses zu erklären. Es würde sie überleben müssen.

Ich nahm die Katze und die Bronzelampe mit. Am nächsten Tag wollte ich die restlichen Sachen abholen. Irgendwie waren sie auch mein, gehörten durch direkte Verbindung mir. Die Gegenstände begannen befremdliche Formen anzunehmen: Die Aschenbecher wurden zu Augen, die Bakkaratherzen tanzten einen makabren Tanz, die Sessel stießen ein Geheul aus, der Hutständer verwandelte sich in eine schwarze Spinne mit langsamen, verschlingenden Bewegungen.

Auf dem Treppenabsatz hörte ich meine Tante rufen:

»Mach dir keine Sorgen um mich. Ich werde meine Seele retten.«

Als ich bereits auf dem Gehweg stand, redete sie vom kleinen Balkon ihres Zimmers aus weiter auf mich ein: »Ach ja, und sag ihnen, daß ich nicht nach Miami gehe.«

Ich hörte sie lachen, ein hysterisches Lachen, ganz unüblich bei ihr. Die Straße war voller Posten. Eine Invasion wurde angekündigt, aber das waren bloß Gerüchte. Man hörte sogar von der Drohung, Havanna würde bombardiert werden.

Zum Schluß hörte ich sie sagen: »Ich gehe mit meinen Nonnen nach Kanada.«

Nach Kanada, sagte ich für mich. Letzten Endes klingt das hübsch: nach Kanada gehen. Auch ich würde gern nach Kanada. Eine Sammlung von Seen, das wäre nicht schlecht.

Meine Tante in Kanada. Arme kleine Heilige. Panchita nach Luyanó und die Heiligen in irgendeine arme Kirche.

Ich war ein wenig neidisch. Kanada und die berittene Polizei, Kanada und seine Postkarten-Weihnachtsbäume, Kanada und seine Wasserfälle, Kanada und seine roten Backsteinhäuser . . .

Ich versteckte das Geld und die Bronzelampe in einem geheimen Winkel im Schrank meines Zimmers. Die Katze warf ich in den Garten der Calabars.

Ich zog mich um und eilte zu meiner Wache bei der VJR. Die ganze Nacht dachte ich an Kanada, was mir soviel Vergnügen machte, daß ich meine Genossen immer wieder um Kaffee bat, um mich wach zu halten und zu träumen.

Was habe ich doch für seltsame Tanten! Und warum trifft dieses verrückte Beichtvaterschicksal gerade mich?

Die ganze Nacht über war kein einziges Geräusch zu hören. Aber der Himmel war rötlich und drohte zu explodieren. Die Welt war so dicht, daß ich sie mit einem Fingernagel ritzen konnte.

Die Mythen fließen in der Almendares-Mündung zusammen. Lebe ich in einer verhexten Stadt, oder ist es das Brausen der Zeit, das mir das Gefühl gibt, in der Schwebe zu sein? Wir beeilen uns, die Horizontlinie zu berühren. Das neue Blut ist reiner, denn es stammt aus altem Geschlecht. Die Demajuaga-Glocke, die bei der Sklavenbefreiung läutete, hallt in der täglichen Überraschung wider.

Einer nach dem andern lassen wir uns untilgbare Zeichen eintätowieren. So wie jemand den Namen seiner Mutter oder ein blutendes, pfeildurchbohrtes Herz wählt, so wählen wir zehn Buchstaben, die die Last dieser täglichen Detonation tragen. Das Vergängliche bleibt in Abfall- und Lügenlöchern begraben. Wie verwundete junge Haie strecken die Dogmen den Kopf heraus, werden aber zugleich ihr eigenes Grab finden. Nichts kann das Brandzeichen dieser Schrift abwenden, die die Haut mit unauslöschlicher Farbe durchdringt.

In diesen Straßen lasse ich Teile meines Lebens zurück. Ich verliere die Orientierung vollkommen. Ich biete mich den vier Himmelsrichtungen, dem Flug des Fisches und dem Traum an.

Revolution, du hast jede Möglichkeit des Vergessens in mir aufgehoben, hast mich zu handeln gelehrt, als wäre jede Tat meines Lebens die wichtigste, die letzte.

»Laß dich von niemandem mehr weichkneten, hast du gehört? Wenn sie gehen wollen, sollen sie ruhig gehen, aber hierher sollen sie nicht jammern kommen. Und schon gar nicht diese Leute. Haben sie etwa dir geholfen, als du allein warst? Na? Sie fürchten, ihr Eigentum zu verlieren, und haben Angst vor einer Invasion. Das ist alles. Sie verschanzen sich hinter Hirtenbriefen und dem Kommunismus, und von beidem haben sie keinen blassen Schimmer.«

»Sie werden die Kirchen schließen, Richard.«

»Nichts werden sie schließen, und wenn sie sie schließen, kann's dir doch egal sein – wann bist du schon zu einer Messe gegangen? Wann hast du bei einem Geistlichen gebeichtet? Sieh mal, Elvira...«

»Ich bin katholisch.«

»Hier drin bist du katholisch. Niemand kritisiert dein Verhalten, oder habe ich dich geheißen, deine Heiligen wegzuwerfen? Diese wundertätige Muttergottes da, mit der spazierst du doch seit unserer Heirat im Haus herum, na also. Ich will nichts mit ihr zu tun haben. Jetzt sind alle auf einmal katholisch. Die Vinagera-Frauen beichten und lassen sich taufen, dabei waren sie immer Santería-Anhängerinnen.«

Hier, in diesem Viertel, sind die Calabars die einzigen Römisch-Katholischen. Sie schon. Die andern sind Heuchler.

»Ich habe Angst.«

»Ich nicht. Und dein Sohn noch weniger. Also überleg es dir gut.«

»Schau doch nur deine Schwester. Die war vorsichtig.«

»Sie war noch nie eine Persönlichkeit. Immer war sie ein Instrument in den Händen anderer. Jetzt entführen die Nonnen sie nach Kanada, wo sie das Frühstück austeilen und Biskuits backen muß. Aber das ist ihre Sache. Wenn es das war, was sie wollte, ins Kloster und Kerzen anzünden, na schön . . . Aber schreib dir's hinter die Ohren, ich will keinen Brief von ihr mit der Bitte, zurückkommen zu dürfen. Sie ist meine Schwester, aber genau wie die andern wurde sie verkehrt herum geboren.«

»Du bist sehr hart, Richard.«

»Hart war *sie*, als sie ging, ohne mir Bescheid zu sagen. Sie hat deinem Sohn mehr vertraut als mir. Außerdem bin ich nicht hart, ich bin realistisch. Niemand hat sie lieber gehabt als ich, und jetzt? Nicht einmal verabschiedet hat sie sich von mir. Ich hätte ihr bestimmt nichts getan.«

»Du bist sehr hart.«

»Das ist jetzt aber neu, woher hast du das?«

»Komm, iß etwas, du siehst müde aus.«

»Elvira, du mußt die Zeitung lesen. Laß dir den Kopf nicht mit Putzwolle vollstopfen. Hier findet eine Revolution statt. Und dein Sohn und ich stecken bis zum Hals mit drin.«

»Ach, heilige Muttergottes! Wo soll das alles noch hinführen? Ich werde meine Sachen niemandem herausgeben.«

»Herausgeben, du? Wo sind denn deine Grundstücke, deine Besitztümer?«

»Meine Wertsachen, Richard.«

»Niemand ist gezwungen, irgend etwas herauszugeben, außer veruntreuten Dingen. Und in dieser Familie hat niemand etwas veruntreut. Oder?«

»Aber das Geld, der Schmuck?«

»Das Geld und dein Schmuck sind deine persönlichen Gegenstände, deine Sachen. Sollen die Calabars mit ihren Grundstücken herausrücken. Die schon, die haben geklaut unter Machado. Aber in unserer Familie haben immer alle einen Beruf gehabt. Und ist dir etwa das Geld mehr wert als dein Sohn und ich? Schau doch, ob Asunción jammert! Und die hat wirklich alles verloren.«

»Ich jammere ja gar nicht. Ich habe Angst um euch.«

»Wir tun, was wir in diesem Moment tun müssen. Lies die Zeitungen. Wenn du aber jetzt auf alle Leute zu hören anfängst . . . Nun, du mußt entscheiden, ob du gehen willst . . . «

»Du spinnst, Richard, ich werde mich nie von euch trennen. Wir haben schon genug durchgemacht.«

»Dann hör nicht auf Gerüchte, hör auf mich, zum Teufel!«

Elvira hatte einen warmen familiären Ansporn nötig. In die Gezeiten der turbulenten Tage des Jahres 61 hineingerissen, hatten ihr Mann und ihr Sohn sie in den letzten Monaten vernachlässigt.

Sie ging in den Hof und fütterte Moctezuma. Dann goß sie die Dieffenbachien und das Christusdorn-Beet, während ihr Mann in aller Ruhe aß. Das Dienstmädchen hatte dem Gespräch zugehört, aber keinen Mucks gemacht.

Nach einer Weile, als Elvira einen Telefonanruf entgegennahm, sagte sie ganz leise zu Richard:

»Sie ist nervös, und zwar wegen dieses Anrufs. Machen Sie sich keine Sorgen, ich werde sie schon beruhigen.«

Richard aß seinen Teller noch nicht leer, sondern nahm sich im Gegenteil sehr viel Zeit dafür, um dem Telefongespräch zuhören zu können. Elvira redete sehr leise und mit versteckten Anspielungen.

Danach rief er seine Frau an den Tisch und sagte zärtlich zu ihr: »Wir müssen vorbereitet sein. Ohne deine Unterstützung ist es nicht dasselbe.«

»Ich weiß nicht, Richard, ich weiß nicht . . . «

»Doch, du weißt es, du weißt es sehr genau.«

Elvira streichelte seinen Zweitagebart, in dem sich schon einige weiße Stoppeln zeigten.

»Warum rasierst du dich nicht?«

»Abends, wenn ich nach Hause komme.«

»Rasier dich jetzt. Komm, es ist egal, wenn du müde bist vom Essen. Ich geb' dir ein warmes Handtuch und werde dich selbst rasieren. Du hast dich schon lange nicht mehr von mir rasieren lassen.«

Richard wurde von einem sanften Strom der Hingabe weggetragen, hatte alles vergessen und spürte eine enorme Lust, sich von seiner Frau das bärtige Gesicht streicheln und sich in der Wanne sitzend von ihr küssen zu lassen. Sie schlossen die Badezimmertür ab und fühlten sich allein, auf einem andern Planeten, so daß sie nicht einmal das Tellergeklapper aus der Küche hörten. Unter dem Atem ihres Mannes wurde Elvira schwach. Ohne daß er sie darum bat, zog sie sich nackt aus, um mit noch größerer Lust den grünen Laserstrahl der Augen zu genießen, mit denen er die Welt sah. Richard stellte die warme Dusche an und zog sich aus, ohne die Möglichkeit eines Krampfes auszuschließen.

Beim Abwaschen stellte sich das Dienstmädchen unaussprechliche Szenen vor.

Er trat in die Schule, die wir eben verstaatlicht hatten. Sie trug das Bild eines aus den Mangroven gekommenen Christus. Er war sanft und hatte rücksichtsvolle Manieren, und niemand führte sich beredter eine Zigarre zum Mund. Eine totale Stille, wie in einem Stummfilm, hatte dieses Podest in der Havana Business University eingenommen. Er redete kaum. Mit einem solchen Gesicht brauchte es keine Worte.

Ángela drückte mir die Hand. Wir andern Genossen schauten uns an. Die Überraschung war seine Kunst, er hatte sie wie einen Schild in der Brust verborgen. Sah man seine Augen hinter dem Rauch der auf seinen Lippen klebenden Zigarre, so erriet man die Fähigkeit dieses Mannes, die verwickelten Stränge der Geschichte zu entflechten. Die absurdesten Dinge fanden unversehens eine Erklärung.

Ángela flüsterte mir ins Ohr: »Die Einfachheit – es ist seine Einfachheit, die mir gefällt.«

Er unterhielt sich ein wenig mit den Studenten und fragte, ob wir die kleine Kasse schon eingefroren hätten. Die kleine

Kasse »einfrieren«, das war ein komischer Ausdruck für uns. Ich war mir nicht sicher, ob ihn Ángela ganz verstand.

»Ja, Kommandant, wir haben die kleine Kasse schon eingefroren.«

»Ich habe wenig Zeit.«

»Das wissen wir, Kommandant, aber wir danken Ihnen für Ihren Besuch.«

Er schenkte mir eine Zigarre. Ich kann mich nicht mehr erinnern, was er den Studenten sagte, aber er redete wenig. Er hatte einen kleinen grämlichen Begleiter bei sich, kleiner als er und mit Luchsaugen, einen Bauern, dessen Olivgrün von einer schwarzen Mütze à la Che gekrönt wurde. Ohne eine solche Mütze schien die Revolution undenkbar. Ich erinnere mich an diesen Besuch in der alten Bildungsanstalt des Havannaer Kleinbürgertums, als ob er gestern stattgefunden hätte. Die Taten des Che veralten nicht. In diesem Moment verspürte ich den Wunsch, ihm etwas zu schenken, meinen Papagei, ich weiß nicht was, das, was mir am liebsten war. Aber ich sagte bloß zu ihm: »Ángela wurde mehrmals verhaftet, und sie wurde gefoltert.«

Er schaute sie an und sagte zu ihr: »Das ist jetzt vorbei. Und es wird nie mehr vorkommen in diesem Land.«

Ich wollte ihn nachahmen oder mich vielleicht bei ihm einschmeicheln und zündete meine Larrañaga an. Aber sie fing nicht richtig Feuer und brannte nur auf einer Seite, so daß der klägliche, stinkende Rauch mir mit seinem richtungslosen grauen Faden die Schulter einhüllte.

»Wirf das weg«, bat mich Ángela.

Ich hielt die schon erloschene Zigarre in der Hand. Der Che verabschiedete sich mit einem lapidaren Satz. Sich mit den Fingern an die Stirn tippend, sagte er: »Das erste ist der Kopf, man muß den Kopf auswechseln.«

Alles klar. Der Kopf war das erste. Die alten Vorstellungen mußten verschwinden. Aber das war eine riesige Herausforderung, und wir waren nicht alle vorbereitet.

»Eine Tür ging auf, und Simone de Beauvoir und ich traten ein. Der Eindruck schwand. Ein Rebellenoffizier mit Mütze erwartete mich; er hatte einen Bart und so lange Haare wie die Soldaten im Eingangsraum, aber sein glattes, entschlossenes Gesicht erschien mir morgendlich: es war Guevara.

Kam er aus der Dusche? Warum nicht? Jedenfalls hatte er sehr früh zu arbeiten begonnen, in seinem Büro gefrühstückt und zu Mittag gegessen, hatte Besuch empfangen, und nach mir erwartete er noch weitere Leute. Ich hörte, wie die Tür hinter mir zuging, und verlor gleichzeitig die Erinnerung an meine alte Müdigkeit und den Zeitbegriff. In dieses Büro kommt die Nacht nicht herein: Bei diesen Männern in vollem Wachzustand – und beim besten von ihnen – ist Schlafen offenbar keine natürliche Notwendigkeit, sondern eine Gewohnheit, die sie mehr oder weniger abgestreift haben. Ich weiß nicht, wann Guevara und seine Genossen ausruhen. Vermutlich je nach Umständen; die Leistung entscheidet – ob sie zurückgeht, ob sie ausbleibt. Aber jedenfalls ist es, da sie in ihrem Leben ja auch Stunden der Muße suchen, nur natürlich, daß sie sie zuerst den Latifundien des Schlafs entreißen...

In Kuba ist die Nacht ohne Schlaf. Zwar unterscheidet man sie noch vom Tag, aber nur aus Höflichkeit und aus Rücksicht auf den ausländischen Besucher. Diskret huldigen diese jungen Leute der von Stendhal so geliebten Energie. Aber man darf nicht glauben, sie sprächen von ihr, machten sie zur Theorie. Sie leben die Energie, predigen sie, erfinden sie vielleicht. Das kann man an den Wirkungen ihres Handelns ablesen, aber sie verlieren kein Wort darüber. Ihre Energie zeigt sich.

Um in seinem Büro und seinem Gesicht Tag und Nacht die reine, helle Fröhlichkeit des Morgens aufrechtzuerhalten, benötigt Guevara Energie.

Aber sie gehen noch sehr viel weiter, so weit, daß sie beinahe Pascals Satz wiederholen: ›Es ist notwendig, nicht zu schlafen.‹

Man möchte sagen, der Schlaf hat sie verlassen, ist ebenfalls nach Miami emigriert. Ich kenne an ihnen nur die Notwendigkeit, wach zu bleiben.« (Jean-Paul Sartre)

Mit anonymen Taten meißelte er seine eigene Figur. Mit Che-Humor schrieb er über das Geld auf den Banken. Er war bereits Geschichte geworden, als er auf dem Fahrrad das Amerika der Eingeborenen bereiste. Heute sagt man uns, er sei tot. Ich wenigstens glaube nicht an solche Tote, vielleicht weil ich ein verstockter Ungläubiger bin. Laut den Zeitungsberichten gab ihm ein gewisser Prado den Gnadenschuß. Aber es gelang ihm nicht, »sein Lächeln zu entlauben«. Es war nur eine Meldung, die um die Welt ging, ein Telex und ein Foto.

»Wo ist der Che?« frage ich, fragen wir uns alle Augenblicke... Nicht immer transzendiert die Geschichte die Menschen. Die Zeit des Che hat sich in die Geschichte eingefügt. Die Nachricht hat keine Bedeutung mehr.

Für mich, für uns ist der Che dort, auf jenem Podest, und wiederholt einen alten Satz: »Der Kopf, Genossen, man muß den Kopf auswechseln.«

Als die Nachricht von seinem Tod bekannt wurde, schrieb in Brasilien jemand, sein Name tut nichts zur Sache: »Che Guevara não morreu, não, não morreu. Aleluia!« (»Che Guevara ist nicht tot, nein, er ist nicht tot. Halleluja!«)

Als seine Frau die Uniform der Revolutionären Milizen anzog, sah mein Onkel Luisín, der Malakologe, in seiner friedvollen Sammlerexistenz einen Riß sich auftun. Er hatte zwischen der Außenwelt und uns die Rolle eines Transmissionsriemens gespielt, denn er kannte den Verlauf der Straßenkrawalle, die Anzeichen von Streiks und die Sendezeiten von Radio Rebelde aus dem Effeff. Aber nie hätte er geahnt, welches Ausmaß die Ereignisse annehmen könnten. Für ihn war alles möglich, solange der Sturm der Revolution sein eigenes Haus verschonte. Seine Sammlung von Landschnekken und Fotos mit sanften Landschaften war ein weiteres Organ seines Körpers, der auf jede Veränderung, zum Beispiel des Pulses oder des Blutdrucks, empfindlich reagierte.

An einem Strand im Küstengebiet von Havanna hatte er ein Grundstück gekauft, aber nicht den Mut gehabt, mit dem Bau eines Hauses zu beginnen oder auch nur irgendein Investitionsgeschäft einzuleiten. Da war das Grundstück, von Klettengras und Mutterkraut überwuchert. Manchmal ging er hin, um es sich aus sicherer Distanz anzusehen und es zu fotografieren.

Dann trieb ihn Luz Elena mit der Hupe an, denn für sie war es ein gräßlicher Gedanke, ein Haus am Strand zu besitzen.

Nachdem Luisín es sich auf dem Sitz des grün-schwarzen Pontiac bequem gemacht hatte, trat sie mit voller Kraft aufs Gas, um rasch von diesem Brachland wegzukommen. Immer mehr Lastwagen mit Milizionären trafen am halbverlassenen Strand ein, um ihre sonntäglichen Übungen durchzuführen. Anfang April war es noch kühl, und auf allen Gesichtern spiegelte sich die Erregung. Neidisch schaute Luz

Elena den Frauen zu, die älter waren als sie und sich mit verblüffender Leichtigkeit von den Lastwagen herunterschwangen. Sie sahen überhaupt nicht aus wie Frauen, die im Krieg waren: Keine war ungeschminkt, und fast alle hatten Lockenwickler auf dem Kopf und trugen Strandbrillen. Praktisch der ganze Küstenstreifen war für Märsche und Trainings besetzt worden.

Sie hielt das Auto vor einem der Lastwagen an und fragte: »Woher kommt ihr, Genossinnen?«

»Aus der Strumpf- und der Textilfabrik.«

»Da kommt das Armaggedon – Zarathustra hat es mehr oder weniger für diesen Zeitpunkt prophezeit. Ich sag' dir ja immer: lies, lies.«

»Soll es kommen oder nicht, aber das hier muß man verteidigen, Luisín.«

»Ich weiß nicht, warum du deshalb so weit gehen willst.«

»Ich gehe mit der Mehrheit.«

»Wie du willst. Ich lass' mich auf gar nichts ein. Ich schaue, höre und schweige.«

»Du bist sehr egoistisch, bist es immer gewesen.«

»Egoistisch, ich? Ich habe dir doch alles gegeben. Bring mich nicht in Rage.«

»Dich kann gar niemand in Rage bringen. Du lebst für deine Schnecken und dein Zwölffingerdarmgeschwür. Stimmt es etwa nicht?«

»Ich lebe, um zu genießen, nicht um Probleme zu suchen.«

»Nun, da werden wir ein paar Probleme haben. Ich gedenke nämlich nicht untätig herumzusitzen, während hier eine Revolution stattfindet.«

»An wem willst du dich denn rächen?«

»An niemand, Luisín, an niemand.«

»Denk daran, daß du eine einfache Stenotypistin bist und jetzt ein Auto fährst und eine eigene Wohnung hast. Das hast du meiner . . .«

»Du wirst mir wohl nicht sagen, das hätte ich deiner Arbeit zu verdanken.«

»Doch, meiner Arbeit und der Anstrengung meiner Familie, es zu etwas zu bringen.«

»Na, lassen wir das. Es ist zu spät, um darüber zu diskutieren. Die Uniform werde ich nicht mehr ausziehen.«

»Und ich werde sie gar nicht erst anziehen.«

Die Straße führt weiter, ohne daß die beiden es merken. Der Himmel hat sich etwas bewölkt. Sich kreuzende Gedanken durchdringen ihre Blicke.

An einem Stand aus Palmfasern verkaufen Kinder, trotz der Revolution noch barfuß, Bananenbüschel und Mangokuchen. Auf Geheiß ihres Mannes hält Luz Elena den grünschwarzen Pontiac an, um einzukaufen.

»Schau doch bloß, wo wir sind!«

»Deine Schuld, du läßt mich ja nicht in Ruhe fahren.«

Luisín zieht seine Kodak-Kamera hervor und schießt mehrere Bilder vom Mönchsfelsen. Er krempelt sich die Hose hoch und steigt einen Abhang hinunter, zwischen Kokosnußbäumen, Seetrauben und einer steilen Felswand.

»Diesen Felsen sieht man in allen Geografiebüchern.«

»Nicht in allen – in dem, das Batista verbrannt hat, dem von Núñez Jiménez.«

»Na gut, jedenfalls hab' ich ihn schon gesehen.«

»Wohin gehst du? Bleib hier, ich geh' allein.«

Er profitiert davon, daß die Sonne nicht scheint und Ebbe herrscht, um den Sand nach Muscheln zu durchkämmen. Durch eine Flaschenscherbe schaut ihm seine Frau zu. Sie sieht ihn ganz klein und mit Riesenkopf und dann groß und verlängert. Das Glas hat eine Trennlinie zwischen den beiden gezogen. Im Autorückspiegel entdeckt sie an der Wurzel ihrer langen, mit Miss Carol schwarz gefärbten Haare ein paar graue. »Es ist schon spät«, murmelt sie.

Sie spaziert ein wenig durch den feuchten Sand und beschließt, nicht allzuviel zu denken. Es genügt ihr, allein über den Strand zu gehen. »Das Meer ist ein Psychiatrieraum«, wiederholt sie für sich, überzeugt, diesen Satz in irgendeinem Buch gelesen zu haben. Aber sie steht wirklich auf der Schnittlinie zu einer andern Zukunft.

Mit geschlossenen Augen auf einer Anhöhe sitzend, sieht sie ihr Schicksal ganz deutlich: Milizionärin bei Märschen und Trainings, unter viele neue Leute und unbekannte, vielversprechende Gesichter gemischt, und er in einem abgedunkelten, nach Säure riechenden Raum voller Becken beim Entwickeln von nichtssagenden Landschaftsbildern.

Zum erstenmal in ihrem Leben fühlt sie sich völlig allein und als Herrin ihrer Taten. Im Vollgefühl ihrer Freiheit springt sie zwischen den Felsen umher. Sie ist entschlossen, eine persönliche Großtat in Angriff zu nehmen, weiß aber nicht, ob sie ganz auf ihn verzichten kann, und auch nicht, ob das überhaupt nötig ist.

»Schau mal diese Muscheln. Hübsch, nicht? Von den sepiafarbenen hatte ich noch keine. Wenn das Meer zurückgeht, kommen sie zum Vorschein.«

Er versuchte sie seiner Frau in die Hand zu legen. Skrupellos gab sie einen strikten Befehl aus: »Gehen wir jetzt endlich, Luisín.«

Zusammen mit dem Strand ließen sie auch die Vergangenheit hinter sich – wie einen durch eine Scherbe gesehenen Fleck.

Auf dem ganzen Weg herrschte tiefes Schweigen. Luisín schlief ein, obwohl sie das Radio eingeschaltet hatte und die Nachrichten immer alarmierender wurden.

Heimliche Spielhölle, *ilé ocha*, Milizquartier, Trainigshof – all das und noch etwas mehr ist die Mietskaserne Miami jetzt.

Kein einziger Raum, in dem man nicht aktiv wäre. Der verwirrte Chinese Julián flüstert mit seiner Parkinson-Krankheit: »Anze Hau teht n Flamm!«

Die Insel scheint zu brennen. Sie ist eine Drehachse, um die die Erinnyen und Anaquillés tanzen.

Cucho Molina hat zuwenig Zeit, um all seine Schützlinge zu registrieren. Mit den Milizwachen und den Schießstunden im Erdloch der Sechsundzwanzigsten Straße vergeht ihm der Tag wie im Flug. Seine Frau möchte es ihm gleichtun, aber er ist gegen die Emanzipation. Vom Aussichtsturm der Mietskaserne aus, wo die von den Wäscherinnen so weiß wie möglich gewaschene Wäsche aufgehängt wird, sieht man die Villa der Calabars, eine Art römischen Tempel. Ein paar Fenster schlagen im Aprilwind auf und zu, der Rest ist fest verrammelt. Das Haus ist bereits leer, und innerhalb weniger Wochen hat der Garten den Zisternendeckel und die Blumenbeete beim Eingang überwuchert. Zierhecken und verwelkte Rosenstöcke vermischen und verflechten sich im flehenden Ruf nach ihrem Gärtner. Ein riesiger Hund, dem so viele Knochen herausstehen wie eine Laute Saiten hat, lungert zwischen den im Hof angehäuften Abfällen herum. Dicht am Eisengitter sucht er in seinem Nachsinnen witternd eine ferne Zeit. Jetzt, wo ich ihn anschaue, bewegt er sich fast nicht. Sein Körper ist schwach, aber statisch, die Beine gerade und sein Kopf ein Bild ohne Alter.

Ein Wagen mit Männern und Frauen fährt mit unbekanntem Ziel donnernd über den Malecón. Der Hund erschrickt.

Aber zurück bleibt sein Bild – eine verborgene Gestalt für jene, die nicht zu sehen wissen.

Der Hund der Calabars erzält mir merkwürdige Geschichten. Er streckt die Schnauze durchs Gitter und will etwas von mir. Ein einsamer Hund in einem verlassenen Garten will alles. Ich werfe ihm etwas Futter hin und gehe in die Mietskaserne zurück. Die Radios sind eingeschaltet. Überstürzung ist das Wort des Tages. Horacio begleitet mich bei der Aufgabe, junge Leute für die Wachen auf der Straße und in den Kasernen zu rekrutieren.

Das Meer ist unruhig und wirbelt bedrohlich grauen Schaum über die durchlöcherte Mauer.

Das ist kein Gerücht mehr, Vorhersagen und Prophezeiungen sind nichts wert. Der Moment der Entscheidung ist da. Wenn sie kommen, werden wir sie fertigmachen. Das wird unser einziger Wahlspruch sein müssen.

Trotz des Aufruhrs und der Ungewißheit entdecke ich freudig ein neues dekoratives Element an den Wänden der heißen Räume in der Mietskaserne: Neben der gipsernen heiligen Barbara und den Bildern der Jungfrau von Loreto und des heiligen Lazarus hängt das gedruckte Foto von Camilo Cienfuegos mit seinem breitkrempigen Hut und dem Apostelbart. Auf der Stelle fassen meine Augen die Geschichte des Landes. Ich bin der Verwahrer ihres Bildes.

In den Zimmern bleiben einige mit Holz und Kohle kochende Frauen zurück.

»Nimm ein Schlückchen Kaffee, Kleiner«, sagt Amalia, die Wäscherin, zu mir.

»Keine Zeit, Angelito, los, komm.«

»Nein, Horacio, ich will Kaffee trinken.«

Amalias Mann ist einquartiert.

»Er ist auf dem Hügel des Tanque, in Santa Cruz del Norte. Weit weg, nicht?«

»Ich weiß nicht, Amalia – ich weiß nicht, wo das ist.«

In ihrem großen Hirn denkt die Mietskaserne: Verwüstungsplan, das Land zugrunde richten, Häuser und Menschen vernichten . . . Sie werden über irgendeine Küste kommen, aber welche? Wer will das wissen? Sie werden die Stadt und die Flughäfen bombardieren; die Sandstrände werden schwarz werden und das Gras nicht mehr wachsen, aber wir werden hier ewig ausharren, um dem Salpeter und dem Schrapnell standzuhalten.

Das Gemunkel wächst: Sie werden Panzerkompanien herbringen, Fallschirme abwerfen, und ab und zu wird ein Atom-U-Boot am Strand seine Haifischflosse zeigen.

Zu meiner Überraschung singt manch einer lachend: »Fidel, schlag nur zu, laß den Yankees keine Ruh!«

Auf der Straße laufen die Menschen zusammen: ein feierlicher Umzug mit dem dreifarbigen Wimpel zuvorderst.

Lärm und Alarm untergraben das Gefühl von Euphorie und verwandeln es in Ernst. Die Erschütterung betäubt uns alle. Ich verlasse die Mietskaserne. Horacio geht seiner eigenen Wege. Kaum zu Hause, frage ich nach meinem Vater, und die scharfe, verzweifelte Antwort lautet: »Heilige Jungfrau Maria, endlich kommst du!«

»Heilige Jungfrau Maria« ist das Leitmotiv meiner Mutter. In diesen Gefahrenmomenten nimmt mir die harte Wirklichkeit alle Furcht. Ich kann ihr keine Antwort geben und lasse sie allein, bei ihrer wundertätigen Muttergottes und an der Seite Asuncións. Ich möchte erfahren, wohin man meinen Vater, Milizionär eines Vorhutbataillons, geschickt hat. Unmöglich.

Mein Platz ist bei der VJR, und da gehe ich jetzt hin.

Die Verwirrung dauert an, aber ich trete einfach ein, und schon habe ich ein Gewehr zur Verfügung. Die Bomben- und Invasionsdrohungen sind real, konkret und spürbar.

Voller geheimer Stimmen und die Augen starr, erscheint mir die moosige Mauer. Mit geschultertem Gewehr suche ich Ángela im Viertel. Als ich sie finde, wirkt sie ruhig und würdevoll in ihrer frischgestärkten blauen Milizuniform. Ich umarme sie, küsse sie.

»Ich liebe dich, Ángela.«

»Ich dich auch.«

»Schwöre, daß wir uns nicht trennen werden.«

»Wir sind schon im Krieg. Wie soll ich da schwören können?«

»Eben, gerade deshalb bitte ich dich darum.«

»Wir werden dorthin gehen müssen, wo man uns hinschickt.«

»Aber wir gehen gemeinsam. Der Chef bin ich.«

Unter einem dichtbelaubten Baum des Vedado bricht ein Platzregen, Vorbote der Regenzeit, über uns herein. Wir genießen das Prasseln über unseren Ohren. Im Haus der Vereinigung warten die Genossen mit warmem Malzbier und Schinkensandwiches auf uns. Keinem von ihnen spiegelt sich die Angst im Blick. Der Tod, scheinen sie zu denken, ist etwas Fernes, etwas, was den andern zustößt, aber durch diese Tür kommt er nicht herein. Wir sind zornige junge Leute mit der Verantwortung – wie wunderbar! –, unsere Jugend voll und ganz zu bejahen, im Wissen, daß es nie wieder eine solche Chance geben wird.

Vor dem Wohnzimmerspiegel kämmen sich die Mädchen, während Alberto, Frank und ich die restlichen Sandsäcke zur Einfahrt schleppen und unsere Schützengräben errichten.

Wieder gellt mir das verflixte Telefongeklingel in den Ohren. Ich gehe hin.

»Dein Vater ruft aus Jagüey Grande an. Was geht da vor, mein Junge, warum haben sie ihn so weit weggebracht?«

»Nichts, Mama, das ist normal. Das ist die Mobilmachung.«

»Heilige Jungfrau Maria!« wiederholt sie, und mit unbekannter Zärtlichkeit, bei der es mich kalt durchschaudert, mit plötzlich auftauchender Zärtlichkeit antworte ich: »Nur ruhig, Mutter, ganz ruhig, es wird nichts geschehen.«

Die Straße war sauber. Viele waren aus der Stadt emigriert. Er schaute in die Unendlichkeit, und seine Augen füllten sich mit kleinen grauen Wolken. Das Trugbild einer unerbittlichen Sonne ließ ihn den weißen Horizont und die Straßen in blendendem Glanz sehen.

Er schlief nicht, und auch der Schlafmangel erzeugte Halluzinationen. Er kniff die Augen zusammen, aber es wurde nur noch schlimmer, denn nun sah er ganz verschwommene Umrisse, die ihm ein wenig Furcht einflößten.

Ángela brachte ihm Kaffee und mit Öl bestrichene Brote. Seit der Vornacht, als die Radionachrichten immer kontinuierlicher und erschreckender wurden, war sein Gehör schärfer geworden. Es war nicht das Garand-Gewehr, das auf seiner Schulter lastete, es waren einzig dieser Glanz und die Nachrichten und vielleicht der Schlafmangel. Aber er blieb in seinem Wachsein standhaft, unbesiegt angesichts einer ganz neuen Erfahrung. Er vergaß, daß er ein kaum der Adoleszenz entwachsener junger Mann war, und wollte Artillerist, Kriegspilot und Studentenführer sein.

Irgend etwas, nur nicht einer mehr, der in der Nachhut mit einem Gewehr in den Händen ein Haus bewachte, ein weißes Haus voller auf dem Boden liegender Milizionäre, die mit ihren Stiefeln den einst eifrig gepflegten Rasen zertrampelten. Ein junger Mann in schlafloser Zwangsnachtwache.

Als der erste Feuerstoß kam, führte er seine rechte Hand an die Brust, duckte sich – und nun erst bemerkte er das Gewicht der Waffe.

»Rein!« rief er. »Alle rein!«

Die einquartierten Milizionäre gehorchten ihm zähneknirschend. Sie wollten diesen Himmel sehen, der noch nie zuvor mit so krachenden Lichtern übersät gewesen war – ein Bersten roter Sterne, die sich blau färbten und sich dann in einem Bündel weißer Phosphoreszenzen auffächerten.

Von einem Rettungsinstinkt geleitet, zielte er nach oben, aber es gelang ihm nicht, sein Gewehr zu entladen.

Die feindlichen Flugzeuge hatten Havanna unter Beschuß genommen. Die Basis San Antonio de los Baños und Ciudad Libertad waren das Ziel der von der CIA präparierten B-26. Sie strebten die Beherrschung des Luftraums an, um danach auf dem See- und Landweg die Invasion fortzuführen.

In ihrem ersten offiziellen Kommuniqué erklärte die Revolutionsregierung: »Sollte dieser Luftangriff das Vorspiel zu einer Invasion sein, so würde das kampfbereite Land Widerstand leisten und mit eiserner Faust jede Streitmacht vernichten, die auf unserem Boden zu landen versucht.«

Ein riesiger Angelhaken durchdrang seine Haut, und oberhalb seines Herzens glaubte er einen Lichthof der Angelschnur zu spüren, doch rasch richtete er sich auf. Wie der Fisch, der mit seinem Mörder kämpft, machte er einen imaginären Sprung und spähte auf die weiße, jetzt äußerst belebte Straße hinaus. Die »Es lebe die Revolution!«-Rufe befreiten ihn vollends aus seiner Mutlosigkeit. Er wurde stark wie ein Seelöwe. Nun sah er klar.

»Der Angriff wird allmählich nahe Wirklichkeit und entwickelt sich in Bildern, die mir die Stimmen von Männern und Jugendlichen, von Frauen und Greisinnen erzählen. Stimmen von Kämpfenden, Soldaten und Kommandeuren.

Die Landung erfolgte gestern im Morgengrauen. Nachdem die Miliz des Bataillons von Cienfuegos benachrichtigt worden war – sie hatte ihr Lager in der Zuckerfabrik Australia aufgeschlagen und war bei der Erntearbeit –, stellte sie sich der Invasion, welche auf jedem Küstenabschnitt, jeder Handbreit Erde, in jedem Heim, das sie fand, an jedem unbefestigten Ort Schrecken und Tod verbreitete. Ihre Luftstreitkräfte bombardierten die bescheidenen, am Rande des Zapata-Moors verstreuten Häuser.

Mit einem Überraschungscoup gelang es den Aggressoren, in Playa Girón und Playa Larga zu landen und auch einige Kilometer der Landstraße zu erobern, die von der

Zuckerfabrik zur Schweinebucht führt. Seit gestern finden in dieser ganzen Zone schwere Kämpfe statt. Die Einwohnerschaft des Moors führt die Evakuierung unter Schrapnellbeschuß durch, und die Familien fliehen über sumpfiges Gelände. Und nicht alle können sich retten.

Am hellichten Tag und obwohl sie weiße Laken wehen lassen, werden sie von den Yankee-Bomben getötet. Und die Häuser fliegen in die Luft.

Die Evakuierung wird auch an abgelegenen Orten fortgeführt. Diese wehe Last, die in die Torwege hinuntergetragen wird, schmerzt und stimmt zornig. Die armselige Habe, die die Leute haben retten können, wird mit aus größter Armut geborener Sorgfalt abgeladen: Weidenkörbe und vom Schlamm der Kohlengruben gezeichnete Kleiderbündel; verschiedene Gegenstände des täglichen Gebrauchs, ihrem angestammten Platz brutal entrissen. Wie von Sinnen kommt eine Mutter daher, der ein Sohn getötet worden ist.« (Dora Alonso)

Am Anfang schon. Da wurde sie nervös, nahm einen Lindenblütentee, und das reichte. Aber auf der Straße rief sie mit uns »Danke, Fidel«. Dann jedoch... Ich weiß nicht, sie wurde widerspenstig, aber sie paßte sich an. Am Ende paßte sie sich an. Ihr Sohn und ich waren für sie das Wichtigste. Allmählich ging ihr auch vieles auf, nicht so ohne weiteres, aber sie kapierte einiges. Man mußte mir ihr reden, sie überzeugen. Sie war nie eine Frau mit Ideologien oder so. Zum Glück hatte sie Asunción. Auch Asunción war nicht politisch, aber sie hatte einen sehr harten Schlag erlitten und verstand mit der Zeit, warum Omar hatte dran glauben müssen. Meine Frau war ziemlich stark. Aber Asuncións Tod ging ihr sehr nahe. Und Asunción hatte ihr zu verstehen geholfen.

Es hatte ihr nie an etwas gefehlt; zwar kam sie aus einfachen Verhältnissen, aber Hunger leiden oder so mußte sie nie. Sie war sehr gläubig, das schon; auf ihre Art natürlich, denn seit Asuncións Tod ging sie nicht mehr zur Messe oder zur Beichte. Ihre Heiligen nahm ihr niemand. Dort steht die wundertätige Muttergottes noch immer auf demselben Nachttisch. Ich werde sie nicht anrühren. Letztlich ruft sie nur gute Erinnerungen in mir wach. Diese Madonna wußte mehr über uns als wir selbst. Meine Frau befragte alles um Rat, und das gab ihr Trost und Kraft. Am Anfang konnte meine Familie sie nicht ausstehen, das heißt, sie harmonierten einfach nicht mit ihr. Aber immerhin drückte sie meiner Mutter die Augen zu. Und mit meinen Brüdern begann sie nie Streit.

Seit Elviras Tod sind mein Sohn und ich untröstlich. Wir haben nur die besten Erinnerungen an sie. Bis ans Ende ihrer

Tage war sie hier bei uns. Die Leute kamen und schwatzten auf sie ein: »Elvira, mach deinem Mann Mut und geh. Das wird sich doch nicht mehr einrenken, und du hast immer gut gelebt.« Und sie antwortete ihnen, ohne uns würde sie nirgendwo gut leben.

Ich träumte nie davon, etwas Unmögliches von ihr zu verlangen, oder? Wenn sie sich über irgendwas beklagte, redeten wir einfach nicht mehr, sondern hörten ihr zu und versuchten sie den Ärger vergessen zu lassen. Sie war bereits krank. Es war eine lange Krankheit, und sie wurde von ihr aufgezehrt. Aber sie leistete Widerstand und ging mit uns durch dick und dünn: während des Untergrunds, meines Exils, des Kampfs in der Sierra Maestra, Playa Girón, der Oktoberkrise, des Extremismus, der Entbehrungen ... Noch heute, dreißig Jahre nach dem Sieg, bekommen wir von diesen blonden Herren im Norden Schläge ins Gesicht. Wir haben das gelassen ertragen.

Das ist mein Stolz. Und das hat uns wirklich Fidel gelehrt. Darum bin ich hier.

»Papa, du hast viele Meriten, deshalb hat man dir so viele Medaillen verliehen.« Ich schau' ihn an und denke: Was der mir damit sagen will, ist, daß ich nicht wieder nach Miami gegangen bin, und dabei weiß er nicht, daß ich mir das keinen Moment lang überlegt habe. Dorthin ging ich nicht zurück. Dieser Sumpf, jetzt voller Luxus und Wolkenkratzer, hat viele Wunden in mir zurückgelassen. Außerdem stamme ich von einer sehr kubanischen Familie ab, die in diesem Land verwurzelt und alteingesessen ist. Wie hätte ich da gehen können, jetzt, da Kuba zum erstenmal ein würdiges Land ist, wo Gerechtigkeit herrscht! Mir ging es genau umgekehrt wie den andern. Nach Girón wanderten fast alle meine Freunde, die Leute aus meiner Gruppe, erschrocken aus. Ich nicht, ich bin geblieben, denn hier habe ich gemerkt, wofür wir kämpften, hier stand ich dem Feind direkt gegenüber. Ich war anders vorbereitet als meine Brüder. Ich hatte die Boheme und die Straße ausgelebt, hatte alle Welt kennengelernt und am Stammtisch des Café Martí von vielen Dingen gehört: Da wurde von Literatur, Musik, Politik und Kommunismus gesprochen.

Auf den Freilichtbühnen am Prado wurden Guarachas und Sons gesungen, aber auch Politik gemacht.

Mir hat die Revolution viel gegeben. Anderes hat sie mir genommen, einverstanden, aber unter dem Strich habe ich gewonnen. Ich habe ein gesichertes Alter und eine Geschichte, auf die ich stolz bin.

Das hier habe ich das Trophäenzimmer genannt. Hier gibt's alles mögliche: Diplome, Siegel, Auszeichnungen, Medaillen, Anerkennungen und sogar die Machete, mit der ich bei einigen Zuckerrohrernten dabei war. Wer hätte mir gesagt, daß ich den Pulverdampf so aus der Nähe riechen und Zeuge eines Kampfes wie dem bei Playa Girón sein sollte! Zeuge und Teil davon, und wie. Da kann ich wirklich mitreden.

Am 15. April war ich schon ein Experte in Sachen Pepechás, wie wir die tschechischen Maschinenpistolen nannten. Einer meiner alten Angestellten zeigte mir, wie ich sie handhaben mußte – der Vulkanisierer A., dem man in Jagüey Grande den Spitznamen Pepe Großmaul gab, weil er den Krieg für sich alleine haben wollte. Er wurde ein richtiger Amokläufer, und bei jedem Zusammenstoß schrie er wie jetzt die Karatekämpfer. Daher Pepe Großmaul.

Wenn wir einen Kampf gewannen, schmutzig, abgerissen und mit leerem Magen, schrie Pepe wie am Spieß. Die Offiziere hatten ihn unter Kontrolle, denn am liebsten hätte er die Söldner bei lebendigem Leibe aufgefressen. Er nahm die Pepechá und rief ihnen zu: »Schaut mal, schaut mal hierher – wozu seid ihr gekommen? Um zu töten, was? Na, jetzt sollt ihr erfahren, was ein Verrückter mit Ballermann ist!« Er zeigte ihnen die Zähne und zielte auf ihre Brust. Die Söldner wurden ganz zahm und ihre Beine wie aus Gummi, und sie

sagten: »Man hat uns hereingelegt, wir sind gekommen, weil
man uns hereingelegt hat. «

Sie konnten einem leid tun. Sie wurden mit Taktgefühl behandelt und nicht einmal beleidigt.

Die Offiziere hießen Pepe Großmaul das Maul halten. Und
er brummelte: »Diese Schweinehunde wissen nicht, daß ich
unter der Diktatur zwei Brüder verloren habe. Nun soll man
mich meine Wut abreagieren lassen, verdammtnochmal!«

Viele Tage war ich ohne Nachricht von meiner Frau und
meinem Sohn. Auf den Gütern in der Nähe holte ich Dosen
mit Sardinen und Obst für das Bataillon. Ich war kein Kind
mehr, sondern schon ein älterer Mann, und so hatte man mir
diese Aufgabe zugeteilt. Trotzdem gab auch ich meine paar
Schüsse ab und sah die Kugeln über meinem Kopf vorbei-
pfeifen. Viele Genossen sind neben mir verblutet.

Wie anders ist doch der Krieg in den amerikanischen Filmen!

Wenn man sich mitten in einer Schießerei befindet und
unter dem Maschinengewehrfeuer feindlicher Flugzeuge,
dann sieht die Sache anders aus. Hier läßt sich die Integrität
und der wirkliche Mut der Männer messen. Aus der Distanz
gesehen, ist Girón eine Angelegenheit von großer mora-
lischer und politischer Tragweite, aber wir, die wir dabei
waren, mal da, mal dort, wir merkten das nicht. Es war einfach selbstverständlich, und wir gewöhnten uns schon fast
daran, aufgeboten zu sein und verdreckte Stiefel und Hände
zu haben. Man gewöhnt sich an alles. Deshalb sagt man ja
auch, der Mensch ist ein Gewohnheitstier.

Die Lastwagen mit den Milizionären rückten immer näher
ans Schlachtfeld heran. Die richtigen Wege waren verstopft
von Jeeps und andern Autos, die von verschiedenen Seiten
her kamen. Das war das Debakel. Die Burschen, viele von
ihnen jedenfalls, waren jünger als mein Sohn: fünfzehn, sech-

zehn, ja vierzehn. Sie kämpften wie Raubtiere. Die Leute aus dem Dorf schrien laut nach Waffen, um mitprügeln zu können. Der Sandstaub hüllte uns ein. Das Bataillon 339 von Cienfuegos war die Vorhut und hielt dem ersten Angriff stand; das 117er aus Las Villas und das 114er mit seinen Bazookas und Granatwerfern, na ja . . .

Das war die Schlacht, sie war Wirklichkeit und dröhnte in unseren Ohren mit dumpfem Klang.

»Ich schaue auf der Straße nach rechts und links: überall dieselbe monotone Landschaft mit begrenzter Sicht, gut für Hinterhalte, schlecht zum Kämpfen. Vor uns brennt etwas, mit schwarzem Rauch, der dicht in eine kaum bewegte Luft aufsteigt: ein Autobus, der soeben zu einem Schrotthaufen niedergebrannt ist – vielleicht von einem feindlichen Geschoß voll getroffen.

Hier befindet man sich bereits – und schon seit einer Weile bemerke ich es mit der Nase dessen, der darin einige Erfahrung hat – im Bereich konstanter Gefahr. Und eben deswegen verwandelt sich meine Wahrnehmung jeden Tons, jeder Bewegung zu äußerster Empfindlichkeit. Erwartung – gespannte Erwartung. Und ich glaube, etwas Vergleichbares erleben auch die andern, die, vom Instinkt in höchste Alarmbereitschaft versetzt, weniger reden als zuvor und weniger Witze machen . . . Und plötzlich war's, als hätte eine unsichtbare Schlacht begonnen. Gegen das Meer hin – und nicht sehr weit weg –, hinter den bewachsenen Streifen, hatten mehrere 50er-Maschinengewehre gleichzeitig das Feuer eröffnet. Mit dichten Schüssen folgten die Granatwerfer. Und wild dröhnend, so daß es jedem noch tiefer in die Knochen fuhr, der Knall eines Artilleriegeschosses mit dem weiten, widerhallenden Auflodern der 122er-Kanonen, begleitet von den 47ern und 75ern mit dumpferem Schuß, dichter beim Feind.

›Es geht los!‹ sagte einer.

›Ja, jetzt! Und zwar genau hier.‹

›Nicht ganz, nicht ganz‹, sagte ich.

›Es scheint, als wär's gleich hier, aber es ist noch ein Stück entfernt.‹

›Und er versteht was davon‹, sagt einer, ohne zu ahnen, wie sehr er mir damit schmeichelt.

›Fluuuuuuuugzeug!‹ schreit der Oberleutnant. ›Fluuuuuuuugzeug!‹

Und schon sind wir alle die Böschung hinuntergekugelt, um uns in Straßengräben und Bachbetten zu werfen. Der Schatten der Maschine saust über uns hin und malt ein schwarzes Kreuz auf den Boden, ehe das Geknatter seines MGs zu hören ist. Ein Tiefflug, bei dem die ausgetrocknete Erde in meiner Nähe in kleinen Flocken aufstiebt, welche den Verlauf eines horizontalen Feuerstoßes markieren. In der Höhe löst sich ein Stein und fällt auf mich herunter.

›Keine Bewegung, verflucht!‹ schreit der Oberleutnant.

Ein zweiter Tiefflug, etwas höher diesmal, der die Flanken unseres auf der Straße zurückgelassenen Lastwagens durchsiebt. Und schließlich zum Abschied ein letzter Schuß, der von allen der dreckigste hätte sein können, aber er traf niemanden. Der Oberleutnant, schon wieder stehend:

›Er ist weg! Alle auf!‹

Mit einer häßlichen Grimasse stand ich auf.

›Was ist denn los? Hast du in die Hose gepißt?‹ fragt mich einer. Verdammt!

Als ich so dort lag, biß ich in einen Gras- oder Strohhalm, ich weiß auch nicht, der einen Geschmack nach verfaulter Meeresfrucht in meinem Mund zurückließ. Der andere lacht: ›Ausgerechnet ein Sigua-Blatt. Auf so was kommt ja wirklich keiner. Jetzt wirst du diesen Scheißegeschmack den ganzen Tag nicht mehr los.‹

›Zum Lastwagen!‹ befiehlt der Oberleutnant, als er sieht, daß der Fahrer den unbeschädigten Motor hat in Gang setzen können... Und jetzt kommen wir nach Pálpite. Und hier habe ich wirklich den Eindruck, einen Kriegsschauplatz betreten zu haben.« (Alejo Carpentier)

»Wer ruft dich denn jetzt an?«
»Ein Freund, Mama. Er ist vom selben Bataillon wie ich.«
»Aber um diese Zeit?«
»Es besteht Gefahr, und du weißt es. Ich muß erreichbar sein.«
Mama erinnert mich an Deborah Kerr in *An Affair to Remember*. Seit dem Unfall auf der Straße nach Guanabo nimmt sie die tabakfarbene Decke nicht mehr von den Beinen.
Der Arzt meint, wenn sie sich anstrengt, könnte sie sich bewegen und sogar ohne Hilfe gehen.
Ihre Regungslosigkeit hat eine äußere Ursache.
»Das Licht quält mich, das Telefon stört mich, ich habe keinen Appetit, ich habe das Gleichgewicht verloren.«
»Du siehst alles viel zu schwarz, Mama. Mit den Kalziumphosphatspritzen kommst du wieder auf die Beine.«
»Ich will keine weiteren Spritzen. Ich hab' schon keine Venen mehr.«
Wie ein Verrückter stürzt mein Vater herein und geht mit den Nachrichten vom Besuch des Uno-Generalsekretärs wieder aus dem Haus.
»Sie werden die Raketen demontieren«, sagt er.
»Und wie sollen wir uns nun verteidigen?«
»Wie bisher, mit dem, was da ist.«
Mamas Augen schauen niemanden an. Mein Vater streicht ihr übers Haar und gibt ihr einen Sesamriegel.
Wortlos legt sie ihn auf ihre tabakfarbene Decke.
Wenn sie mich wenigstens darum bäte, die Gläser auf dem Serviertisch zu reinigen, wenn sie wenigstens ihren stereotypen Satz wiederholte: »Gehen wir, hier haben wir nichts verloren...«
U Thant verabschiedet sich mit seinem asiatischen Händchen und seinen Schlitzaugen. Niemand weiß etwas Ge-

naues. Wir können einen Streifen Himmel verlieren, den schönsten, eine Waldlichtung, die lichteste, ein Stück Insel, etwas Meer, ein Haus – unseres vielleicht –, aber verschwinden werden wir noch nicht.

Mama wittert als einzige ein katastrophales Ende.

Sie läßt sich von diesen Wahnvorstellungen davontragen. Aber beinahe stumm.

Als der Himmel drauf und dran ist zu explodieren und auf der Straße eine Puppe mit dem Bild des amerikanischen Präsidenten verbrannt wird, träumt sie auf ihrem Sessel von einer Reise nach Italien auf einem Überseedampfer mit glitzernden Lampen, die im Rhythmus der Atlantikwellen und der Wiener Walzer hin und her schwanken.

Seit drei Tagen läßt die neue Angestellte nichts mehr von sich hören, und das bringt meine Mutter ganz aus der Fassung.

»Unser Haus ist das Haus des Volkes – täglich sehe ich andere Gesichter. «

Das höre ich an diesem Abend als einziges von ihr. Im Geist stimme ich einen Song von Pat Boone an und gehe als Milizionär gekleidet meinen Posten einnehmen. Beiläufig erwähnt der Arzt eine Hoffnung: »Für die Hüfte gibt es eine Lösung, die Gefahr ist die geschädigte Lunge und der psychische Zustand. «

In ihrem Gesicht sehe ich eine Zisterne mit blinden Fischen; was ihre Augen in Splittern auf ihr Leben fallen gesehen haben: eine zitternde Nacktheit, aber sie wird noch mehrere Jahre andauern.

Nun bittet sie Asunción um etwas Weihwasser von der Kirche San Juan de Letrán. Jeden Sonntag schickt ihr der Geistliche davon, damit sie sich mit diesem kleinen, von Heiligkeit umflorten Flakon bekreuzigen kann: ein einfaches Fläschchen abgestandenes Wasser mit einem Schimmer von Magnesia darum herum.

Meine Mutter hat begonnen, ihre Wünsche hinunterzu-
schlucken und mit dem Kopf zu wackeln.

»Der Reis darf nicht anbrennen, stellt den Fernseher leiser.«

Die Sätze fallen zu Boden, und ich lese sie auf, damit nachher nicht die neue Angestellte kommt und sie mit ihren Pla-
stikpantoffeln zertritt.

Manchmal bringt ihr Papa Blumen, obwohl sie eigentlich
Pralinen möchte.

Das Leben draußen läßt uns keine Zeit zum Nachdenken.

Mit viel Mühe beschaffe ich eine Schachtel Pralinen aus
Moskau. Gut sieht meine Mutter aus, wenn sie die Pralinen
aus der goldfarbenen Schachtel verschlingt.

Wenn ich Milizwache schiebe, muß ich auf der Hut sein.
Die Gefahr ist nicht vorbei, jedes Geräusch zwischen den
Kisten kann ein Signal sein. Ich schaue mich um, aber meine
Augen sind ohne Kontrolle, es ist unmöglich.

Das Bild der magnetischen Deborah Kerr führt mich zum
Sessel, wo sich die Frau, die ich am meisten auf der Welt liebe,
mit einer tabakfarbenen Decke zudeckt und Rahmpralinen ißt.

Aus der Entfernung höre ich das Telefon im Wohnzimmer. Ich möchte ihr ein wenig die Gefahr erklären, in der wir
in diesen Tagen schweben, daß dieser Anruf wichtig ist, von
einem Genossen aus dem Bataillon, daß ich erreichbar sein
muß. Aber auch ich verfalle in hartnäckiges Schweigen. Als
die Nachrichten den Zustand »der Lage« ankündigen, strecke
ich mich auf dem durchgelegenen Bett des Verbandes Junger
Kommunisten aus und zünde mir routinemäßig eine Zigarette an. Ich komme mir vor wie der Bleisoldat, der, vom Fuß
eines rachsüchtigen Knaben beiseite gestoßen, allein wieder
aufsteht und losmarschiert.

Horacio ließ seine Knochen in der Sierra del Escambray zurück, neben kleinen Talsohlen von schattigem Grün und den
schönsten Buchten der Insel.

Ich habe Geschichten, vielmehr Legenden über ihn gehört, mich aber nicht damit aufgehalten, sie zu überprüfen. Bei ihm war jede Heldentat möglich. Ich stelle ihn mir vor, wie er als lodernde Fackel gegen die Banditen kämpft. Im Notizbuch, das man in seiner Miliziuniform fand, konnte ich einige Monate später lesen: »Am allerschlimmsten ist es, im Kugelregen Flüsse zu durchqueren, weil man nichts tut, wenn man den Kopf unters Wasser steckt. Ich ziehe den direkten Zweikampf vor. Es bleiben uns noch immer ein paar zu liquidieren. Einer von ihnen soll sich hier herumtreiben. Hoffentlich bin ich es, der ihn findet – ich möchte nicht so junge Burschen neben mir fallen sehen. Ich dagegen habe schon ausgedient.«

Nun ist es Ángela, die Moctezuma die Sonnenblumenkerne bringt. Sie zu beschaffen wird allmählich schwierig. Die Chinesen verlassen die Gärten und gehen ihr Glück in den Vereinigten Staaten suchen. Aber allem zum Trotz schreit mein Papagei weiter, und nicht eine einzige seiner Federn hat ihren ursprünglichen Glanz eingebüßt.

Meine neue Wohnung ist einfach und befindet sich nicht im selben Viertel. Unglaublich, wie sich die herrschaftliche Szenerie des Vedado ein paar Häuserblöcke weiter verändert!

Ich wohne auf einem Hügel und sehe das Meer nur von fern. Das stimmt mich traurig, denn ich liebte den Geruch nach Salpeter und verbranntem Guano zum Verscheuchen der Stechmücken von den Brunnen und Pfützen. Ich schließe mich wie eine Auster und träume von meinem alten Viertel und seinen vom Meer zerfressenen Mauern voller Asseln. Ich lasse meine Augen über die Wände schweifen, wo am Mittag die schlauen Ameisen ihre Zuckerwürfel suchen.

Ich lege mein Herz auf einen Stein und mißtraue allem, sogar Kopernikus. Nie habe ich die Geschichte von der vollkommen runden Welt, die von so exakten Gesetzen regiert wird, wirklich glauben können.

Die Welt hat Hufe und wird nicht von einem müden

grauen Dickhäuter getragen, sondern vom Traum des Menschen.

In der Einsamkeit meines Zimmers, auf diese zerbrechliche Magnolienholzplatte gestützt, schreibe ich. Ángela bleibt stehen und starrt mich an. Es ist der verdutzte Blick meiner Mutter. Für einen Tag möchte sie mein Herz haben, aber sie weiß, daß das nicht geht, denn diese paar freien Minuten will ich für mich. Jetzt sogleich könnte ich gemächlich zu einem Brunnen schlendern oder mich einfach in einem Raum aufhalten, wo ich niemandem ähnlich sehe.

Ich öffne Moctezumas Käfig, aber er rührt sich nicht. Wir schauen uns in die Augen, daß die Menschen uns beneiden.

Du wolltest leben, ich wußte es, trotz allem wolltest du leben. Ich schaute dich an. Dein verwittertes Gesicht sah aus wie das Nummernschild eines verlassenen Hauses. Ein seltsamer Schatten hatte sich in deinen Augen niedergeschlagen. Ich wollte dich fassen, ohne daß du es merktest. Aber der Tod kam wie eine Ameise und schleppte dich mit all seinen Beinen fort.

Ich hätte dir einen Obelisken errichtet, doch ich machte mich an die Arbeit, ohne die Stunden zu zählen, versuchte mich zu retten, indem ich mich in den Tag versenkte und Listen ausfüllte, wo es doch nur dein Bild war, das ich im Kopf hatte.

Jetzt beschützt mich niemand mehr vor der Nacht, den Ränken der Zeit, der Kälte, denn du bist nicht da. Ich stülpe mir einen olivgrünen Panzer über und gehe die Zeitungen holen und eine Telefonzelle suchen.

Ich erinnere mich an jenen Nachmittag, als ich mit dem Rücken zur Uhr dasaß. Du schautest auf, bewegtest leicht die Lippen und konntest doch nichts sagen.

In der Muranoglas-Vase spiegelt sich dein Gesicht in seiner ganzen Fülle.

Niemand hat sich seither darauf verstanden, Blumen hineinzutun. Sie sind zwar echt und duften nach Blumen, aber sie wollen sich nicht locker gruppieren, wirken unfreundlich, wie Papier- oder Wachsblumen, in einem Trümmergarten stehengelassene Pflöcke.

Ich werde auf mein schlechtes Gedächtnis vertrauen, um dich nicht weiterzusuchen. Werde in einem gelben U-Boot entwischen, mich in ein drahtloses Zeichen verwandeln.

Draußen nieselt es weiter, geschieht vieles, aber in mir hat eine Zwangsräumung stattgefunden. Das ist weder eine Lüge noch eine Übertreibung.

Wenn ich weggehe, spüre ich, daß mir mein Haus mit vielen Lichtpünktchen nachschaut. Eine Halluzination oder eine Tatsache – ich weiß es nicht.

Ich möchte deinen Namen, das Wort Mutter aussprechen und kann nicht; ich sage nur Wasser, Wasser, Wasser, als wäre ich am Verdursten.

»Wie in den alten Mythologien ist der in den Teich gefallene Ring wiedergefunden worden. Wir beginnen unsere eigenen Fantasien zu genießen, und für eine absolute Zeit öffnet sich die Herrschaft des Bildes ein wenig.

Der Stil der Armut, die unerhörten Möglichkeiten der Armut regieren unter uns wieder allumfassend.« (José Lezama Lima)

Vom weit oben befindlichen Fenster meines Zimmers aus betrachte ich die Stadt, als sie in ockerfarbenen Ringen aufblitzt, und sage zu mir: »Ich lebe.«

Ich stelle mich ein wenig auf die Fußspitzen, sehe ein Stück Meer und höre die Stimme meines Vaters, der in Ledersandalen allein durch die alte Wohnung schlurft und seine Trophäen poliert. »Überlebende«, flüstere ich, und Ángela hört mich nicht.

Ich bereue es nicht. Im Gegenteil – die Gefahr dieser Jahre, das Auf und Ab, die Stürme haben uns zu einem harten, widerstandsfähigen Stoff gemacht. Für viele Leute, die ihre Stimme verloren haben, sind wir ein Resonanzkasten und harren hier aus, gegenüber den Felsen, wie zwei Reiter auf einem Wellenkamm.

Da fällt mir ein, daß ich auch Ingenieur hätte werden können, einer, der gewaltige rote Brücken baut. Oder Aufzugführer in einem Wolkenkratzer in Palm Beach. Hinauf, hinauf, hinauf mit eintausendvierhundert Pfund aufs Mal, in den achtzigsten Stock zu adretten Büros mit IBM-Computern und Posters mit Kokospalmen. Oder vielleicht Kinderroboter-Konstrukteur, eifrig damit beschäftigt, daß sie einem das Sprechen und Denken abnehmen.

Noch besser Besitzer einer Kette von Spielautomaten, an denen langhaarige Burschen und Mädchen ohne Büstenhalter mit bunten Rhomben und drei kleinen Erdbeeren ihr Glück suchen.

Wenn ich darüber nachsinne, legt sich eine schwere Kette um mich, ich kann nichts dagegen tun. Zum Teil bin ich das, was ich abgelehnt habe. Ich verfange mich im Schreiben, und das Bild verschwimmt im quecksilbrigen Belag eines feindlichen Spiegels. Was wäre, wenn sich nur eine Seite von mir ausdrückte?

Gegenüber diesem Stück Meer und dieser sich in der Ferne abzeichnenden kleinen Kirche bin ich glücklich. Ich will keine andere Landschaft.

Nur die Zeit, die dahingeht, macht mich traurig. Die Zeit, die uns nach Playa Girón und in die Oktoberkrise führte. Die uns für immer die spanischen Milizstiefel anzog, diese durchlöcherten Stiefel der vierundsechzig Kilometer, die wir marschieren mußten, um dazuzugehören. Die mich in den Hof eines feuchten, jetzt halbverlassenen Hauses neben einem Christusdorn-Beet tauchte.

Ich bin wieder in ihr. Ein Kind vor einer moosigen Mauer, in den Armen eines Vorstadtfriseurs mit Panamahut. Ein Kind mit schielenden Augen, das Zeuge gewesen ist.

Der Wind schlägt das Fenster zu, und durch eine Ritze will die Nacht eindringen. Ich lege die Holzplatte auf meine Beine. Rasant zieht der Lärm eines Helikopters vorüber. In meinen Ohren kommen die verschiedensten Geräusche zusammen: das Gemaunze einer Katze, die Steinguttassen meiner Nachbarin Flor, die Donnerstimme meines Großvaters, der durch seine Riesenmuschel spricht.

Die Erinnerung mit ihren Fallen brütet wieder etwas aus. Ich habe die Fähigkeit verloren, die Gestalt des Yoruba-Beschützers, die meine Mutter in ihrer Jugend gesehen hatte, vor dem Gestrüpp zu retten. Ich mag mich nicht erinnern. Ich will nur die Gegenwart.

Ich werde in einem Marionettentheater gegängelt. Ich füge mich der Kraft der Fäden, die an meinem Kopf ziehen. Ich sehe meinen Vater nach seiner Rückkehr aus Playa Girón mit der Würde eines Kreuzritters und seinem weißen Bart das Haus in der Fünften Straße betreten.

Über einen auf einer wilden Sandinsel installierten Sender kündigen unharmonische Stimmen den Anfang vom Ende an. Mit einem Congatanz auf der Straße proklamiert das kubanische Volk seinen freien Willen.

Nichts wird uns erschrecken können. Nichts wird uns erschrecken. Das Außergewöhnliche wird alltäglich. Das chinesische Karnevalshorn und die heilige Yoruba-Trommel dämpfen den Lärm der Raketen der Oktoberkrise.

»... begann es an Nägeln, Waschmittel, Glühbirnen und vielen andern wichtigen Dingen des täglichen Gebrauchs zu fehlen, und das Problem der Behörden bestand nicht darin, sie zu reglementieren, sondern sie zu beschaffen. Am bewundernswürdigsten war, zu sehen, wie weit diese vom Feind aufgezwungene Verknappung allmählich die gesellschaftliche Moral läuterte... Trotz dieser massiven Behinderung, die genügt hätte, jede gut funktionierende Wirtschaft aus den Angeln zu heben, erreichte die Industrieproduktion ungewohnte Umsatzzahlen, nahm das Fernbleiben von der Arbeit in den Fabriken ein Ende und konnten Hindernisse vermieden werden, die unter weniger dramatischen Umständen verhängnisvoll gewesen wären. Ein Telefonist in New York sagte einmal zu einer kubanischen Kollegin, in den Vereinigten Staaten habe man große Angst vor dem, was geschehen könnte.

›Hier sind wir dagegen ganz ruhig‹, antwortete die Kubanerin. ›Schließlich tut die Atombombe nicht weh.‹« (Gabriel García Márquez)

VATERLAND

Ich kann nicht länger warten,
sage ich und wiederhole jetzt,
daß ich jeden Tag, der vergeht,

diesen Wind unter den Blättern mehr liebe,
dieses Haus, das meine Augen täglich gesehen haben,
zu dem ich wohl Sorge tragen werde,
und den Schatten des Maulbeerbaums
und die Erde.

Aber das genügt nicht.
Jetzt werdet ihr
eine im Feuer gehärtete Stimme hören,
da ihr nach mir gefragt habt.
Und ich glaube, es ist ein naher Freund,
und mein Herz versteht mich, und ich weiß, daß es neben mir,
in den Dörfern, weit weg auf dem Land
eine Kraft gibt wie der Wind,
die entschlossen ist, das Leben zu verteidigen.

(Miguel Barnet, Oktober 1962)

Durch die Ritze meines Fensters sickert die Nacht herein. Ich höre Stimmen und merke, daß es nicht die der Vergangenheit sind. Erleichtert sinke ich in ruhigen Schlaf. Ich bin ein anderer geworden.

El Vedado, 1987–1988